06/2500

Über 40 Jahre
Heyne Science Fiction
& Fantasy

2500 Bände
Das Gesamt-Programm

SCIENCE FICTION

Herausgegeben
von Wolfgang Jeschke

Von **SHADOWRUN™** erschienen in der Reihe
HEYNE SCIENCE FICTION & FANTASY:

1. Jordan K. Weisman (Hrsg.): *Der Weg in die Schatten* · 06/4844

TRILOGIE GEHEIMNISSE DER MACHT

2. Robert N. Charrette: *Laß ab von Drachen* · 06/4845
3. Robert N. Charrette: *Wähl deine Feinde mit Bedacht* · 06/4846
4. Robert N. Charrette: *Such deine eigene Wahrheit* · 06/4847

5. Nigel Findley: *2 X S* · 06/4983
6. Chris Kubasik: *Der Wechselbalg* · 06/4984
7. Robert N. Charrette: *Trau keinem Elf* · 06/4985
8. Nigel Findley: *Schattenspiele* · 06/5068
9. Carl Sargent: *Blutige Straßen* · 06/5087

TRILOGIE DEUTSCHLAND IN DEN SCHATTEN

10. Hans Joachim Alpers: *Das zerrissene Land* · 06/5104
11. Hans Joachim Alpers: *Die Augen des Riggers* · 06/5105
12. Hans Joachim Alpers: *Die graue Eminenz* · 06/5106

13. Tom Dowd: *Spielball der Nacht* · 06/5186
14. Nyx Smith: *Die Attentäterin* · 06/5294
15. Nigel Findley: *Der Einzelgänger* · 06/5305
16. Nyx Smith: *In die Dunkelheit* · 06/5324
17. Carl Sargent/Marc Gascoigne: *Nosferatu 2055* · 06/5343
18. Tom Dowd: *Nuke City* · 06/5354
19. Nyx Smith: *Jäger und Gejagte* · 06/5384
20. Nigel Findley: *Haus der Sonne* · 06/5411
21. Caroline Spector: *Die endlosen Welten* · 06/5482
22. Robert N. Charrette: *Gerade noch ein Patt* · 06/5483
23. Carl Sargent/Marc Gascoigne: *Schwarze Madonna* · 06/5539
24. Mel Odom: *Auf Beutezug* · 06/5659
25. Jak Koke: *Funkstille* · 06/5667
26. Lisa Smedman: *Das Luzifer Deck* · 06/5889
27. Nyx Smith: *Stahlregen* · 06/6127
28. Nick Polotta: *Schattenboxer* · 06/6128
29. Jak Koke: *Fremde Seelen* · 06/6129
30. Mel Odom: *Kopfjäger* · 06/6130
31. Jak Koke: *Der Cyberzombie* · 06/6131
32. Lisa Smedman: *Blutige Jagd* · 06/6132
33. Jak Koke: *Bis zum bitteren Ende* · 06/6133
34. Stephen Kenson: *Technobabel* · 06/6134

SHADOWRUN

STEPHEN KENSON

TECHNOBABEL

Vierunddreißigster Band
des
SHADOWRUN™-ZYKLUS

Deutsche Erstausgabe

WILHELM HEYNE VERLAG
MÜNCHEN

HEYNE SCIENCE FICTION & FANTASY
Band 06/6134

Titel der amerikanischen Originalausgabe
TECHNOBABEL
Deutsche Übersetzung von
CHRISTIAN JENTZSCH

Umwelthinweis:
Dieses Buch wurde auf chlor- und säurefreiem Papier gedruckt

Redaktion: Ralf Oliver Dürr

Erstausgabe bei ROC, an imprint of Dutton Signet,
a member of Penguin Putnam Inc.

http://www.heyne.de
Printed in Germany 1999
Umschlagbild: FASA Corporation
Umschlaggestaltung: Atelier Ingrid Schütz, München
Technische Betreuung: M. Spinola
Satz: Schaber Datentechnik, Wels
Druck und Bindung: Elsnerdruck, Berlin

ISBN 3-453-15659-5

Für Christopher
– danke für alles

NORD

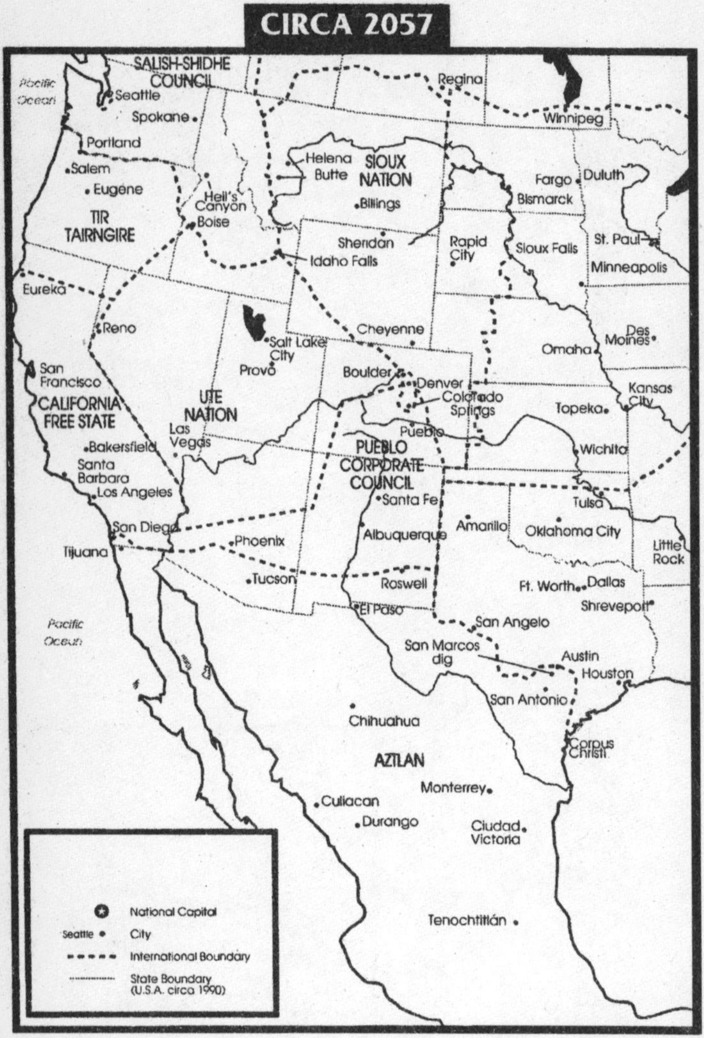
CIRCA 2057
SALISH-SHIDHE COUNCIL
Pacific Ocean
Seattle
Spokane
Portland
Salem
Eugene
TIR TAIRNGIRE
Hell's Canyon
Boise
Helena
Butte
SIOUX NATION
Billings
Sheridan
Idaho Falls
Regina
Winnipeg
Fargo
Duluth
Bismarck
Rapid City
Sioux Falls
St. Paul
Minneapolis
Eureka
Reno
Cheyenne
Salt Lake City
Provo
San Francisco
CALIFORNIA FREE STATE
UTE NATION
Las Vegas
Boulder
Denver
Colorado Springs
Pueblo
Omaha
Des Moines
Kansas City
Topeka
Wichita
PUEBLO CORPORATE COUNCIL
Bakersfield
Santa Barbara
Los Angeles
Santa Fe
Tulsa
San Diego
Phoenix
Albuquerque
Amarillo
Oklahoma City
Tijuana
Little Rock
Tucson
Roswell
Ft. Worth
Dallas
Shreveport
El Paso
San Angelo
Pacific Ocean
San Marcos dig
Austin
Houston
San Antonio
Chihuahua
Corpus Christi
AZTLAN
Monterrey
Culiacan
Durango
Ciudad Victoria
Tenochtitlán
National Capital
Seattle
City
International Boundary
State Boundary (U.S.A. circa 1990)

AMERIKA

CIRCA 2057

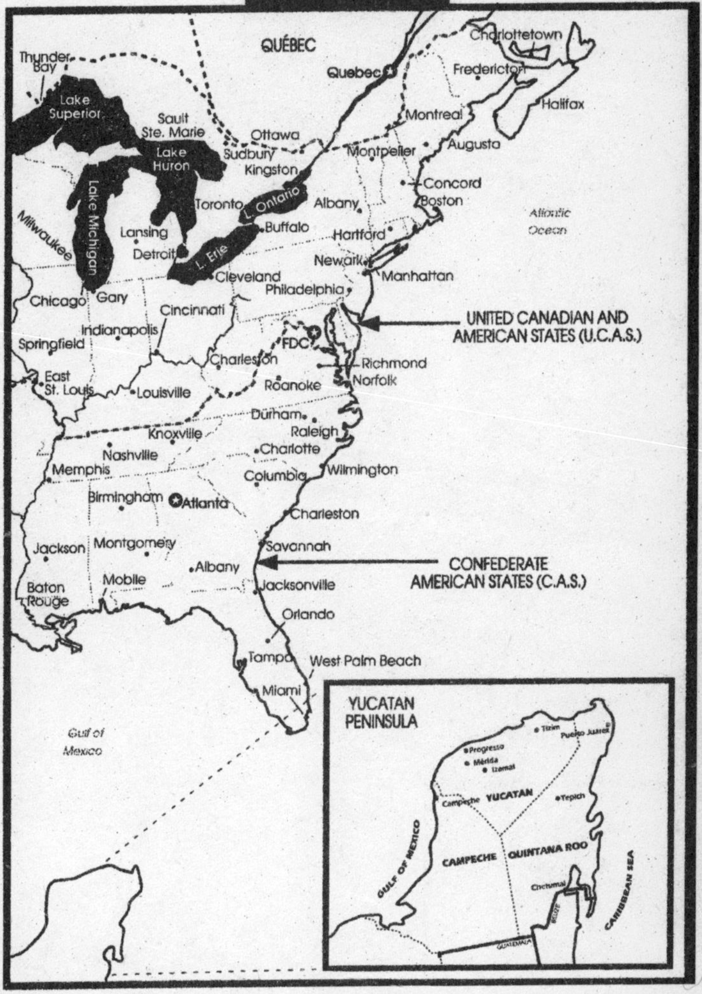

PROLOG

Man schreibt das Jahr 2059.

Nach einer Abwesenheit von mehreren tausend Jahren ist die Magie zur Erde zurückgekehrt. Was der Maya-Kalender die Fünfte Welt nannte, ist der Sechsten gewichen, einem neuen Zyklus der Magie, den das Erwachen des Großen Drachen Ryumyo im Jahre 2011 einleitete. Die Sechste Welt ist ein Zeitalter der Magie und der Technologie. Das Zeitalter von Shadowrun.

Das Ansteigen des Magieniveaus hat das Erwachen der Erde bewirkt. Die archaischen Rassen sind wieder aufgetaucht und haben ihre menschlichen Verkleidungen abgelegt. Zuerst kamen die Elfen und Zwerge, die menschlichen Eltern geboren wurden. Später dann Orks und Trolle, von denen einige wie Elfen und Zwerge *verändert* geboren wurden, andere aber goblinisierten – von Menschengestalt in ihr wahres Wesen verwandelt wurden, da das steigende Magieniveau ihre DNS aktivierte. Drachen und andere Phantasiewesen tauchten am Himmel und in der Wildnis auf. Die Metamenschheit des 21. Jahrhunderts hat keine Ahnung, daß einige dieser Erwachten und Fabelwesen sich an eine frühere Welt lange vor der überlieferten Geschichte erinnern, in der allein die Magie herrschte. Sie kennen Geheimnisse, die sie in diesem neuen Zeitalter der Magie sehr mächtig machen.

Die Sechste Welt ist eine sonderbare Verschmelzung des Arkanen und Technologischen. Die Weiterentwicklung der Technologie hat ein fieberhaftes Tempo erreicht. Die Unterscheidung zwischen Mensch und Maschine wird durch die Fortschritte der Cybertechnologie immer verschwommener. Maschinen- und Computerimplantate sind allgemein verbreitet, eine Verschmelzung von Fleisch und Maschine. Die Bewohner der Sechsten Welt sind von einem ganz neuen Schlag – stärker, klüger, schneller. Weniger menschlich.

Aus dem alten weltumspannenden Computernetz ist wie der Phoenix aus der Asche die Matrix hervorgegangen. Eine virtuelle Welt mit einer computer-generierten Wirklichkeit ist entstanden, ein Universum aus Elektronen und CPU-Zyklen, das von denjenigen mit den schnellsten Cyberdecks und den heißesten neuen Programmcodes beherrscht und manipuliert wird. In dieser Welt sind unzählige Informationen gespeichert; verborgen hinter den elektronischen Mauern starker Datenfestungen warten sie nur darauf, von Computerpiraten ›befreit‹ zu werden, sogenannten Deckern, die wie Schatten durch die Datenbanken der Konzerne und Regierungen huschen.

Es ist ein Zeitalter, in dem Information Macht ist, in dem Daten und Geld ein und dasselbe sind. Multinationale Megakonzerne haben die Regierungen der Supermächte als die beherrschenden Kräfte des Planeten abgelöst. In einer Welt, in der Städte zu großen Sprawls aus Beton und Stahl zusammengewachsen sind, bilden ummauerte Konzernenklaven und Arcologien die modernen Burgen, aus denen Konzernexecs die Massen der Lohnsklaven für den Profit einer rücksichtslosen Minderheit ausbeuten.

Doch in den Schatten der riesigen Konzern-Arcologien leben die SIN-losen. Jene ohne Systemidentifikationsnummern werden von der Maschinerie der Gesellschaft, von einer Bürokratie, die so gewaltig und komplex geworden ist, daß niemand sie völlig versteht, nicht wahrgenommen. Zu den SIN-losen zählen auch die Shadowrunner, die mit gestohlenen Daten und heißen Informationen handeln: Söldner der

Straße – diskret, tüchtig und kaum aufspürbar. Sie sind die Handlanger der Konzerne, die in den Betondschungeln um Macht und Einfluß kämpfen.

Unbemerkt von den Millionen, die sich jeden Tag Zugang zu dem riesigen Computernetz verschaffen, rühren sich in den Tiefen der Matrix seltsame neue Kräfte. Die Machenschaften eines mächtigen Erfinders aus einem vergessenen Zeitalter der Magie und eines multinationalen Konzerns mit Weltherrschaftsträumen erregen die Aufmerksamkeit von Kräften, die beiden unbekannt sind. Eine neue Kraft hat die Bühne der Sechsten Welt betreten, die weder Magie noch Maschine ist, sondern etwas völlig anderes …

Die Matrix ist eine computergenerierte symbolische Darstellung des Gitters, des weltumspannenden Informationsnetzes. Anstatt sich mit umständlichen manuellen Befehlen und Prozeduren herumplagen zu müssen, läßt das Cyberdeck den User scheinbar reale Handlungen im Cyberspace ausführen und übersetzt diese dann in Systemoperationen. Eine Person in der Matrix streckt die Hand aus und berührt das Symbol, welches eine Datei darstellt. Die Software des Decks weiß, daß der User diese Datei öffnen will. Das Gerät führt alle Operationen aus und erspart dem User die lästige Aufgabe, diese Befehle manuell eingeben zu müssen. Die Matrix-Metaphorik wird dem User vom Gitter in einer ›konsensuellen Halluzination‹ auferlegt, um Dr. Hikitas Formulierung zu benutzen. Sie ist nicht mehr ultimative Realität als ein animierter Videochip. Es handelt sich um computergenerierte Grafiken. Die Systeme und Funktionen, welche diese Grafiken repräsentieren, sind real, aber die Grafiken sind eben nur das. Sie sind nicht real.

– Dr. William Spheris, anerkannter
Experte für Matrix-Design, in einem Trideo-
Interview in *People to People*, 12. Juni 2049

Nicht real? Nicht real!? Ich habe den Eindruck, der Doc hat noch nie einen Run unternommen. Ich sage euch, wenn ihr durch Mitsuhamas Mainframe in L.A. fegt und gegen Kampfsysteme antretet, die ihr Bestes tun, um euch bei lebendigem Leib zu rösten, und ihr dabei zum Großen Geist betet, daß euer Deck nicht in eurem Schoß durchschmilzt, weil ihr sonst zu einem lallenden Idioten werdet, und dann plötzlich der Tod persönlich vor euch auftaucht, den der Konzern geschickt hat, um euch die Seele aus dem Leib zu reißen ... Kinder, das ist Realität.

– Decker ›Sandman‹ unter Bezugnahme auf Spheris'
Ausführungen in dem *People-to-People*-Interview

1

Am Anfang schuf Gott Himmel und Erde.
Die Erde aber war wüst und leer. Finsternis lag über der Urflut, und der Geist Gottes schwebte über den Wassern.
Und Gott sprach: Es werde Licht! Und es ward Licht.

– Genesis 1, 1

Geh zurück in die Vergangenheit. Was ist deine erste Erinnerung?

Mein Leben beginnt in einer Gasse – ein dunkler, versteckter Ort im Schatten der Stadt. Ich erwache dort wie ein Neugeborenes: schwach, blind und hilflos, neu in der Welt mit all ihren sonderbaren Geräuschen, Gerüchen und Eindrücken. Und allein, aber nicht für sehr lange. Das erste, dessen ich mir bewußt werde, ist die Dunkelheit und der Lärm. Ich kann nicht sehen, aber ich kann fühlen, riechen und hören.

Ich kann den Boden unter mir spüren. Er ist hart und kühl. Seine Rauheit ist nicht unangenehm – als kratze etwas den Rücken –, und ich liege dort, ich weiß nicht wie lange, und genieße lediglich die Empfindung, vom Boden gestützt zu werden und seine kühle, starke Umarmung zu spüren. Ich fühle die Bewegung der Luft rings um mich, eine sanfte Brise, die über die nackte Haut von Gesicht und Händen streicht und mein Haar zerzaust. Die Brise bringt Gerüche und Geräusche zu mir, während ich nur daliege.

Ich rieche den beißenden Geruch der Stadt: einen Geruch nach Verbranntem. Der Geruch setzt sich aus verbranntem Benzin, verbranntem Müll, verbranntem Holz und Leuten zusammen, in denen Hoffnung, Verzweiflung, Elend und Freude brennen. Hinzu kommt der Geruch des langsamen Verfalls der Stadt. Metall, Mörtel und Stein zerfallen zu Rost und Staub und verwittern unter dem Druck der Elemente. Ich rieche meinen eigenen Schweiß, der auf meiner Haut abkühlt.

Ich höre die entfernten Geräusche der Stadt, den beständigen unterschwelligen Lärm, den die meisten Stadtbewohner im täglichen Leben vollkommen ignorieren. Ich höre den Lärm der Autos, vom tiefen Brummen der Dieselmotoren bis zum hohen Jaulen der Elektromotoren, die kleine Pendlerfahrzeuge antreiben. Von Zeit zu Zeit plärrt eine Hupe, manchmal warnend, manchmal zornig. Die Stimmen der Stadt flüstern und reden mit mir, und ich weiß, daß Gefahr droht.

Dann höre ich eine andere Stimme, viel näher, die mit jemand anders spricht.

»Da ist er«, sagt die Stimme, und ich weiß, sie redet über mich.

Dann eine andere Stimme, tief und heiser. »Genau wie Crawley gesagt hat. Das muß man ihm lassen, Weizack, dieser Freak ist vielleicht verdreht, aber seine Informationen stimmen haargenau.«

Weizack lacht, mehr ein humorloses Bellen. »Du mußt gerade reden, Chummer. Du würdest selbst keinen Schönheitspreis gewinnen.«

Weizacks Partner knurrt, ein dumpfer, kehliger Laut. »Vorsichtig, Chummer. Ich sehe vielleicht aus, als sei ich einem Alptraum entsprungen, aber ich bin wenigstens kein verdammter Ghul. Laß uns einfach diesen verdammten Job erledigen und machen, daß wir von hier wegkommen. In dieser Gegend läuft es mir kalt über den Rücken.«

Eine rauhe Hand umfaßt mein Kinn, und ich spüre, wie Angst und Überraschung durch meine Nerven zucken. Ich will die Hand wegstoßen, die mich berührt und meine Nase mit dem Gestank nach uraltem Schweiß und Verfall füllt, aber mein Körper weigert sich, mir zu gehorchen. Meine Muskeln bleiben schlaff, und ich liege wie ein toter Fisch auf dem kühlen harten Boden, während die Hände meinen Kopf zur Seite drehen und stumpfe Finger gegen meinen Hals stoßen.

»Hey«, höre ich Weizacks Partner sagen, dessen heißer, stinkender Atem an meinem Gesicht vorbeistreicht. »Er ist immer noch eingestöpselt.«

»Dann stöpsele ihn aus. Wo liegt das Problem?«

Die Fingerspitzen stoßen wieder gegen meinen Hals. Ich höre ein leises metallisches Klicken und spüre, wie sich ein unmittelbares, gähnendes Gefühl des Verlusts in mir auftut. Er hat mir etwas weggenommen. Etwas sehr Wichtiges, meine Verbindung zu etwas Größerem und Umfassenderem, als ich es bin. Jetzt bin ich wirklich allein und diesen Fremden hilflos ausgeliefert. Ich versuche, mich zu bewegen oder auch nur die Augen zu öffnen, aber ich kann nicht. Es kommt mir so vor, als sei mein Gehirn vom Rest meines Körpers losgelöst. Als hätte ich irgendwie vergessen, wie man es benutzt. Der Teil von mir, der wach und bei Bewußtsein ist, schwebt irgendwo losgelöst dahin und kann die für eine Bewegung oder einen Laut erforderliche Verbindung nicht herstellen.

»Verdammte Chipheads«, grollt die tiefe Stimme. »Warum sie sich unbedingt das Hirn rösten wollen, ist mir zu hoch. Sich irgendwelches Zeug direkt ins Hirn zu laden, ist total daneben. Dieser ganze Techno-Müll, und das nur, um high zu sein.«

»Hast du je Sims eingeworfen, Riley?« fragt Weizack seinen Partner.

»Noch nie. Die Dinger machen einen völlig fertig. Nicht nur die BTLs, das weiche Zeug reicht schon.

Mein Cousin hat Sims gechippt, und er hat nur den ganzen Tag rumgesessen, Chips eingeworfen und in einer verdammten Traumwelt gelebt. Konnte keinen Job behalten und nichts. Irgendwann hat er sich dann das Hirn gegrillt, als er was eingeworfen hat, das er besser nicht angerührt hätte. Billigen Hongkong-Müll. Wenn man sich schon ruinieren will, sollte man es auf die altmodische Art tun, finde ich – mit 'ner Flasche oder so. Diese Hirn-Röster machen einen zu gründlich fertig.«

»Was ist mit dem ganzen Zeug hier?« fragt Weizack, dessen Stimme ganz nah über mir ertönt. Er muß neben meinem Kopf stehen und zu mir herunterschauen.

»Laß es«, sagt derjenige namens Riley. »Damit willst du garantiert nichts zu tun haben. Schlechtes Karma.«

»Warum nicht? Wo wir schon mal hier sind ...«

»Nein.« Rileys Tonfall ist kategorisch und kalt. »Ist schon schlimm genug, daß wir seinetwegen hier sind, aber ich will nichts mit dem verdrehten Hokuspokus zu tun haben, der hier abgeht. BTLs sind schon schlimm genug, doch hier findet auch echte Magie statt. Sobald wir mit ihm fertig sind, ist die Sache für uns gelaufen, aber wenn wir uns noch auf diesen Ort einlassen, könnte es übel enden.«

»Glaubst du echt an diesen Voodoo-Fluch-Drek?« fragt Weizack.

»Sieh dir noch mal mein Gesicht an, du Schwachkopf, und sag mir, daß an Flüchen nichts dran ist. Seit die Magie wieder da ist, hat die ganze Welt nichts als Ärger damit gehabt.« Rileys Stimme klingt verbittert. »Sie hat vielleicht ein paar Elfen und ihre Lakaien glücklich gemacht, aber das ist auch nur 'ne andere Art, die übrigen gründlich abzuzocken. Ein Beweis dafür, daß Mutter Natur eine miese Schnalle mit Sinn für Humor ist. Und jetzt halt verdammt noch mal das

Maul und hilf mir. Wir müssen diesen Burschen wegschaffen, bevor uns jemand hier entdeckt.«

Zwei starke Hände packen meine Knöchel, und einen Augenblick später gleitet ein zweites Paar unter meine Schultern und packt mich unter den Achseln. Sie heben mich hoch wie eine Strohpuppe, da sich alle meine Muskeln immer noch stur weigern, auf die Bewegungsbefehle meines Gehirns zu reagieren. Nur eine kleine Bewegung, ein Zucken oder ein Blinzeln, um den beiden zu zeigen, daß ich wach und bei Bewußtsein bin. Mehr wäre gar nicht nötig. Aber anscheinend kann ich einfach nicht herausbekommen, wie ich es machen muß.

Mir ist vage schlecht und schwindlig, als ich ein kurzes Stück getragen werde und dabei zwischen meinen Trägern leicht hin und her schaukle. Sie legen mich auf etwas, das weich und glatt ist.

»Alles klar?« fragt Weizack, und einen Moment lang glaube ich, er redet mit mir. Riley grunzt eine Erwiderung, und Weizack sagt: »Okay, dann los. Crawley mag es nicht, wenn man ihn warten läßt.«

»Zum Teufel mit ihm«, knurrt Riley. »Ich lass' mir von keinem verdammten Ghul Vorschriften machen.«

Ich höre das Geräusch eines Reißverschlusses und spüre, wie sich der glatte, vinylbeschichtete Stoff um mich legt wie eine zweite Haut. Der Reißverschluß wird über meinen Kopf gezogen, und ich bin völlig eingehüllt in … o nein. Sie halten mich nicht für bewußtlos. Sie halten mich für tot! Aber das bin ich nicht!

Ich spüre, wie mein Herz von Panik ergriffen wird wie von einer kalten Hand, während mein Verstand meinen Körper hektisch anschreit, ihm endlich zu gehorchen. Ich muß mich nur bewegen, ein Geräusch verursachen, irgendetwas, um diesen Männern zu verraten, daß ich noch lebe, daß sie den Falschen erwischt haben. Beweg dich, verdammt! Ich spüre, wie mein

Atem sich beschleunigt, und ich hoffe, das Geräusch dringt durch das dicke Vinyl, aber niemand reagiert.

Zwei Paar Hände heben mich hoch und schwingen mich hin und her wie einen Sack, bevor sie mich loslassen. Ich erlebe einen Augenblick grellen, kalten Entsetzens, als ich ohne jedes Gleichgewichtsgefühl und ohne die geringste Ahnung, wo ich landen werde, durch die Luft fliege. Dann falle ich auf etwas Festes, aber Nachgiebiges und rolle noch ein wenig, bevor ich auf der Seite zur Ruhe komme.

Ich höre das Scheppern von Metall auf Metall und die sich entfernenden Schritte der beiden Männer. Dann das Geräusch sich öffnender Türen und eine gedämpfte Unterhaltung irgendwo vor mir. In diesem Augenblick wird mir klar, daß ich oben auf einem Stapel Leiber liege, die alle so wie ich zum Transport verpackt sind. Aber zum Transport wohin? Und sind sie tot, oder versuchen sie wie ich verzweifelt, die Kraft für ein ›Ich lebe noch!‹ in der Hoffnung zu sammeln, daß jemand sie hört?

Der Gedanke kommt mir unwillkürlich: Ist so der Tod? Vielleicht bin ich schon tot und weiß es nur noch nicht. Vielleicht bewirkt der Tod nur, daß man zu einem hilflosen Gefangenen in seinem eigenen langsam verwesenden Körper wird, sich der Welt ringsumher zwar bewußt, aber unfähig, sich zu bewegen oder auf irgendeine Weise zu kommunizieren. Vielleicht hält sich der Verstand, bis der Körper in der Erde verfault, es sei denn, daß einem die schnelle Gnade der Verbrennung gewährt wird. Der Gedanke an eine derartige Lähmung nach dem Tod läßt mich beinahe aufschreien und vor Entsetzen zusammenbrechen, aber von irgendwoher sickert ein weiterer Gedanke in meinen Verstand. Ich weiß, daß ich nicht tot bin. Ich *weiß* es ganz einfach irgendwo ganz tief in mir. Ich weiß, daß ich schon einmal tot war, und das war ganz anders. Ich lebe, bin wiedergeboren worden, und ich muß herausfinden, wie ich am Leben bleiben kann. Es wäre ein Jammer, ein neues Leben anzufangen, nur um gleich wieder zu sterben.

Ein Motor erwacht zum Leben, und wir setzen uns in Bewegung. Der Leichentransporter verläßt den Ort meines Erwachens und fährt in die Stadt hinein.

2

Die initiatorischen Erfahrungen von Schamanen auf der ganzen Welt sind bemerkenswert ähnlich, was wir mittlerweile auf die universelle Natur der Magie an sich zurückführen können. Der Proto-Schamane fällt in eine Trance oder einen komatösen Zustand, oft als Ergebnis einer Krankheit. Wenn der Kandidat sich in diesem Zustand befindet, verläßt sein Geist den Körper und ›verreist‹ oder wird in eine andere Welt geführt. In dieser Geister-Welt begegnet der Geist des Kandidaten den verschiedenen Geistern, die dort wohnen, und redet mit ihnen, lernt gewisse geheime Worte, Namen und Lieder. Die Geistesgestalt des Kandidaten wird dann von den anderen Geistern zerrissen oder verschlungen, so daß nicht mehr übrig bleibt als ein Skelett. Die Geister führen ein neues Element in die Skelettgestalt des Schamanen ein, ein Symbol seines erwachten magischen Talents wie zum Beispiel einen magischen Stein oder Knochen. Die Geistesgestalt wird dann neu aufgebaut, und zwar beständiger als je zuvor. Diese Tod/Wiedergeburt-Erfahrung weckt das magische Potential des Schamanen, und der Kandidat kehrt mit dem Wissen um die Geister und die Macht ihres Universums in die physikalische Welt zurück. Diese traditionelle Form schamanischer Initiation setzt sich auch in unserem modernen magischen Zeitalter fort.

– Aus der Vorlesung ›Schamanische Traditionen im Einundzwanzigsten Jahrhundert‹ von Nobelpreisträger und Schamane Dr. Akiko Kano, gehalten an der Cal-Tech, Freistaat Kalifornien, 2044

Ich liege schon wer weiß wie lange auf einem Stapel Leichen. Die Zeit scheint sich ohne Bestimmung oder Ursprung zu dehnen. Wir schaukeln hin und her und fädeln uns durch den Verkehr wie eine Begräbnisbarke auf dem Weg flußabwärts ins Meer. Ich versuche mich von den sanften Bewegungen beruhigen anstatt in einen Zustand der Übelkeit versetzen zu lassen, während ich mich darauf konzentriere, einen Ausweg aus meiner Lage zu finden. Der Geruch auf diesem Fleischtransporter ist furchtbar. Der heiße organische Gestank des Todes vermischt sich mit der ätzenden Schärfe chemischer Reinigungsmittel und ist mit dem seltsamen Geschmack nach dem gummiartigen Vinyl des Leichensacks unterlegt, der mich wie der Kokon eines Rieseninsekts umhüllt. Mir kommt der Gedanke, daß Leichensäcke nicht unbedingt mit dem Gedanken an Komfort im Hinterkopf konzipiert werden, und bei dieser Vorstellung muß ich mir einen Anfall hysterischen Gelächters verkneifen.

Ich weiß, daß ich irgendeine Fluchtmöglichkeit finden muß. In völliger Dunkelheit und im Gestank nach Verwesung und Desinfektionsmitteln vergraben, mache ich eine Bestandsaufnahme der Lage. Ich kann meine Muskeln nicht dazu bringen, sich so zu bewegen, wie sie es sollten, aber ich spüre noch meine Hände und Füße, das Gewebe des Leichensacks auf meiner Haut, daß ich auf einem Leichenberg liege und die Bewegungen des Lieferwagens während der Fahrt. Mein Verstand ist ein Chaos aus Bildern und Gedanken. Ich habe jemand anders zu sehen erwartet. Jemand anders sollte kommen und mich finden, nicht diese Leichendiebe.

Warum kann ich mich nicht bewegen? Ich versuche herauszufinden, was der Grund dafür sein könnte. Ich kann immer noch alles fühlen. Weder meine Glieder noch meine Haut sind taub. Ich verwerfe die Möglichkeit, eine Verletzung könnte meine Lähmung hervorgerufen haben. Bei der Vorstellung wird mir schlecht, und wenn es zutrifft, habe ich kaum Hoffnung, mich aus meiner Lage zu befreien. Ich schiebe den Gedanken beiseite. Es hat keinen Sinn, über Dinge nachzugrübeln, die ich nicht ändern kann.

Narkotika? Ich glaube nicht. Ich fühle mich nicht benommen oder unter Drogeneinfluß. Mein Verstand ist scharf und hellwach. Es könnte eine Droge sein, die ich nicht kenne, aber auch dagegen ließe sich nicht viel machen, wenn dies der Fall wäre. Am besten, ich ziehe andere Möglichkeiten in Erwägung.

Magie? Das ist möglich. Es gibt Zauber, um Leute zu lähmen und zu kontrollieren. Ich weiß etwas über die ihnen zugrunde liegende Theorie. Magier haben die Fähigkeit, solche Zauber zu wirken, aber ich kann mich nicht erinnern, je unter Einwirkung eines Zaubers gestanden zu haben. Über Magie nachzudenken ruft ein merkwürdiges Gefühl in mir wach. Da ist etwas, woran ich mich nicht erinnere. Etwas Wichtiges, aber das hilft mir nicht bei der Lösung meines gegenwärtigen Problems.

Möglicherweise sind BTLs dafür verantwortlich, die Riley erwähnt hat. Better-Than-Life-Chips werden von einer Menge Leute eingeworfen, um Gefühle und Empfindungen zu erleben, die angeblich angenehmer und intensiver sind als alles, was die Wirklichkeit zu bieten hat. Ich kann mich dunkel an so ein Gefühl erinnern, an Gefühle, die tiefer und umfassender sind, als sie ein menschlicher Geist meiner Ansicht nach verarbeiten kann. An ein Gefühl, so groß zu sein, so umfassend, aber es entgleitet mir, wenn ich versuche, es zu fassen. Habe ich in der Gasse Chips eingeworfen? Ist mein gegenwärtiger Zustand das Ergebnis eines Hirnschadens, der sich auf meine Motorik auswirkt? Ich kann mich nicht erinnern.

Die Art und Weise, wie ich auf dem Leichenstapel liege, bereitet mir Schmerzen im Halsansatz. Ich sehne mich danach, den Kopf zu heben oder mich in eine bequemere Lage herumzuwälzen. Ich konzentriere mich auf die Schmerzen, lasse sie meinen Verstand ausfüllen. Ich lege all meine Kraft in den Versuch, meinen Körper dazu zu bringen, sich herumzudrehen. Nur eine kleine Muskelkontraktion. Nur eine unbedeutende Stellungsänderung. Das ist alles. Es müßte leicht sein. Kein Problem.

In der Enge des Leichensacks fange ich allmählich an zu schwitzen, und ich spüre, daß die Luft immer wärmer und stickiger wird. Meine Atemgeräusche kommen mir in der Enge sehr laut vor, aber ich besinne mich darauf, um mich daran zu erinnern, daß ich noch lebe, und ich versuche den Atemrhythmus zu beschleunigen. Ich brauche mehr Luft, mehr Sauerstoff für Muskeln und Gehirn, um ihre Erholung zu beschleunigen. Das heißt, wenn sie sich überhaupt erholen können… Nein, so darf ich nicht denken. Ich muß in der Lage sein, mich zu bewegen, sonst habe ich überhaupt keine Chance.

Der Leichentransporter nimmt die nächste Kurve sehr schnell, und ich lege alle Kraft in den Versuch, mich mit der Bewegung herumzuwälzen. Da! Es ist mir gelungen, mich auf den anderen Leichen auf den Rücken zu drehen, und ich glaube, ich spüre jemandes Arm im Rücken, als wolle er mich umarmen. Es ist nicht viel, aber ich habe mich bewegt.

Ich konzentriere mich auf Hände und Füße. Sie kribbeln ein wenig, und bei äußerster Anstrengung kann ich sie beinahe bewegen. Die Lähmung, die meinen Körper erfaßt hat, läßt langsam nach, das kann ich spüren. Ich konzentriere mich auf den Versuch, mich zu bewegen und meine Stimme wiederzufinden, meinen Geist wieder mit meinem Körper zu synchronisieren. Das ist es. Ich glaube, mein Geist hat den Kontakt mit meinem Körper verloren, als hätte ich nur vergessen, wie man ihn richtig benutzt. Könnte ich doch nur die Augen öffnen! Natürlich würde ich im Augenblick ohnehin nur die Innenseite des Leichensacks sehen. Ich muß mir noch etwas mehr Mühe geben.

Wir werden langsamer und halten an, und der Fahrer stellt den Motor ab. Wir sind irgendwo angekommen. Ich strenge mich fieberhaft an, um irgendeine Bewegungsmöglichkeit zu bekommen, und sei sie noch so unbedeutend. Ich muß ihnen irgendwie mitteilen, daß ich nicht tot bin, daß sie einen Fehler gemacht haben. Ich muß hier raus. Ich höre, wie die Türen des Lieferwagens geöffnet werden, und dann höre ich die Männer wieder reden. Weizack sagt etwas über das Urban-Brawl-Spiel letzte Nacht, bei einer Wette hat er etwas Geld verloren. Sein Partner Riley grunzt nur hin und wieder als Reaktion auf sein Geschwafel.

Rauhe Hände heben mich aus dem Laderaum des Lieferwagens, und ich versuche, mich in dem Leichensack zu winden oder zu strampeln, um den beiden mitzuteilen, daß sie es nicht mit einer Leiche zu tun haben. Es gelingt mir, die Finger ein wenig zu beugen, so daß ich die Fäuste ballen kann, aber meine Arme kann ich immer noch nicht bewegen. Mir kommt der Gedanke, daß Weizack und sein Chummer mich vor Angst fallen lassen könnten und ich mir den Schädel dabei einschlage, wenn ich mich bewege. In diesem Fall würde ich vielleicht tatsächlich einen Leichensack brauchen, aber ich muß ganz einfach versuchen, sie auf mich aufmerksam zu machen.

Dann höre ich eine neue Stimme.

»Ist er das?« fragt die Stimme, die durch das dicke Vinyl des Leichensacks für mich kaum mehr als ein tiefes Flüstern ist.

»Ja, und er war genau da, wo er sein sollte«, erwidert Weizack, dessen Stimme jetzt einen kalten, ausdruckslosen Tonfall hat. Der Neuankömmling ist offenbar kein Freund.

»Ich will ihn sehen«, sagt der andere.

Ich werde auf den Boden gelegt, und jemand öffnet den Reißverschluß des Leichensacks. Kühle Nachtluft dringt zu mir vor, und mit ihr dringt ein widerlicher Gestank in meine Nase. Es ist der Geruch nach Tod und Verwesung aus dem Leichentransporter, nur viel schlimmer und ohne den stechenden Geruch der Desinfektionsmittel. Die kühle Luft und der furchtbare Gestank lassen meinen Adrenalinspiegel wieder ansteigen, und ich kämpfe darum, mich zu bewegen oder wenigstens zu sehen, was geschieht.

»Gut, gut«, flüstert die neue Stimme, und ich zittere ein wenig bei ihrem Klang. »Haben Sie das gesehen? Er ist in guter Verfassung. Seine Aura ist immer noch hell und kräftig.«

Eine trockene Hand streichelt sanft meine Wange, und bei der Berührung übergebe ich mich fast. Es ist wie die Berührung einer Leiche. Ich kann scharfe Nägel wie Krallen spüren, die ganz leicht über meine Haut kratzen.

»Ah, frisches Fleisch«, flüstert die Stimme mit einem Seufzer des Vergnügens, und bei den Worten weht ein Schwall heiße stinkende Luft über mein Gesicht. Als ich diese Worte höre, gewinne ich ein wenig Kontrolle über mich zurück. Meine Augen öffnen sich, und ich starre in ein Gesicht, das wie der Tod persönlich aussieht. Die Gestalt, die sich über mich gebeugt hat, ist blaß und haarlos, die Haut hat die graue Farbe des Grabes und spannt sich über den Knochen. Dünne Lippen kräuseln sich zu einem grausamen Lächeln und enthüllen dabei spitze Zähne, die mich an ein kleines fleischfressendes Tier erinnern. Eine schmale Zunge in einem dunkleren Grauton zuckt vor und leckt über die Lippen wie bei einem Mann, der gerade zu einem Festmahl Platz genommen hat. Die Hände sind knochige Klauen mit scharfen, zu Krallen gekrümmten Nägeln, und die Augen sind das Schlimmste von allem. Weiß und blind scheinen sie auf mein Gesicht gerichtet zu sein und doch durch mein Fleisch zu schauen, als lugten sie direkt in meine Seele.

»Guten Abend«, flüstert die graue Gestalt mir zu, und mir wird klar, daß es Nacht und der dunkle Himmel von einer grauen Wolkendecke verhangen ist. Außerdem fällt mir auf, daß weder meine beiden Träger noch das Wesen, das sich über mich gebeugt hat, überrascht oder schockiert sind, mich am Leben zu sehen. Sie wissen, daß ich nicht tot bin, und die Tragweite dieser Erkenntnis bricht über mich herein wie eine Flutwelle. Wenn sie die ganze Zeit gewußt haben, daß ich noch lebe, dann bin ich nicht wie irgendwelcher Abfall zur Beseitigung von der Straße aufgesammelt worden, sondern aus irgendeinem anderen Grund. Die Bemerkung des Ghuls von wegen ›frischem Fleisch‹ fällt mir wieder ein, und erneut überläuft mich ein Zittern, während ich mich abermals zu bewegen versuche. Diesmal zucken meine Glieder spastisch, was den Ghul dazu veranlaßt, einen Schritt zurückzuweichen und mit dem Grinsen aufzuhören, während er die beiden Träger heranwinkt.

»Nein, nein«, flüstert er mit seiner tiefen Stimme, »versuch nicht, dich zu bewegen. Du bist besser dran, wenn du ruhig bleibst. Wir wollen doch nicht, daß du dich verletzt.« Seine Worte sollen beruhigend klingen, erzeugen jedoch lediglich ein Kribbeln auf meiner Haut. Ich werfe einen Blick auf sein hageres Gesicht und seine blicklosen Augen und sehe dort weder Mitleid noch Mitgefühl.

»Bringt ihn weg«, sagt er zu den beiden Trägern. »Die anderen könnt ihr später holen. Die werden uns schon nicht weglaufen.« Er kichert über seinen Witz, ein rasselnder Laut, dann wendet der Ghul sich ab und geht davon, während die Träger meine Arme packen und mich aufheben. Ich sehe, daß Weizack einen leichten Bauchansatz und rotgeränderte Augen hat. Er trägt eine speckige Lederjacke und ein verwaschenes, fleckiges Baumwollhemd. Außerdem sehe ich den Kolben einer Pistole unter der Jacke seitlich an der Hüfte aus dem Gürtel ragen.

Sein Partner ist ein hochgewachsener ungeschlachter Mann mit einem breiten, nichtssagenden Gesicht. Zwei kurze Hauer ragen über seine Oberlippe, und die Ohren sind länglich und zugespitzt und liegen dicht am Schädel an. Er sieht wie ein Goblin oder Oger aus irgendeinem Märchen aus, aber mir wird klar, daß er ein Ork ist, ein Vertreter jener Metatypen, die ihre wahre Gestalt annahmen, nachdem die Magie in die Welt zurückgekehrt war. In einem Punkt hat er recht: Sein Gesicht ist häßlich wie die Sünde, aber das ist nichts im Vergleich zu der widerlichen Visage der Kreatur, für die er und sein Partner arbeiten. Ich kann das Gesicht des Ghuls aus dem Augenwinkel sehen, als sie mich hochheben, und er schaut fast so aus, als täte ich ihm leid. Das beunruhigt mich mehr als alles andere, was ich bisher gesehen habe.

Die beiden Träger schleifen mich von dem Leichentransporter weg zu einem niedrigen Ziegelgebäude. Der Lieferwagen parkt in einer Gasse neben dem Gebäude nahe einer Seitentür. Die verwitterten Ziegelmauern des Gebäudes sind mit Graffiti unzähliger Jahrgänge verschmiert. Die Zeichen, Kritzeleien und Symbole haben sich zu einem unentwirrbaren Durcheinander vereinigt und sehen wie eine Geheimschrift aus, die Städte benutzen, um mit jenen zu kommunizieren, welche sie lesen können. Die Symbole kommen mir seltsam vertraut vor, aber dann fällt mir etwas anderes auf, das in leuchtendem Rot neben die Tür des Gebäudes gekritzelt ist: »Hütet euch vor den Tamanus.«

Ich werde durch die Tür geschleift und einen Korridor entlang, der vom blauweißen Licht flackernder Leuchtstoffröhren erhellt wird, eine Beleuchtung, die eine gesunde Person krank aussehen läßt und die Blässe des Ghuls nur noch mehr betont. Er führt uns in einen Raum und wendet sich an Weizack und dessen Partner.

»Legt ihn auf den Tisch«, sagte er, »damit ich ihn für die Lieferung vorbereiten kann.«

Lieferung wohin? frage ich mich, als die Männer mich zu einem einfachen Stahltisch in der Mitte des Raums schleifen. Daneben sehe ich ein Tablett mit glänzenden, blankpolierten Instrumenten: Skalpelle, Nadeln, Kanülen, Drähte und Spritzen.

»Es kommt einem wie Verschwendung vor«, seufzt die Kreatur leise irgendwo hinter mir. »Die Teile sind immer am besten, wenn sie frisch sind.«

Als ich diese Worte höre, spüre ich das Adrenalin durch meine Adern rauschen, als sei ein Damm gebrochen. Synapsen feuern und verbinden sich, neue Energie schießt durch mein Nervensystem, und ich finde die Kraft, meine Füße auf den Boden zu pflanzen und Weizack wegzustoßen. Während er mit einem Aufschrei gegen das Instrumententablett stolpert, greife ich nach seiner Kanone. Der Zeitablauf ist plötzlich sehr merkwürdig, und alles scheint sich in Zeitlupe zu bewegen.

Weizack fällt mit all den scharfen und blankpolierten chirurgischen Instrumenten auf den gefliesten Boden, während ich die Waffe entsichere und zu seinem Partner herumwirbele. Ich höre die graue Kreatur ihm zuschreien, mir nicht zuviel Schaden zuzufügen, da ich die Kanone auf den Ork richte.

Ein Ausdruck vollkommener und äußerster Überraschung auf Rileys Gesicht läßt ihn für einen Augenblick fast unschuldig und komisch aussehen, bevor ich schieße und die Kugeln aus Weizacks Kanone sein Gesicht in einen roten Brei verwandeln. Als er schwankt und rückwärts zu Boden fällt, fehlt ihm der halbe Schädel.

Bevor ich mich dem Ghul zuwenden kann, geht er bereits auf mich los, rammt sich mit überraschender Kraft und Schnelligkeit in meine Seite. Seine Haut ist wie Leder, und die Augen sind gräßlich, weit aufgerissen und starr. Sein Gestank ist ebenso überwältigend wie der Leichengeruch des Lieferwagens, und wir gehen beide auf den kalten Fliesen neben dem Stahltisch zu Boden. Die Kanone fliegt mir aus der Hand und rutscht über die glatten Kacheln, wo sie außerhalb meiner Reichweite liegenbleibt. Ich gebe mir alle Mühe, sie zu erreichen, doch zu spät.

Die Kreatur ist furchtbar stark, und ich bin immer noch geschwächt und bewege mich zu langsam. Sie packt mich und schleudert mich mit dem Rücken auf den Boden, so daß mir alle Luft aus den Lungen gepreßt wird und ein stechender Schmerz durch meine Wirbelsäule schießt. Ein Fausthieb in den Magen weckt in mir das dringende Bedürfnis, mich zu übergeben, und ein weiterer gegen meinen Schädel läßt mich Sterne sehen. Ich gebe mir alle Mühe, den Ghul, der sich auf meine Beine gehockt hat und mit seinen drahtigen Armen nach mir schlägt, von mir abzuschütteln, aber er ist zu stark, zu schwer.

Die Kanone liegt außerhalb meiner Reichweite, und Weizack rührt sich laut fluchend. Er blutet aus mehreren Schnittwunden, die ihm die Skalpelle zugefügt haben. Der heiße metallische Geruch nach Blut ist allgegenwärtig in dem Raum, und er scheint die Kreatur auf mir in Rage zu bringen. Sie lächelt und leckt sich über die dünnen Lippen, so daß eine Reihe spitzer Zähne und eine Zunge, die an die eines Tiers erinnert, zu sehen sind.

Ich zucke vor Angst zurück. Irgend etwas Kaltes,

Ursprüngliches regt sich in mir und scheint die Kontrolle über mich zu übernehmen, ein Urinstinkt. Ich höre ein metallisches Klicken und schlage nach einem der drahtigen grauen Arme, die mich festhalten. Der Ghul wirft sich zurück und heult vor Schmerzen auf, ein Schrei, der an meinen Gehirnwindungen kratzt, als teile eine Monoklinge Fleisch von einem Knochen. Blut sprudelt in dunklen Fontänen aus dem Stumpf, der von seinem Arm noch übrig ist. Ich trete den schreienden Ghul von mir und krieche auf Händen und Knien zu der Kanone. Die dunklen Kohlefaserklingen gleiten lautlos zurück in meinen Unterarm und streifen dabei das Blut von ihrer glatten Oberfläche. Meine Haut schließt sich perfekt über der Öffnung, und nur eine winzige Spur bleibt zurück, die darauf hindeutet.

Ich hebe die Kanone vom Boden auf, während Weizack sich gerade wieder aufrappelt, und schieße ihm ins Bein. Die Kugel zerschmettert seinen Oberschenkelknochen und hinterläßt eine Wunde, durch die ich meine Faust schieben könnte. Er geht zu Boden und brüllt dabei immer wieder aus Leibeskräften »Drek!«, während der Ghul ebenfalls heult und sich vor Schmerzen auf dem Boden wälzt. Ich muß hier raus, bevor ich auf die harte Tour herausfinde, daß sie Verstärkung in der Nähe haben. Ich gehe zu Weizack, der an der Wand lehnt und sein Bein umklammert.

»Schlüssel«, sage ich, indem ich die Kanone auf ihn richte. Einen Moment lang sieht er so aus, als wolle er mir sagen, daß ich mich zum Teufel scheren könne, aber dann wirft er noch einen raschen Blick auf die Kanone in meiner Hand und greift in seine Jackentasche. Ich nehme den Schlüsselring in Gestalt eines kleinen Plastikdrachens, ohne den Blick von ihm abzuwenden, und trete dann ein paar Schritte zurück.

Ich wende mich von dem Gemetzel in dem Raum ab und gehe durch die Tür, wobei mir noch immer der

Kopf von dem Hieb des Ghuls brummt und meine Rippen und Beine schmerzen. Ich betrete den Korridor und sehe einen Mann in einem makellos weißen Laborkittel über seiner Straßenkleidung. Er studiert ein einfaches Notepad in seiner Hand. Als ich aus dem Raum stürze, blutverschmiert und mit verstörtem Blick, sieht er auf, und wir scheinen einen langen Augenblick beide nur dazustehen und einander anzustarren. Ich hebe die Kanone und erschieße ihn ohne das geringste Zögern, dann gehe ich weiter den Korridor entlang. Er läßt das Notepad fallen, und die Aufprallwucht der Kugel, die ihn in die Brust getroffen hat, läßt ihn zurücktaumeln. Der Ausdruck der Überraschung ist auf seiner Miene erstarrt, und er hinterläßt blutige Schleifspuren an der hellgrauen Wand, als er an ihr heruntergleitet.

Ich laufe durch den Korridor und die Tür zu dem Lieferwagen, der in der Gasse parkt und immer noch mit seiner makabren Fracht beladen ist. Ich reiße die Tür auf, springe auf den Fahrersitz und starte den Motor. Leichensäcke purzeln aus den geöffneten rückwärtigen Türen des Lieferwagens, als ich Gas gebe. Eine Hupe plärrt mich an, als ich auf die Straße schieße und rasch beschleunige, aber rings um das Leichenhaus ist alles ruhig, und ich kann keine Anzeichen für eine Verfolgung entdecken. Erst als ich mehrere Blocks entfernt bin, bemerke ich das Blut auf meiner Haut und Kleidung. Ich werfe einen Blick auf meinen Unterarm, wo die furchtbare gekrümmte Klinge aufgetaucht ist, und sehe die dünne blasse Linie auf der Haut dicht oberhalb meines Handgelenks, unter der sich die Scheide verbirgt.

Ich wußte nicht einmal, daß sie da ist.

3

Es hatte aber alle Welt einerlei Sprache und Worte. Als sie von Osten aufbrachen, fanden sie eine Ebene im Lande Sinear, und sie ließen sich dort nieder. Sie sprachen zueinander: »Wohlan, wir wollen Ziegel formen und sie brennen!« Der Ziegel diente ihnen als Stein, und das Erdpech diente ihnen als Mörtel. Dann sagten sie: »Wohlan, laßt uns eine Stadt bauen und einen Turm, dessen Spitze bis in den Himmel reicht! Wir wollen uns einen Namen machen, damit wir uns nicht über die ganze Erde zerstreuen!«

Da stieg der Herr herab, um sich Stadt und Turm anzusehen, die die Menschen bauten. Und der Herr sprach: »Siehe, sie sind ein Volk und sprechen alle eine Sprache. Das ist erst der Anfang ihres Tuns. Fortan wird ihnen nichts mehr unmöglich sein, was immer sie sich vornehmen. Wohlan, laßt uns hinabsteigen und ihre Sprache verwirren, daß keiner mehr die Sprache des anderen verstehe!« Da zerstreute sie der Herr von dort über die ganze Erde, und sie ließen ab, die Stadt zu bauen. Daher heißt ihr Name Babel. Denn dort hat der Herr die Sprache aller Welt verwirrt, und von dort aus hat er die Menschen über die ganze Erde zerstreut.

– Genesis 11, 1-9

Es war lange her, seit Gott den letzten Versuch der Menschheit vereitelt hatte, einen Turm zu bauen, dessen Spitze in den Himmel reichte, aber die Menschheit hatte jetzt den Himmel aus den Wolken geholt und einen neuen Himmel aufsteigen lassen, um ihn zu ersetzen. Einen Himmel aus glitzernden Satelliten und Fabriken in einer niedrigen Umlaufbahn, die ihre elektronischen Choräle zum Ruhme des Handels und des freien Unternehmertums singen und mit ihren wachsamen Augen auf die Erde starren und alles sehen.

Auf dem höchsten Thron des neuen Himmels sitzt das Zürich-Orbital, das auch den Konzerngerichtshof beherbergt. Der Gerichtshof schlichtet die Dispute der riesigen multinationalen Megakonzerne, welche die Macht und das Prestige geerbt haben, das einst für die Nationen reserviert gewesen war, die von ihnen längst überflügelt worden waren. Da den Megakonzernen von den geschwächten Regierungen der Welt extraterritorialer Status garantiert wurde, verantworten sich die Megakonzerne vor keinem anderen Gesetz als ihrem eigenen, verkörpert in Gestalt des Satelliten, der hoch über den alltäglichen Belangen der Erdbevölkerung im Orbit kreist. In ihrem himmlischen Hauptquartier fällen die dreizehn Richter des Konzerngerichtshofs ihre göttlichen Urteile und geben sie an die Welt unter ihnen und die Megakonzerne weiter, die sie beherrschen.

Richter David Hague vom Konzerngericht schwebte in seinem kleinen Büro an Bord des Zürich-Orbitals wie ein Engel, der auf einer Wolke sitzt, aber der Richter – ein bezahlter Angestellter von Fuchi Industrial Electronics – war alles andere als gelassen. Er zappelte in dem lockeren Geschirr, das ihn mit einem der Wände des kleinen Raums verband, und tat sein Bestes, das Gehen in einer Null-G-Umgebung zu simulieren. Während Hague langsam vor und zurück schwebte und aus dem kleinen Fenster des Raums auf die riesige blaue Scheibe der Erde unter sich starrte, war er für den Augenblick mit seinen Sorgen und Kümmernissen allein.

Trotz seines Unbehagens war Hague der Inbegriff einer Engelsgestalt. Seine rosigen Wangen und großen blauen Augen verliehen ihm einen jungenhaften Anstrich, der ihn um Jahre jünger aussehen ließ. In seiner

Jugend hatte er das ›Babygesicht‹ verflucht, doch nun, da er jenseits der Fünfzig war, wirkte sich sein jugendliches Aussehen zu seinem Vorteil aus. Wo die meisten seiner Kollegen Unsummen für modernste Behandlungen ausgaben, damit sie auch weiterhin jung und vital aussahen, ging David Hague immer noch für Mitte Dreißig durch. Gewiß, in seine goldenen Locken hatte sich eine Spur von Grau geschlichen, aber seine Haare waren so hell, daß die meisten dies ohnehin nicht bemerkten. Er seufzte und dachte wieder einmal mit Wehmut an seine Heimatstadt Amsterdam, wobei er sich wünschte, er wäre wieder zu Hause oder wenigstens auf der Erde.

Er sehnte sich danach, auf festem Boden zu stehen, und wünschte, die ganze Sache, um derentwillen er hier war, wäre schon vorbei. Der Flug zum Orbital hatte ihn wie üblich erschöpft. Im Zürich-Orbital galt Greenwicher Zeit, was bedeutete, daß es hier um vier Uhr morgens herum war, welche Bedeutung das auch für eine Station in der Erdumlaufbahn haben mochte. Hagues innere Uhr war nicht so weit davon entfernt, und er wünschte sich zum hundertstenmal, daß die ganze Sache endlich erledigt und vorbei sein möge, so daß er wenigstens noch etwas Schlaf bekäme.

Obwohl Hague wie allen Richtern des Konzerngerichts Konfrontationen und Konflikte nicht fremd waren, empfand er doch ein tiefes Unbehagen ob der Ereignisse, die ihn hierher ins Orbital geführt hatten. Eine Schlange war in das ökonomische und rechtliche Eden des Konzerngerichtshofs eingedrungen, und er befürchtete, sie könne ihren Turm im Himmel umstürzen, so wie Gott den letzten Versuch der Menschheit vereitelt hatte. Das Gleichgewicht der Macht zwischen den Megakonzernen war äußerst labil, und der Gerichtshof war mit der Aufgabe betraut, dieses Gleichgewicht und somit auch den Frieden zu bewahren.

Ein elektronisches Läuten riß Hague aus seinen Grübeleien. Er stieß sich sanft von der Wand ab und packte einen gepolsterten Griff, mit dessen Hilfe er sich zur Tür des Raums umdrehen konnte.

»Herein«, sagte er, und der Lukendeckel öffnete sich mit einem pneumatischen Zischen. Hagues Besucherin schwebte sanft in den Raum, bevor sie mit kundigen Bewegungen einen der Wandgriffe packte und ihr Geschirr in den dafür vorgesehenen Ring einhakte, um sich zu sichern.

Der Raum war zwar klein, aber Hague konnte normalerweise sämtlichen Platz, Wände und Decken eingeschlossen, nutzen, um sich darin zu bewegen und zu arbeiten, anstatt nur auf den Boden beschränkt zu sein. Doch wenn er Gäste oder Besucher hatte, zog er es vor, von Angesicht zu Angesicht mit ihnen zu reden, anstatt beim Reden an der Decke zu hängen. Dabei wurde ihm leicht schlecht. Die zusätzliche Anwesenheit seiner Besucherin ließ den Raum kleiner und beengter erscheinen, obwohl Hague nicht sicher war, ob das an ihr oder an den Neuigkeiten lag, die sie brachte.

»Hallo, David«, sagte Richterin Lynn Osborne mit einem Lächeln. »Wie gefällt Ihnen Ihr Aufenthalt hier?« Wie Hague war auch Osborne ein Mitglied des Konzerngerichts in Diensten von Fuchi Industrial Electronics. Fuchi war einer der Megakonzerne mit zwei Richtern im Gericht. Es war einer der beachtlichsten Coups des Riesen der Computerindustrie in den letzten Jahren gewesen und noch dazu einer, der ihm jetzt gute Dienste leisten würde, da Fuchi dem Gericht eine ernste Angelegenheit vorzutragen hatte. So ernst, daß Fuchi von seinem Recht Gebrauch gemacht hatte, alle Richter in Fleisch in Blut zu versammeln, anstatt lediglich eine virtuelle Versammlung einzuberufen.

»Lynn, Sie wissen genau, wie sehr ich Schwerelosigkeit hasse. Da trifft es sich gut, daß die Behandlungen und Medikamente gegen Raumkrankheit einigermaßen wirken, sonst hätte mich niemand hierher bekommen. Können wir nicht einfach anfangen?«

Osborne lächelte und nickte. Anders als Hague verbrachte Osborne im Zuge der Ausübung ihrer Pflichten als Richter wesentlich mehr Zeit an Bord des Zürich-Orbitals. Hague zog es vor, auf der Erde zu bleiben und die Arbeit des Gerichts durch das Interface der Matrix via eines hochentwickelten Satellitenverbindungssystems zu erledigen, aber nicht dieses Mal. Ganz egal, was er sagte, er und alle anderen Richter würden körperlich anwesend sein. Wenn das Gericht tagte, würde das Zürich-Orbital vom weltweiten Computernetz isoliert werden und dadurch vor Spionage und Einmischungen von außen jedweder Art sicher sein. Osbornes regelmäßige Anwesenheit an Bord der Station hatte außerdem ihre innere Uhr an die Routinen im Orbital gewöhnt. Im Gegensatz zu Hague, der müde und gereizt war, war sie frisch und ausgeruht, was nur noch mehr an seinen strapazierten Nerven zerrte.

Osborne löste ein Notepad von einer Klammer an ihrem Gürtel, berührte den kleinen Bildschirm und rief eine organisatorische Darstellung des Konzerngerichts auf. Acht der dreizehn Icons, welche die Richter repräsentierten, leuchteten grün, die anderen fünf rot.

»Wir haben unsere Chance«, sagte sie triumphierend. »Ich habe mich gerade mit Doi und Msaki unterhalten, und sie sind bereit, uns zu unterstützen. Damit haben wir ausreichend Stimmen, um den Beginn der ersten Anhörung zu beschließen. Folglich ist es nur noch eine Formalität, das Gericht zusammentreten zu lassen.«

Hague war nicht übermäßig überrascht. Die beiden Richter, die für Mitsuhama Computer Technologies arbeiteten, mochten ihre Differenzen mit Fuchi haben, aber sie wußten auch, was in dieser Frage auf dem Spiel stand und was geschehen konnte, wenn zwei der größten Computertech-Konzerne in dieser Angelegenheit nicht zusammenarbeiteten.

Er nickte und äußerte ein beifälliges Brummen. »Was ist mit Napoli? Wie wollen Sie mit ihm fertig werden?« fragte er, und Osborne zog einen kleinen Schmollmund, der sie trotz ihrer über fünfzig Lebensjahre fast mädchenhaft aussehen ließ.

David Hague wußte, daß Osborne zu den Leuten gehörte, die einen Teil ihres beträchtlichen Salärs als Mitglied des Konzerngerichts für die Bewahrung von Äußerlichkeiten ausgab. Ihre fein gezeichneten Züge waren das Beste, was Fuchis exklusive Schönheitskliniken hervorbringen konnten, aber sie war noch nicht dazu übergegangen, ihr wahres Alter unter einer Glamour-Girl-Fassade aus Plastik zu verbergen. Das dunkel kastanienfarbene Haar war ebenso frei von Grau wie die glatte Haut frei von Falten, aber Osborne sah dennoch wie eine reife Frau irgendwo in dem vagen Bereich zwischen dreißig und fünfzig aus. Einem Außenstehenden wäre es äußerst schwergefallen, ihr wahres Alter zu schätzen.

Sie schüttelte den Kopf. »Machen Sie sich keine Sorgen wegen Napoli. Er ist im Gericht isoliert – und er ist eine lahme Ente. Wir werden mit ihm fertig. Renraku hat sich in letzter Zeit nicht gerade viele Freunde im Gericht gemacht.«

Das kann man wohl sagen, dachte Hague.

»Aber das ändert nichts an der Tatsache, daß Renraku beträchtlichen Einfluß hat«, sagte er. »Renraku hat uns in den letzten zwei Jahren einen ganzen Haufen Überraschungen präsentiert, und es wäre durchaus möglich, daß sie noch ein As in ihrem kollektiven Ärmel haben, das sogar das Gericht sticht. Wer weiß, was Lanier ihnen gegeben hat.«

»Renraku sind die Karten ausgegangen, David. Niemand kann sich gegen den gesamten Gerichtshof stellen, wenn wir uns in einer Sache einig sind. Der Veracruz-Zwischenfall hat das bewiesen.«

Das von Osborne angesprochene Ereignis hatte vor zehn Jahren stattgefunden, bevor sie und Hague Richter geworden waren. Der sogenannte Zwischenfall bestand darin, daß sich die größten Megakonzerne der Welt verbündet hatten, um eines ihrer Mitglieder zu bestrafen, weil es die Autorität des Konzerngerichtshofs mißachtet hatte. Ein militärischer Schlag gegen einige der Besitzungen des betreffenden Konzerns war mit chirurgischer Präzision ausgeführt worden, und die damit verbundene Botschaft war eindeutig: *Mißachtung der Urteile des Gerichts auf eigene Gefahr!* Jetzt bestand die Möglichkeit, daß ein anderer Megakonzern denselben gefährlichen Weg beschritt.

»Ich wünschte, ich könnte Ihre Zuversicht teilen«, erwiderte Hague. »Francesco Napoli ist ein Bullterrier. Er wird nicht ohne Kampf nachgeben, und mittlerweile müßte er wissen, was Sie dem Gericht präsentieren wollen. Renraku ist sicher längst im Bilde, auch über die Tatsache, daß unsere Klage nicht hieb- und stichfest ist. Er macht mir einen zu selbstsicheren Eindruck. Wäre er nicht so selbstsicher, hätte er diese Anhörung gar nicht erst zugelassen. Er hätte irgendeine Verzögerungstaktik angewandt oder...«

Osborne hob eine Hand, um ihn zu unterbrechen. »Napoli kennt nicht alle Fakten, David, und das gilt im Augenblick auch noch für Sie. Ich bin gekommen, um sie Ihnen mitzuteilen.«

Hague schluckte die heftige Erwiderung herunter, die ihm wegen der Unterbrechung auf der Zunge lag, aber ihre Worte überraschten ihn im Grunde nicht. Er wußte, daß Osbornes Loyalität gegenüber der Villiers-Fraktion von Fuchi ihr mehr Einblick in die Pläne des

Konzerns gestattete, seitdem Richard Villiers seine Vormachtstellung innerhalb der Fuchi-Familie zu konsolidieren schien. Hague war mit der Yamana-Familie alliiert, die Fuchi Europa beherrschte.

»Wovon reden Sie?« fragte er schließlich. »Was meinen Sie damit, ich kenne nicht alle Fakten? Hat Fuchi etwas vor mir ver...«

Osborne unterbrach ihn erneut, bevor er den Satz beenden konnte. »Fuchi hat Ihnen nichts verheimlicht – nur unsere Interessen geschützt. Renraku ist nicht der einzige Konzern mit Assen im Ärmel. Die Sicherheit in dieser Angelegenheit war viel zu umfassend, als etwas anderem als Gesprächen von Angesicht zu Angesicht zu vertrauen. Deshalb unterhalten wir uns hier in Fleisch und Blut. Würden Sie jetzt bitte einen Augenblick zuhören?«

Hague schluckte wiederum seine Antwort herunter und nickte nur knapp. Wenn Osborne seine Verärgerung darüber, im unklaren gelassen worden zu sein, bemerkte, zeigte sie es jedenfalls nicht. Sie redete einfach weiter.

»Die Klage gegen Renraku ist mehr als nur Spiegelfechterei, David. Es gibt tatsächlich guten Grund zu der Annahme, daß Renraku die Übereinkünfte des Gerichts verletzt hat und Laniers Rolle dabei der ausschlaggebende Faktor ist. Wir sind einer Sache auf der Spur, die dieses ganze Faß zum Überlaufen bringen und beweisen könnte, daß Renraku sich ernsthafter Störungen des Gleichgewichts der Macht schuldig gemacht hat. Das ist die einzige Erklärung für das, was geschieht.«

In den vergangenen eineinhalb Jahren hatte sich Renraku Computer Systems, einer der drei Computer-Giganten der Welt und Mitglied des Konzerngerichtshofs, auf dem Weltmarkt von einem schlafenden Riesen zu einem galoppierenden Moloch entwickelt. Renraku war auch schon zuvor ein mächtiger und blühender Konzern gewesen – einer der acht größten, da er sonst keinen Platz im Konzerngerichtshof bekommen hätte –, aber seine Methoden waren konservativ und nach Meinung der meisten Analytiker ziemlich veraltet gewesen.

Jedenfalls galt das vor der Wendung des Schicksals, die Miles Lanier in Renrakus Aufsichtsrat bewirkt hatte. Lanier war ein Draufgänger und ein aggressiver Exec, der für seine rücksichtslosen Methoden in Geschäftsdingen bekannt war. Seine Fähigkeiten und Intelligenz waren Fuchi Industrial Electronics wohlbekannt. Lanier war Fuchis Sicherheitschef gewesen, der Leiter von Fuchis wichtigster Sicherheitsabteilung und Hüter der bedeutendsten Informationen. Bis er vor zwei Jahren zu Renraku übergelaufen war.

Nach Laniers Übertritt begann die Forschungs- und Entwicklungsabteilung Renrakus plötzlich hochmoderne Computertechnologie zu entwickeln, welche die Konkurrenz förmlich vom Markt fegte. Ihre Matrix-Software und Algorithmen verkauften sich wesentlich besser als Mitsuhamas, und ihre Computerhardware bedrohte Fuchis Dominanz des Marktes, für Renraku etwas völlig Neues.

Die Sicherheitsvorkehrungen des Konzerns hatten wahrhaft paranoide Ausmaße angenommen. Industriespionage seitens der anderen Konzerne, darunter auch Fuchi, hatten ein paar nützliche Daten über die jüngsten Entwicklungen Renrakus eingebracht, aber keinen Hinweis darauf geliefert, wie der Konzern an seine phänomenalen neuen Produkte kam: keine Namen von Forschern, keine Informationen über Forschungseinrichtungen, in denen die technologischen Durchbrüche erzielt wurden. Fuchi hatte natürlich den Verdacht, daß Renraku Datendiebstähle im großen Stil unternahm. Aber wenn das tatsächlich der Fall war, wurden sie mit derartig viel Geschick und Raffinesse ausgeführt, daß Fuchi keinerlei Hinweise entdecken konnte.

Renraku war auf dem Vormarsch, und es schien keine Möglichkeit zu geben, den Konzern aufzuhalten. Renrakus Jahresbilanz zeigte, daß der Konzern Mitsuhama bereits überholt hatte und mit Riesenschritten zu Fuchi als weltweit zweitgrößter Konzern aufschloß. Nur das riesige Saeder-Krupp-Imperium war noch mächtiger, und Hague hatte den Verdacht, daß sogar S-Ks Geschäftsführer, der Drache Lofwyr, sich Sorgen wegen Renraku machte. Und das war der Grund, warum der Konzerngerichtshof eingeschaltet wurde.

Die Megakonzerne hätten sicher kein Problem damit gehabt, daß einer von ihnen Geld verdiente und Erfolg hatte. Der Gerichtshof existierte ausschließlich, um zu gewährleisten, daß dies bei allen Megakonzernen auch weiterhin der Fall war. Aber der Konzerngerichtshof existierte auch, um dafür zu sorgen, daß seine Mitglieder in ihrem Spiel des globalen Wettbewerbs und der Jagd nach Profit gewisse Regeln einhielten. Die Megas verfügten über Ressourcen und Einfluß, mit denen sie den ganzen Planeten verwüsten konnten, wenn das labile Gleichgewicht der Macht zwischen ihnen nicht aufrechterhalten wurde. Die ökonomische und militärische Macht, ganzen Nationen Bedingungen zu diktieren, konnte sich verheerend auswirken, falls die Megakonzerne sie in einem globalen Krieg, der niemandem nützen würde, gegeneinander einsetzten.

Deshalb hatte der Gerichtshof die Übereinkommen etabliert, geheime Vereinbarungen zwischen den Megakonzernen mit dem Ziel, das Gleichgewicht der Macht zu bewahren. Besser ein langsames, sicheres Wachstum und die Kontrolle über den Weltmarkt zu garantieren, als das mit einem uneingeschränkten Wettbewerb verbundene Chaos zu riskieren. Die Konzerne hatten sich auf gewisse Regeln geeinigt, nach denen gespielt werden sollte, doch jetzt wurde geargwöhnt, daß Renraku diese Regeln brach. Es war sehr gut möglich, daß die Übernahme von Miles Lanier dem Konzern Industriespionage in großem Maßstab ermöglichte, was ihm gestattete, neue Produkte vor der Konkurrenz auf den Markt zu bringen und die Pläne seiner Konkurrenten bereits zu kennen, bevor diese sie ausführten.

»Also beschuldigen wir Renraku immer noch des Bruchs der Übereinkommen?« fragte Hague. Das war auch früher schon vorgekommen. Alle wußten das. Der Sinn, Regeln zu haben, bestand für die Megakonzerne unter anderem auch darin, Möglichkeiten zu finden, sie zu umgehen. So wie gewöhnliche Leute die Gesetze ihrer Regierung mißachteten, brachen die Megakonzerne gelegentlich auch die Gesetze des Konzerngerichtshofs. Es konnte ein erheblicher Vorteil sein, Ressourcen für sich zu beanspruchen, die ein Rivale nicht besaß.

»Ja«, sagte Osborne. »Renraku versucht ganz eindeutig, die Vorherrschaft über Bereiche zu übernehmen, in denen Fuchi tätig ist, und alle wissen, daß Lanier ihnen etwas gegeben haben muß, was ihnen dabei hilft. Dem muß jetzt Einhalt geboten werden, David, bevor alles außer Kontrolle gerät. Ich habe mit Priault geredet, und ich kann Ihnen sagen, daß sogar Saeder-Krupp besorgt über die Entwicklung ist. Priault verzieht keine Miene, wenn man mit ihm redet, aber in diesem Fall war er trotzdem wie ein offenes Buch für mich.«

»Wenn Sie recht haben und Renraku sich weigern sollte, sich dem Urteil des Gerichts zu beugen, wissen Sie, was das bedeutet«, sagte Hague. Er schwieg lange Sekunden, bevor er den furchtbaren Gedanken aussprach. »Konzernkrieg.«

»Dazu wird es nicht kommen«, erwiderte Osborne scharf, offenbar nicht gewillt, diese Möglichkeit auch nur in Erwägung zu ziehen. »Bald haben wir die Information, die wir brauchen, um Lanier und Renraku zu Fall zu bringen.«

Ein Lächeln huschte über ihr Gesicht, während sie sich an ihrem Notepad zu schaffen machte. »Und Fuchi wird zur Stelle sein, um die Scherben aufzusammeln.«

4

In alten Zeiten war der Glaube weit verbreitet, daß einem die Kenntnis des Namens von etwas oder jemandem Herrschaft über diese Sache oder Person gab. Die Leute hatten geheime Namen, die nur ihnen selbst und ihren engsten Freunden und Angehörigen bekannt waren, und einen ›Alltagsnamen‹, den sie der Welt mitteilten. Auf diese Weise schützten sie sich vor Feinden, die Magie gegen sie einsetzen mochten. Nun haben wir das einundzwanzigste Jahrhundert. Die Magie ist zurückgekehrt, und es gibt eine neue Spezies von Leuten, die ihre Namen hüten. Sie verbergen sich hinter sogenannten ›Straßennamen‹, um ihre wahre Identität vor dem Gesetz zu verbergen und aus den riesigen Computersystemen herauszuhalten, in denen praktisch jeder auf der Welt gespeichert ist. Sogar die Piraten der Computermatrix, die Decker, benutzen falsche Namen, um ihre Transaktionen zu verschleiern. Im Zeitalter der Technologie sind wahre Namen wichtiger denn je geworden.

– Mullins Chadwick, *Affenherde: Ein Überlebenshandbuch für aufrechtgehende Zweibeiner,* Putnam-Izumo, New York, 2043

Ich weiß nicht, wie lange ich fahre und wohin ich fahre. Ich muß nur von jenem Ort und den Erinnerungen an den Ghul wegkommen. Mein Verstand ist in Panik, aber mein Körper scheint zu wissen, was er tut, also lasse ich ihn eine Weile fahren. Ich bin ein ganzes Stück entfernt – zumindest glaube ich das –, bevor ich wieder zu einigermaßen vernünftigen Gedanken fähig bin und mir die Umgebung genauer ansehe.

Mir wird bewußt, daß es wahrscheinlich keine so gute Idee ist, in einem offenen Lieferwagen voller Leichen herumzufahren, also suche ich mir eine einsame Gasse, in der ich den Lieferwagen parke und zurücklasse. Ich frage mich, ob die Leichendiebe oder Ghule ihn suchen werden, um sich die darin verbliebenen Leichen noch zunutze zu machen. Einen Moment lang bin ich versucht, den ganzen Lieferwagen in die Luft zu jagen und so einen Scheiterhaufen für jene unbekannten Leute in den schwarzen Vinylsäcken zu schaffen. Es ist eine sinnlose Idee, weil ich dafür nicht die Mittel habe, und außerdem wäre eine Explosion eine sichere Methode, unerwünschte Aufmerksamkeit zu erregen. Am Ende lasse ich den Lieferwagen mit einem stummen Gebet zurück, daß die Geister seiner Insassen Ruhe finden mögen.

Ich stecke die Hände in die Taschen und verlasse vorsichtig die Gasse, wobei ich mich beständig nach Anzeichen für Ärger umsehe. Es ist immer noch Nacht, doch ringsumher lebt die Stadt. Ich kann mehr Licht und Aktivität ein paar Blocks voraus entlang einer Geschäftsstraße erkennen. Die Straßen werden vom Schein der Neonschilder und Straßenlaternen erhellt, und in den Schaufenstern flackern Hologramme, deren Projektoren nicht richtig eingestellt sind. Die Nachtluft ist kühl, und das Licht auf der Straße ist so einladend für mich, daß ich darauf zugehe. Ich nehme eine Abkürzung durch eine Seitengasse und husche durch die Schatten, um die Flaniermeile zu erreichen.

Die Gasse ist von einem durchdringenden Essensgeruch erfüllt. Mein Magen knurrt so laut, daß man es in der schmalen Gasse hören kann, und mir wird plötzlich klar, daß ich keine Ahnung habe, wann ich zum letztenmal gegessen habe, aber es muß sehr lange her sein. Gedanken an Nudeln, Reis und Gemüse gehen mir durch den Kopf und lassen mir das Wasser im Mund zusammenlaufen.

Ich verlasse die Gasse und schaue in das zerkratzte

Plastiglasfenster eines Geschäfts, in dessen Auslage neben anderem elektronischen Müll auch ein paar billige Trideos stehen. Ein Monitor zeigt einen Softporno, und die nackten holografischen Gestalten winden sich in Zeitlupe durch das Geflimmer, während der andere auf einen Nachrichtensender eingestellt ist und ein Sprecher mit gleichmäßiger fröhlicher Stimme, die so klingt, als sei sie glücklich, einem von den schlimmsten Greueln zu berichten, Nachrichten verliest. Ich bleibe einen Augenblick stehen, um zuzusehen.

»Regional meldet die Börse einen weiteren Tag regen Handels, der den Dow um gut sieben Punkte steigen ließ. Renraku-Aktien verzeichnen erneut das stärkste Plus, nachdem der Konzern seine jüngsten Algorithmen für die Entwicklung fortschrittlicher Matrix-Interface-Erfahrungen veröffentlicht hat. Diese Algorithmen bilden die Basis für SimSinn und die virtuelle Realität der Matrix. Ein Sprecher der hiesigen Renraku-Niederlassung wird mit den Worten zitiert, ›Renraku definiert den Stand der Technik neu‹. Andere Börsenbeobachter im Bostoner Metroplex ...«

Boston. Ich bin in Boston. Das sollte eine Bedeutung für mich haben, aber aus irgendeinem Grund hat es das nicht. Die Stimme im Trideo schwafelt weiter über die Ansichten von Männern in Anzügen in bezug auf die mystischen Aktienbewegungen an der Börse, die Kurssteigerungen der Renraku-Aktien und die Möglichkeiten der anderen Megakonzerne, etwas dagegen zu tun. Eine Außenansicht zeigt das hoch aufragende Börsengebäude im Finanzviertel des überbevölkerten Metroplex bei Nacht.

Und da fällt mir das Spiegelbild auf, das mich aus dem abgedunkelten Fenster anstarrt. Ein junger Mann mit zotteligen dunklen Haaren. Er ist dünn und blaß, und seine Augenfarbe entspricht den violetten Blutergüssen auf Gesicht und Armen, ein seltsames Violett, das in dem dunklen Glas fast zu leuchten scheint. Er trägt ein schwarzes T-Shirt mit aufgedruckten silbernen japanischen Buchstaben unter einer weiten Jeansjacke mit abgerissenen Ärmeln, dazu eine abgetragene und reichlich geflickte Jeans sowie schwarze geschnürte Kampfstiefel. Die Kleidung ist mit dunklen Blutflecken bespritzt. Hinter einem Ohr funkelt es silbern, und ich streiche mit den Fingern über den kalten Metallring der dort implantierten Datenbuchse und sehe zu, wie mein Spiegelbild dasselbe tut. Er ist ich, und ich bin nicht ganz sicher, ob ich ihn wiedererkenne. Es ist beinahe so, als sähe ich einen Fremden, ein Phantom auf der anderen Seite der Scheibe, das mich anstarrt.

Und da wird mir langsam klar, daß ich gar nicht weiß, wer ich bin, und diese Erkenntnis trifft mich wie ein Stromschlag. Wie bin ich dort gelandet, wo die Leichendiebe mich gefunden haben? Wohin soll ich jetzt gehen? Wo wohne ich? Wie heiße ich? Ich weiß nichts von alledem, aber ich weiß genau, daß ich es wissen müßte. Es gibt Lücken in meinem Gedächtnis, als habe jemand Löcher in meinen Verstand gestanzt und schwarze Leere zurückgelassen, wo einmal Erinnerungen waren. Ich strecke den Arm aus, um das Glas mit zitternder Hand zu berühren, und der Fremde auf der anderen Seite vollführt die gleiche Bewegung mit weit aufgerissenen, verängstigt dreinschauenden Augen.

Wer, zum Teufel, bist *du?* frage ich stumm.

»Renraku Computer Systems bietet Ihnen die Sicherheit eines führenden Unternehmens in Verbindung mit der modernsten Technologie im Computer- und Matrix-Bereich«, sagt das Trideo. Meine Aufmerksamkeit richtet sich wieder auf das Trid, in dem ein endloses Panorama zu sehen ist, das von leuchtenden Neonformen und funkelnden Figuren aus Chrom und reiner Farbe erhellt wird, die zu glatt und perfekt sind, um in der wirklichen Welt existieren zu können. Die Kamera zoomt durch die Welt der Linien und Formen, die vorbeihuschen, und auf eine riesige schwarze Pyramide in der Ferne zu. Ich kann beinahe spüren, wie ich selbst durch diese Welt fliege, und plötzlich empfinde ich eine schreckliche Sehnsucht nach etwas, das ich mit Worten nicht beschreiben kann. Das ist meine Welt. Der Ort, an den ich gehöre, und vielleicht die Antwort auf einige meiner Fragen.

Die Kamera zoomt zu der Pyramide hinauf und über ein Logo, das in leuchtend blauem und rotem Neon an der Seite angebracht ist, ein Punkt und eine sich ausbreitende Wellenfront neben einem Namen in englischer und japanischer Schrift. Der Sprecher nennt den Namen in dem Augenblick, als meine Lippen ihn stumm formulieren: *Renraku*.

»Renraku. Kommen Sie zu den Gewinnern.«

Dann wechselt das Bild und zeigt wieder das Nachrichtenstudio und einen anderen Sprecher, der jetzt etwas über eine Rede sagt, die in der Hauptstadt der UCAS von Vizepräsidentin Nadja Daviar gehalten wurde. Das Bild von einer wunderschönen Frau mit mitternachtsschwarzen Haaren und spitzen Ohren füllt den Bildschirm aus, aber ich achte nicht darauf, so verzaubert bin ich von dem Werbespot zuvor.

Renraku… Renraku. Der Name hat eine Bedeutung für mich. Sein Klang hat etwas Vertrautes. Warum? Habe ich etwas mit Renraku zu tun? Aber was? Mein Kopf fängt an zu schmerzen, und meine Fäuste ballen sich; ich will sie durch das Ladenfenster rammen und das lächelnde Gesicht der Elfe einschlagen, die im Trideo über nationale Wundheilung und rassische Einheit zwischen Menschen und anderen Metatypen spricht. Mein Blickfeld verschwimmt vor Tränen, und ich schlage mit der Faust gegen das Glas, aber es widersteht jeden Tag Schlägen, die härter sind als meine, und meine Faust prallt lediglich mit einem dumpfen Knall ab.

Ich will mich einfach auf dem Gehsteig zusammenrollen und losheulen, als ein dunkelhäutiger Mann aus dem Laden gelaufen kommt. Er hat rauhe Haut, und aus seinem Mund wachsen Hauer wie bei Weizacks totem Partner Riley in dem Schlachthaus, nur daß dieser ein wenig kleiner und seine Haut dunkler ist. Mir wird klar, daß mich weder sein noch Rileys Aussehen so überrascht haben wie das des Ghuls. Sie kommen mir fast normal vor. Ich stehe lange da und starre ihn mit tränenverschwommenem Blick an, bis ich registriere, daß er mich anschreit.

»Verdammter Chiphead! Ich sagte, was, zum Teufel, machst du mit meinem Fenster, du Dreksack! Hast du dir zu viel von deinem verdammten Hirn weggechippt? Bist du taub?« Er hebt eine mattsilberne Keule mit schwarzem Gummigriff, und ich weiche einen Schritt vor ihm zurück.

»Vielleicht hörst du darauf, du wertloses Stück Drek«, brüllt er, indem er die Keule hebt, dessen Spitze knistert und blaue Funken sprüht.

Plötzlich werde ich sehr wütend, weil ich von diesem … Ding bedroht werde. Was weiß er schon? Ich hatte einen sehr schlechten Tag und bin nicht in der Stimmung, mich von einem *Kawaruhito* dumm anmachen zu lassen. Ich ziehe Weizacks Kanone aus dem Bund meiner Jeans und richte sie auf den keulenschwingenden Ladenbesitzer. Seine Augen weiten sich, und ich kann in ihnen erkennen, daß er damit rechnet zu sterben. Einen Sekundenbruchteil, bevor ich Riley erschoß, sah ich denselben Ausdruck in seinen Augen.

Ich starre den Ork über den Lauf der Kanone hinweg scheinbar endlos lange an und denke dabei daran, wie Rileys Gesicht in einem roten Sprühregen verschwand, während er zu Boden ging. Der Ork weicht ganz langsam vor mir zurück, und meine Hand beginnt ein wenig zu zittern.

»Verpiß dich«, zische ich leise, und plötzlich rast der Ork in seinen Laden zurück und schreit dabei etwas, das ich nicht verstehe. Ich drehe mich um und laufe über die Straße, weg von dem Laden. Bremsen kreischen und Hupen plärren, während ich immer noch mit der Pistole in der Hand an den Autos vorbeilaufe und die Tränen der Wut und der Frustration mein Blickfeld verschwimmen lassen. Einer der Fahrer ruft mir etwas zu, ein Hilfsangebot, ein Fluch oder etwas anderes, ich weiß es nicht. Ich höre ihn gar nicht. Ich laufe nur immer weiter, da ich von dort weg will, laufe durch dunkle Straßen und Gassen immer weiter weg von den Lichtern und Geräuschen der Geschäftsstraße.

Ich weiß nicht, wie lange ich laufe und wohin, ich muß nur weglaufen, vor dem schrecklichen Gefühl der Leere in mir. Vor den riesigen schwarzen Löchern in meinem Gedächtnis und all den Fragen, die damit verbunden sind. Mein Name, wie, zum Teufel, lautet mein Name? Jemand hat es mir gesagt, aber ich kann mich einfach nicht daran erinnern. Mein Kopf fühlt sich so voll an, daß ich nichts mehr darin finde. In ihm herrscht ein zu großes Durcheinander, zu viele Dinge gehen darin auf einmal vor. Ich muß alles entwirren, einen Sinn in dem Chaos finden.

Irgendwo in einer Gasse höre ich auf zu laufen und hocke mich gegen die kalte Ziegelmauer, als mich eine Woge der Erschöpfung überflutet. Ich zittere in der ständig kälter werdenden Nachtluft und halte die Pistole ganz fest, während ich die Arme um die Knie lege und den Kopf an die Mauer lehne, um den kalten grauen Himmel zu betrachten, der von den entfernten Lichtern der Stadt erhellt wird. Das Licht bricht sich in den Tränen, die mir über die Wangen laufen, und verschwimmt zu bunten Flecken vor der Dunkelheit.

Einen Augenblick kann ich mir beinahe vorstellen, daß ich in der perfekten, sicheren Welt bin, die ich im Trideo gesehen habe. In der Welt, in der alles einen Sinn ergibt, in der ich weiß, wer ich bin und welches Ziel ich habe.

Ich bin so müde, so unsagbar müde. Ich muß mich ausruhen, nur eine kleine Weile, die Augen eine Sekunde schließen und mich ausruhen …

5

Die Megakonzerne befinden sich außerhalb der Reichweite aller nationalen und internationalen Gesetze und sind in der Lage, jeder Regierung der Welt Bedingungen zu diktieren, so fest haben sie die Weltwirtschaft im Griff. Andererseits bindet dieses Wirtschaftssystem die Megakonzerne ebenso sicher wie jeden ihrer Kunden. Konzerne existieren lediglich, um Profit zu erwirtschaften, also sind sie darauf angewiesen, unablässig Marktanteile zu gewinnen und neue Produkte herzustellen, um ihren Kunden etwas verkaufen zu können und neue Kunden an sich zu binden.

Dieser beständige Wettbewerb zwischen weltumspannenden Riesen hätte durchaus längst zum offenen Krieg unter den Megakonzernen führen können, ohne dabei zu unnützer Zerstörung von Konzerneigentum führen zu müssen. Der Konzerngerichtshof ist die unsichtbare Kraft hinter den Kulissen, um das labile Gleichgewicht zwischen den Megakonzernen zu wahren. Er hält die stärksten Mächte der Erde davon ab, einander an die Kehle zu gehen, und bewahrt so die arglosen Bürger dieser Welt vor etwas, das sich zum verheerendsten Krieg ausweiten könnte, den die Menschheit je erlebt hat.

– Professor Henry Gallow, *Die Unsichtbare Hand – Der Konzerngerichtshof und die Weltwirtschaft*, MIT&T Press, Boston 2052

Kurz nach Lynn Osbornes Besuch bei ihrem Kollegen von Fuchi trat das Gericht zusammen. Osborne kam früh und beobachtete die anderen Richter dabei, wie sie langsam in den zentralen Bereich der Station strömten und ihre Plätze im Gerichtssaal einnahmen. Die Rotunde, wie der Kern der Station genannt wurde, bestand aus einem sechseckigen Schacht, mit dem die anderen Röhren und Module der Station verbunden waren wie Äste mit einem Baumstamm. Nach den Maßstäben der Station war die Rotunde groß und durchaus in der Lage, die versammelten Richter und ihre Sekretäre und Assistenten bequem unterzubringen, wenngleich es nur selten vorkam, daß sich alle dreizehn Mitglieder des Konzerngerichts in einem Raum versammelten. Wie David Hague zogen die meisten Richter es vor, ihre Arbeit per Matrix zu erledigen, und sie besuchten die Gerichtssäle des Zürich-Orbitals nur zu äußerst ernsten Anlässen, die extreme Sicherheit erforderten. Wie jetzt.

Es war schwierig, in der Schwerelosigkeit des Orbitals eine würdevolle Gerichtssaal-Atmosphäre zu schaffen, aber das Gericht hatte sein Bestes getan, um dafür zu sorgen, daß Tradition und Etikette gewahrt blieben. Ein schmaler Sims verlief rund um die zylindrische Kammer. Zwischen dem Sims und der Wand gab es eine Lücke, die so breit war, daß die Richter sich dort aufbauen konnten, während ihre gepolsterten Geschirre sie an der Wand festhielten. Der Sims bildete die ›Bank‹, von der aus sie Recht sprachen. Er enthielt hochwertige Computerdisplays und Informationsbeschaffungssysteme, welche direkt mit dem Mainframe des Zürich-Orbitals verbunden waren, eines der anspruchsvollsten Computersysteme, die je konstruiert worden waren. Tatsächlich war es von Renraku konstruiert worden, wie Osborne sich mit einem leichten Frösteln erinnerte, während sie mit dem Finger über die schlichte schwarze Makroplastoberfläche ihrer Konsole strich. Renrakus Spezialität war Computerarchitektur, und Fuchi, Mitsuhama, Ares und andere hatten zwar einen Großteil der Hardware des Systems gestellt, aber Renraku war für die Algorithmen und die Software verantwortlich.

Der Boden des Gerichtssaals war den wenigen Assistenten vorbehalten, die man direkt vor Ort brauchte. Nur ganz selten wurde die Anwesenheit anderer im Gerichtssaal gestattet. Die meisten Aussagen und Beweise wurden dem Gericht über die Matrix präsentiert, und zwar mit Hilfe des hochentwickelten holografischen Systems, welches in den Sims eingebaut war. Dieses System konnte praktisch jedes Bild in drei Dimensionen in die Mitte des Saals projizieren, so daß alle es sehen konnten. Doch das Zürich-Orbital würde einstweilen nicht mit der Matrix kommunizieren, solange das Gericht tagte. Wenn es stimmte, was Fuchi und die anderen Megakonzerne in bezug auf Renrakus neue Technologie glaubten und Fuchis Sicherheit kompromittiert war, konnte man der Matrix nicht mehr uneingeschränkt vertrauen, also würde das Gericht isoliert und vom Rest der Welt abgeschnitten sein, während die Beweise vorgetragen wurden.

Osborne machte sich ausführliche Gedanken über jeden Richter und dessen Position, als sie die zentrale Kammer betraten und zu ihrem jeweiligen Platz schwebten. David Hague war einer der ersten, und Osborne hatte keine ernsthaften Bedenken, was ihn betraf. Hague war ihrem gemeinsamen Arbeitgeber gegenüber loyal, und Osborne wußte nach ihrem vorherigen Gespräch, daß Hague zwar seine Zweifel und Sorgen hinsichtlich der Pläne Fuchis hatte, er jedoch nichts tun würde, was seinen Arbeitgeber oder seine Stellung und sein Prestige innerhalb des Gerichts gefährden würde.

Hague war in Europa geboren, und seine Loyalität schwankte zwischen der Yamana-Familie, die Fuchi Pan-Europa kontrollierte, und der Villiers-Familie, die gegenwärtig Fuchi Nordamerika und den Konzern insgesamt beherrschte. Er hatte sich für einen Kompromiß zwischen den beiden Lagern entschieden. Osborne war Villiers treu ergeben und erst kürzlich ausgewählt worden, als Richard Villiers' Position so stark war, daß er dem Rest von Fuchi seine Bedingungen hatte diktieren können. Das und Osbornes Ruf, Dinge auf die Reihe zu bekommen, war der Grund, warum Fuchi – was dieser Tage gleichbedeutend mit Richard Villiers war – wollte, daß Osborne diese Angelegenheit regelte und nicht Hague.

Der nächste, der den Gerichtssaal betrat, war Jean-Claude Priault, der Vorsitzende des Konzerngerichts. Er strahlte selbst in der Schwerelosigkeit noch eine unantastbare Würde und Eleganz aus, und sein Kranz grauer Haare war nach europäischer Mode frisch frisiert. Priault stand in Diensten von Saeder-Krupp Heavy Industries und war angeblich dem Großdrachen Lofwyr persönlich verantwortlich, der den Konzern mit einem Teil seines sagenhaften Horts gekauft hatte, nachdem er aus seinem jahrhundertelangen Schlaf erwacht war. Priault gehörte dem Konzerngericht länger als alle anderen an und hatte sich seinen Status als Vorsitzender redlich verdient.

Osborne wußte, daß Priaults Verstand so scharf wie eine Monoklinge war und ihm kein Winkelzug entgehen würde. Der Mann stand in dem Ruf, ein fairer und unparteiischer Vorsitzender zu sein, und sein Drachenboß schien mit Priaults Vorgehensweise grundsätzlich immer einverstanden zu sein und sie ausdrücklich zu billigen. Priault würde Fuchi nicht freie Hand in dieser Angelegenheit lassen – dazu hatte er im Grunde nicht die Autorität –, aber Osborne wußte auch, daß sogar Lofwyr und Saeder-Krupp im Hinblick auf die jüngsten Entwicklungen bei Renraku allmählich nervös wurden. Priault wußte, worauf es ankam. Wenn die Bedeutung dieser Sitzung überhaupt eine Belastung für den alten Mann war, zeigte er es jedenfalls nicht, als er mit Behutsamkeit und Grazie zu seinem Platz schwebte.

Nach dem Vorsitzenden kamen die beiden Richter Mitsuhamas. Korekado ›Corey‹ Doi troff das Charisma praktisch aus jeder Pore. Er schien sich in seinem maßgeschneiderten Anzug mehr als wohl zu fühlen, da er seinem Begleiter beiläufig einen Witz erzählte und dabei so strahlend lächelte, daß sich der ganze Raum aufhellte. Osborne wußte aus eigener Erfahrung, daß sich hinter Dois charmanter und fröhlicher Art ein rücksichtsloser Verhandlungskünstler verbarg, dem Verbindungen zu den Clans der Yakuza nachgesagt wurden, welche die eigentlichen Hintermänner von Mitsuhama Computer Technologies waren.

Dois Begleiter, Jonathan Msaki, war der Leiter einer von MCTs größten Tochtergesellschaften. Dadurch war er über die Aktivitäten des Megakonzerns generell besser informiert als Doi, aber Msaki war oft mehr mit seinen anderen Angelegenheiten als mit denen des Gerichts beschäftigt. Osborne war aufgefallen, daß er dazu neigte, in den meisten Fragen Dois Ansichten zu teilen und dem charismatischeren Sprachrohr MCTs das Reden zu überlassen. Msaki war besser darin, Informationen zu sammeln, und Osborne wußte, daß seiner Aufmerksamkeit nur sehr wenig entging. Aus diesem Grund war sie auch so bemüht, sich Mitsuhamas Unterstützung zu sichern. Doi und Msaki waren ein ausgezeichnetes Team, und Mitsuhama hatte mehr unter Renrakus Glückssträhne gelitten als jeder andere der im Gericht vertretenen Konzerne. Osborne glaubte, das ausnutzen zu können.

Mariene Carstairs, der andere Vertreter Saeder-Krupps, schien sich an Bord des Orbitals entschieden unwohl zu fühlen. Carstairs mochte weder die Raumreisen noch die Schwerelosigkeit im Orbital, und Osborne freute sich über jede Sekunde von Carstairs' Unbehagen. Mariene Carstairs hatte sich in ihrer Zeit als Richter reichlich Feinde gemacht, und Osborne zählte sich selbst dazu. Sie wußte, daß Ono von Ares ebenfalls nicht mit Carstairs zurechtkam, aber es war der spektakuläre Bruch zwischen Mariene Carstairs und dem verstorbenen Renraku-Richter Sam Violet, auf den Osborne baute.

Die beiden hatten eine stürmische Affäre miteinander gehabt, die in die Brüche gegangen war, als Carstairs nachtragenderweise dafür sorgte, daß Violets Frau von den Seitensprüngen ihres Mannes erfuhr. Osborne vermutete außerdem, daß Carstairs etwas mit dem Flugzeugabsturz zu tun hatte, der Violets Leben bei seiner Rückkehr zur Erde ein Ende gesetzt hatte, nachdem er vor etwas mehr als zwei Jahren nicht wiedergewählt worden war. Mariene Carstairs war eine kalte Schlange, und jedermann wußte, daß sie für Violet keine einzige Träne vergossen hatte. Osborne hoffte, daß Carstairs' Haß auf den verstorbenen Renraku-Richter immer noch groß genug war, um sie davon abzuhalten, Fuchi aus reiner Boshaftigkeit Knüppel zwischen die Beine zu werfen. Die Saeder-Krupp-Richterin glaubte an die Redensart, ›der Feind meines Feindes ist mein Freund‹, und Osborne beabsichtigte, das zu ihrem Vorteil auszunutzen.

Zusammen mit Carstairs kam Domingo Chavez, der ebenfalls gerade erst mit dem Shuttle zum Orbital geflogen war. Chavez machte wie Carstairs kein Geheimnis aus seiner Abneigung gegen den Aufenthalt im Orbital, aber in seinem Fall war diese Abneigung wohlbegründet. Chavez war ein Magier, ein Mann mit einem Talent dafür, die magischen Energien der Erwachten Welt zu formen. Es war eine Kraft, die das Angesicht der Erde seit dem Erwachen im Jahre 2011 verändert hatte, und die Megakonzerne betrachteten die Magie als mächtiges Werkzeug, das benutzt und respektiert werden mußte, was Magier wie Chavez den Aufstieg in Machtpositionen ermöglicht hatte.

Unglücklicherweise sprachen alle Anzeichen dafür, daß die Macht der Magie an die Erde gebunden war und außerhalb der Atmosphäre nicht wie erwartet funktionierte. Im Weltraum wurden Magier verrückt oder starben sogar, wenn sie versuchten, ihre Kräfte einzusetzen. Manche verschwanden einfach, um nie wieder aufzutauchen. Alle Konzerne und viele andere erforschten das Problem, aber einstweilen sah es so aus, als sei der Einsatz von Magie im Weltraum ganz einfach nicht möglich. Magier waren nicht gefährdet, solange sie nicht versuchten, ihre Kräfte einzusetzen. Das war der Grund, warum so wenige Magier zum Richter ernannt wurden und Chavez es so haßte, das Zürich-Orbital aufzusuchen. Ein dünner Schweißfilm bedeckte seine Stirn, und er wischte ihn sich nervös mit einem Leinentaschentuch ab, während er vorsichtig an der Umrandung entlang zu seinem Platz schwebte.

Aztechnology war bei Gerichtsentscheidungen immer unberechenbar. Dieser Megakonzern hatte die zweifelhafte Ehre, für seine Aktivitäten in Südkalifornien und Aztlan, der Nation, die das ehemalige Gebiet Mexikos und einen Großteil Mittelamerikas mit Rückendeckung von Aztechnology übernommen hatte, vor gut zehn Jahren als erster vom Gericht bestraft worden zu sein. Es war nötig gewesen, Aztechnology eine Lektion zu erteilen, und das Gericht hatte einschneidende Maßnahmen beschlossen. Osborne wußte, daß der Stachel dieser Lektion bei vielen Konzernmanagern Aztechnologys noch tief saß. Sie fragte sich, ob diese Erfahrung Chavez eher von einer Zustimmung zu ähnlichen Maßnahmen gegen Renraku abhalten würde oder ob der Aztechnology-Richter die Gelegenheit willkommen heißen würde, einiges davon, was sein Konzern durchgemacht hatte, einem anderen Mitglied des Gerichtshofs heimzuzahlen.

Die nächsten, die den Gerichtssaal betraten, waren die beiden Richter von Ares Macrotechnology. Paul Graves kam zuerst. Er sah wie ein Baseballspieler oder Marineinfanterist aus, den jemand für diese Gelegenheit in einen Tausend-Nuyen-Designer-Anzug gesteckt hatte, und bewegte sich durch die Schwerelosigkeit der Station wie ein Soldat auf einem Hindernisparcours, den er schon ein dutzendmal bewältigt hatte. Osborne wußte, daß Graves das Leben und Arbeiten im Weltraum nicht fremd war, da er nicht nur das Zürich-Orbital regelmäßig besuchte, sondern auch Ares' eigene Orbitalplattform Daedalus. Graves gehörte zu den militärischen Typen, die charakteristisch für Damien Knights innersten Kreis von Geschäftspartnern und Untergebenen waren, eine tödliche Waffe, die auf jedes Ziel gerichtet und abgefeuert werden konnte, das Knight auswählte.

Hinter Graves kam Akae Ono, der sich durch den Raum zu seinem Platz entlang der Bank schlängelte wie ein Fisch im Wasser. Trotz seines Alters bewegte Ono sich in der Schwerelosigkeit mühelos. Er war der einzige Richter, der sich ständig an Bord der Station aufhielt, und das seit seiner Ernennung vor sieben Jahren. Ein Gerücht besagte, er tue das wegen der lebensverlängernden Wirkung der Schwerelosigkeit, und die Fakten schienen ihm recht zu geben. Ono war weit über siebzig, wirkte aber von seiner ganzen Erscheinung, als sei er halb so alt. Osborne wußte, daß Ono derjenige war, der Graves für Damien Knight an der Leine hielt. Wenn sie den alten Mann davon überzeugen konnte, daß Fuchis Interessen auch Ares' Interessen waren, würde Osborne damit sicherlich auch Graves auf ihre Seite ziehen.

Die beiden verbleibenden weiblichen Mitglieder des Gerichts betraten den Raum gemeinsam, wenngleich die beiden nicht viel füreinander übrig hatten. Yoshiko Hino von Yamatetsu war die körperliche Perfektion, wie sie nur die Schönheitschirurgie des einundzwanzigsten Jahrhunderts schaffen konnte. Osborne lächelte kurz über die ausgeprägte Wirkung der Schwerelosigkeit auf Hinos Brüste, die ein wenig zu groß für ihren Körper waren, und wie versessen die aufgeblasene Hino darauf war, diesen Effekt zu ihrem Vorteil einzusetzen, wann immer die Umstände sie hierher ins Orbital führten. Tatsächlich glaubte Osborne, daß Hinos Holobild, das durch die Matrix versandt wurde, auf dieselbe Weise geschönt war, um ihr größtenteil männliches Publikum abzulenken. Yamatetsu war ein hungriger Konzern, der sich bereits ein paar Jahre nach seiner Gründung einen Platz im Konzerngerichtshof erobert hatte, und noch Jahre später haftete dem Konzern das Stigma des ›Emporkömmlings‹ an. Yamatetsu war ein lautstarker Befürworter der Aktion gegen Aztechnology gewesen, und Osborne hatte den Verdacht, daß Hino sich allem anschließen würde, was ihren Arbeitgeber zu einem Teil der Majorität machte.

Im Gegensatz zu Hinos ›Konzernschnallen‹-Image war Mariko Kiyonobo ganz Geschäftsfrau. Abgesehen von ihren Pflichten als Mitglied des Konzerngerichtshofs war sie Direktor von Shiawases aktiver Envirotech Division und bewältigte beide Aufgaben mit beachtlichem Geschick. Obwohl sie als Nachfolgerin der glanzlosen Lorraine Wakizaka dem Gericht erst seit dieser Sitzungsperiode angehörte, ließ Mariko sich nicht im geringsten von den anderen Richtern einschüchtern und verfolgte die Ziele ihres Konzerns mit viel Nachdruck und Souveränität. Osborne mochte sie und war der Ansicht, daß dieses Gefühl auf Gegenseitigkeit beruhte. Shiawase war nicht sonderlich beunruhigt über Renrakus Aktivitäten, aber Osborne glaubte, daß Kiyonobo tun würde, was für ihren Konzern und das Gericht das beste war.

Der letzte, der den Gerichtssaal betrat und seinen Platz auf der Bank einnahm, war Francesco Napoli, der Vertreter Renrakus, der Hague so beunruhigte. ›Paco‹ Napoli hatte in der Tat einen beachtlichen Ruf als Konzern-Bulldogge und ›Ressourcenbeschaffer‹ für Renraku Computer Systems. Seine Karriere vor seiner Ernennung zum Richter war mit den sorgfältig vergrabenen Leichen von Leuten gepflastert, die ihm oder Renraku an irgendeiner Stelle in die Quere gekommen waren, aber Osborne machte sich keine Sorgen über eine mögliche Gefahr, die Napoli für Fuchis Klage darstellte. Seit dem bedauerlichen Ableben von Sam Violet war das Konzerngericht der einzige Bereich, der bei Renraku vernachlässigt wurde, und Napoli war nach wie vor Renrakus einziges Mitglied in diesem Gremium. Einige zogen daraus die Schlußfolgerung, daß Renraku beschlossen hatte, über den Bemühungen um diese erhabene Einrichtung zu stehen, aber Lynn Osborne zog es vor, dies als ernsthaften Beurteilungsfehler zu interpretieren, den sie so gut wie möglich auszunutzen gedachte.

Wenn Napoli sich wegen dieser Anhörung überhaupt Sorgen machte, ließ er es sich nicht anmerken. Das mußte Osborne ihm lassen, Napoli war eiskalt. *Sein Blut muß wie Eis sein,* dachte sie, wobei sie ihn aus dem Augenwinkel betrachtete, während sie gleichzeitig Interesse an dem Bildschirm vorgab, der in ihre Bank eingebaut war. Napoli schwebte rasch zu seinem Platz und wechselte ein paar höfliche Floskeln mit Hino zu seiner Rechten. Osborne knirschte mit den Zähnen, als Hino über irgendeinen Witz oder eine Bemerkung Napolis lachte.

Jean-Claude Priault nahm einen altmodischen Hammer aus echtem Holz von seinem Platz im Sims und klopfte damit mehrmals leise auf die Bank, um sich Aufmerksamkeit zu verschaffen. Von den Kosten, die es verursacht hatte, den Hammer für die Benutzung im Konzerngericht in das Orbital zu schaffen, hätte wahrscheinlich eine durchschnittliche vierköpfige Familie ein paar Monate lang leben können. Die Megakonzerne sparten weder Kosten noch Mühen, wenn es um Authentizität ging.

»Ich rufe das Gericht zur Ordnung«, sagte er mit seiner tiefen Stimme, die nur einen ganz schwachen französischen Akzent verriet. »Ich erkläre diese Sitzung des Internationalen Konzerngerichtshofs hiermit für eröffnet.«

In dem Saal wurde es still, und Osborne spürte ein Dutzend Augenpaare auf sich ruhen, während sie sich sammelte. Sie wartete geduldig das offizielle Anwesenheitsprotokoll und die Verlesung der Aufgabe des Gerichts ab, ›das Wohlergehen und die Sicherheit seiner Mitglieder zu schützen und zu gewährleisten‹. Dann waren sie bereit, zur Sache zu kommen. Normalerweise hätte Priault den Protokollführer des Gerichts aufgefordert, den ersten Punkt der Tagesordnung vorzulesen, aber in dieser Sitzung war außer den Richtern niemand zugelassen, also las Priault ihn persönlich laut von dem Bildschirm in der Bank ab.

»Die Anhörung befaßt sich mit der Frage, ob das Konzerngericht Renraku Computer Systems Incorporated wegen der Anwendung unfairer Praktiken und Verletzung der Übereinkommen des Konzerngerichtshofs tadeln soll oder nicht und ob das Konzerngericht die Zahlung von Reparationen seitens Renraku Computer Systems anordnen oder auf dieser Grundlage andere Aktionen autorisieren soll oder nicht. Die Klage wurde von Richter Osborne von Fuchi Industrial Electronics eingebracht, die in dieser Angelegenheit jetzt zum Gericht sprechen wird. Richter Napoli von Renraku wird ebenfalls Gelegenheit bekommen zu sprechen. Wir werden jetzt das Eröffnungsplädoyer der beiden Parteien hören.«

Also gut, dachte Osborne. *Es geht los.*

6

Verstöße gegen die Konzerngesetze fallen in zwei grundlegende Kategorien: Verstöße von kleineren Konzernen und Verstöße von Megakonzernen. Der erste Fall ist ein Kinderspiel. Wenn das Konzerngericht entscheidet, daß ein kleinerer Konzern (jeder Konzern, der nicht die Einstufung AAA hat) ein Gesetz gebrochen und Strafe verdient hat, gibt es einem oder mehreren der Megakonzerne ein Mandat bis zu einem bestimmten Grad. Dieses Mandat autorisiert den Megakonzern offiziell, seine Sicherheitskräfte gegen den schuldigen Konzern in einem zuvor festgelegten Ausmaß einzusetzen. Ein Mandat kann von relativ kleinen Zerstörungen durch schwarze Operationen bis hin zur ›Jagdzeit‹ reichen, wobei der betreffende Megakonzern den Übeltäter völlig zerstören kann.

Wenn ein Megakonzern mit der Einstufung AAA gegen das Konzerngesetz verstößt, wird ein wenig anders verfahren.

– herabgeladen aus ›Konzern-Schattendateien‹
im Shadowland-BTX-System

Osborne legte die Hände auf die Bank und erhob sich langsam und vorsichtig ein wenig über die Ebene ihrer bisherigen Stellung, um hier in der Schwerelosigkeit so etwas wie eine stehende Haltung anzunehmen. Um diese Bewegung möglichst elegant ausführen zu können, hatte sie zuvor eigens ihr Haltegeschirr ein wenig modifiziert.

»Verehrte Kollegen«, sagte sie, indem sie den Blick durch den Saal schweifen ließ und jeden Anwesenden einbezog, »dieses Gericht wurde etabliert, um zwei Dinge zu gewährleisten: eine sichere Umgebung, in der die Wirtschaft und der Handel florieren können, und die Erhaltung eines Gleichgewichts der Macht, damit alle unsere Konzerne auch weiterhin prosperieren können. Wenn dieses labile Gleichgewicht bedroht ist, müssen wir handeln, wie es unsere Charta verlangt, um das Ungleichgewicht zu korrigieren und die Dinge wieder ins rechte Lot zu rücken.«

Osborne hielt kurz inne und sah, daß sie jedermanns Aufmerksamkeit hatte. Kein Angehöriger des Gerichts wollte über die Möglichkeit nachdenken, daß die Megakonzerne die profitablen Geschäftsgrundlagen verloren, die sie brauchten, um lebensfähig zu bleiben.

»Ich bin heute hier, um die Aufmerksamkeit des Gerichts auf eine Gefahr für dieses labile Gleichgewicht zu lenken. Renraku Computer Systems hat in letzter Zeit in Forschung und Entwicklung beträchtliche Fortschritte erzielt, zu denen man dem Konzern nur gratulieren kann. Doch Renrakus Fortschritte fußen auf anderen Mitteln als den erlaubten. Fuchi Industrial Electronics fordert Renraku Computer Systems in aller Form auf, Dokumentationen seiner Erforschung und Entwicklung dieser neuen Technologien zu präsentieren, und zwar mit der Begründung, daß Renraku die Übereinkommen dieses Gerichts hinsichtlich Industriespionage gegen Fuchi und andere Mitglieder dieses Gerichts gebrochen hat, insbesondere unter Bezugnahme auf die Unterstützung von Miles Lanier, ehemals ein Angestellter Fuchis und nun Anteilseigner und Mitglied des Aufsichtsrats von Renraku. Wir sind bereit, Beweise zu erbringen, daß eine derartige vollständige Offenlegung gerechtfertigt ist und im Interesse der Konzerngemeinschaft liegt. Vielen Dank.«

Osborne ließ sich behutsam wieder auf ihren Platz nieder und hielt sich an der Bank fest, um ihre Haltung zu stabilisieren, während Paco Napoli, immer noch die

Gefaßtheit in Person, sich ein wenig zurücklehnte und tief Luft holte.

»Meine Damen und Herren, ich bin ein glücklicher Mann«, begann er, indem er seine Worte sehr sorgfältig wählte. »Ich bin Angestellter eines Konzerns, der mit den weltweit besten Neuentwicklungen im Bereich der Computer- und Matrix-Technologie aufwartet, und die Geschäfte gehen gut. Dafür bin ich Renrakus brillanter Forschungs- und Entwicklungsabteilung dankbar. Ich bin außerdem ein glücklicher Mann, weil die Beweislast für Fuchi Industrial Electronics' unangebrachte Behauptung, Renraku Computer Systems habe in irgendeiner Weise anders als nach den Richtlinien dieses erhabenen Gerichts gehandelt, nicht bei Renraku, sondern bei Fuchi Industrial Electronics liegt.

Gewiß ist es richtig, daß Renraku in den vergangenen Jahren einen großen Schritt nach vorn getan hat, möglicherweise auf Kosten der Umsätze Fuchis. Aber das liegt in der Natur des freien Wettbewerbs, den es gemäß unserer Charta zu schützen und zu fördern gilt. Renrakus Entwicklungen und Erfolge sind keine Verbrechen, und wir haben kein einziges Konzerngesetz gebrochen. Renraku Computer Systems kann nicht einfach auf der Basis seiner finanziellen Erfolge verurteilt werden, und es ist Richter Osbornes Aufgabe, Beweise vorzulegen, die etwas anderes besagen. Ich erwarte mit großer Zuversicht den Spruch dieses Gerichts.«

Napoli deutete mit einem leichten Nicken an die Adresse des vorsitzenden Richters Priault an, daß er fertig war. Priault klopfte mit seinem Hammer auf die Bank und wandte sich wieder an Osborne, sie möge ihre Klage begründen. Napoli saß nur da, und sah aus, als habe er nicht die geringste Befürchtung, wie sich die Dinge entwickeln würden.

Nicht so selbstgefällig, Paco, dachte Osborne, indem sie eine Anzeige an ihrer Konsole aufrief. *Wenn du siehst, was wir alles über Renraku haben und das Urteil gefällt ist, hast du Glück, wenn sie dich von hier* zu Fuß *nach Hause gehen lassen.*

Lynn Osborne erhob sich aus ihrer Position hinter der Bank. Sie ignorierte unbekümmert Napolis blasierten Ausdruck der Zuversicht und tat ihr Bestes, sich einen Anstrich ruhiger Kompetenz zu geben. Um mit ihrer Klage Erfolg zu haben, mußte sie mit einem stichhaltigen Argument beginnen, mit derselben Art von Argumenten, die Fuchis Beschwerde gegen Renraku bisher so weit vorangetrieben hatten, daß der Fall nun tatsächlich dem Konzerngericht vorgelegt wurde.

In einem Punkt irrst du dich, Paco, dachte Osborne mit einem raschen Blick auf das dunkelhäutige Gesicht des Renraku-Richters. Die Beweislast lag nicht ausschließlich bei Fuchi und Osborne.

In einem idealen Universum wäre es sicher richtig gewesen, daß das Konzerngericht an der Vorstellung ›unschuldig bis zum Beweis des Gegenteils‹ festhielt, aber dieses Gericht war kein Gericht des Strafgesetzes. Die Richter waren von keiner Regierung ernannt worden, und die Konzerne, die sie vertraten, unterlagen nicht den Gesetzen einer Regierung. Die Megakonzerne machten ihre eigenen Gesetze, was bedeutete, daß das Konzerngericht, das Dispute zwischen ihnen schlichtete, nicht an die Regeln irgendwelcher Rechtssysteme gebunden war, sondern nur an sein eigenes. Osborne brauchte keinen eindeutigen Beweis dafür, daß Renraku eine Gefahr für die Stabilität war, wenn sie die anderen Richter davon überzeugen konnte, daß es im Interesse aller lag, Renraku ein wenig zu demütigen.

»Verehrte Kollegen«, begann sie. »Ich muß Sie nicht an Ihre Aufgabe erinnern, ein Milieu der ökonomischen Prosperität und des Wirtschaftswachstums zu erhalten. Um unser Ziel zu erreichen, haben sich die Konzerne, die wir vertreten, auf gewisse Bedingungen und Übereinkommen geeinigt, darunter auch die Ächtung spezifischer Bereiche der technologischen Entwicklung, welche das profitable Milieu, das wir schaffen, destabilisieren könnten.«

»Ja, ja, das haben Sie bereits ausgeführt, Missis Osborne«, sagte Mariene Carstairs. »Beschuldigen Sie Renraku Computer Systems des wissentlichen Bruchs der Übereinkommen? Und wenn ja, welcher?«

Osborne verkniff sich eine scharfe Erwiderung und schluckte die Unterbrechung. Sie wußte, daß Carstairs schwierig sein würde und sie die Vertreterin Saeder-Krupps mindestens ebensosehr hofieren mußte, um sie auf ihre Seite zu ziehen, wie jedes beliebige andere Mitglied des Gerichts. Außerdem mußte sie Zeit gewinnen. Wenn sie die Präliminarien lange genug hinauszögern konnte, würde Fuchis Agent in der Lage sein, ihr den Beweis zu beschaffen, den sie brauchte, um das Gericht gegen Renraku einzunehmen. Sie mußte das Verfahren nur lange genug in Gang halten.

»Ich bringe keine Beschuldigungen vor, Missis Carstairs, ich handle lediglich im Namen von Fuchi Industrial Technologies. Fuchi hat allen Grund zu der Vermutung, daß Renraku auf illegale Weise Ressourcen eingesetzt hat, die dem Konzern zur Verfügung stehen, um sich einen Vorteil gegenüber anderen Megakonzernen, insbesondere Fuchi, zu verschaffen. Wir glauben, daß Renraku zudem Miles Laniers Wissen über Fuchi Industrial Electronics ausgebeutet hat, um illegale und verdeckte Unternehmen gegen uns mit dem Ziel auszuführen, sich Informationen aus unseren Forschungs- und Entwicklungsabteilungen zu beschaffen, die es Renraku ermöglichten, einige ihrer eigenen Entwicklungen voranzutreiben. Renrakus Handlungsweise steht im eklatanten Gegensatz zu den Übereinkommen und Richtlinien dieses Gerichts, und wir verlangen eine angemessene Reaktion.«

Ein Punkt für mich, dachte Osborne, als den Anwesenden die Bedeutung ihrer Ausführungen aufgingen. Alle Richter dieses Gerichts wußten, was auch jeder bedeutendere Konzern-Exec wußte: Spionage und Shadowruns eines Konzerns gegen einen anderen waren nur eine andere Seite des Geschäfts. Aber die Richter wußten auch, daß die Kardinalregel für Shadowruns und schwarze Unternehmungen lautete, ›du sollst nicht erwischt werden‹. Zwar wußte jeder Konzern, daß alle Industriespionage gegeneinander betrieben, aber die einzige Möglichkeit, wie der Konzerngerichtshof und die Megakonzerne tagtäglich funktionieren und miteinander umgehen konnten, bestand darin, vorzugeben, daß nichts Illegales geschah. Solange alle ihren illegalen Aktivitäten heimlich und ohne Aufsehen nachgingen, ließ sich nichts gegen sie vorbringen.

Osbornes Beschuldigung konnte nur bedeuten, daß Renraku dieses ungeschriebene Gesetz gebrochen und seine Spuren nicht sorgfältig genug verwischt hatte. Entweder wurde Renraku schlampig – in diesem Fall hatte der Konzern eine Strafe verdient, um ihn daran zu erinnern, in Zukunft vorsichtiger zu sein –, oder Renraku wurde so mächtig oder verzweifelt, daß es dem Konzern egal war, ob er erwischt wurde. Letzteres war keine angenehme Aussicht. Die Megakonzerne hielten sich alle an heikle und komplexe Verhaltensmaßregeln. Wenn einer der mächtigsten Megakonzerne gewillt war, diese Regeln offenkundig zu mißachten, drohte damit der Zusammenbruch des gesamten Systems. Kein Mitglied des Konzerngerichts konnte einfach danebenstehen und zusehen, wie das geschah.

Solange Osborne die Ängste, die sie weckte, steuern und kontrollieren konnte, bestand eine gute Chance, das Gericht zum Handeln zu bewegen. Die anderen Richter waren gewiß keine Befürworter von Renrakus

Wachstum in den letzten Monaten, aber sie hatten auch das Verlangen, gewisse Prozeduren einzuhalten. Es waren Prozeduren wie der Gerichtshof, welche den Megakonzernen überhaupt erst die Koexistenz ermöglichten, ohne durch ständige Konflikte beschnitten zu werden. Wenn Renraku nicht nach den Regeln spielte, mußte Renraku bestraft werden, und Osborne konnte die anderen Konzerne hinter dem Banner Fuchis vereinigen, um das zu erreichen. Solange sie dafür sorgen konnte, daß die Dinge den gewünschten Verlauf nahmen.

»Ich gehe davon aus, daß alle Mitglieder dieses Gerichts damit vertraut sind, wie Miles Lanier in den Besitz einer beträchtlichen Menge Renraku-Aktien gelangte und damit den Anspruch auf einen Sitz im Aufsichtsrat dieses Konzerns erwarb. Ich bin sicher, Sie sind sich außerdem der Tatsache bewußt, daß Mister Laniers Trennung von Fuchi unter nicht gerade... einvernehmlichen Umständen vollzogen wurde.« Das war gewiß eine Untertreibung. Praktisch jeder in der Konzernwelt wußte, daß Richard Villiers' und Miles Laniers jahrelange Freundschaft über Laniers Trennung von Fuchi zerbrochen war. Das war monatelang das Thema des Konzerntratsches gewesen.

»Mister Lanier hat keinen Augenblick gezögert, seine Mittel und Talente bei Renraku einzubringen, nachdem Dunkelzahns Testament ihn zum Aktienbesitzer gemacht hatte. Zwar hat Fuchi jede Vorsichtsmaßnahme dagegen getroffen, daß Mister Lanier wertvolle Informationen und konzerninterne Sicherheitsgeheimnisse mitnimmt, aber es hat einige Zeit gedauert, bis Fuchi unter Berücksichtigung der Plötzlichkeit von Präsident Dunkelzahns Ableben und Mister Laniers Trennung alle erforderlichen Regelungen treffen konnte. Obwohl einige Sicherheitsmodifikationen von Richard Villiers persönlich vorgenommen wurden, bleibt Mister Lanier doch ein äußerst fähiger Mann mit intimen Kenntnissen in bezug auf Fuchis Sicherheitsprotokolle und -prozeduren.

Nicht lange nachdem Mister Lanier seinen Sitz im Aufsichtsrat von Renraku eingenommen hatte, tatsächlich nur einen Monat später, brachte der Konzern eine Weiterentwicklung ihrer IC-Systeme, der sogenannten ›Schwarze Samurai‹-Linie, auf den Markt. Diese Weiterentwicklung weist starke konzeptionelle Ähnlichkeiten zu den Entwürfen auf, an denen Fuchi zu diesem Zeitpunkt arbeitete. Die technischen Informationen zu den beiden Programmen aus unserer Forschungsabteilung stehen zu Ihrer Begutachtung bereit. Nicht lange danach begann Renraku mit der Veröffentlichung anderer Produkte, fast achtzig Prozent davon in Bereichen, in denen Fuchi ebenfalls an Neuentwicklungen arbeitete, und mit technischen Ähnlichkeiten mit unseren Prototypen. Die Korrelationen unserer Untersuchungsergebnisse stehen dem Gericht ebenfalls zur Einsicht zur Verfügung.«

Doi von Mitsuhama ergriff das Wort, als Osborne innehielt, um die Mitglieder des Gerichts ihre Worte verdauen zu lassen. »Also beschuldigen Sie Renraku der Spionage gegen Ihren Konzern mit Miles Laniers Hilfe?«

»Das ist richtig«, sagte Osborne mit einem Seitenblick auf Napoli. »Wir bitten das Gericht, Renraku Computer Systems aufzufordern, ihre Forschungs- und Entwicklungsprotokolle zugänglich zu machen, um zu beweisen, daß ihre Projekte in den vergangenen vierzehn Monaten nicht mit Informationen entwickelt oder vollendet worden sind, die aus Fuchis Systemen gestohlen wurden.«

»Richterin Osborne«, begann Jean-Claude Priault, »ich hoffe, Sie können Ihre Klage gegen Renraku mit substantielleren Dingen stützen als einigen Indizien hinsichtlich der Entwicklungen in Bereichen, die traditionell von Ihrem Konzern beherrscht wurden.«

»Das kann ich, Herr Vorsitzender«, log Osborne glatt. »Wir haben Informationen über Renrakus jüngste Aktivitäten und ihre Auswirkungen nicht nur auf Fuchi, sondern auf alle Mitglieder der Konzerngemeinschaft, die wir dem Gericht vorlegen möchten.« Aus dem Augenwinkel sah Osborne, wie Napoli sich über das Kinn strich. Wenngleich es sich nicht um mehr als eine Geste stiller Neugier zu handeln schien, wußte Osborne, daß so ein Bruch der Fassung bei Napoli fast ein Ausdruck der Überraschung war. *Wieder ein Punkt für mich,* dachte sie. *Du hast nicht geglaubt, wir könnten eine fundierte Klage haben, nicht wahr, Paco?*

»Doch bevor ich unsere Beweise präsentiere«, fuhr Osborne fort, indem sie ihre Aufmerksamkeit wieder auf Priault richtete und Napoli absichtlich ignorierte, »möchte ich das Gericht um eine Unterbrechung bitten, damit die Richter das Material begutachten können, das ich bisher vorgelegt habe, und Gelegenheit zur Erholung haben, um diese Angelegenheit ausgeruht angehen zu können. Die Informationen stehen in engem Zusammenhang mit den Beweisen, die Fuchi präsentieren möchte.«

Osborne biß sich im stillen auf die Lippe, während Priault nachdachte. Würde er erkennen, was sie tat, und ihr die Zeit geben, die sie brauchte?

»Nun gut«, sagte Priault nach einer kurzen Pause. »Ich nehme an, daß alle unter einer gewissen Zeitverschiebung leiden, und das Gericht weiß die Gelegenheit für die Richter zu schätzen, die vorliegenden Fakten in Augenschein zu nehmen. Das Gericht legt eine sechsstündige Pause ein. Wir werden uns hier alle wieder um zehn Uhr Stationszeit versammeln, um den Rest der Klage Fuchis zu hören.«

Priault schlug mit seinem Hammer auf die Bank,

und die Mitglieder des Konzerngerichts verließen den Raum, um sich von der langen Reise zur Station zu erholen und um sich die Dateien anzusehen, die Osborne in das Computersystem des Orbitals eingespeist hatte. Sie wartete, während die anderen Richter einer nach dem anderen verschwanden, und bedachte Napoli mit einem Lächeln, als dieser zur Tür schwebte. Er reagierte darauf mit einem leichten Nicken, aber seine Miene zeigte, daß er nicht glücklich über den Verlauf war, den die Angelegenheit nahm.

Osborne wurde plötzlich klar, daß Napolis Selbstsicherheit in vielerlei Hinsicht ebenso vorgetäuscht war wie ihre eigene. Renraku war besorgt, was bedeutete, man wußte, daß Fuchis Klage dem Konzern möglicherweise schaden konnte. Wie von Villiers vorausgesagt, hatte Renraku offensichtlich etwas zu verbergen, und Osborne hatte gute Chancen, Renraku zu zwingen, sein Blatt zu Fuchis Bedingungen aufzudecken. Sie hoffte nur, daß sich in dem Blatt keine Pistole verbarg. Renraku mochte in Panik geraten, wenn der Konzern in die Ecke gedrängt wurde, und das würde allen Beteiligten echte Schwierigkeiten bereiten.

So weit, so gut, dachte sie, während sie Napolis Rükken betrachtete. *Jetzt kann ich nur hoffen, daß mein Beweis noch rechtzeitig auftaucht, um ihn präsentieren zu können, sonst wird Paco Napoli auf meinem Grab tanzen.*

7

Talentierte Matrix-Programmierer wissen schon seit Jahren von der Kraft der Phantasie. Der Systemspeicher, der erforderlich ist, um ein supra-realistisches Icon mit der Fähigkeit der Interaktion mit multiplen Sinnen zu programmieren, ist immens (Tast- und Geruchssinn werden von den meisten Programmierern in der Regel vernachlässigt; oft unklugerweise, wie wir noch sehen werden). Die Balance zwischen Systemfunktionalität und Komplexität der programmierten Bilder erfordert gewisse Zugeständnisse, Kompromisse, die ein Programmierer eingehen muß.

Eine der Möglichkeiten für Programmierer, dieses Speicherdefizit auszugleichen, besteht in der Benutzung gewisser sensorischer ›Cheats‹, um die gewünschte Wirkung zu erzielen. Anstatt jedes einzelne Detail des gewünschten Bildes oder der sinnlichen Wahrnehmung zu programmieren, benutzt der Programmierer gewisse Schlüsselelemente der Erfahrung, um eine allgemeine Empfindung bei dem Empfänger hervorzurufen. SimSinn-Produzenten und -Herausgeber verwenden ähnliche Techniken bei der Produktion von SimSinn-Chips. Die eigene Phantasie des Users füllt die ›Lücken‹ in den sensorischen Informationen aus, um ein kontinuierliches, stetiges Ganzes zu erzeugen, und die Gesamtheit der Impression wird bei minimaler Speicherplatzbelegung durch die notwendige Metaphorik wahrgenommen.

Diese Technik der ›Simplifizierung‹ sensorischer Eindrücke ist Anwendern von Memorisierungs- und Visualisierungstechniken seit Jahrhunderten bekannt, doch mit dem Aufkommen der Programmierung virtueller Realität und der ASIST-Technologie haben wir völlig neue Türen der Wahrnehmung geöffnet, von denen Aldous Huxley nicht einmal auch nur hätte träumen können. Wir lernen mehr, als nur unsere Maschinen zu programmieren.

Wir lernen, uns selbst zu programmieren.

– Dr. Yoshi Tanaka, *Iconografie und Tiefenbewußtsein,*
E-Books Press, New York 2054

Meine Träume sind seltsam. Ich erinnere mich an eine glitzernde Neonwelt, die sich in alle Richtungen bis zum endlosen Horizont erstreckt, und an einen anderen Ort, der all das und noch viel mehr ist. Ich höre Lieder und Worte und Rätsel an diesem Ort, aber nicht in einer Sprache, wie sie von Menschen gesprochen wird. Es ist eine Geheimsprache. Die Sprache des anderen Ortes. Ich erinnere mich, einen langen Weg zu einem Ort mit einem tiefen Brunnen gegangen zu sein. Eine Stimme sagt mir, ich soll von dem silbrigen Wasser trinken, und ich schöpfe das Wasser mit den Händen, das kühl ist und schillert wie Quecksilber. Als ich es trinke, erkenne ich, daß es kein Wasser ist, sondern Wissen. Flüssige Software, jedes Molekül mit Information codiert, breitet sich in einer kühlen Welle über meine Zellen aus und spricht in einer merkwürdigen, fremdartigen Sprache mit meiner DNS. Ich verwandle mich, aber in was?

Ich erwache schlagartig aus dem Traum, und mir wird klar, daß ich nicht mehr dort bin, wo ich war. Die dunkle, feuchte Gasse ist verschwunden, und Tageslicht fällt in das Zimmer. Wo bin ich? In einem Bett. In einem sauberen Bett in irgendeinem Zimmer. Wie bin ich hierhergekommen? Ich erinnere mich an die Gasse, an das Schlachthaus und an den Ghul, und ich frage mich, ob dieser Ort genauso gefährlich ist. Aus irgendeinem Grund habe ich ein anderes Gefühl. Ich fühle mich hier geborgen. Der Ort ist mir irgendwie vertraut. Ich glaube ihn zu kennen, aber als ich die Erinnerung fassen will, entgleitet sie mir und erweist sich als ebenso flüchtig wie die Bilder aus meinem Traum. Ich kann mich immer noch an nichts erinnern, was vor meinem Erwachen in der Gasse war, wo die Leichendiebe mich gefunden haben, und ich frage mich, ob ich einfach vergessen habe, wie ich aus der Gasse hierhergekommen bin. Oder ist alles nur ein Traum gewesen?

Nein. Ich bin sicher, daß meine Erinnerung an die Begegnung mit den Leichendieben und ihrem Ghul-Boß real ist. Ich werfe einen Blick auf mein Handgelenk, und ich kann immer noch die dünne weiße Linie sehen, wo die Klinge herausgeschnappt ist. Das war sicherlich real.

Ich sehe mich in dem Raum um und mache eine Bestandsaufnahme meiner Umgebung. Das Haus ist alt und zeigt Spuren seines Alters. Die Wände sind aus Stein, schwer und grau, und der Boden ist mit einem orientalischen Teppich in verblichenen Edelsteinfarben bedeckt. Das Licht in dem Raum fällt durch hohe, geteilte Fenster. Manche von ihnen sind mit Platten aus durchscheinendem Bauplastik in verschiedenen Farben vernagelt, während einige wenige noch Scheiben aus Buntglas haben. Die Bilder auf den Scheiben stellen Heilige und biblische Motive dar und werfen Balken aus farbigem Licht in den Raum. Das Licht läßt vermuten, daß es sehr früh – oder sehr spät – am Tag ist. Ich frage mich, wie lange ich geschlafen habe. Ich hatte das Gefühl, als könnte ich tagelang in der Gasse schlafen, aber jetzt fühle ich mich völlig ausgeruht. Das Mobiliar und die übrigen Einrichtungsgegenstände in dem Zimmer passen nicht zueinander und sehen aus wie vom Sperrmüll, sind aber in gutem Zustand.

Die Tür öffnet sich, und ein Junge, nicht älter als zehn Jahre, steckt den Kopf herein und sieht mich an. Er trägt einen Overall und ein T-Shirt, die aussehen, als seien sie schon ein paarmal an strategisch wichtigen Abnutzungsstellen geflickt worden. Sein Haar ist fast militärisch kurz geschnitten, Gesicht und Hände sind sauber. Seine Augen haben einen fast ehrfürchtigen Ausdruck; er schenkt mir ein breites Grinsen und scheint sich zu freuen, daß ich wach bin.

Gerade als ich ihn ansprechen und fragen will, wo ich bin, dreht er sich um und läuft davon. Ich schlage das dünne Laken zurück, erhebe mich aus dem Bett und strecke mich. Meine Kleidung ist sauber und ordentlich am Fußende des Betts zusammengefaltet, und ich ziehe mich an. Ich sehe die Spitzen meiner Stiefel unter dem Bett hervorlugen, ziehe sie ebenfalls an und schnüre sie zu. Es ist immer noch möglich, daß ich diesen Ort rasch verlassen muß. Ich sehe mich nach der Pistole um, die ich Weizack abgenommen habe, und bin nicht überrascht, als ich feststelle, daß sie sich nicht in dem Raum befindet. Ich kann meinen Gastgebern kaum verübeln, daß sie mir die Waffe abgenommen haben. Ich könnte sie auch in der Gasse zurückgelassen haben, aber es ist unwahrscheinlich, daß jemand, der sich die Mühe macht, mich einzusammeln und hierher zu bringen, eine geladene Kanone herumliegen lassen würde. Mein Magen knurrt, und ich frage mich wieder, wann ich zum letzten Mal etwas gegessen habe. Ich kann mich nicht daran erinnern, wenngleich mein Magen sich anfühlt, als sei es Wochen her. Vielleicht ist es das sogar.

Wie als Antwort auf meine Gedanken kommt der Junge mit einem Tablett und in Gesellschaft eines alten Mannes in das Zimmer zurück. Ich weiß nicht, wie alt der Mann ist, vielleicht fünfzig oder sechzig. Er sieht wie jemand aus, der schon immer alt gewesen ist und von dem man sich nicht vorstellen kann, daß er je jung gewesen ist. Er ist ein Asiat mit zierlichem Knochenbau wie ein Vogel, hat lange weiße Haare und einen ordentlich gestutzten Bart. Als er mich erblickt, setzt er ein freundliches Lächeln auf.

»Du bist wach. Gut. Ich habe mir Sorgen gemacht.« Als er es sagt, weiß ich sofort, daß es ihm ernst ist. Ich weiß nicht recht, was ich antworten soll, also nicke ich nur und beobachte. Er hat eine Stofftasche über der Schulter hängen, die ziemlich voll aussieht. Er nickt dem Jungen zu, der das Tablett zu dem kleinen Tisch neben dem Bett bringt und es dort abstellt. Der alte Mann schickt ihn mit einem Klaps auf den Rücken hinaus und schließt dann die Tür hinter ihm.

»Als du verschwunden warst, habe ich die anderen losgeschickt, um dich zu suchen, aber es hat eine Zeitlang gedauert, bis wir dich in der Nähe der Gefechtszone in dieser Gasse gefunden haben. Es war gut, daß wir dich gefunden haben, bevor einige andere Bewohner des Rox beschließen konnten, sich zu nehmen, was sie als leichte Beute angesehen hätten.«

»Das hatten sie bereits«, sage ich, indem ich zum erstenmal das Wort ergreife. »Zwei Männer haben mich aus der Gasse geholt. Ich glaube, sie waren Leichendiebe, vermutlich Organhändler. Sie brachten mich in ein Haus, und dort war auch ein Ghul. Ich konnte ihnen entkommen und bin geflohen. Ich bin in der Gasse gelandet und muß eingenickt sein.« Der alte Mann schaut sehr ernst drein und gibt ein kehliges Brummen von sich, während ich rede.

»Die Tamanus«, sagt er mit einigem Abscheu. »Ghule und Grabräuber, die mit gestohlenen Körperteilen handeln. Bis jetzt haben sie uns noch nie Schwierigkeiten bereitet. Ich muß dafür sorgen, daß sie gar nicht erst auf den Gedanken kommen, daß sie unsere heiligen Orte entweihen können. Du hattest Glück, daß du ihnen heil und gesund entkommen konntest.« Sein schwaches Lächeln ist voller Ironie. »Vielleicht hättest du nicht Mystiker, sondern Krieger werden sollen.« Ein verführerischer Geruch steigt mir in die Nase, und der alte Mann deutet auf das Tablett neben dem Bett.

»Du mußt hungrig sein. Es wird Zeit, daß du frühstückst und deine Kräfte auffrischst. Komm und iß.«

Ich gehe zu dem Tisch. Auf dem Tablett befinden sich ein Teller mit einer dampfenden Suppe und ein paar belegte Brote. Ich nehme eines der Brote und beiße hinein, esse es auf, nehme das nächste. Es ist das beste Essen, das ich je zu mir genommen habe, obwohl ich Schwierigkeiten habe, mich daran zu erinnern, je etwas anderes gegessen zu haben. Mein Hunger scheint den alten Mann zu amüsieren, und er beobachtet mich eine Zeitlang stumm.

Er geht zu einer freien Stelle auf dem Boden und läßt sich mit mehr Eleganz, als ich von einem alten Mann erwartet hätte, mit übergeschlagenen Beinen auf dem Boden nieder. Er nimmt ein paar Gegenstände aus seiner Tasche und stellt sie in einer Anordnung auf den Boden, die mir wie so vieles andere seltsam bekannt vorkommt. Die Erinnerung streift neckisch mein Bewußtsein, zieht sich aber sofort zurück, als ich sie festzuhalten versuche. Während er die Gegenstände auf dem Boden zu seiner Zufriedenheit anordnet, esse ich mein zweites Brot auf und mache mich dann über die Suppe her. Sie schmeckt ebenfalls sehr gut. Ihre Wärme breitet sich in meinem Magen aus und bewirkt, daß ich mich zum erstenmal seit meinem Erwachen sicher und behaglich fühle. Der alte Mann wartet schweigend, bis ich aufgegessen habe, bevor er sich wieder an mich wendet.

»Komm«, sagt er in einem Tonfall, der mehr einladend als befehlend ist. »Setz dich zu mir und sag mir, was du in der Resonanz gesehen hast, dann werden wir die Bilder und Omen interpretieren.«

Ich sehe den gelassenen alten Mann lange an und komme dann zu dem Schluß, daß es keinen Sinn hat, ihn zu belügen.

»Sir, ich habe keine Ahnung, wovon Sie reden. Was ist diese ›Resonanz‹, und wer sind Sie?«

Er neigt den Kopf wie ein neugieriger Vogel und sieht mich mit seinen dunklen Augen einen Moment lang an, als schaue er in die Tiefen meiner Seele. Dann deutet er mit einer Hand auf die freie Stelle vor sich.

»Setz dich, dann erkläre ich es dir.«

Ich gehe zu ihm in den kleinen Ring aus technologischen Ausrüstungsgegenständen und setze mich mit übergeschlagenen Beinen auf die Knie, so daß mein Gewicht auf den Fersen ruht. Meine Sitzhaltung ist anders als die Lotusstellung des alten Mannes, kommt mir aber bequem vor. Ich mustere sein Gesicht und sein Aussehen, wie er dort sitzt wie ein lächelnder Buddha, und versuche ihn in meiner Erinnerung unterzubringen.

»Kennen Sie mich?« frage ich.

»Das tue ich«, sagt er. »Ich werde Papa Lo genannt. Du bist einer meiner Schüler, der als Lehrling zu mir gekommen ist, um die Geheimnisse der Welt des Lichts zu lernen.«

Ein Hoffnungsfunke flackert in mir auf. »Wie ist mein Name?«

Er zuckt die Achseln, eine Geste, in der beträchtliche Gelassenheit und ein Akzeptieren dessen steckt, was ist. »Ich habe dir deinen Namen genommen, bevor du gegangen bist«, sagt Papa Lo, als erzähle er das jedem, der aufwacht und sich nicht erinnern kann, wer er ist. »Du bist der einzige, der herausfinden kann, wie dein neuer Name lautet. Du gehörst zu unserem Stamm. Wir werden die Netwalkers genannt und leben im Rox, einem Teil des Bostoner Sprawls, wie viele andere Stämme auch, mit denen wir Handel treiben. Du hattest weder Familie noch Mittel, also haben wir dich von der Straße geholt. Du wurdest Teil unserer Gemeinschaft, und du hast gezeigt, daß du das Potential hast, die Resonanz zu erleben.«

»Diesen Begriff haben Sie schon einmal erwähnt«, sage ich. »Was ist diese Resonanz? Liegt es an ihr, daß ich mich an nichts erinnern kann?«

Wenn Papa Lo wütend darüber ist, unterbrochen worden zu sein, zeigt er es nicht. Statt dessen lächelt er. »Ja«, sagt er. »Vorübergehender Gedächtnisverlust ist bei dem Erlebnis der Resonanz nichts Ungewöhnliches, obwohl ich glaube, daß dein Gedächtnis sehr viel besser sein wird, wenn du dich vollständig erholt hast, und daß du dich von nun an mit großer Klarheit an alle Ereignisse und Informationen erinnern wirst. Anders als die anderen Stämme der Stadt sind wir die Wanderer-des-Netzwerks, die Vermittler zwischen der Welt des Körperlichen und der Welt des Lichts und des Wissens.« Er streicht ehrerbietig mit der Hand über das glatte Plastikgehäuse eines der Gegenstände auf dem Boden.

»Die Matrix ist ein Ort, der innerhalb des unendlichen Datenraums des Netzwerks der Welt, des Gitters, existiert. Sie ist eine andere Welt, die von Computern und Mathematik erschaffen wurde, eine Welt, die wir mit Hilfe von Computern als Eingangspforten betreten und erforschen können.«

Ich erinnere mich an das glatte Metall der Buchse hinter meinem Ohr, und meine Finger tasten fast unbewußt dorthin. Papa lächelt wieder und streicht sich ein paar seiner langen weißen Haare beiseite, um eine ähnliche Buchse hinter seinem Ohr zu enthüllen, die mit weißem Porzellan und Chrom umrandet ist.

»Ja. Damit«, sagt er, indem er die Buchse mit einem Finger berührt, »können wir uns direkt mit dem Computer verbinden und seine Signale lesen. Die Maschine überträgt die Welt der Matrix in unseren Verstand, und wir können ihre Geheimnisse und Pfade in Erfahrung bringen. Es gibt viele Dinge in der Welt des Lichts zu lernen und viele, die diese Geheimnisse schützen wollen. Und so lebt und gedeiht unser Stamm: indem wir die Welt des Lichts betreten und Wissen zurückbringen, das für die Leute von Wert ist, Wissen, das Schamanen und Magier gewinnen, wenn sie in die Gefilde ihrer Geister reisen.

Du hast beträchtliches Talent beim Betreten und Arbeiten in der Matrix bewiesen. Du wußtest etwas über Computer und hast rasch gelernt, wie du das, was wir hier haben und ich dir beibringen kann, verwenden kannst. Ich kam zu dem Schluß, daß du bereit warst, die Resonanz auszuprobieren. Sie ist eine Erfahrung, eine Initiation. Sie zeigt dir die tiefen Geheimnisse der Matrix, Geheimnisse, in die nicht einmal ich eingeweiht bin.« Er hält einen Moment inne, und seine Augen bekommen einen wehmütigen Ausdruck. »Wäre ich doch nur ein paar Jahre jünger ... aber es ist nicht meine Bestimmung, die Resonanz zu erfahren, nur jene anzuleiten, die es können. So wie dich. Du bist der älteste Jugendliche, den ich je gesehen habe, der das Potential für die Resonanz hatte, also habe ich dich auf das Erlebnis der Initiation vorbereitet. Jetzt müssen wir sehen, ob du Erfolg hattest. Sag mir, woran du dich aus der Zeit erinnern kannst, bevor wir dich gefunden haben.«

Ich weiß nicht, woher, aber ich weiß, daß es stimmt, was er sagt. Ich glaube, ich kann diesem sonderbaren alten Mann vertrauen. Auch wenn ich es nicht kann, habe ich viel zu gewinnen und nichts zu verlieren, also bleibe ich in seinem Hardware-Kreis sitzen und erzähle ihm alles, woran ich mich erinnern kann, von dem Augenblick meines Erwachens in der Gasse über meine Flucht vor den Tamanus bis zu meinem erschöpfungsbedingten Einschlafen dort, wo die anderen Stammesmitglieder mich dann gefunden haben. Zuerst erwähne ich den Traum nicht, aber Papa Lo fragt, ob ich mich an Träume erinnern kann, also erzähle ich ihm, was ich kann, und er nickt zufrieden.

»Du hattest mehr Glück, als die meisten je haben werden«, sagt er. »Die Matrix hat dir ihre Gunst erwiesen, und du hattest Erfolg in der Resonanz. Du bist mehr als jeder andere Reisende in der Welt des Lichts, du bist ein Jünger des Wegs der Maschine. Ein Initiat. Ein Technoschamane.«

»Was bedeutet das?« frage ich.

»Das werde ich dir bald zeigen«, sagt er, »aber zuerst muß ich deinen Zustand überprüfen und mich vergewissern, daß alles mit dir in Ordnung ist. Die Resonanz ist eine schwierige Erfahrung, und es klingt, als hättest du es schwerer gehabt als die meisten.«

Er nimmt ein dünnes Kabel und zeigt mit dem Chromstecker auf meine Schläfe. Ich halte sein Handgelenk fest, und er mustert mich für einen Moment mit hartem Blick. »Das ist zu deinem eigenen Besten, mein Sohn. Du mußt mir vertrauen.«

Wenn Papa Lo oder seine Leute mich töten wollten, hätten sie es bereits getan oder mich einfach in der Gasse sterben lassen, also nehme ich das Kabel und stöpsele es in die Buchse hinter meinem Ohr ein, wie ich es schon tausendmal zuvor getan habe. Der Stecker gleitet mit einem leisen Klicken hinein, das durch mein Innerstes hallt, und ich verspüre ein Gefühl des Vollständigseins, wie ich es nicht mehr erlebt habe, seit die Leichendiebe mich ausgestöpselt haben. Ich weiß, daß ich mich nur so vollständig fühle, wenn ich eingestöpselt bin, wenn die Verbindung zwischen mir und der Maschine meine Seele erfüllt und bewirkt, daß ich mich wieder ganz fühle.

Als Papa Lo das Diagnosedeck einschaltet, spüre ich ein Rinnsal der Kraft durch das Kabel und in meine Buchse fließen. Impulse aus Licht und Energie tanzen die Fasern entlang wie eine Musik, die mich erfüllt wie der rhythmische Beat einer Trommel oder eines schlagenden Herzens. Ich lausche dem steten Rhythmus der Elektronen und versinke in eine Art Trance, und die Zeit stellt merkwürdige Dinge an, während Papa Lo Tasten an seinem Deck drückt und Befehle eingibt. Er ist ruhig und gefaßt und führt seine Arbeit wie ein Künstler aus, der einen perfekten und friedvollen Zustand des Zen erreichen will, wenn er seine Kunst ausübt.

Wir sitzen schweigend da, ich weiß nicht, wie lange, während die Energie durch mein System fließt und siebt und sondiert wie Millionen unsichtbare Finger. Ich kann sie alle spüren, wie sie jeden Bereich meines Verstandes untersuchen, aber ich entspanne mich und wehre mich nicht gegen ihr sanftes Streicheln. Ich weiß, sie können mir keinen Schaden zufügen, und irgendwo in mir spüre ich, daß ich ihnen Einhalt gebieten könnte, wenn ich das wirklich wollte.

Als Papa Lo das Deck ausschaltet, erschrecke ich ein wenig, da mir nicht klar war, daß er bereits fertig ist.

»Deine Hardware ist online«, sagt er mit einem heiteren Lächeln. »Dein Speicher ist gelöscht, aber das ist auch früher schon vorgekommen. Ich dachte, dort würde sich etwas befinden, was dir helfen könnte, aber dem ist nicht so. Die Hardware ist noch in Ordnung, nur das Gehäuse ist ein wenig angeschlagen, aber jetzt müssen wir die Wetware durchsehen. Folge mir.« Er steht auf und macht Anstalten zu gehen.

»Wohin gehen wir?« frage ich. Der alte Mann sieht mich über die Schulter hinweg an und geht dabei langsam aus dem Zimmer. Seine Stimme trägt bis zu mir zurück.

»Wir werden sehen, ob du deinen Namen finden kannst«, erwidert er, und ich beeile mich, ihm zu folgen. Papa Lo führt mich aus dem Zimmer und in den Vorraum einer, wie ich jetzt feststelle, verlassenen Kirche, die vom Stamm der Netwalkers offenbar zu ihrem Heim gemacht worden ist, *unserem* Heim, muß ich wohl sagen, wenn ich zu ihnen gehöre. Dem Ort haftet noch immer eine stille Aura des Heiligen an. Es ist kein Ort, an dem Leute ihr alltägliches Leben führen, sondern einer, an dem ernste und bedeutende spirituelle Angelegenheiten geregelt werden.

Im Keller der Kirche befindet sich ein Raum, den zu sehen ich nicht erwartet habe, bei dessen Anblick mich aber ein überwältigendes Gefühl des *déjà vu* überkommt, als ich über die Schwelle trete. Ich weiß, daß ich schon einmal hier gewesen bin.

Der Raum nimmt den größten Teil des langen Kellers ein. Durch die niedrige Decke vermittelt er ein Gefühl der Enge und Gedrungenheit. Die Wände sind mit Hardware, Displays und komplexen Bildern und Zeichnungen übersät. Letztere sind mit bunten metallischen Farben und Kreiden direkt auf den grauen Beton gemalt. Bei den Zeichnungen handelt es sich um Schaltpläne, Flußdiagramme, Algorithmen und andere Bilder: freie Ausblicke auf metallische Türme vor einem dunklen Himmel und Ebenen in verzerrter geometrischer Darstellung, die einen glauben machen, man könne die Hand durch die Wand schieben, als sei sie nur eine optische Täuschung. Sie erwecken das kalte Grau der Wände zum Leben und scheinen im Flackern und Summen der Leuchtstoffröhren an der Decke zu schimmern und sich zu bewegen.

Der Boden des Raums ist ein Gewirr von Kabeln in einem Regenbogen von Farben wie ein Nest von Schlangen, die sich zusammengerollt haben und übereinander schlafen. Gewobene Matten und Ausrüstungsgegenstände sind netzwerkartig miteinander verbunden, Computer, Monitore, Drucker, kleine Laufwerke und Festplattenspeicher, die wie verstaubte Bücher aufeinandergestapelt sind, und eine Auswahl von Dingen, die vor Energie blinken und surren und summen. Auf dem Boden hockt wie ein betender Mönch ein Junge von zwölf oder dreizehn Jahren. Seine Augen sind verdreht, so daß nur das Weiße zu sehen ist, und die halbgeschlossenen Lider flattern in einer sonderbaren Art von Traumzustand. Seine Hände sind im Schoß wie zum Gebet gefaltet, und seine Lippen bewegen sich, da er etwas flüstert, vielleicht ein Mantra. Die Laute kommen mir bekannt vor.

»Das ist unser Medizinzelt«, sagt Papa Lo ruhig zu mir, und ich erschrecke ein wenig beim Klang seiner Stimme. Ich habe fast vergessen, daß er da ist.

»Unser Medizinzelt?« sage ich, ohne zu wissen, warum ich so leise rede, wenn ich von dem starken Gefühl absehe, daß dies ein heiliger Ort ist.

»An diesem Ort berühren wir die Macht der inneren Welt und der Geister«, erklärt er. Ich sehe mich in dem Raum um und weiß mit Sicherheit, daß ich so ein Medizinzelt noch nie gesehen und auch noch nie von so einem gehört habe.

»Sind Medizinzelte nicht voller Pelze und Felle, Kristalle und Kräuter und haben eine große rauchende Feuerstelle in der Mitte? Sie wissen schon, den ganzen Drek eben«, sage ich.

Papa Lo gibt ein leises Geräusch von sich, das ich als Gutheißen meiner Frage auffasse. Wenn ihm das Vulgäre daran auffällt oder er Anstoß daran nimmt, läßt er es jedenfalls nicht erkennen.

»Es ist gut, daß du dich an solche Dinge erinnern kannst«, sagt er. »Nein, das hier ist ein besonderes Medizinzelt. Ganz anders als so gut wie alle anderen auf der Welt. Während die Schamanen ihre Magie wirken, indem sie sich auf die Erwachten Geister des Landes berufen, stehen wir in Kontakt mit etwas anderem. Wir zapfen die Magie des modernen Zeitalters an, des Digitalen Zeitalters. Anstatt mit den uralten Mächten des Landes, des Wassers und der Luft kommunizieren wir mit dem Geist der Maschine, mit der Intelligenz der Matrix.«

»Und wer sind ›wir‹ ... die Netwalkers?«

»Nicht ganz. Wir sind Teil des Stammes, aber wir ... du bist außergewöhnlich. Wie die Schamanen für ihre Stammesleute sind wir die Vermittler zwischen ihnen und der anderen Welt. Es liegt an denjenigen von uns mit dem Wissen und der Fähigkeit, in diese Welt zu reisen und das Wissen, das sie enthält, zum Wohle aller zurückzubringen. Wir leben außerhalb der sogenannten ›zivilisierten‹ Welt, der Welt der Megakonzerne und deren Lohnsklaven«, sagt Papa Lo, und der Abscheu in seiner Stimme gegen diese Welt ist deutlich zu hören. »Wir leben von dem, was das Land uns gibt, wie die alten Stämme, nur daß unsere Umwelt die Stadt ist und nicht der wiederaufgeforstete Wald oder die Prärie der Native American Nations. Wir leben in einer anderen Wildnis, aber wir kennen ihre Geheimnisse besser als die meisten. Du hast dich in die Wildnis begeben, um eine Vision zu suchen, wie Leute es seit dem Anbeginn der Zeit getan haben, und ich glaube, du hast sie gefunden. Dabei hat sie dich jedoch verändert. Die Vision ist eine Wiedergeburt, die eine neue Person aus dir macht, dich verwandelt, so daß du ein wahrer Wanderer zwischen der physikalischen Welt und der mentalen Welt der Matrix bist, ein Technoschamane wie Taki hier.«

Er zeigt auf den Jungen, der auf dem Boden sitzt. »Er und noch zwei andere sind die einzigen Kinder des Stammes, welche die Resonanz erfahren und den Durchbruch zu jenem anderen Existenzzustand geschafft haben, den es dort draußen in der Matrix gibt. Und jetzt du. Du bist der älteste Schüler, dem es gelungen ist, die Resonanz zu finden. Ich hatte die Hoffnung aufgegeben, jemanden mit dieser Begabung zu finden, der älter als ein Kind ist.«

Er strahlt mich mit offensichtlichem Stolz an, und ich empfinde eine gewisse Verlegenheit ob dieser ganzen Sache. Ich weiß, ich müßte diesen Mann kennen, der angeblich mein Lehrer und Mentor ist, und ich bin glücklich, daß er stolz auf mich ist. Warum habe ich dann ein Schuldgefühl wegen Papa Los Stolz und der Tatsache, daß es mir gelungen ist, das Ziel zu erreichen, das er mir gesetzt hat?

»Sie reden immer von einer Verwandlung«, sage ich, da ich nach einer Erklärung für meine Gefühle suche. »Aber abgesehen davon, daß ich nicht in der Lage bin, mich daran zu erinnern, was geschehen ist, fühle ich mich nicht verwandelt. Auf welche Weise soll ich denn verwandelt sein?«

Papa Lo geht zu einer der Ansammlungen von Computer-Hardware, die wie ein Totempfahl bis unter die Decke gestapelt ist, und nimmt ein heraushängendes Kabel, das er mir hinhält.

»Warum findest du es nicht selbst heraus?« erwidert er.

Die Aussicht, mich in eine unbekannte Maschine einzustöpseln, diesem Mann zu vertrauen, der mein Lehrer und Freund zu sein behauptet, ängstigt mich, aber ein Teil von mir hungert nach dem Stecker, den er mir hinhält wie einem Gläubigen das Sakrament. Oder wie einem Süchtigen eine Droge. So oder so ist es eine Versuchung, der ich nicht widerstehen kann. Ich nehme das Kabel aus seiner Hand, setze mich auf den Boden und stöpsele es ein.

Übergangslos öffnet sich überall rings um mich die Elektronenwelt der Matrix, als entfalte sich eine Fraktalblume in meinem Geist. Ich habe nichts anderes getan, als das Kabel einzustöpseln, und mir wird klar, daß sich zwischen mir und den Computersystemen, aus denen sich die Matrix zusammensetzt, nichts befindet. Kein Cyberdeck, keine Konsole, kein Terminal, wo die ASIST-Transformationsalgorithmen laufen, welche die elektronischen Nullen und Einsen empfangen, aus denen das weltweite Informationsnetz besteht, und sie in Bilder und Empfindungen verwandeln, die das menschliche Gehirn wahrnehmen und verstehen kann. Es gibt nur mich und die Maschine. Irgendwie mache ich es ganz allein, erkenne einen Sinn in den fließenden Elektronen in meinem Kopf. Es gibt nur meinen Geist und die Matrix, die sich wie eine Einheit zusammenfügen.

Das ist der Unterschied. Andere Leute wie Papa Lo können sich über eine Datenbuchse Zugang zur Matrix verschaffen, aber sie brauchen dafür Hardware und Software: einen Computer mit den richtigen Programmen, welche die komplexen Operationen des menschlichen Gehirns mit den gleichermaßen komplexen Vorgängen in der Matrix synchronisieren und das Portal schaffen, um in die virtuelle Welt eintreten zu können. Ich brauche weder Hardware noch Software, nur die Buchse zur Herstellung der Verbindung und meine Wetware: mein eigenes Gehirn.

Ich kann das Summen hören und den pulsierenden Herzschlag in der elektronischen Realität des Weltgitters rings um mich spüren, und ich begreife, wovon Papa Lo redet. Ich bin zu Hause, und ich weiß, wer ich bin, auch wenn ich mich nicht an mein Leben vor dem Stamm erinnern kann. Ich weiß, wer und was ich jetzt bin, und ich kenne meine Bestimmung im Leben.

Mein Name ist Babel, und ich bin ein Technoschamane.

8

Der schlafende Riese Renraku Computer Systems ist hungrig erwacht. Im letzten Jahr hatte Renraku ein erstaunliches Wachstum und beispiellose Innovationen in der Produktion von Computer-Hardware und Software-Systemen zu verzeichnen. Schon lange führend auf dem Gebiet der Computer-Architektur, ist Renraku mit Nachdruck in die Bereiche Software und Hardware eingedrungen und hat sich mit seinen neuentwickelten Programmalgorithmen, adaptiven Systemen und anderen neuen Technologien einen beachtlichen Marktanteil gesichert. Die Erfolgswoge des Konzerns hat sich für den leitenden Geschäftsführer Renrakus, Inazo Aneki, ohne Zweifel als sehr reizvoll erwiesen, da er beständig Gelegenheiten verstreichen läßt, sich aus dem Geschäftsleben zurückzuziehen, um am Ruder des Konzerns zu bleiben. Der siebzig Jahre alte Aneki leitet Renraku seit der Gründung des Konzerns vor über dreißig Jahren und hat ›nicht die Absicht zurückzutreten, bevor Renraku seine führende Stellung in der Computer- und Matrix-Innovation gefestigt hat‹. Der plötzliche Erfolg des Konzerns war eine Überraschung für alle Marktanalytiker, die Renraku wegen der massiven Investitionen in das Projekt Künstliche Intelligenz, das bis heute noch keine Resultate gebracht hat, schwere Zeiten vorausgesagt hatten.

– ›Profil: Renraku Computer Systems‹, Auszug aus dem Online-Magazin *Corpwatch*, 3. Mai 2059

Inazo Aneki saß in seinem Büro im Renraku-Konzernhauptquartier in Chiba, Japan, und studierte den Druck an der Wand, während er über die Nachricht, die er soeben gehört hatte, und über die Besprechungen nachdachte, die bald stattfinden würden. Die Fenster hinter ihm boten einen Ausblick auf die Straßen und Gebäude von Chiba und die glitzernden Fluten des Pazifiks in der Ferne, der durch den Nachmittagsdunst über der Stadt ein wenig getrübt wurde.

Der Druck mit dem Titel ›Die Woge der Zukunft‹ basierte auf dem berühmten Holzschnitt *Kanagawa oki namiura* von Katsushika Hokusai. Er zeigte einen großen Wellenbrecher im Meer vor Kanagawa mit der weißen Spitze des Berges Fuji im Hintergrund. Ein Künstler des zwanzigsten Jahrhunderts hatte den Farbenholzschnitt eingescannt und verändert, so daß die eleganten Holzschnittlinien der Flutwelle in das Muster einer bunten Computergrafik vor einem schwarzen Himmel übergingen. Ein Künstler des einundzwanzigsten Jahrhunderts hatte das Bild weiter verändert. Er hatte das Holzschnittmuster eines schlangenförmigen Drachen hinzugefügt, der sich um den Gipfel des Fuji gewickelt hatte, eine photorealistische Darstellung des großen Östlichen Drachen Ryumyo bei seinem ersten Erscheinen, als er Ende Dezember 2011 den Fuji überflogen hatte, der Vorbote eines neuen Zeitalters der Magie und der Mythen.

Aneki bewunderte den Druck seit dem Tag, als er leitender Geschäftsführer Renrakus geworden war. Er stellte sich den Konzern gern genauso vor: uralte und ehrenwerte Tradition, die sich an eine Welt fortgeschrittener Technologie und rapiden Wandels anpaßte, in der mit Ausnahme des Konzerns und der Notwendigkeit, seinen Arbeitern ein solides Zentrum für ihr Leben zur Verfügung zu stellen, nichts gewiß war. Das hatte Renraku immer getan, solange Aneki in der Verantwortung stand, und er hatte die Absicht, die Prosperität seines Konzerns und dessen Gemeinschaft auf lange Zeit hinaus sicherzustellen. Auf lange Zeit, nachdem er nicht mehr war, wenn das Karma es zuließ.

Inazo Aneki war kein junger Mann mehr, aber ihm

stand die beste Medizin zur Verfügung, die Wissenschaft und Zauberei des einundzwanzigsten Jahrhunderts bereitstellen konnten, also war es sehr wahrscheinlich, daß er noch viele Jahre zu leben hatte. Vielleicht würde er eines Tages in das Zürich-Orbital umsiedeln. Möglicherweise würde ihm die Schwerelosigkeit noch einige kostbare zusätzliche Jahre schenken, damit er dafür sorgen konnte, daß sein Konzern für immer existieren würde, was alle Unsterblichkeit war, die Aneki sich wünschte.

Ein musikalischer Ton vom Telekomschirm auf Anekis Schreibtisch riß ihn aus seinen Grübeleien. Er berührte das erleuchtete Feld auf dem Bildschirm, um den Anruf seiner Sekretärin entgegenzunehmen.

»Ja?« sagte er in den Raum hinein, und eine Stimme, die wegen ihrer beruhigenden und professionellen Eigenschaften ausgewählt worden war, antwortete.

»Die Vorsitzende Watanabe zum Gespräch, Aneki-*sama*.« Aneki gab seine Zustimmung, und einen Augenblick später wurde die Bürotür von seiner Sekretärin geöffnet, um die Aufsichtsratsvorsitzende von Renraku Computer Systems, Yukio Watanabe, einzulassen. Die Sekretärin vollführte eine makellose Verbeugung, zog sich zurück und schloß die Tür hinter sich.

Watanabe trat geschmeidig vor, um dann in respektvoller Entfernung vor Anekis Schreibtisch stehenzubleiben, und vollführte dann eine leichte Verbeugung, wie es sich für ihren Status als Vorsitzende ziemte. Aneki erwiderte die Geste und bedeutete ihr, auf einem der bequemen Sessel vor dem Schreibtisch Platz zu nehmen.

Zu Zeiten von Anekis Vater wäre es für eine Frau undenkbar gewesen, in Geschäftsangelegenheiten einbezogen zu werden, geschweige denn in eine Position aufzusteigen, die mit so viel Macht verbunden war wie

Watanabes. *Aber die Zeiten haben sich geändert,* dachte Aneki mit einem Blick auf den Druck an der Wand. Frauen in der Geschäftswelt Japans waren eine unbedeutende Veränderung verglichen mit dem Aufkommen der Magie, der Verwandlung eines Zehntels der Weltbevölkerung in Wesen wie Orks und Trolle und dem weltumspannenden Einfluß der Matrix.

Dennoch, Frauen wie Watanabe-*sama* mußten hart arbeiten, um sich in der traditionell männlich dominierten Geschäftswelt zu behaupten. Sie mußten fähiger, selbstsicherer und effizienter sein als ihre männlichen Widerparts, um dieselben Resultate zu erzielen. Das bedeutete, wie Aneki erfahren hatte, daß Geschäftsfrauen, insbesondere erfolgreiche, Leute waren, die man respektieren mußte. Er hatte Watanabes Aufstieg zu ihrer gegenwärtigen Stellung beobachtet, und er respektierte ihre Meinung und ihre Fähigkeiten als Geschäftsfrau, wenngleich er und die Vorsitzende nicht jede Frage diskutierten. Unter ihrer gemeinsamen Führung war Renraku Computer Systems aufgeblüht. *Bleibt nur noch abzuwarten,* dachte Aneki, *ob unsere Bemühungen die Zukunft des Konzerns sichern oder sein Schicksal besiegeln.*

»Nun?« fragte sie ohne Umschweife. Ihre Schroffheit war unter Berücksichtigung der Umstände nicht beleidigend.

»Napoli-*san* zufolge vertritt Osborne die Klage. Er glaubt, daß sie Zeit gewinnen will, aber sie behauptet auch, einen Beweis dafür zu haben, daß wir die Übereinkommen gebrochen haben.«

Watanabe nahm die Nachricht stoisch auf, ohne jedes äußerliche Anzeichen der Besorgnis. »Wann meldet er sich wieder?«

Aneki brauchte nicht zu fragen, wen sie meinte. Es war der einzige Grund, warum sie beide an diesem Nachmittag in seinem Büro waren.

»Bald«, sagte er. »Vorausgesetzt, wir können ihn diesmal überhaupt dazu bewegen.«

Watanabes Gesicht verdunkelte sich. »Ich hoffe, man hat ihn über die Bedeutung dieser Angelegenheit informiert.« Offenbar konnte sie sich nicht vorstellen, warum jemand die Angelegenheiten Renrakus nicht so ernst nehmen sollte wie sie.

»Man hat ihn informiert, aber es bleibt abzuwarten, ob er zu verstehen gewillt ist.« Aneki wußte aus Erfahrung, daß die meisten Leute in ihrer eigenen kleinen Welt lebten. Sie hielten ihre eigenen Sorgen für erstrangig und fragten sich, warum niemand ihre Ansicht teilte. Das Individuum, auf dessen Anruf sie warteten, neigte noch mehr zu diesem Verhalten als andere. Renraku Computer Systems bedeutete ihm nicht mehr als die Angelegenheiten von Stammesmitgliedern in den sibirischen Steppen, vielleicht sogar noch weniger.

Als Watanabe antworten wollte, hob Aneki eine Hand, um sie zu unterbrechen. »Alle Anstrengungen sind unternommen worden, um sicherzustellen, daß er versteht, Yuki. Seine Besessenheit mag ihn blind für die alltäglichen Sorgen des Lebens machen, aber er weiß, daß er Renrakus Förderung braucht, um seine Arbeit fortzusetzen. Ich habe angeordnet, daß ihm das unmißverständlich klargemacht wird.«

Watanabe nickte beifällig ob der verhüllten Drohung, die im Namen des Konzerns ausgestoßen worden war. Die Angelegenheit war zu ernst, um mit nutzloser Diplomatie Zeit zu verschwenden, und sie verstand sehr gut, daß gewählte Worte am besten durch ein scharfes Schwert gestützt wurden.

Anekis Sekretärin betrat den Raum wie ein lautloser Schatten. Sie brachte ein Teeservice, das sie abstellte, um dann dem Geschäftsführer und der Vorsitzenden mit sparsamen, eleganten Bewegungen Tee einzugießen. Anekis Desktop-Konsole gab wieder einen Ton von sich, der sich jedoch von dem Signal vom Schreibtisch seiner Sekretärin unterschied. Mit einem Winken seiner Hand entließ Aneki die Sekretärin aus dem Zimmer und ordnete an, unter keinen Umständen gestört zu werden. Er wußte, daß sie auf ihre tüchtige Art alle Probleme meistern würde, die in der Zwischenzeit auftauchen mochten, wodurch es ihm gestattete war, sich ganz auf die anstehende Angelegenheit zu konzentrieren.

Aneki drückte die Empfangstaste an seinem Telekom, und ein Fenster öffnete sich, um das Bild einer Fraktalverschlüsselung zu zeigen. Es sah wie eine elektronische Lotusblüte von unglaublicher Komplexität und überwältigender Schönheit aus, und Aneki stellte fest, daß er wie immer von der Art und Weise beeindruckt war, wie der Schöpfer des Codes brillante Funktionalität und Ästhetik miteinander kombinierte. Aneki betätigte ein paar Tasten, um sich zu vergewissern, daß die Systeme miteinander verbunden und die Verschlüsselung sicher war, bevor er das Gespräch endgültig entgegennahm.

Ein Bild nahm schimmernd auf dem Sessel Gestalt an, der Watanabes gegenüberstand. Die bloße Auflösung des Bildes war dergestalt, daß jeder geschworen hätte, ein Geist habe sich in dem Büro manifestiert, aber Aneki und Watanabe wußten, daß es nur ein Simulacrum war, das von den hochmodernen holografischen Projektoren geschaffen wurde, welche diskret in den Büros installiert waren. Dennoch, die Technologie war so hoch entwickelt, daß man fast geneigt war, die Hand auszustrecken, um die Gestalt auf dem Sessel zu berühren.

Er war groß und schlank und hatte lange dunkle Haare, die aus der hohen Stirn gekämmt waren, und scharfe aristokratische Züge. Hände mit langen grazilen Fingern waren vor seinem Gesicht in einer beiläufigen Geste gefaltet. Die Augen waren dunkel und unglaublich tief, und Aneki staunte jedesmal über sie. Er fragte sich oft, ob ihr unglaublich altersloses Aussehen echt oder nur eine Schöpfung des Mannes war, der das Bild projizierte. Die langen Haare bedeckten die leicht spitz zulaufenden Ohren, die das eindeutigste Merkmal dafür waren, daß ihr Besucher ein Elf war. Elfen waren nur einer der vielen Metatypen, die mit der Rückkehr der Magie aufgetaucht waren, neue Rassen, die ihre menschliche Gestalt und damit nach Meinung vieler auch ihre Rechte als Menschen abgelegt hatten.

»Willkommen, Leonardo-*san*«, sagte Aneki mit einem leichten Kopfnicken, und Watanabe folgte seinem Beispiel. Die sitzende Elfengestalt lächelte dünn und kopierte die Geste.

»Einen schönen guten Tag«, sagte er in makellosem Japanisch. »Welchem Umstand verdanke ich diese Unterbrechung meiner Arbeit?«

Aneki war längst nicht mehr überrascht über Leonardos schroffe Art. Er war schon zuvor damit konfrontiert worden und ließ sich von dieser Mißachtung der Etikette nicht aus der Fassung bringen. »Und wie geht Ihre Arbeit voran?« fragte er.

Leonardo zuckte vielsagend die Achseln. »So gut, wie man es unter den gegebenen Umständen erwarten kann. Die Dinge gehen rasch voran, aber der Tag hat nur vierundzwanzig Stunden, und es ist noch vieles zu tun.« Er beugte sich auf seinem Sessel vor – eine beeindruckende Geste für ein Hologramm – und richtete seinen durchdringenden Blick auf Aneki. »Und aus diesem Grund hätte ich gern eine Antwort auf meine Frage. Warum hielten Sie es für angebracht, meine Arbeit mit dieser Unterbrechung zu stören?« Aneki schluckte schwer unter dem Eindruck dieses beunruhigenden Blicks, behielt aber die Fassung. Er wollte gerade antworten, als Watanabe sich zum erstenmal zu Wort meldete.

»Wir brauchen mehr«, kam sie sofort zur Sache. »Die Technologie, die wir haben, reicht nicht.«

Leonardo wandte den Kopf in ihre Richtung, und ein schwaches Lächeln umspielte seine Lippen.

»Und angenommen, es gibt nicht mehr, Watanabe-*san*? Was wäre, wenn Renraku schon all die kleinen Spielzeuge hätte, die ich anzubieten habe? Was dann?«

Watanabes Miene verfinsterte sich angesichts des spöttischen Tonfalls des Elfs. »Spielen Sie nicht mit uns, Leonardo.« Ihr Tonfall war kalt. »Wir wissen, daß Sie noch nicht alle technologischen Schätze aus Ihrem Labor mit uns geteilt haben. Wir haben Ihnen Milliarden von Nuyen für Ihr... Projekt zur Verfügung gestellt, und Sie haben uns dafür wenig mehr als ein paar Brosamen Ihres Wissens und Ihrer Technologie gegeben. Wir erwarten, daß unsere Investition Erträge abwirft.«

Eine von Leonardos Augenbrauen hob sich zu einem fein geschwungenen Bogen.

»Tatsächlich? Mir ist zu Ohren gekommen, daß der Kurs der Renraku-Aktien im Laufe der letzten achtzehn Monate stetig gestiegen ist. Ihre Produkte schlagen die Konkurrenz auf allen Märkten, und Ihre Firma ist dank meiner ›paar Brosamen‹ führend auf dem Gebiet der Computer- und Matrix-Technologie. Ich würde meinen, Renraku auf Kurs zu bringen und binnen kürzester Zeit der mächtigste Megakonzern der Welt zu werden ist mehr wert als ein paar bescheidene Milliarden Nuyen.«

Aneki entschloß sich einzugreifen, bevor die Situation außer Kontrolle geriet. Es mochte immer noch eine Möglichkeit geben, vernünftig mit Leonardo zu reden, bevor er einen seiner Wutanfälle bekam.

»Leonardo-*san*«, begann er in beschwichtigendem

Tonfall, »wir wissen Ihr Genie und seine positiven Auswirkungen auf Renraku in der Tat zu schätzen, wie Sie meiner Überzeugung nach die Ressourcen zu schätzen wissen, die unser Konzern für die Fortsetzung Ihres großen Werks zur Verfügung gestellt hat.« In Wahrheit hatte Aneki im Grunde keine Ahnung, worum es sich bei Leonardos ›großem Werk‹ eigentlich handelte. Der elfische Erfinder war gelinde gesagt exzentrisch und höchstwahrscheinlich verrückt, aber der Wert seiner Erfindungen ließ sich nicht bestreiten. Es war gewiß nicht das erstemal, daß ein Konzern sich den Launen eines unberechenbaren Genies beugte.

»Aber«, fuhr Aneki fort, »unsere wechselseitig vorteilhafte Beziehung ist in Gefahr. Renrakus Wachstum und Erfolg hat Besorgnis in den Reihen der anderen Megakonzerne hervorgerufen, und es gibt nicht wenige, die uns von dem Gipfel stoßen wollen, den wir erklommen haben. Wir brauchen zusätzliche Technologie von Ihnen, um zu gewährleisten, daß dies nicht geschieht; nur so können wir Sie weiterhin mit den Ressourcen versorgen, die Sie zur ungestörten Fortsetzung Ihrer Arbeit benötigen.«

Die Worte des Geschäftsführers schienen die gewünschte Wirkung auf Leonardo zu haben. Sein Hologramm lehnte sich wieder zurück, schien nachzudenken und Anekis Worte ein paar Sekunden lang sorgfältig abzuwägen.

»Und was bekomme ich als Gegenleistung, wenn ich Ihnen weitere Früchte meiner Forschungsarbeit zur Verfügung stelle?«

Aneki hatte bereits eingehend darüber nachgedacht, wie er auf diese unvermeidliche Frage reagieren würde. »Abgesehen von unserer Dankbarkeit sind wir bereit, die Ihnen zur Verfügung stehenden Ressourcen zu erhöhen. Renraku hat von Ihrer Arbeit profitiert, und wir sind gewillt, unsere Profite mit all jenen zu teilen, die zu unserer Konzernfamilie gehören.«

Leonardos träges Lächeln ließ keinen Zweifel daran, daß er sich nicht als Teil von irgend jemandes ›Konzernfamilie‹ betrachtete, aber zumindest war er bereit, das Angebot in Erwägung zu ziehen. Die Aussicht schien den Elf mehr zu belustigen als alles andere. Er legte wieder die Finger zusammen und beugte sich vor.

»Ich werde über Ihr Angebot nachdenken«, sagte er zögernd. »Wir sprechen uns bald wieder, und dann lasse ich Sie meine Entscheidung wissen.« Watanabe sah aus, als wolle sie noch etwas sagen, schien sich dann jedoch eines Besseren zu besinnen.

Aneki räusperte sich. »Wir haben Informationen zu unseren dringendsten Nöten vorbereitet«, begann er, und Leonardo setzte sein rätselhaftes Lächeln auf.

»Ich weiß«, sagte Leonardo. »Ich habe sie bereits aus Ihrer Datenbank herabgeladen. Ich werde sie mir ansehen, und Sie hören in Kürze wieder von mir. Ich habe … andere Dinge zu erledigen, und eine weitere Ablenkung erwartet mich.« Ohne ein weiteres Wort verschwamm das Bild des Elfs und verblaßte, so daß nur ein leerer Sessel zurückblieb.

Watanabe sah Aneki an, der die Konsole auf seinem Schreibtisch zu Rate zog. Er zuckte die Achseln, als er sich wieder an sie wandte. »Das System meldet, daß wir hier drinnen sicher sind. Aber wenn er im Spiel ist, wie kann da irgend jemand sicher sein?«

Watanabe sprach den Gedanken aus, der ihnen beiden durch den Kopf ging. »Er hat die neue IC überwunden. Mit Leichtigkeit, wie es aussieht.«

Aneki nickte. »Haben Sie wirklich etwas anderes erwartet?« fragte er. Intrusion Countermeasures, auf der Straße als ›Ice‹ bekannt, waren hochentwickelte Computerprogramme mit dem Zweck, Piraten-Decker aus wichtigen Systemen und von heiklen Konzern- und Regierungsdaten fernzuhalten. Die meisten IC-Programme schränkten lediglich den Zugriff ein und verfolgten Datendiebe zu ihrem Aufenthaltsort in der physikalischen Welt zurück, so daß die Behörden sich ihrer annehmen konnten. Manche ICs, die strenggenommen illegal waren, wirkten direkt auf den Verstand des Deckers ein und konnten verletzen, töten oder, schlimmer noch, die ›Wetware‹ des Deckers durch psychotropische Techniken verändern, indem sie beispielsweise lähmende Angst vor dem Konzern hervorriefen, den der Decker zu bestehlen versuchte.

Renraku war auf dem Gebiet der Entwicklung neuer Intrusion Countermeasures führend, seit der Konzern Zugang zu Leonardos brillanten Neuentwicklungen in der Computertechnologie hatte. Renrakus empfindlichste Systeme waren nach den gegenwärtig herrschenden Maßstäben praktisch unüberwindlich, aber es schien so, als habe Leonardo immer noch seine Möglichkeiten.

Nicht, daß dies eine große Überraschung gewesen wäre, wie Aneki bemerkt hatte. Erst vor zwei Jahren hatte Leonardo seine phänomenalen Computerfertigkeiten und seine Technologie dazu eingesetzt, gleichzeitig in die Mainframes der acht größten Megakonzerne der Welt zu decken, eine Leistung, die damals und auch heute von jedem anderen Decker der Welt als unmöglich angesehen wurde. Leonardo hatte außer einer erpresserischen Drohung, er werde die Computersysteme der Megakonzerne zum Absturz bringen, wenn sie ihm nicht Milliarden von Nuyen zahlten, keine weiteren Spuren hinterlassen, wenn man einmal von einem rätselhaften Bild absah, das eine Art ›Signatur‹ seiner Arbeit war: eine Gestalt, die aus falschen religiösen Icons und der Arbeit seines Namensvetters Leonardo da Vinci zusammengestellt war.

Natürlich hatten sich alle Megakonzerne mächtig ins Zeug gelegt, dem geheimnisvollen Decker auf die Spur zu kommen, der so unbekümmert ihrer besten Computersicherheit trotzte, aber es gab keine Spur. Es war so, als sei er einfach aus dem Nichts erschienen und dann wieder dorthin verschwunden, woher er gekommen war. Aneki wußte von Renrakus Nachrichtendienstabteilungen, daß die anderen Megakonzerne über die Gefahr für ihre Systeme ebenso besorgt gewesen waren wie Renraku, einander aber zu sehr mißtraut hatten, um bei der Suche nach dem Schuldigen zusammenzuarbeiten, weil er für einen Konzernrivalen hätte arbeiten können.

Renrakus Agent hatte sich als fähiger – oder glücklicher – erwiesen als jene der anderen Konzerne. Es war ihm gelungen, den Spuren des geheimnisvollen Deckers bis zu einer in Nordafrika verborgenen Anlage zu folgen, von deren Existenz niemand gewußt hatte, so hoch entwickelt waren die elektronischen Abwehrsysteme, die sie vor den wachsamen Augen der Satelliten und anderen Mitteln der Entdeckung schützten. Und in dieser erstaunlichen Anlage hatte Renrakus Agent Leonardo entdeckt, das elfische Genie, das zum Bau dieser Anlage und eines Cyberdecks in der Lage war, mit dem man in die sichersten Konzernsysteme der Welt einbrechen konnte.

Es hatte sich herausgestellt, daß Leonardo an einem Projekt arbeitete und große Summen benötigte, um sein ›großes Werk‹ zu finanzieren. Er war zu sehr an Geheimhaltung interessiert, um seine fortschrittliche Technologie direkt zu verkaufen, jedoch gewillt, sie einem Konzern wie Renraku für das von ihm benötigte Geld zu überlassen. Der Megakonzern hatte ursprünglich die Absicht gehabt, Leonardos Anlage zu zerstören, um die Gefahr zu beseitigen, die sie darstellte, aber nachdem man den Bericht des Agenten gehört und die Technologie gesehen hatte, über die der Elf verfügte, hatte Renraku die Vorteile gesehen, die eine Allianz mit dem exzentrischen Elf bot.

Bisher hatte sich diese Allianz als äußerst profitabel erwiesen. Leonardo bekam die Nuyen und Geheimhaltung, die er brauchte, um sein Projekt voranzutreiben, während Renraku technologische Entwicklungen erhielt, die denen seiner Konkurrenten um Jahre voraus waren. Sie waren in der Lage, die grundlegendsten Anwendungen von Leonardos Matrix- und Cyberdeck-Forschungen zu nutzen, um Forschungsprojekte zu neuen Produkten aus dem Boden zu stampfen und ihre Decker mit den Möglichkeiten auszurüsten, zusätzliche Informationen aus den Computersystemen ihrer Rivalen zu entwenden.

Aneki wußte, daß Renrakus beste Forscher immer noch daran arbeiteten, einige der komplizierteren Anwendungen von Leonardos Technologie zu enträtseln. Außerdem wußte er, daß Leonardo vieles von dem, was er Renraku überließ, als ›Spielzeug‹ bezeichnete und es demnach andere technologische Geheimnisse geben mußte, die er für sich behielt.

Aneki hatte auch noch andere Dinge gehört, Geschichten, daß Leonardo sich für unsterblich hielt und schon Tausende von Jahren alt sei, daß er tatsächlich Leonardo da Vinci sei und seine wissenschaftlichen und künstlerischen Fähigkeiten seit ewigen Zeiten insgeheim geschult und entwickelt habe. Aneki fand in diesem Zeitalter der Drachen, Magie und virtueller Welten in Desktop-Computern nur wenige Dinge unvorstellbar, aber er persönlich hielt Leonardo für verrückt. Doch für ihn spielte es so oder so keine Rolle, was der Elf glaubte, solange Renraku nicht bedroht war.

Jetzt mußten Watanabe und er sich fragen, wo die Grenzen von Leonardos Fähigkeiten lagen. Der Elf hatte die Daten, die sie in einer von Renrakus mit bestem neuen Ice geschützten Datenbank hinterlegt hatten, offenbar mühelos entwendet. War es möglich, daß er sie sogar in diesem Augenblick ausspionierte? Hatte Leonardo uneingeschränkten Zugang zur Matrix? Gab es irgendwelche Daten, denen Renraku trauen konnte? Aneki wußte es nicht mit Sicherheit. Was er jedoch genau wußte, war, daß derartige Gedanken lähmend und eine Verschwendung kostbarer Zeit waren.

»Jetzt, da der Ball im Feld des Elfs ist«, sagte Watanabe mit einer Spur Widerwillen, »wie sieht unser nächster Zug aus?« Sie machte sich nicht die Mühe, sich mit Leonardo zu befassen. Abgesehen davon, daß er *kawaruhito* war, eine ›verwandelte Person‹, wie die Japaner die Metamenschen bezeichneten, war Leonardo offensichtlich verrückt, und Watanabe teilte nicht Anekis Toleranz gegenüber Exzentrizitäten.

»Jetzt, Yuki, tun wir genau das, was wir auch getan hätten, wenn Leonardo sich geweigert hätte, uns zu helfen. Renraku kann sich bei der Lösung seiner Probleme nicht auf einen verrückten Erfinder in irgendeinem afrikanischen Kaff verlassen. Wenn jeder unserer Erfolge auf Leonardo beruht, werden diese Erfolge bedeutungslos. Renraku muß die Fähigkeit erlangen, seine Stellung auch ohne die Hilfe Leonardos oder irgendeiner anderen Person zu halten. Wir werden dem Aufsichtsrat Bericht erstatten und ihn über die Maßnahmen informieren, die wir ergreifen. Wenn wir Erfolg haben, braucht Renraku weder Leonardo noch sonst jemanden, um sich vor dem Konzerngericht zu behaupten. Es wird dann keine Gefahr mehr für uns sein, weil wir die Macht haben, alle Bedingungen zu diktieren, die uns gefallen.«

Watanabe wackelte ein wenig mit dem Kopf. »Gibt es schon eine Nachricht von unserem Agenten?« fragte sie, obwohl sie die Antwort bereits kannte.

Aneki schüttelte den Kopf. »Nein, aber wir werden sie bekommen.«

»Wie können Sie da so sicher sein, Inazo?«

Aneki sah ihr direkt in die Augen, sein altes Gesicht zu einer Miene der Entschlossenheit erstarrt. »Weil wir Erfolg haben müssen, Yuki, sonst könnten wir alles verlieren, was wir aufgebaut haben.«

9

Wenn ein Mann den Frieden will,
soll er sich auf den Krieg vorbereiten.

– Sun Tzu, *Die Kunst des Krieges*

Renrakus Aufsichtsratsmitglieder hatten sich in dem geräumigen Sitzungssaal mit Ausblick auf die Skyline von Chiba versammelt. Manche waren körperlich anwesend, aber die meisten wohnten der Sitzung virtuell über die Matrix bei. Hochentwickelte Holoprojektoren, die an jedem Platz in den Tisch eingebaut waren, schufen beinahe perfekte Simulacra der Mitglieder an deren korrektem Platz an dem langen Tisch. Das Verfahren ähnelte der Art und Weise, wie Leonardo in Anekis Büro erschienen war. Obwohl den Bildern der Aufsichtsratsmitglieder die Lebendigkeit und die schiere Ausstrahlung des Elfs fehlte, machten die holografische Technologie und die neuralen und visuellen Algorithmen Renrakus, welche den Vorgang der Erschaffung eines holografischen Simulacrums erst ermöglichten, rasche Fortschritte.

Es wäre leichter für alle gewesen, wenn sich sämtliche Aufsichtsratsmitglieder direkt in die Matrix eingestöpselt hätten. In der Welt des Cyberspace war es möglich, jedes Bild direkt in das Sensorium eines Users zu projizieren, und zwar ohne den Umweg über holografische Projektoren und ohne die mit Licht und Geräuschen verbundenen Unschärfen. Aber das stand nicht zur Debatte. Trotz Renrakus Ruf als einer der führenden Computer-Konzerne der Welt zogen es viele Aufsichtsratsmitglieder vor, mit beiden Beinen fest in der physikalischen Welt zu bleiben. Jene, die gezwungen waren, in Person an überraschend einberufenen Nachmittagssitzungen teilzunehmen, beharrten auf dem Recht, in der physikalischen Welt zu bleiben, um dort auf die Gesellschaft ihrer Kollegen in der Matrix zu warten.

Fast alle Aufsichtsratsmitglieder hatten bereits Platz genommen, als Yuki Watanabe zusammen mit Inazo Aneki eintrat, wobei der Geschäftsführer der Vorsitzenden den Vortritt überlassen hatte, die mit vielen grüßenden Verbeugungen zu ihrem Platz am Kopfende des langen Tisches ging. Watanabe setzte sich, und Aneki nahm rechts von ihr Platz und musterte die Anwesenden. Fast alle waren da, so daß die Sitzung jeden Augenblick beginnen konnte. Er ging noch einmal in Gedanken durch, was er den Aufsichtsratsmitgliedern sagen würde, um ihre Sorgen über die Nachrichten zu zerstreuen, die für sie alle Anlaß zur Besorgnis waren, der Grund, warum diese Sitzung so kurzfristig einberufen worden war.

Watanabe warf einen Blick auf ihre Uhr und musterte noch einmal der Reihe nach die Anwesenden. Sie drückte auf eine Taste in der Kontrolleiste, die in die polierte Holzplatte des Tisches eingelassen war, und aus verborgenen Lautsprechern erscholl ein musikalischer Ton, der den Beginn der Sitzung anzeigte. Die Aufsichtsratsmitglieder stellten die Unterhaltungen mit ihren Nachbarn und Gesprächspartnern via Mobiltelekom, sowohl externer als auch interner Art, ein und richteten ihre Aufmerksamkeit auf die Vorsitzende und Aneki am Kopfende des Tisches.

»Verehrte Aufsichtsratsmitglieder«, begann Watanabe mit klarer und selbstsicherer Stimme, »der Zweck dieser Sitzung besteht darin, über die Anschuldigungen zu diskutieren, die gegenwärtig beim Konzerngericht vorgetragen werden und sich auf das phänomenale Wachstum und den Erfolg des Renraku-Konzerns in den letzten Jahren beziehen. Dem Aufsichtsrat steht es zu, über alle Einzelheiten und Hintergründe dieser Klage wie auch über alle Maßnahmen informiert zu sein, die der Renraku-Konzern als Reaktion darauf ergreift.«

Während Watanabe sprach, bildete sich flimmernd ein weiteres Hologramm auf dem einzigen leeren Sessel weiter hinten am Tisch.

»Es freut mich, daß Sie für uns Zeit gefunden haben, Lanier-*san*, insbesondere unter Berücksichtigung Ihrer speziellen Rolle in dieser Angelegenheit«, sagte Watanabe spitz zu dem holografischen Bild von Miles Lanier. Lanier schüttelte den Tadel mit einer vielsagenden Geste ab. Er hatte in der Vergangenheit wesentlich härtere Spitzen und Anspielungen seitens des Aufsichtsrats über sich ergehen lassen. Aneki gestand sich ein, daß er Laniers Kühnheit angesichts eines derartig böigen Gegenwinds bewunderte. Wenige Leute boten Watanabe-*san* oder Renraku Computer Systems so gelassen die Stirn. Aber natürlich war Miles Lanier auch nicht irgendwer.

Er war der ehemalige Leiter der Internen Sicherheit von niemand Geringerem als Fuchi Industrial Electronics, jenem Konzernrivalen, der nun die Klage gegen Renraku vor dem Konzerngericht vorbrachte. Lanier hatte Fuchi gut gedient und hätte seine Stellung wahrscheinlich noch immer, wäre nicht eine seltsame Wendung des Schicksals eingetreten. Das Testament eines Drachens hatte Lanier in den Besitz eines beträchtlichen Anteils von Renraku-Aktien gebracht – tatsächlich waren es mehr Aktien, als Aneki besaß –, genug für einen Sitz im Aufsichtsrat. Der Drache Dunkelzahn hatte offenbar über eine Reihe von Scheingesellschaften und Strohmännern in Renraku investiert.

Laniers Eintritt in den Aufsichtsrat von Renraku

hatte in der Konzerngemeinschaft erhebliche Wellen geschlagen. Lanier war ein wertvoller Angestellter von Fuchi, aber der Interessenkonflikt, der mit der Übernahme eines derart großen Aktienpakets von Renraku einherging, machte es Lanier unmöglich, weiterhin für Fuchi tätig zu sein, wenn er seine Aktien behalten wollte. Also hatte er Fuchi verlassen und seinen Sitz im Aufsichtsrat eingenommen. Gerüchte besagten, seine Kündigung bei Fuchi habe zu einem massiven Streit mit seinem ehemaligen Arbeitgeber und Freund Richard Villiers geführt. Fuchi hatte die Tür hinter Lanier zugeschlagen und sich gleich darangemacht, das Schloß auszuwechseln.

Der Empfang, der Lanier bei Renraku bereitet wurde, war fast ebenso kalt. Die meisten Aufsichtsratsmitglieder, darunter auch Watanabe, trauten Lanier nicht einmal so weit, wie sie ihn werfen konnten, daher hatte sich der Ex-Fuchi-Mann bereitwillig Sicherheitskontrollen und einer Überwachung in einem Maß unterzogen, das Aneki fast unzumutbar fand, um seine Loyalität gegenüber seiner neuen Konzernheimat zu beweisen. Lanier hatte jeden Test mit Pauken und Trompeten bestanden, und sein Rat in bezug darauf, wie gewisse Beziehungen mit Fuchi am besten zu regeln seien, hatte sich bei der Sicherung von Renrakus neuer Marktposition gegen seinen formidablen Rivalen als unschätzbar erwiesen. Lanier wurde als vollwertiges Mitglied des Aufsichtsrats betrachtet, aber Aneki wußte, daß Watanabe und andere Aufsichtsratsmitglieder ihm auch nach so vielen Monaten noch nicht völlig vertrauten.

Die Vorsitzende Watanabe ignorierte Laniers Reaktion auf ihren Sarkasmus und fuhr fort, als sei sie nicht unterbrochen worden.

»Hauptgeschäftsführer Aneki-*san* wird die bisherigen Ereignisse zusammenfassen und die Maßnahmen skizzieren, die Renraku ergreift, um die Situation unter Kontrolle zu bringen.«

Watanabe drehte ihren Stuhl ein paar Grad in Anekis Richtung. Er legte die Hände mit der Innenseite nach unten auf den Tisch, während er auf ruhige und gemächliche Art zum Aufsichtsrat sprach und so das Bild innerer Gelassenheit vermittelte.

»Wie Sie wissen«, begann er, »hat Fuchi Industrial Electronics Klage vor dem Konzerngericht eingereicht mit der Begründung, Renraku Computer Systems habe die Übereinkommen des Gerichtshofs hinsichtlich fairen Wettbewerbs mit unserer rapiden Entwicklung und Vermarktung neuer Technologien gebrochen, die sich mittlerweile besser verkaufen als Fuchis Produkte. Fuchi behauptet weiterhin, unsere Forschung beruhe auf illegalen und illegitimen Quellen.« Er hielt inne, um den Blick auf Lanier zu richten, aber der ehemalige Fuchi-Mann zeigte keine Reaktion und bewahrte seinen Ausdruck unerschütterlicher Gelassenheit. »Wir haben nicht die Absicht, Fuchis Behauptungen zu bestreiten.«

Eine Woge des Schocks und des Gemurmels breitete sich in dem Sitzungssaal aus. Die Aufsichtsratsmitglieder protestierten lautstark und riefen wild durcheinander. Aneki hob die Hände, um sie wieder zu beruhigen.

»Wir werden Fuchis Behauptungen nicht anfechten, denn wenn wir es täten, würde uns das in eine schwierige Lage bringen. Um zu beweisen, daß unsere Quellen legitim sind, müßten wir Fuchi technologische Informationen liefern, die den Wert beeinträchtigen würden, den diese technologischen Entwicklungen für uns haben. Fuchi weiß das und wünscht Zugang zu den Informationen zu bekommen, um seine Behauptung zu beweisen, einiges davon sei von unseren Konkurrenten gestohlen worden. Wenn unsere Daten den Mitgliedern des Gerichts zugänglich gemacht werden, haben wir unseren Vorteil verloren.«

Die anderen Aufsichtsratsmitglieder beruhigten sich und dachten über Anekis Worte nach. Es hatte Zeiten in der Vergangenheit gegeben, als die Entscheidung des Gerichts im Falle umstrittener Technologien darin bestanden hatte, sie allen Mitgliedern zugänglich zu machen, um so das Gleichgewicht der Macht zu bewahren.

»Wie reagieren wir dann darauf, Aneki-*sama*?« fragte Motoki Matsumara.

»Wir brauchen überhaupt nicht darauf zu reagieren«, sagte Yasuhiro Sasaki, eines der jüngeren und ambitionierteren Aufsichtsratsmitglieder und ein Befürworter von Renrakus neuer aggressiver Marktstrategie. »Was hat das Konzerngericht in der Hand? Wo ist der Beweis, daß wir etwas Unrechtes getan haben?«

»Das ist simpel«, sagte Gordon Leighton mit einem Nicken in Laniers Richtung. »Sie können *ihn* vor Gericht als Informationsquelle anführen, die wir angeblich ausgebeutet haben.« Lanier schnappte nicht nach Leightons Köder, aber das spielte keine Rolle, weil die anderen bereits begonnen hatten, ihre Meinungen einzuwerfen.

»Wir können nicht sicher sein …«, setzte Matsumara zu einer Antwort an, als Aneki wiederum die Hände hob.

»Meine Damen und Herren!« sagte er scharf. »Bitte warten Sie den Bericht über Renrakus Reaktion ab, bevor Sie mit einer Debatte beginnen.« Der Lärm ließ nach, und Aneki ließ den Blick über die Versammlung schweifen, bevor er fortfuhr.

»Wie ich schon sagte, werden wir Fuchis Anschuldigungen nicht widerlegen, sondern sie lediglich bestreiten. Wie Sasaki-*san* so nachdrücklich festgestellt hat, liegt die Beweislast bei Fuchi. Fuchi muß dem Gericht einen Beweis für unser Fehlverhalten vorlegen, damit es aktiv werden kann, jedoch …« Aneki hielt inne, erhob sich und ging zur Seite des Tisches.

»Renrakus Wachstum und Erfolge in den letzten zwei Jahren waren so groß, daß viele Mitglieder des Konzerngerichtshofs beunruhigt waren. Von den acht führenden multinationalen Konzernen überflügeln uns derzeit nur noch Saeder-Krupp und Fuchi auf dem Weltmarkt. Das bedeutet, daß uns die anderen Mitglieder des Konzerngerichts sehr wahrscheinlich nicht wohlgesinnt sind. Obwohl einige den Wunsch hegen werden, Fuchi gedemütigt zu sehen, werden sie sich mehr Sorgen über Renrakus Wachstum machen und es möglicherweise für richtig befinden, Maßnahmen zu ergreifen, um die Aktivitäten unseres Konzerns einzuschränken. Wir wollen, daß Renraku auch in Zukunft wächst und erfolgreich ist, und können nicht zulassen, daß die anderen Megakonzerne sich gegen uns verbünden.«

»Glauben Sie wirklich, daß das geschehen wird, Aneki-*sama*?« sagte Lanier ruhig von seiner Seite des Tisches, wobei sein geisterhaftes holografisches Bild ein wenig flackerte, als er sich bewegte.

»Gerade Sie müßten die Antwort darauf kennen, Lanier-*san*. Sie haben vor einigen Jahren bei der Koordination der Maßnahmen des Gerichts geholfen, um Aztechnology eine Lektion zu erteilen, *neh*? Wenn die Mitglieder des Gerichtshofs sich ausreichend bedroht fühlen, werden sie handeln. Wir müssen ihnen einen guten Grund geben, nicht gegen uns vorzugehen, und gleichzeitig Renrakus Wachstum und Einfluß aufrechterhalten.«

Aneki berührte eine Kontrolleiste, und die Wand des Sitzungssaals mit ihrem dünnen Kunststoffüberzug fungierte nun als Computerbildschirm, um auf Tastendruck Bilder aufzurufen.

»Der Schlüssel zu unserem Ziel«, sagte Aneki, »liegt hier.« Ein Bild nahm auf dem Schirm Gestalt an, das den Aufsichtsratsmitgliedern Renrakus ebenso vertraut war wie ihren Widerparts in den anderen Megakonzernen. Es war ein Bild, das viele Konzern-Systemanalytiker in den letzten zwei Jahren in ihren Träumen heimgesucht hatte. Das Bild auf dem Schirm zeigte eine Gestalt, die aus zwei verschiedenen Teilen bestand. Der untere entstammte dem Turiner Grabtuch, das viele für das Leichentuch hielten, in dem Christus begraben worden war. Doch der Kopf des Bildes war eine Frau mit einem rätselhaften Lächeln. Beide Bilder waren als fotografische Negative dargestellt, so daß die schwarze Gestalt durch weiße Umrisse hervorgehoben wurde.

»Das Leonardo-Bild?« fragte Matsumara. »Welchen Nutzen hat das für uns?«

»Das eigentliche Bild hat keinen Nutzen für uns, Matsumara-*san*, sondern nur das, was das Bild repräsentiert. Das Leonardo-Projekt. Die Technologie, die Leonardo uns zur Verfügung gestellt hat, ist dieselbe Technologie, die er verwendet hat, um gleichzeitig die zentralen Computersysteme aller großen Megakonzerne zu kompromittieren. Es ist ebenjene Technologie, die Renraku mächtiger und einflußreicher denn je und unsere Computersysteme für die Decker der Konkurrenz undurchdringlich gemacht hat und uns die Vorherrschaft in der Matrix sichert; infolgedessen ist es uns möglich, an unseren eigenen Forschungsprojekten ungestört zu arbeiten und uns gleichzeitig Zugang zur Arbeit der Konkurrenz zu verschaffen und sie bei Bedarf zu sabotieren. Eine unschlagbare Kombination.«

Aneki erwähnte nicht seine Besorgnis darüber, daß Leonardo immer noch in der Lage war, Renrakus Abwehrvorrichtungen in der Matrix zu umgehen, wenn er es wollte. Sollte der Aufsichtsrat Renraku an dieser Front einstweilen für unverwundbar halten.

»Aber«, fuhr er fort, »die Leonardo-Technologie hat noch nicht ihr volles Potential erreicht. Bisher waren unsere Verwendungsmöglichkeiten subtil und konservativ. Wir haben uns Informationen von anderen Konzernen beschafft, die uns bisher verschlossen waren, aber die Fähigkeiten, die Leonardo demonstriert hat, die Fähigkeit, die Systeme aller Mitglieder des Konzerngerichtshofs gleichzeitig zu kompromittieren, ist uns bisher verwehrt geblieben.«

Miles Lanier schien aufmerksam zuzuhören, während Aneki sprach, die Finger vor dem Kinn zusammengelegt; sein virtuelles Bild lehnte sich auf dem Sessel des Sitzungssaals zurück.

»Wollen Sie damit sagen, Aneki-*sama*, daß Renraku nun diese Fähigkeit besitzt, die Leonardo gegen uns eingesetzt hat?« Aneki war nicht überrascht, daß Lanier der erste war, dem die Implikationen seiner Worte auffielen.

»Nein, wir besitzen sie nicht. Wenigstens noch nicht. Die Schwierigkeit liegt nicht in der Technologie. Sie ist immer noch allem anderen, was zur Verfügung steht, um Jahre voraus. Es hat auch nichts mit den Talenten des Users zu tun. Leonardos Computerfertigkeiten sind zwar zweifelsohne signifikant, aber wir beschäftigen viele der besten Decker der Welt und können dennoch nicht die Leistungen vollbringen, zu denen Leonardo mit dieser Cybertechnologie fähig war.

Nein, statt dessen liegt die Antwort hier drinnen.« Aneki tippte sich mit einem knochigen Zeigefinger an die Seite des Kopfes. »In gewissen neurologischen Veränderungen, die nötig sind, um das volle Potential von Leonardos Cyberdeck-Technologie zu erschließen, Veränderungen, die in Verbindung mit der einzigartigen

Rechenkapazität des Decks die Kraft beider um ein Vielfaches steigern und den User für konventionelle ICs unangreifbar machen.«

»Was sind das für Veränderungen?« meldete sich Shun Isoge. Aneki wußte, daß der Mann an vielen Biotechnologie-Firmen beteiligt war. Biotechnologie und ihre Anwendungen interessierten ihn ungemein.

»Genau das wollen wir gerade herausfinden«, erwiderte Aneki. »Das Wesen dieser Veränderungen wird gegenwärtig ergründet.« Wiederum redeten alle Aufsichtsratsmitglieder voller Überraschung wild durcheinander, und die Sitzung drohte ein Chaos zu werden.

»Warum wurden wir nicht über dieses Projekt informiert?« empörte sich Matsumara, indem er ein weißes Taschentuch aus seiner Jackentasche zog, um sich seine feuchte Stirn abzuwischen. Aneki wollte gerade antworten, als die Vorsitzende Watanabe das Wort ergriff. Ihre Stimme schnitt durch das Geplapper wie ein Schwert und ließ wieder Ruhe im Saal einkehren.

»Die Sicherheit war zu wichtig, Matsumara-*san*. Dieses Projekt beinhaltet die gesamte Zukunft Renrakus. Ich habe davon ebenso Kenntnis wie Aneki-*san* und unsere ausgewählten Agenten innerhalb des Konzerns. Die Mitglieder des Aufsichtsrats wurden nicht informiert, weil das Projekt sich im Anfangsstadium befand und die Sicherheit der wichtigste und der vordringlichste Gesichtspunkt war.« Mehrere Augenpaare schauten in Miles Laniers Richtung, während Watanabe fortfuhr. »Angesichts der Aktivitäten Fuchis ist es jetzt wichtiger, dafür zu sorgen, daß das Projekt in größter Eile zum Abschluß gebracht wird.«

»Und was ist das für ein Projekt, Frau Vorsitzende?« fragte Miles Lanier mit einem Anflug übertriebener

Höflichkeit. Aneki räusperte sich und berührte eine Taste, wodurch auf dem Wandschirm eine Karte Nordamerikas sichtbar wurde, auf der die Nationen in unterschiedlichen Farben dargestellt waren. Da waren die Vereinigten Kanadischen und Amerikanischen Staaten und die Konföderierten Amerikanischen Staaten in Blau und Grau, die beiden Nationen, welche die östliche Hälfte des nordamerikanischen Kontinents unter sich aufteilten. Das Violett der Republik von Québec war in der oberen Ecke zu sehen. Das Rot der Native American Nations bedeckte den größten Teil der westlichen Hälfte mit Ausnahme der goldenen Farbe des Freistaats Kalifornien, des Grüns der Elfennation Tir Tairngire und der kleinen blauen Insel inmitten der roten NAN, bei der es sich um den Seattler Metroplex handelte.

Vier Städte auf der Karte waren durch leuchtende Punkte hervorgehoben: Seattle, Denver, der Bundesdistrikt Columbia und Boston. Alle waren Städte der UCAS bis auf Denver, das gemeinsam von vielen Nationen Nordamerikas gehalten wurde, und zwar als Teil des Vertrags, der den Konflikt zwischen den alten Vereinigten Staaten und den indianischen Rebellen beendet hatte, die mit der Macht der Magie versucht hatten, sich das Land zurückzuholen, das sie als das rechtmäßig ihre betrachteten.

»Aus diesen Städten«, sagte Aneki, indem er auf die Karte zeigte, »sind Aktivitäten von Stämmen gemeldet worden, die als ›Otaku‹ bekannt sind. Die Otaku haben sich unsere Bezeichnung für diejenigen angeeignet, die sich auf eine an Besessenheit grenzende Art und Weise der Welt der Matrix verbunden fühlen, und sie in eine Legende verwandelt, eine Geschichte von Kindern mit der Fähigkeit, sich ohne die Benutzung eines Interfaces nur mit der Kraft ihres Gehirns Zugang zur virtuellen Welt der Matrix zu verschaffen. Unsere Forschungsabteilung glaubt – und diese Ansicht haben gewisse unabhängige Berater bestätigt –, daß die Leonardo-Technologie der besonderen Fähigkeiten der Otaku bedarf, um ihr volles Potential realisieren zu können. Hardware und Software sind Grenzen gesetzt, die nur überwunden werden können, wenn der ›menschliche Faktor‹, das Gehirn selbst, verändert wird.«

»Lächerlich«, sagte Matsumara mit verächtlichem Schnauben. »Die Otaku sind nur ein Mythos, eine urbane Legende. Wollen Sie allen Ernstes behaupten, daß Sie das Schicksal von Renraku Computer Systems von einem Decker-Märchen abhängig machen?«

»Viele Dinge wurden einmal als Mythen betrachtet, Matsumara-*san*«, konterte Aneki. »Dinge wie Magie, Elfen und Drachen, *neh*? Aber man braucht nur einen Blick auf das tägliche Nachrichtenfax zu werfen, um zu sehen, daß all diese Mythen Wirklichkeit sind. Warum nicht auch die Otaku? Wie anders ließe sich erklären, weshalb Renraku mit einigen der besten Forschungsanlagen und Decker der Welt bisher noch nicht das volle Potential der neuen Technologie realisieren konnte? Unsere Nachforschungen lassen vermuten, daß die Otaku tatsächlich existieren und sie über ein Mittel verfügen, das menschliche Gehirn zu verändern, so daß es innerhalb der Matrix wie ein biologisch-holografisches Computersystem funktioniert. In Verbindung mit Leonardos paraoptischer Cyberdeck-Technologie wäre so ein Individuum in der Lage, jene Leistung zu vollbringen, deren Zeuge wir vor zwei Jahren geworden sind.«

»Der Kompromittierung der Computersysteme aller Megakonzerne«, sagte Lanier ruhig, und Aneki nickte.

»*Hai*. Und wenn wir diese Fähigkeit besitzen, gibt es keinen Rivalen auf der Welt, der uns realistischerweise herausfordern könnte. Nicht, wenn wir ihre Kommunikation, ihre Befehlsstruktur, ihre Daten und Finanzen nach Belieben manipulieren und sabotieren können. Das Konzerngericht wird uns keine Sorge mehr bereiten, weil Renraku einen Vorteil haben wird, mit dem kein anderer Konzern konkurrieren kann. Die Matrix ist das Herzblut der Wirtschaft und des Handels. Wenn wir die Matrix beherrschen, liegt die Existenz unserer Rivalen in unseren Händen.«

»Die anderen Megakonzerne würden niemals danebenstehen und es einfach zulassen«, wandte Isobe ein. »Der Gerichtshof würde sich auflösen, und es würde zum Ausbruch eines Konzernkrieges kommen ...«

»Nein«, sagte Lanier, bevor irgend jemand darauf antworten konnte. »Das glaube ich nicht. Ein Konzernkrieg wäre zu zerstörerisch, um ihn zu riskieren. Die größten Megakonzerne haben Ressourcen zur Verfügung, die denen der nationalen Supermächte gleichkommen, die früher einmal existiert haben, was bedeutet, daß sie einen Krieg vermeiden müssen, den niemand gewinnen kann. Wenn Renraku diese Technologie an sich bringt, können die anderen Konzerne nichts dagegen unternehmen, ohne dabei die völlige Zerstörung der Matrix zu riskieren, auf die wir alle angewiesen sind. Sie würden nach anderen Möglichkeiten suchen, die Technologie zu sabotieren oder zu stehlen, aber sie würden keinen Krieg beginnen, um Renraku daran zu hindern, an die Spitze aufzusteigen, jedenfalls nicht, solange es noch andere Möglichkeiten gibt.«

»Das einzige Problem«, sagte Aneki zögernd, »besteht darin, daß die Agenten, die wir in die Otaku-Stämme eingeschleust haben, seit einiger Zeit untergetaucht sind. Zwei von ihnen sind mit Bestimmtheit tot. Ihre Leichen wurden von unseren Leuten gefunden. Ein weiterer lebt und befindet sich in der Obhut einer Privatklinik in Seattle, zeigt jedoch alle Symptome eines permanenten Hirnschadens. Wir hoffen, daß es den Ärzten gelingt, einige zusätzliche Informationen zu bekommen. Vom letzten Agenten haben wir seit mehreren Wochen nichts mehr gehört, aber wir geben uns alle Mühe, ihn ausfindig zu machen. Wir müssen ihn finden oder, falls uns das nicht gelingt, die Geheimnisse dieser Otaku auf andere Weise ergründen, wenn Renraku Computer Systems überleben soll.«

10

Anfangs wurde das Phänomen der Stadtstämme nur als eine weitere Eintagsfliege betrachtet, die zusammen mit allen anderen verrückten Modeerscheinungen rasch wieder verschwinden würde. Aber die Stämme verschwanden nicht. Sie bewiesen die Anpassungsfähigkeit der menschlichen Natur, indem sie Möglichkeiten des Fortbestehens und des Überlebens fanden. Sie übernahmen uralte traditionelle Lebensarten und Techniken und paßten sie an das Leben im städtischen Dschungel an. Sie fanden Nischen in der städtischen Ökologie, wo sie leben und jagen und Familien gründen konnten. Sie schotteten sich vom Rest der Welt ab. Sie richteten ihre eigenen ›Reservate‹ inmitten des Chaos der Sprawls ein, steckten ihr Territorium ab und verteidigten es gegen alle Eindringlinge.

Nun gibt es sogar eine zweite Generation Primitiver, jene, die kein anderes Leben als das ihres Stammes kennen. Manche von ihnen bilden die Basis für den zukünftigen Fortbestand ihres Stammes, während andere, wie Jugendliche überall und zu allen Zeiten, gegen die Ideale ihrer Eltern rebellieren und mehr über die Gesellschaft erfahren wollen, der sie nie angehören durften. Sie werden wieder von den Orten und Ideen angezogen, die ihre Eltern noch ablehnten. Manche kehren zu ihrem Stamm zurück, erschüttert von dem, was sie gesehen haben, während andere ein neues Leben in der Welt draußen anfangen und nie wieder auftauchen.

– Dr. Niles Wolfe, *Urban Primitives*,
Ambrosius Publications, Boston 2049

Ich bin erstaunt, wie leicht es ist, mit dem Stamm zu leben. Ich hatte erwartet, daß es schwieriger wäre, aber ich fühle mich hier wahrhaftig zu Hause. Niemand wundert sich darüber, daß ich mich nicht mehr an sie erinnern kann. Sie sagen, ich sei jetzt ein anderer Mensch, und da sei es nur richtig, daß ich ein neues Leben als unbeschriebenes Blatt beginne. Manche glauben sogar, die Tatsache, daß ich mein vorheriges Leben vor der Erfahrung der Resonanz vergessen habe, bedeute, daß es mir bestimmt sei, ein wahrhaft großer Schamane zu werden, daß ich wirklich wiedergeboren und in der Lage sei, die Welt mit anderen Augen zu sehen.

Die Netwalkers nehmen mich mit offenen Armen in ihrem Stamm auf, und obwohl ich hier keine Blutsverwandten habe, gehöre ich doch zur Familie. Der Stamm hat sechsundvierzig Mitglieder, die in einem Gebäudekomplex im Rox leben – den Roxbury Barrens von Boston. Die meisten Stammesmitglieder sind Leute, die sich aus der normalen Gesellschaft ausgeklinkt haben, aus den verschiedensten Gründen gezwungen, in der Wildnis des Rox anstatt in den sauberen und geschützten Konzernenklaven der Stadt zu leben. Papa Lo ist unser Häuptling. Er hält uns mit seiner Autorität zusammen und lehrt die Kinder des Stammes die Fähigkeiten, die aus den Netwalkers etwas Besonderes unter den Stämmen im Rox machen. Er zeigt uns die Wege der Matrix, wie nur wenige andere Leute sie je erlernen.

Doch nun lerne ich einzutauchen in den Brunnen des Wissens und der Information, der die Matrix ist, und ausgiebig zu trinken, wie in meinem Traum, so viel Wissen aufzunehmen, wie ich kann, für mein Volk, für unser Territorium und die Welt ringsumher. Viele Dinge, die ich gelernt habe, kommen mir bekannt vor wie ein Training alter Reflexe. Andere Lektionen erscheinen mir ganz neu. Das ist keine Überraschung, da mir gesagt wurde, daß ich die Wege der Matrix auch schon vor meiner Initiation gut kannte.

Was mir am bekanntesten und zugleich völlig anders vorkommt, ist die Matrix selbst. Ich kenne all die Gebäude und Bahnen der virtuellen Welt, als seien sie in meine Seele eingebrannt, als habe ich sie schon mein Leben lang gekannt, aber ich sehe sie jetzt auf eine ganz neue Art und Weise. Ich brauche nicht mehr als ein angeschlossenes Kabel in die Chrombuchse hinter meinem Ohr zu stöpseln, um mich mit der Welt des Cyberspace zu verbinden. Andere Leute brauchen einen Computer zwischen sich und der Herrlichkeit der virtuellen Welt, der die Signale in Empfindungen umwandelt, die sie erfassen können, aber ich erlebe die Matrix direkt.

Ich verbringe jeden Tag Stunden mit der Erforschung der Grenzen der Matrix. In ihr kann ich in wenigen Augenblicken um die Welt reisen und weit entfernte Orte besuchen wie ein Geist, schneller, als die meisten Computer-User träumen können. Millionen Leute besuchen jeden Tag die Matrix, aber ich bin einer der wenigen, die darin ein Zuhause finden können.

Ich sorge dafür, daß jeder mein Persona-Icon sehen kann, wenn ich durch die virtuelle Tür gehe. Draußen auf der Straße leben oder sterben Samurai, je nachdem, wie hart sie aussehen. Von dem Moment an, in dem man einen Raum betritt, wird man abgeschätzt, und diese ersten Sekunden sind die wichtigsten. Wenn man nicht sofort zum Ausdruck bringt, ›wer sich mit mir anlegt, hat nichts zu lachen‹, muß man mit Ärger rechnen. Genauso geht es auch im rauhen Teil der Matrix zu, und alles an meiner Persona verrät den Leuten, die mich sehen, daß sie im Cyberspace vor mir auf der Hut sein müssen.

Die meisten Straßensamurai würden das eher lustig finden, weil mein Icon für jemanden, der die Matrix nicht kennt, nichts Bedrohliches an sich hat. Anders als bei vielen anderen Deckern ist mein Icon kein Riesenrobot, verchromter Samurai, Tier, mythisches Ungeheuer oder Rieseninsekt. Ich habe auch nichts mit den unzähligen historischen Persönlichkeiten, heidnischen Göttern, modernen Berühmtheiten oder fiktiven Gestalten zu tun, welche die virtuelle Realität bewohnen. Ich bin bereits eine Legende im Cyberspace: ein Technoschamane, Cyberadept, Otaku, jemand, der die Matrix betreten kann wie ein amphibisches Wesen das Wasser, gleichermaßen zu Hause in beiden Welten. Ich brauche kein klobiges Cyberdeck. Nein, ich benutze nur die Kraft meines Geistes.

Meine Persona ist elementar, fast nichtssagend, weil sie aussieht wie ich. In der Matrix habe ich dieselben ›Werte‹, dasselbe Aussehen wie außerhalb. Ich habe nicht das Bedürfnis, mich im Cyberspace größer zu machen, nur um mich härter zu fühlen wie einige der Elektronenjockeys dort draußen. Meine lebende Persona hat dieselbe Größe und Statur wie ich, um die Kinästhetik so verwandt wie möglich zu halten, was mir eine etwas schnellere Reaktionszeit gibt. Meine Persona hat meine dunklen Haare und mein etwas eckiges Gesicht.

Alles in allem nichts Spektakuläres. Gewiß nichts, was sich mit einer verchromten Gottesanbeterin oder einem aus Marmor gemeißelten Adonis oder auch einem Paar sprechender Brüste vergleichen ließe wie einige der übertriebenen weiblichen Personas im *Anime*-Stil, die ich gesehen habe. Aber in der Matrix ist nicht so sehr die Frage entscheidend, was man tut, sondern *wie* man es tut. Meine Persona mag genauso aussehen wie ich, aber das liegt daran, daß meine Persona mein Ich *ist*, eine Ausweitung meines wahren Selbst in der Elektronenwelt. Jede Einzelheit, jede Nuance ist da, wie in der Realität, nur noch besser. Von der Tiefe meines Blicks bis zur Schwärze meiner polierten Stiefel. Von dem Faltenwurf meines Umhangs bis zur Auflösung jedes einzelnen meiner Haare. Und nicht in bezug auf die Optik, sondern auch hinsichtlich der anderen Sinne, die viele Programmierer vernachlässigen, die kleinen Hinweise, die viel dazu beitragen, ein Bild wirklicher zu machen.

Geräusche beispielsweise. Das schwache Knistern von Leder, das Rascheln fließender Kleidung, das Tappen von Schritten, das Klirren von Metall in einem Lederrucksack und das Reiben von Stoff auf Stoff. Beschaffenheiten, von der glatten, abgenutzten Oberfläche bequemen Leders über die engmaschige Struktur gewebter Wolle bis zur kühlen Glätte von Metall und der warmen Weichheit von Haut. Sogar die Gerüche nach Wolle und Leder und Haut, die sich mit denen von Chrom und Regen vermischen. All diese kleinen Elemente finden bei der Erstellung des Bildes Berücksichtigung, so daß die von den normalen Deckern benutzten Phantasiegestalten im Vergleich dazu wie Zeichentrickfiguren aussehen. Zweidimensional, ohne Substanz und Stil. Die Auflösung meiner Persona, ihre Ausstrahlung, verrät jedem, der etwas von Programmierung versteht, daß er so etwas wie mich noch nie zuvor gesehen hat.

Die Verlierer und Möchtegerns haben keinen Schimmer, was für eine komplexe Programmierung erforderlich ist, um eine Persona wie meine zu erschaffen, und sie bemerken die subtilen Einzelheiten natürlich gar nicht. Sie sehen nur eine Persona ohne Prunk und Glanz, was sie zu der Annahme verleitet, ich sei ein kleiner Fisch. Das macht mir nichts aus, denn infolgedessen neigen sie dazu, mich zu unterschätzen. Wenn sie dann eine Ahnung von meiner wirklichen Macht bekommen, erholen sie sich bereits von den Kopfschmerzen eines Auswurfschocks vom Umfang der Denver Front Range Free Zone. Die guten Decker in der Matrix wissen, worauf sie achten müssen, wenn also eine Persona wie meine irgendwohin geht, erregt sie Aufmerksamkeit. Im allgemeinen sind immer ein paar Grünschnäbel an einem Ort, die nichts mitbekommen, bis ihnen jemand sagt, wer und was ich bin. Ich gebe es zu – es gefällt mir, die Spekulationen darüber anzuheizen, wer ich bin und warum ich dort bin. Ein Anstrich des Geheimnisvollen kann Wunder für den Ruf wirken.

Nun zu den Augen. Die Augen sind das wichtigste. Sie haben dieselbe violette Schattierung wie meine echten Augen, eine ungewöhnliche Farbe, die eine Spur Unbehagen in den Leuten weckt, wenn ich sie mit dem richtigen Blick fixiere (was in der virtuellen Realität viel leichter ist, weil man dort nicht blinzeln muß). Meine sind von einer Beschaffenheit, wie sie Augen in der Matrix normalerweise nicht haben. Sie zeigen die Tiefe meiner lebendigen Persona, das Vorhandensein eines Geistes und einer Seele dahinter. Andere Augen in der Matrix sind Fenster ins Nichts, aber die Leute im Cyberspace können in die Augen meiner Persona schauen und sehen dann, wie ich ihren Blick erwidere. Das ist ein Unterschied, den die Leute zur Kenntnis nehmen, bewußt oder unbewußt.

In der Matrix trage ich eine dunkle Jeans, eine blaue Tunika, schwarze Stiefel und einen grauen Umhang, den ich mir übergeworfen habe (und der gut dafür ist, im richtigen Moment Dinge darunter hervorzuholen). Dazu einen Ledergürtel und den Lederrucksack für meine Formen.

Die Formen sind meine Hilfsmittel in der Matrix, meine magischen Waffen und Zauber in der elektronischen Welt. Decker benutzen Programme mit Namen wie Black Hammer, Squeeze-It, Aegis-IV und Shoggoth, um etwas in der Matrix auszurichten. Die Programme laufen auf einem Cyberdeck, das mit dem Hirn des Deckers verbunden ist. Der Decker denkt an das, was er will, und das Programm leistet die Arbeit, um seine Gedanken in die Tat umzusetzen, indem die Aufgabe in das entsprechende Bild in der Matrix umgewandelt wird. Ein Angriffsprogramm kann wie eine Pistole, ein Schwert, ein Energiestrahl, ein Streitkolben oder sonstwie nach Belieben des Deckers aussehen, aber er ist eben nur das, wozu es programmiert ist. Es ist nichts von diesen Dingen, sondern nur ein Programm. Ein Hilfsmittel.

Programme müssen geschrieben und auf einem Cyberdeck gespeichert werden, damit der Decker sie benutzen kann. Sie werden in den aktiven Speicher des Decks geladen, und ihre Wirksamkeit wird durch die Rechen- und Speicherkapazität der Hardware begrenzt. Zudem muß ein Decker seine Programme unter Berücksichtigung der Grenzen seines Decks einsetzen.

Die Formen sind etwas anderes. Ich habe keinen Computer, der mich mit der Matrix verbindet, also auch keinen Programmspeicher. Ich bewirke Dinge in der Matrix mit nicht mehr als der Kraft meines Geistes und meiner Seele. Ich habe einen Headware-Speicher – Computerchips, die in meiner Neo-Cortex installiert sind –, um Daten zu speichern, die ich aus den Computern der Matrix kopiere, aber ich benutze keine Programme, um Dinge zu erledigen. Die Formen werden von mir gebildet, aus der Kraft meines Willens und meiner Phantasie gegossen, um mir als Hilfsmittel in der Matrix zu dienen. Sie sind keine Illusionen wie die Programme eines Deckers. Sie sind *real*. Formen werden in ihrer Wirkung nicht durch Speicher oder Hardware begrenzt. Ihre einzigen Grenzen sind meine Phantasie.

Die erste Form, deren Beschwörung in der Matrix ich gelernt habe, ist mein heiliges Wort, eine glänzende Stahlmanifestation meines Willens und meiner Kraft als Schamane, das ich benutzen kann, um mich meiner Feinde in der Matrix zu entledigen. Nur wenige können seiner Schärfe widerstehen. Ich bilde auch andere Formen und verstaue sie in dem heiligen Rucksack, den ich bei mir trage. Sie sind Talismane, welche die Kraft meiner eigenen Kanäle verstärken und mir dabei helfen, Dinge in der Matrix zu vollbringen: magischer Staub, Silberrunen, dünne Chromketten und andere Schätze.

Ich begegne verschiedenen Reisenden bei der Erforschung der Matrix, Deckern, die wie Schatten durch die riesigen Datenbanken der Konzerne huschen. Ich begegne auch anderen wie mir und den Technoschamanen des Stammes. Es gibt winzige Gruppen von uns in anderen Städten wie Seattle und Denver. Ich rede mit ihnen über die Elektronenwelt und erfahre etwas über die Datenströme und Systeme, welche sie schaffen. Ich übe meine Fertigkeiten als Krieger in der Matrix und kämpfe gegen Feinde, sowohl sterbliche als auch nichtmenschliche. Nur wenige können sich gegen die Macht behaupten, die ich ins Feld führe.

Ich lerne von Papa Lo und den anderen Cyberschamanen – sowohl von denen meines Stammes als auch von anderen. Sie zeigen mir, wie ich mir meine Geisterhelfer in der Elektronenwelt vorstellen und rufen kann und wie ich ihnen befehlen kann, verschiedene Aufgaben auszuführen. Die Geister der Matrix sind wie unsere Formen aus dem Stoff der Elektronenwelt gemacht, aber die Geister unterscheiden sich insofern von den Formen, daß sie keine Hilfsmittel, sondern Helfer sind. Decker haben ebenfalls Helfer, die sie ›Frames‹ nennen, aber das sind seelenlose Automaten aus Programmcodes. Meine Helfer sind Lebewesen, Geister der Matrix. Ich lerne ihre Beschwörung aus den Tiefen meines Geistes. Der erste meiner Helfer, den ich auf diese Weise beschwöre, ist ein Geist, den ich Rook nenne.

Rook ist weiblich und hat die Gestalt eines Raben

mit Federn aus glänzendem schwarzen Chrom und mit dunklen Augen, in denen Klugheit funkelt. Auf mein Kommando fliegt sie durch die Matrix, sucht fern und nah und kehrt zurück, um mir ins Ohr zu flüstern, was sie an weit entfernten Orten sieht und hört, was es mir ermöglicht, schneller zu lernen, ohne mich irgendwohin begeben zu müssen. Rook stöbert verborgene Systeme und geheimes Wissen für mich auf.

Mein zweiter Helfer ist ein Geist anderer Art. Er wird Bakemono genannt, und er ist ein materielleres Wesen als Rook. Er ist ein kleiner Goblin, bucklig und verkrümmt, gerade halb so groß wie ich. Seine dunkle Haut spannt sich straff über den Knochen, was ihm einen grotesken, skelettartigen Ausdruck verleiht, und seine Augen leuchten gelblich. Bakemono ist ein Gauner und Kämpfer, der meine Feinde angreift und durcheinanderbringt, wenn ich es ihm befehle. Er hält mir den Rücken in der Matrix frei und erledigt kleinere Aufträge für mich, während ich mich mit den wichtigen Dingen beschäftige. Bakemono kämpft mit derselben animalischen Kraft, die ich bei meinem Kampf gegen den Ghul verspürt habe.

Papa Lo meint, ich lerne sehr schnell, aber er hat auch nicht weniger erwartet. »Ich wußte immer, du würdest ein großer Schamane werden, Babel«, sagt er zu mir. »Eine wichtige Bestimmung erwartet dich.« Er erklärt nie, was er damit meint.

Die Stammesältesten lehren mich auch noch einige andere Fertigkeiten, die ich beherrschen muß. Der Rox ist ein urbaner Dschungel, in dem man Überlebenstechniken braucht, wenn man sich hier behaupten will. Ich lerne, wie ich mich durch die Stahlbetonschluchten schleichen kann, ohne bemerkt zu werden, und wie ich mich von dem nähren kann, was der urbane Dschungel zu bieten hat. Einer der Stammesältesten ist ein Mann namens Hunter, was auch seine Rolle im Stamm beschreibt. Er ist ein Krieger und einer der stärksten Beschützer des Stammes. Er kennt Papa Lo schon sehr lange. Zwar ist Hunter nicht annähernd so alt, aber sein Haar weist doch schon Spuren von Grau auf.

Hunter lehrt mich Selbstverteidigung. Er sagt, alle Mitglieder des Stammes müßten wissen, wie man sich vor Angriffen schützen kann, und Papa Lo stimmt ihm zu. Auch wir Schamanen müssen einige der grundlegendsten Fertigkeiten des Kampfes beherrschen. »Du wirst nicht immer in der glücklichen Lage sein, in der Matrix kämpfen zu können«, sagt Hunter. »Manchmal sucht ein Feind auch in der wirklichen Welt nach dir. Dann ist es am besten, woanders zu sein, wenn sie einen suchen, aber wenn das nicht möglich ist, mußt du wissen, wie man kämpft.«

Ich lerne, mit bloßen Händen und mit allem zu kämpfen, was gerade zur Hand ist. Hunter sagt, für das geübte Auge des Kriegers gibt es überall Waffen, aber Hunter kann auf die Kraft der Magie zurückgreifen, um sein Auge zu schärfen. Sein Geschick im Kampf ist größer als das eines normalen Mannes, und er ist schnell wie ein Geist in der Matrix – wie Elektronen, die sich mit Gedankenschnelligkeit bewegen. Obwohl ebenfalls sehr schnell, bin ich ihm in unseren Übungskämpfen hoffnungslos unterlegen.

Ich bin nicht der beste Schüler im unbewaffneten Kampf. Ich lerne besser zu schießen – Hunter sagt, ich habe ein Auge für Präzision –, aber Pistolen werden von den Mitgliedern des Stammes nur selten benutzt. Im Rox sind sie schwer zu bekommen und noch schwerer instand zu halten und mit Munition zu versorgen. Der Stamm besitzt Waffen, aber sie werden sorgfältig gepflegt und nur sparsam eingesetzt.

Eines Tages erzähle ich Hunter beim Training von meinem Kampf mit dem Ghul und der anschließenden Flucht, bevor er und einige andere Krieger des Stammes mich in der Gasse fanden. Ich erzähle ihm auch von meiner Erinnerung an die Waffe, die ich benutzt habe, um den Ghul daran zu hindern, mich zu töten. Als ich ihm die dünne Linie auf meinem Armrükken zeige und mich dann konzentriere, schießt eine schlanke dünne Klinge heraus wie eine zustoßende Schlange.

»Geist!« ruft er und springt einen Schritt zurück. Die Klinge taucht direkt hinter meinem Handgelenk auf und beschreibt einen Bogen über meinen Handrücken. Sie ist ein wenig gekrümmt, um sich der Form meines Arms anzupassen, und ich stelle fest, daß sie fast kein Gewicht hat, als ich den Arm schwenke, um das Gefühl der Klinge am Arm zu testen. Hunter tritt wieder näher und hält mein Handgelenk fest, um die Klinge zu untersuchen. Er stößt einen leisen Pfiff aus, als er mit dem Finger über die stumpfe Seite streicht.

»Das ist eine gemeine Klinge, Babel«, sagt er respektvoll. »Ich habe viele Straßensamurai mit Klingen und Spornen gesehen, aber noch nie so etwas wie das hier. Es sieht aus wie ein normaler Sporn, aber der Schlitz für die Armscheide ist fast unsichtbar, und das Material sieht aus wie Kohlefaser. Es ist fast unmöglich, diese Klinge zu entdecken, und das verdammte Ding muß schärfer als die Hölle sein. Weißt du, woher du die Klinge hast?«

Ich schüttele den Kopf. »Hatte ich sie schon, als ich zum Stamm kam?« frage ich, doch Hunter zuckt die Achseln und schüttelt seinerseits den Kopf.

»Ich weiß es nicht, Junge. Kann sein. Wir haben nicht die entsprechende Ausrüstung, um Leute auf Cyberware zu untersuchen, aber selbst wenn wir sie hätten, bezweifle ich, daß wir die Klinge gefunden hätten. Wenn du sie hattest, als die Tamanus dich geschnappt haben, war sie bereits da.« Ich kann mich immer noch nicht an Geschehnisse vor dem Erwachen erinnern, und die Klinge wird zu einem weiteren Rätsel für mich. Hunter lehrt mich, wie man mit ihr kämpft, und ich mache die Erfahrung, daß sie in der Tat ›schärfer als die Hölle‹ ist und ebenso mühelos Holz und Plastik durchtrennen kann, wie sie Fleisch und Knochen von Crawleys Handgelenk durchschnitten hat.

Ich frage Hunter und einige andere Mitglieder des Stammes, wie ich vor meiner Initiation war und wie ich zum Stamm gekommen bin. Sie erzählen mir, daß ich erst seit ein paar Monaten bei den Netwalkers bin. Ich habe mich als Decker mit dem Namen Rook durchgeschlagen, mit demselben Namen, den ich meinem ersten Geisterhelfer gegeben habe. Das ist eine passende Weitergabe des Namens, wird mir gesagt. Papa Lo war beeindruckt von meinen Fähigkeiten, nachdem ich ein paar Arbeiten für die Netwalkers erledigt hatte, und fragte mich, ob ich mich dem Stamm anschließen wolle.

Verglichen mit der Art, wie ich mich durchgeschlagen haben muß, kann ich verstehen, warum ich eingewilligt habe. Die Netwalkers leben zwar nicht im Überfluß, aber es geht uns besser als den meisten Leuten, die im Rox leben, und der Stamm kümmert sich wirklich um seine Mitglieder. Ich grübele über mein Leben als Straßen-Decker nach und darüber, woher ich wohl gekommen sein mag. Wurde ich im Rox geboren? Das ist sehr wahrscheinlich, weil die meisten Leute von hier auch hier bleiben. Wenn man aus dem Rox stammt, kann man im Grunde nirgendwohin gehen.

Ich erfahre mehr über die Geschichte des Stammes, über seine Verbündeten und Feinde und über meine Pflichten als Schamane. Nur vier von uns haben sich der Tiefen Resonanz unterzogen und die Kanäle gelernt – das Eintauchen in die Matrix ohne die Hardware und Ausrüstung, die sogar Papa Lo noch braucht. Das macht uns wichtig, und wir haben dem Stamm gegenüber die

Verpflichtung, durch die Matrix zu reisen und Wissen zu suchen, um dem Stamm zu helfen, zu überleben und zu gedeihen. Wissen ist Macht, und es gibt viele Geheimnisse, die es den Geistern der Elektronenwelt zu entringen gilt und den richtigen Leuten einiges wert sind.

Der Trick besteht darin, die richtigen Leute zu finden und dafür zu sorgen, daß sie einen nicht töten, um zu bekommen, was man hat.

11

Hyänen heulen in den Palästen
und Drachen in den Schlössern der Lust.

– Jesaja 13, 22

Der junge Novize ging rasch die ruhigen Korridore des Medizinzelts entlang, das sich hoch oben auf den Hängen des Mount Shasta befand. Der Rest der Schamanen und die anderen Bewohner des Medizinzelts bereiteten sich auf die Nachtruhe vor, aber Running Bird hatte noch eine Pflicht zu erfüllen, bevor er ihrem Beispiel folgen konnte. Er versuchte seine Gedanken zu beruhigen und den Anweisungen seiner Lehrer zu folgen, um einen inneren Kern des Friedens und der Kraft zu erreichen, während er zu der großen Doppeltür ging.

Ein Klopfen an die Holztür der Kammer unterbrach Hestabys Meditation. Sie hob den Kopf, die großen Augen halb geschlossen, und wandte sich dem Eingang zu.

»*Herein*«, sagte sie, und die Türen öffneten sich, um Running Bird einzulassen. Er verbeugte sich tief, die Hände vor sich gefaltet, und der große Drache, der sich in dem Raum zusammengerollt hatte, erwiderte die Verbeugung mit einem Nicken seines großen schuppigen Kopfes.

»Verzeiht die Störung, Lady«, sagte der Novize mit ruhiger Stimme. »Da ist ein Gespräch für Euch. Es ist verschlüsselt und als äußerst dringend klassifiziert.«

Tatsächlich? dachte Hestaby. *Wie merkwürdig*. Sie

neigte den Kopf erneut zur Bestätigung der Botschaft des Akoluthen.

»Nun gut, Running Bird. Du wirst bleiben und für mich sprechen.« Der junge Mann war eindeutig verblüfft über diesen Befehl. Zeuge der geheimen Ferngespräche des großen Drachen zu werden, war keine Kleinigkeit, aber Hestaby zweifelte nicht an der Loyalität der Leute in ihrer unmittelbaren Umgebung.

»Ich, Lady? Wie ... Wie Ihr wünscht.« Er schloß die Tür hinter sich und ging zur Kommunikationskonsole, die sich an der Steinwand nicht weit von Hestaby entfernt befand, deren großer Leib auf dem Boden lag. Mit ruhigen, sparsamen Bewegungen drückte er ein paar Tasten und rief ein Trideobild auf, das den größten Teil der weiß getünchten Wand hinter der Konsole ausfüllte.

Das Bild zeigte ein Fraktalmuster, das in seiner Komplexität wunderschön war. Ein paar Sekunden nach dem Einschalten der Konsole löste sich das Muster auf, und ein Gesicht erschien auf dem Schirm. Es gehörte einem Elf mit dunklen, aus dem Gesicht gekämmten Haaren, die seine spitzen Ohren bedeckten. Aber seine scharf geschnittenen Elfenzüge waren so klar, als sei er bei ihnen im Raum. Hestabys Stimme sprach in Running Birds Gedanken, und er übermittelte die Worte. Es war ein Gefühl, als benutze ihn der Drache als Sprachrohr, und es erforderte keinerlei Mühe seinerseits.

»Leonardo«, sagte die Stimme des Novizen, »welch unerwartetes Vergnügen. Welchem Umstand habe ich die Ehre zu verdanken, Euch von Euren Studien abzuhalten?«

Der Elf auf dem Schirm sah Running Bird einen Augenblick fragend an, und der Novize spürte die Kraft des Blickes aus dunklen Augen auf sich ruhen. Leonardo richtete seine Aufmerksamkeit mit einem leichten Achselzucken wieder auf Hestaby, da er offensichtlich zu dem Schluß kam, daß der Diener des Drachen unwichtig war. Seine Stimme war melodiös und charmant.

»Es betrifft eine Angelegenheit, die in unser beider Interesse liegt, werte Lady. Wir haben beide unsere Auffassungen hinsichtlich der Zukunft unserer Völker. Früher waren wir mit unseren Vorstellungen in der Minderheit, aber die jüngsten Ereignisse haben den Verlauf der Zukunft verändert, so daß sich Gelegenheiten ergeben könnten, daß ... alternative Standpunkte gehört werden. Ich würde mich sehr gern mit Euch treffen, um die Möglichkeiten zu besprechen.«

Hestaby neigte ihren großen Kopf in einer fragenden Geste zur Seite, während Leonardo sprach, und Running Bird wartete darauf, daß die Stimme des Drachen ihm sagte, was er antworten sollte. Einen langen Augenblick herrschte Schweigen, und er sah seine Gebieterin über die Schulter hinweg an. Sie nickte, und der Novize wandte sich wieder dem Schirm zu, da ihre Gedankenstimme durch ihn sprach.

»Ein interessantes Angebot«, sagte Hestaby, »das ich nicht von Euch erwartet hätte. Es gab einmal eine Zeit, als solch ein Treffen als unmöglich angesehen worden wäre.«

»Ein Grund mehr, es zu vereinbaren«, erwiderte Leonardo. »Ich habe schon immer danach gestrebt, das Unmögliche zu vollbringen, ebenso wie Ihr, glaube ich.«

»Es gibt einige, die solch ein Treffen als Bedrohung betrachten werden«, sagte Hestaby, und Running Bird verspürte ein Frösteln, als er diese Worte aussprach. Wer konnte überhaupt einen Drachen mit Hestabys Macht bedrohen, sie, die einmal eine Elfenarmee auf den Hängen des Mount Shasta zurückgeschlagen hatte?

»Vielleicht, aber was wäre das Leben ohne ein wenig Risiko?« entgegnete Leonardo.

Hestaby hielt einen weiteren langen Augenblick inne, und Running Bird konnte beinahe hören, wie die Gedanken des großen Drachen sich am Rande seines Bewußtseins überschlugen, bevor Hestabys Worte wieder in seinem Verstand ertönten und sie seine Stimme auf den Trideoschirm richtete.

»Nun gut. Wo wünscht Ihr dieses Treffen?« fragte sie. Der Elf setzte ein rätselhaftes Lächeln auf, bei dem seine klassischen Züge sich vor Freude aufzuhellen schienen.

»Wie wäre es bei mir?«

In einer riesigen Arcologie am Ufer der Ruhr lag ein großer Drache zusammengerollt wie eine schlafende Katze auf dem Marmorboden eines Raumes, der groß genug war, um als Hangar für ein Privatflugzeug zu dienen. Riesige Säulen stützten die gewölbte Decke, und die Steinwände waren mit erlesenen Gravuren verziert. Der Raum war solide und kühl und strahlte eine beruhigende Atmosphäre für ein Wesen aus, das an ein Leben in großen Berghöhlen gewöhnt war.

Anders als in diesen alten Höhlen gab es hier keine gestapelten Schätze, abgenagten Knochen und verrosteten Waffen aus dem Besitz törichter Möchtegern-Drachentöter. Der Raum war sauber und trocken und roch nach der Ausdünstung von Reptilienschuppen und schwach nach Rauch. Es gab kein Mobiliar und keine Fenster – abgesehen von denjenigen, die geöffnet waren, um Computergrafiken oder Informationen anzuzeigen: der einzige Bewohner des Raums benötigte beides nicht.

Der große Raum in Saeder-Krupps Welthauptquartier im Rhein-Ruhr-Megaplex wurde von den Lakaien des Drachen scherzhaft ›das Eckbüro‹ genannt. Sie glaubten, er wisse nichts von diesem Spitznamen für seine Höhle, aber es gab herzlich wenig, was der Großdrache Lofwyr, Präsident und Aufsichtsratsvorsitzender von Saeder-Krupp Heavy Industries, nicht wußte.

Der Drache brauchte lediglich die sich bewegenden Bilder, welche den größten Teil einer Wand in dem riesigen Raum ausfüllten. Die Bildschirme an der Wand lieferten einen steten Informationsfluß, der seinen ausgedehnten Verstand beschäftigt hielt. Ein Besucher hätte vielleicht geglaubt, daß Lofwyr schlief. Der Drache saß zusammengerollt da, und sein großer keilförmiger Kopf ruhte auf den Vorderbeinen, während die riesigen goldenen Augen fast unter den schweren Lidern verborgen waren, und starrte träge auf die Videowand. In Deutschland war es kurz vor Morgengrauen, und in der riesigen Arcologie waren nur wenige Leute wach. Lofwyrs Verstand war jedoch immer aktiv und verfolgte das Geschehen auf den Schirmen, während er gleichzeitig ein Dutzend verschiedener Gedanken auf einmal jonglierte.

Einige der auf den Videoschirmen geöffneten Fenster lieferten Aktualisierungen der Aktivitäten Saeder-Krupps und seiner unzähligen Tochtergesellschaften und Beteiligungen auf dem ganzen Globus. Saeder-Krupp war das größte Konzernkonglomerat der Welt. Für einen menschlichen Geschäftsführer wäre es eine monumentale Leistung gewesen, den Überblick über Hunderte von kontrollierten Gesellschaften zu behalten, doch für Lofwyr waren die Verflechtungen der Konzernpolitik und der Wirtschaft eine Art Beschäftigungstherapie für seinen Verstand. Er begutachtete in jeder Minute die Aktivitäten Dutzender von Gesellschaften, speicherte die Informationen und machte sich im Geist Notizen, um später seine Lakaien mit deren Ausführung zu beauftragen. Aktieninformationen,

Aufkäufe, das Auf und Ab der Geschäfte in der ganzen Welt, all das nahm nur einen Bruchteil der Aufmerksamkeit des Drachen in Ansprung.

Andere Fenster zeigten Informationen über Lofwyrs andere Interessen. Es gab nur wenige Dinge in der Sechsten Welt, denen er nicht zumindest ein wenig Aufmerksamkeit widmete, also flimmerten neue Trideoprogramme, Dokumentationen, Informationen über Aktiengeschäfte und andere Daten, die von Lofwyrs Agenten, sowohl lebendiger als auch künstlicher Art, zusammengetragen wurden, zu seiner Erbauung und Belustigung über die Bildschirme. Giftmüllverknappungen in der Nordsee, Waffenschmuggel in Südostasien, ein weiteres Grenzscharmützel in China, Ergebnisse politischer Umfragen aus den Vereinigten Kanadischen und Amerikanischen Staaten, all das war Wasser auf die Mühlen von Lofwyrs Verstand. Der Drache unterhielt ein weitverzweigtes Agentennetz in jedem Land, das nichts anderes tat, als sein hungriges Gehirn mit Informationen zu versorgen: Aktualisierungen, Gerüchte und Geheimnisse aus der ganzen Welt.

Trotz der gigantischen Datenmenge, die auf den Schirmen an ihm vorbeirauschte, schien der Drache fast gelangweilt zu sein und ungeduldig darauf zu warten, daß etwas geschah. Er stieß einen kleinen Seufzer aus, der dünne Rauchfahnen aus seinen Nüstern strömen ließ, da er mit Hilfe der Magie der modernen Technik Wache über die Welt hielt und an die Zeiten dachte, als ein magischer Spiegel oder Teich die Aufgabe der Videowand übernommen hatte. Doch derartige Hilfsmittel waren nicht so schnell und effizient wie die Matrix, wenn es um das Sammeln von Daten ging. Die moderne Technologie hatte durchaus ihren Nutzen.

Ein musikalischer Ton unterbrach das Stimmengewirr der zahlreichen Anzeigefenster, und Lofwyrs

Augen weiteten sich, während sein Kopf sich ein wenig aus seiner Ruhestellung hob. Eine Anzeige verkündete in Rot ›Sendung wird empfangen‹. Die Lefzen des Drachen verzogen sich ein wenig zur Andeutung eines Lächelns, bei dem jedem anwesenden Angestellten Saeder-Krupps das Blut in den Adern gefroren wäre. Lofwyr lächelte nur selten. Es bedeutete stets, daß der Drache etwas Interessantes für sich gefunden hatte, und niemand wollte Gegenstand von Lofwyrs Interesse sein.

Die blinkende Anzeige erweiterte sich zu einem neuen Fenster an der Videowand und zeigte die gelassenen und kultivierten Züge von Jean-Claude Priault, Vorsitzender des Konzerngerichtshofs und Lofwyrs Angestellter.

»Meinen Gruß, Gebieter«, sagte Priault. Die meisten Leute der Moderne hatten Schwierigkeiten mit Lofwyrs bevorzugter Anrede. Sogar der jämmerlichste Abschaum aus den Barrens von Seattle oder dem Nachkriegseuropa hielt es für unter seiner Würde, jemanden ›Gebieter‹ zu nennen, aber Priault meisterte die Anrede sehr gut, ohne dabei allzu servil zu werden. Es war einer der Gründe, warum Lofwyr den Menschen mochte und ausgewählt hatte, Saeder-Krupp im Konzerngericht zu vertreten: Priault war ein guter Führer, weil er so ein fähiger Untergebener war. Lofwyr wünschte, es wären mehr Menschen so wie er.

Der Großdrache neigte den Kopf, um den Gruß zu erwidern, und streckte dann den langen Hals zu seiner vollen Größe, um die Verkrampfungen des Stilliegens abzuschütteln. Lofwyr zog es vor, von Angesicht zu Angesicht über geschäftliche Dinge zu reden, aber da der vorsitzende Richter sich an Bord des Zürich-Orbitals aufhielt, schied diese Möglichkeit aus. Die moderne Kommunikation war höchst unpraktisch für Drachen, weil sie nicht so sprachen wie Menschen, indem sie Lippen und Zunge benutzten. Nach Lofwyrs Auffassung eigneten sich diese besser zum Essen. Drachen sprachen mit der Kraft ihrer magischen Hirne direkt in den Gedanken anderer. Bedauerlicherweise konnten Maschinen die Drachensprache nicht aufzeichnen und weiterleiten, also waren gewisse … Veränderungen nötig, um die elektronischen Kommunikationsmittel benutzen zu können. Ein menschlicher Übersetzer war eine Möglichkeit, doch Lofwyr zog es vor, diese Angelegenheit persönlich zu regeln.

Nach einer beiläufigen Geste mit einer Klaue fing Lofwyrs Gestalt an zu wabern und veränderte sich. Wie Rauch löste sich der Leib des tonnenschweren Drachen auf und nahm die Gestalt eines Mannes an, hochgewachsen und schlank mit langen weißen Haaren, die aus der hohen Stirn gekämmt waren. Er trug einen maßgeschneiderten Anzug in der Farbe der Schuppen des Drachen. Er schnippte ein imaginäres Stäubchen vom Ärmel, bevor er sich dem Bildschirm zuwandte, auf dem Priaults Bild wartete.

Wenige Menschen hatten von der Fähigkeit der Großdrachen gewußt, menschliche Gestalt anzunehmen, bevor Dunkelzahn sie ihnen demonstriert hatte. Damit hatte er eines der vielen Geheimnisse seiner Rasse preisgegeben, aber Dunkelzahn hatte den Preis für seine Indiskretionen bezahlt, und die Menschheit war nicht sicher, ob auch andere Großdrachen diese Fähigkeit besaßen. Die Drachen redeten nicht, und die Leute scheuten davor zurück, einen Drachen zu befragen, der nicht befragt werden wollte, was Lofwyr nur recht war. Er zeigte seine Fähigkeit nur vor absolut vertrauenswürdigen Dienern wie Priault. Ansonsten handelte Lofwyr über Mittelsmänner und Übersetzer, die in der Lage waren, seine Wünsche auszuführen, ohne daß die Notwendigkeit für ihn bestand, die für ihn unbequeme menschliche Gestalt anzunehmen.

»Was haben Sie zu berichten?« fragte Lofwyr mit tiefer Stimme, während er näher an die Videowand herantrat. Menschliche Augen waren so schlecht, daß er sich fragte, wie diese Wesen überhaupt etwas sahen.

Der vorsitzende Richter räusperte sich. »Bis jetzt sehr wenig«, erklärte Priault mit der Andeutung eines Achselzuckens. »Die Verhandlung ist im Augenblick unterbrochen. Osborne hat damit begonnen, ihre Klage vorzubringen. Bis jetzt hat sie nicht mehr als ein paar dünne Indizien. Es ist noch unklar, ob Fuchi tatsächlich einen Beweis vorbringen kann.«

»Sie haben einen Beweis«, sagte Lofwyr. »Aber es bleibt abzuwarten, ob sie ihn vernünftig einsetzen können. Wie ist Ihrer Ansicht nach die Einstellung des Gerichts, und wie stehen Osbornes Erfolgschancen?«

Priault zog die Stirn ein wenig kraus, so daß sich tiefe Falten auf ihr bildeten. »Das Gericht ist besorgt wegen Renraku.« Er wählte seine Worte sehr vorsichtig. »Das Wachstum des Konzerns muß kontrolliert werden, und ich glaube, das Gericht wird jede gangbare Möglichkeit ausnutzen, um das zu erreichen. Alles hängt davon ab, ob Fuchis Klage vom Gericht als ausreichend fundiert betrachtet wird, um auf irgendeine Weise gegen Renraku vorzugehen. Renrakus Erfolg ist nicht annähernd vergleichbar mit dem, was Aztlan seinerzeit versucht hat, und wir wissen, wie lange das Gericht gebraucht hat, um darauf zu reagieren. Osborne muß eindeutig beweisen, daß Renraku die Übereinkommen des Gerichtshofs gebrochen hat und Mittel einsetzt, die uns alle gefährden könnten. Sie hat gut begonnen, vorausgesetzt, sie kann ihre Klage mit mehr stützen als nur Rhetorik.«

Der Drache in Menschengestalt drehte sich um und ging ein paar Schritte auf und ab, wobei das Klicken seiner Absätze auf dem Marmor laut durch den riesigen Raum hallte. Seine Hände waren auf dem Rücken verschränkt.

»Nun gut«, sagte der Drache. »Unterstützen Sie Osborne und Fuchi auch weiter insgeheim und geben Sie ihr jede Gelegenheit, das Gericht gegen Renraku einzunehmen. Wenn ihr das nicht gelingt oder ihr Beweis ausbleibt, muß ich selbst eingreifen. Aber einstweilen reicht es mir, daß Fuchi gegen Renraku vorgeht. Wenn die beiden in einen direkten Konflikt manövriert werden können, um so besser. Ich werde eine endgültige Lösung für den Abschluß dieser Angelegenheit in Erwägung ziehen, während Sie die Verhandlung leiten. Informieren Sie mich auch weiterhin über den Fortgang der Ereignisse.«

Priault führte eine Verbeugung vor der Kamera aus. »Ja, Gebieter«, sagte er und unterbrach dann die Verbindung.

Lofwyr ging wieder in die Mitte des Raums und tippte sich auf die Handfläche. Er nahm wieder seine natürliche Gestalt an und streckte sich träge aus, wobei sich seine starken Muskeln unter der schuppigen Haut kräuselten. Er räkelte sich auf dem kühlen Marmor und rollte sich zusammen, um wieder die Videowand zu beobachten und diese neue Information zu verarbeiten, so daß er seinen nächsten Zug planen konnte. Der Fall Renraku und Fuchis Klage gegen den Konzern beanspruchten einen großen Teil der Aufmerksamkeit des Drachen.

Und es war nicht gesund, Gegenstand von Lofwyrs Aufmerksamkeit zu sein.

12

Eine der Pflichten des Schamanen besteht darin, als Wanderer zwischen den Welten zu fungieren. Der Schamane reist aus einer Vielzahl von Gründen in die Unterwelt ebenso wie in die Oberwelt: um die Seelen der Toten an ihren Ruheplatz zu führen und um Weisheit bei den in der Unterwelt lebenden Geistern zu suchen und sie seinem Volk zu bringen. Jeder Schamane reist in die Unterwelt, um die Bedürfnisse des Stammes zu befriedigen und um seine Macht als Schamane aufrechtzuerhalten, indem er mit den Geistern redet, die dort wohnen, und von ihnen lernt. Obwohl die meisten Unterweltreisen in der modernen Zeit aus Astralreisen zu den Metaebenen bestehen, um sich die dortige Weisheit zunutze zu machen, unternehmen moderne Schamanen an jedem Tag ihres sogenannten ›mundanen‹ Lebens auch andere Arten von Unterweltreisen.

– Aus der Vorlesung ›Schamanische Traditionen im Einundzwanzigsten Jahrhundert‹ von Nobelpreisträger und Schamane Dr. Akiko Kano, gehalten an der Cal-Tech, Freistaat Kalifornien, 2044

Eine meiner Pflichten als Schamane des Stammes besteht darin, in die Unterwelt der Katakomben zu reisen. Die meisten Leute, die an den Geheimnissen interessiert sind, welche die Netwalkers zu verkaufen haben, leben dort unten in den Tunnels unter der Stadt, von denen manche sehr alt sind. Die Katakomben datieren aus der Zeit, als das U-Bahn-System in Boston gebaut und erweitert wurde. Im Laufe der Jahre wurden viele verschiedene Tunnel gebaut. U-Bahn-Tunnel, Wartungstunnel, Kanalisationstunnel und andere Kanäle und Röhren für die Notwendigkeiten des Alltags verlaufen unter den Straßen Bostons, eine ganze Welt unter den Füßen der Stadt.

Im Laufe der Jahre wurden einige Tunnels verschüttet, zugemauert oder einfach vergessen. Neue Tunnel wurden über ihnen, unter ihnen und ringsherum gebaut, und die alten Überreste wurden von auf der Straße lebenden Leuten gefunden, die einen Unterschlupf brauchten. Das Erdbeben, welches die Ostküste im Jahre 2005 erschütterte, machte Manhattan dem Erdboden gleich und ließ auch viele der Bostoner Tunnel einstürzen, was den Bau neuer erforderlich machte. Die alten Tunnel und verschütteten Bahnhöfe wurden für unsicher erklärt und von der Stadtverwaltung versiegelt. Sie wurden die neue Heimat von Außenseitern und Aussteigern, von Leuten wie wir.

Die meisten Schienen im Rox verlaufen über der Erde und sind zu exponiert, um der Stadt jetzt noch von Nutzen zu sein. Die Tunnel unter dem Rox gehörten zu denjenigen, die aufgegeben wurden. Niemand will in den Rox kommen, nur um ihn wieder zu verlassen, also bestand keine Notwendigkeit mehr, Züge dorthin fahren zu lassen. Die Tunnel und Bahnhöfe wurden den Bewohnern des Rox ebenso überlassen wie die Straßen und Gebäude.

Die bröckelnden Betonpfeiler alter oberirdischer Bahnbrücken dienen uns als Ausgangspunkt für unsere Piraten-Satellitenverbindungen, die unsere winzige Ecke der Matrix mit dem Rest der Welt verbinden. Die im Boden verlegten Kabelverbindungen im Rox sind nicht sehr zahlreich und unzuverlässig, da sie von den Naturgewalten beschädigt werden und die Arbeiter der Stadt, die sie verlegt haben, alles verrotten lassen. Ein Teil der Arbeit unseres Stammes besteht darin, das Netz der Glasfaserkabel auf unserem Territorium zu warten, das uns mit der Welt verbindet. Die Satellitenverbindungen geben uns den besten Matrixzugang im Rox, was für die richtigen Leute äußerst bedeutsam ist. Das ist eine der Dienstleistungen, welche die Netwalkers im Tausch gegen die Dinge anzubieten haben, die wir zum Überleben brauchen.

Die Tunnels sind die Unterwelt des Rox. Als das Erwachen kam, erhielten die Tunnel neue Bewohner. Zuerst fanden sich die merkwürdigen magischen Kreaturen aus der Dunkelheit unter der Erde ein. Der Stamm kennt viele Geschichten und Legenden über diese Kreaturen des Untergrunds: Riesenwürmer, die sich durch soliden Fels bohren, Teufelsratten und andere Aasfresser, die sich von den Kadavern in den Tunnels ernähren. Noch beängstigender sind die Geschichten über intelligente Wesen in den dunklen Tunnels: Vampire, Geister und Ghule wie Crawley, der mit den Tamanus zusammenarbeitet. Die Ungeheuer aus Mythen und Legenden sind Wirklichkeit und jagen die Bewohner des Rox auf der Suche nach Fleisch, Blut und Lebensessenz, die sie zum Überleben brauchen.

Spannungen in der Stadt trieben viele Metamenschen in den Untergrund, um sich vor jenen zu verstecken, die sie einfach wegen ihres Aussehens hassen und fürchten. In den Katakomben entwickelten sich Gemeinden der Orks, Trolle und Zwerge, und Stämme von Metamenschen und menschlichen Ausgestoßenen schlossen sich zusammen, um sich dort unten ihre eigene Heimat zu schaffen.

Die Netwalkers leben über der Erde, nicht in der Dunkelheit der Tunnel, aber wir machen Abstecher in die Katakomben. Mit ihren Bewohnern in den unterirdischen Basars, die sie in den stillgelegten Bahnhöfen eingerichtet haben, feilschen wir um Vorräte und andere notwendige Dinge des alltäglichen Lebens. Als Gegenleistung bieten wir unsere Fähigkeiten im Umgang mit Hardware und Software und das Wissen an, das wir erworben haben. Ich begleite Papa Lo und andere bei ihren Abstechern in die Katakomben und lerne schnell, wie man mit dem Tunnelvolk feilscht, redet und handelt.

Der Untermarkt ist einer der Orte, die wir oft besuchen. Die Tunnel, die in den Rox führen, sind stillgelegt. Die Stadtverwaltung und die Konzerne machen sich nicht die Mühe, den Zugang zu einem Gebiet zu erhalten, wenn sie das Gefühl haben, daß keiner nötig ist, also rosten die Bahnhöfe und Tunnel im Rox vor sich hin und verfallen. Sie wurden von den Bewohnern des Rox übernommen und umgebaut und sind unser Tor zur Unterwelt und den Schätzen des Untermarkts, aber auch zu anderen Teilen des Plex, vorausgesetzt, man bringt den Mut auf, sich den Sicherheitsleuten, die Bahnhöfe und Tunneleingänge bewachen, und den Kreaturen zu stellen, die in den dunklen Schlupflöchern des Untergrunds hausen, ganz zu schweigen von der Gefahr, auf einen entgegenkommenden U-Bahn-Zug zu stoßen, wenn man gerade zu weit von einer schützenden Nische entfernt ist. Viele Tunnelbewohner sterben auf diese Weise.

Der Markt befindet sich in einem der stillgelegten Bahnhöfe und ist ein Basar, auf dem viele unterschiedliche Leute aus dem Rox und der ganzen Stadt kaufen und verkaufen, ein eigenständiges Wirtschaftssystem, das völlig unabhängig von der Regierung und den Konzernen ist. Viele Händler leben selbst in den Tunnels: Orks, Trolle und seltsamere Wesen, die vom Rest der Welt abgelehnt werden und gezwungen sind, sich in der Sicherheit des Untergrunds zu verstecken. Der Markt zahlt den Gangs und Stämmen im Rox Schutzgeld, und wir alle erkennen die Bedeutung des Marktes an und schützen ihn. Der Markt ist neutraler Boden, auf dem kein Streit erlaubt ist.

Dennoch gibt es von Zeit zu Zeit Ärger. Deshalb begleiten uns Krieger in die Tunnels des Untermarkts. Im

Untergrund gibt es genügend Leute, die so verzweifelt sind, daß sie die Gesetze brechen und sich etwas aneignen, um bis zum nächsten Tag durchzuhalten. Das sind die Verzweifelten und Hoffnungslosen, die jede Tradition und jegliches Verständnis abgelegt haben. »Das sind die wahren Wilden des Rox, nicht wir«, sagt Papa Lo. Ohne Tradition und Ehre sind wir nichts. Ich weiß, daß das stimmt, und ich habe das Gefühl, selbst schon sehr lange daran zu glauben.

Von Zeit zu Zeit kommen Shadowrunner auf den Markt, um sich Dinge zu besorgen, die sie brauchen. Es sind Außenseiter wie wir, die außerhalb des Gesetzes und des Schutzes der Konzerne und der Regierung leben. Wie wir existieren sie in den Augen der Gesellschaft nicht. Wie wir leben sie an Orten, die der Rest der Welt aufgegeben hat. Anders als wir dienen sie den Konzernen und arbeiten als deren Agenten in den Schatten, um die Arbeiten zu erledigen, die zu gefährlich sind, um sie im Licht ausführen zu können. Shadowrunner sind die Krieger und Agenten der Konzerne und führen einen geheimen Krieg, von dem die meisten Leute nichts wissen, vorausgesetzt, die Runner leisten gute Arbeit. Ich begegne ebenso vielen Shadowrunnern in der Matrix wie auf dem Markt, wenn nicht sogar mehr. Die Matrix ist sehr wichtig für die Shadowrunner, weil das der Ort ist, wo die Konzerne ihre wertvollen Informationen speichern. Wenn wir an die Daten gelangen, ist das schon einiges wert.

Eines Tages sind wir gerade in den Tunnels, als der Ärger beginnt. Ich bin schon so oft auf dem Markt gewesen, daß Papa Lo und die Stammesältesten mir zutrauen, allein zurechtzukommen. Ich bin der älteste Schamane, was mir das Recht und die Pflicht gibt, mehr Verantwortung zu übernehmen. Eine kleine Gruppe von Kriegern begleitet mich, wenn ich mit den Händlern rede und um die Vorräte feilsche, die der

Stamm braucht. Wir haben einige nützliche Informationen, Sicherheitscodes und Diagramme aus einem Konzernsystem von Fuchi, an denen einige Leute Interesse zeigen. Man verspricht uns Nahrung, Medizin und Decken im Tausch für die Daten.

Ich bin immer fasziniert von dem Anblick und der Geräuschkulisse des Markts. Er befindet sich in einem vor langer Zeit stillgelegten Bahnhof der U-Bahn und besteht aus zwei ebenen Betonbahnsteigen mit einem tiefen Graben dazwischen, in dem früher die Züge fuhren. Die Bahnsteige sind mit Zelten, Schuppen, kleinen Ständen, Tresen und Kiosken bedeckt. Vorhänge und Faltschirme bilden provisorische Wände zwischen den Ständen und schaffen schattige Nischen, in denen man übers Geschäft reden und einen Handel abschließen kann. Über den dunklen Graben der Schienen sind schwere Bohlen und Platten aus Bauplastik gelegt, die ein seltsames Netz von Brücken von einem Bahnsteig zum anderen bilden. Der leere Graben wird als Stauraum oder auch als Ort benutzt, an dem man in aller Stille Besprechungen abhalten kann. Wenn man die Brücken überquert, sieht man kleine Aasfresser unter ihnen herumhuschen und hört ihr Quieken.

Es wimmelt von den verschiedensten Leuten, die ihre Waren feilbieten, die Angebote begutachten oder ihren privaten Geschäften nachgehen. Manche leben im Untergrund, andere im Rox, und ein paar sind Besucher aus anderen Stadtteilen: Shadowrunner, die ihre Ausrüstung vervollständigen, und, wie es heißt, Konzernvertreter und andere, die wegen der Waren und Dienstleistungen kommen, die nur hier zu finden sind.

Der Schieber, mit dem ich mich wegen des Geschäfts auseinandersetzen muß, nennt sich Milo, ein fetter blasser Zwerg, der sogar in der Kühle der Tunnels schwitzt. Er erinnert mich an eines der kleinen Nagetiere, die hier unten leben: dunkle Knopfaugen, die beim leisesten Geräusch nervös hin und her huschen. Ich entdecke ihn, sobald wir den Markt betreten, und gehe mit meinem Gefolge aus Stammeskriegern im Schlepptau zu ihm. Wir überqueren die verrosteten Metallschienen auf einer wackligen Brücke aus alten Holzpaletten und gehen zu Milos kleinem Stand. An einem hölzernen Klappbrett hinter ihm hängen ein paar Waffen, Werkzeuge und Computerhardware. Natürlich funktioniert nichts davon. Das ist nur der Ausstellungsraum. Milo achtet darauf, seine wertvollen Waren an sicheren Orten aufzubewahren: in Verstecken in den Tunnels des Untergrunds oder anderswo im Rox, ich weiß nicht genau, wo.

»Hoi, Babel«, sagt der Zwerg, als ich mich seinem Stand nähere. Er sitzt auf einem hohen Stuhl und reinigt mit einem öligen Lappen eine Waffe, einen Colt Manhunter. Die riesige Kanone ist fast so lang wie Milos Unterarm. Beim Lächeln zeigt er eine Reihe gelblicher Zähne, die durch seinen zerzausten braunen Bart lugen.

»Hoi, Milo. Ich habe die Daten, die du verlangt hast. Übrigens, sie waren nicht leicht zu beschaffen.«

»Natürlich nicht. Wären sie leicht zu beschaffen gewesen, hätte ich nicht dich damit beauftragt.«

Ich lächle über das Kompliment. »Schmeicheleien bringen dich auch nicht weiter.«

Milos Lächeln wird breiter, dann lacht er laut und herzhaft. »Du darfst es einem Chummer nicht verübeln, wenn er es versucht. Mach dir keine Sorgen, alle vereinbarten Waren sind da. Sobald ich mich vergewissert habe, daß die Daten in Ordnung sind, gebe ich Bescheid, daß die Ware gebracht wird.«

Ich nicke und greife in meine Kunstbaumwollweste, um einen Chip herauszuholen. Ich lege ihn auf den Tresen, wobei ich ihn mit der Handfläche abdecke, dann schiebe ich ihn Milo zu, bevor ich die Hand wegnehme. Der Zwerg nimmt den Chip zögernd auf, da er nicht zu gierig erscheinen will. Er holt ein ramponiertes Chiplesegerät unter dem Tresen hervor und lädt den Chip ein. Das Laufwerk des Lesegeräts surrt ein wenig, als die Laser die Daten auf dem Chip lesen, die über den kleinen Anzeigeschirm huschen. Milos Stirn runzelt sich, als er sich die Daten ansieht, und äußert dabei ein gelegentliches kehliges Brummen. Die Krieger sind ausgeschwärmt und halten aufmerksam nach Anzeichen für Ärger Ausschau. Ich erwarte keinen. Milo behandelt uns immer fair.

»Die Daten sehen gut aus«, sagt der Zwerg, indem er ein Tuch aus der Tasche zieht, um sich sein feuchtes Gesicht abzuwischen und ein paar dunkle Haarsträhnen wegzustreichen, die ihm auf der Stirn kleben. »Du bekommst deine Ware sofort.«

Ich lächle und nicke. »Es ist ein Vergnügen, Geschäfte mit dir zu machen.«

Als ich mich abwende, um zu gehen, räuspert sich Milo. »Babel?«

Ich halte inne und drehe mich wieder zu ihm um. »Ja?«

»Das könnte für eine Weile unser letztes Geschäft gewesen sein. Im Untergrund laufen ein paar komische Sachen. Es hat ganz den Anschein, als würde irgendwas Großes abgehen, und, na ja, ich will nicht zwischen die Fronten geraten, also halte ich mich für eine Weile bedeckt.«

»Was geht ab?« Der Zwerg hat meine volle Aufmerksamkeit. Ich habe nichts dergleichen gehört.

Milo schüttelt den Kopf. »Kann ich auch nicht mit Bestimmtheit sagen, aber du solltest Papa Lo von mir ausrichten, daß es hier in der Gegend … hektisch werden könnte. Er sollte es erfahren.«

Ich nicke. Wie die meisten Schieber lebt Milo von seinem komplexen Netz von Connections. Wahrscheinlich kennt er Leute, die in die Sache verwickelt sind, von der er gerade spricht, und kann nichts über ihre Aktivitäten verraten. Indem er andererseits Papa Lo und den Netwalkers eine Warnung zukommen läßt, hätte er in Zukunft bei uns einen Stein im Brett, sollte alles gut ausgehen.

»Ich richte es Papa aus.« Milo nickt und macht sich wieder daran, den Manhunter zu reinigen.

Die Ankündigung des Zwergs, daß sich im Bostoner Untergrund Ärger zusammenbraut, verfehlt nicht ihre Wirkung auf unsere kleine Gruppe. Als wir den Markt verlassen, habe ich das starke Gefühl, beobachtet zu werden, und sage den Kriegern, daß sie auf der Hut sein sollen. Sie sind bereits extrem angespannt.

Dennoch werden wir beinahe überrumpelt, als wir von einer Gruppe abscheulicher, verdrehter Gestalten umzingelt werden, die aus einem Seitentunnel kommen. Sie tragen ganz unterschiedliche Waffen. Einige haben Klingen oder Keulen, andere nur verbogene Metallteile mit Spitzen und scharfen Kanten. Die Krieger bilden einen Kreis um mich, als eine der finsteren Gestalten aus den Schatten tritt, mich anlächelt und dabei zwei Reihen spitzer gelber Zähne entblößt.

»Erinnerst du dich noch an mich, Fleisch?« sagt der Ghul, wobei er den Stumpf seines rechten Arms schwenkt. Die Hand, die ich ihm abgetrennt habe, ist durch einen stacheligen Haken ersetzt worden, der im Tunnellicht matt glänzt. »Jemand will dich sprechen«, fährt er höhnisch fort. »Macht sie fertig!« Die Tunnelbewohner heulen auf und werfen sich auf uns.

Ein lautes Knistern ertönt, gefolgt von einem blauen Blitz, als Ricardo mit seinem Betäubungsstab zuschlägt, der einem der heranstürmenden Ghule einen starken elektrischen Schlag versetzt. Der Ghul fällt auf den schmutzigen Betonboden des Tunnels und schnappt nach Luft, während einer seiner Kumpane, ein großer Ghul, der die ramponierten Überreste eines Körperpanzers trägt, vorspringt und mit einem langen Speer aus verbogenem Metall nach Ricardo sticht. Der Betäubungsstab blitzt und knistert wieder, und es riecht nach Ozon. Der Ghul heult vor Wut auf und stößt noch einmal mit seinem Speer zu. Ricardo schreit vor Schmerzen auf und fällt zu Boden. Rotes Blut spritzt aus seiner Wunde.

Die anderen Krieger setzen ihre Waffen ein, größtenteils Schockstäbe und Messer. Die Ghule sind so zahlreich und zu nah, um die wenigen Pistolen, die wir haben, einsetzen zu können, ohne dabei zu riskieren, uns in dem dunklen und überfüllten Tunnel gegenseitig zu erschießen.

Die Ghule sind uns mindestens drei zu eins überlegen, und sie überwältigen die Krieger rasch. Ich sehe aus dem Augenwinkel, wie einer von ihnen unter drei Ghulen zu Boden geht. Sie nageln ihn auf dem Boden fest und reißen ihm die Waffe aus den Händen. Sein Name ist Joshua, und er malt einige der besten Entwürfe für die Totemgeister der Netwalkers. Aber mir bleibt keine Zeit herauszufinden, ob er noch lebt oder tot ist. Ich habe wieder dasselbe kalte Gefühl in den Tiefen meiner Seele wie in jener Nacht, als die Tamanus mich gefangennahmen, und die Worte des Ghuls hallen in meinem Hinterkopf nach: *Das Fleisch ist immer am besten, wenn es frisch ist.* Dann stürmt mir ein Ghul entgegen, der dabei knurrt und zischt wie ein wildes Tier.

Die monofaserscharfe Klinge schnappt aus meinem Unterarm, und ich steche damit in einer blitzschnellen Bewegung nach dem Angreifer. Die Spitze der Klinge zuckt quer über das Gesicht des Ghuls und teilt Fleisch, so daß weißer Knochen darunter sichtbar wird. Der Ghul kreischt, kippt zur Seite und schlägt sich die Hände vor das zerschnittene Gesicht. Ein anderer übernimmt den Platz seines gefallenen Kameraden, und ich steche auch nach ihm, doch nicht schnell genug. Die schmutzigen Krallen des Ghuls erwischen mich an der Seite und hinterlassen einen brennenden Schmerz. Die leichte Panzerung in meiner Weste bewahrt mich vor dem Schlimmsten, aber die Wucht des Angriffs bringt mich aus dem Gleichgewicht. Diesen Augenblick wählt Crawley für seinen Angriff.

Er springt vor und schlägt mit seinem Haken zu, doch ich weiche rasch einen Schritt zurück, während der Haken dicht vor meinem Bauch durch die Luft saust.

»Was willst du?« frage ich Crawley, während wir einander umkreisen und nach einer Schwachstelle in der Deckung des anderen suchen. Er knurrt nur und bleckt die Zähne wie ein tollwütiges Tier. Meine Gedanken überschlagen sich, da ich nach einer Erklärung für den Angriff suche, während ich mich meiner Haut zu erwehren versuche. Ist Crawley nur auf Rache aus? Er sagte, jemand wolle mich sprechen.

Der andere Ghul greift mich wieder an, aber ein Hieb meiner Klinge hält ihn auf Distanz. Ich höre einen der anderen Krieger vor Schmerzen aufschreien und dann das widerliche Splittern von Knochen. Das Geräusch läßt mich eine der Kardinalregeln brechen, die Hunter mich gelehrt hat: ich schaue in Richtung des Geräuschs und weg von meinem Gegner. Nur einen Sekundenbruchteil, aber das ist lange genug.

Ein drahtiger Leib prallt gegen mich und bringt uns beide zu Fall. Dabei werden meine Arme eingeklemmt. Ich wehre mich und versuche, meinen Armsporn gegen Crawley einzusetzen, aber diesmal fehlt mir der Hebel. Er kennt meine Waffe jetzt und versteht es, ihr auszuweichen. Die Luft wird mir mit einem Knacken aus den Lungen gepreßt, so daß ich nach Atem ringe. Etwas Hartes, Metallisches trifft mich am Kopf, der zur

Seite gerissen wird. Ich schmecke Blut in meinem Mund und sehe Sterne. Ich schaue auf und sehe die grausame Totenmaske von Crawleys Gesicht über mir schweben. Er hat ein höhnisches Grinsen aufgesetzt, so daß seine spitzen Zähne zu sehen sind.

»Gute Nacht, Fleisch«, flüstert er, als er seinen gesunden Arm hebt und die Faust ballt. Sie zuckt mir entgegen, und dann verblaßt alles und wird schwarz, als sei ein Computer ausgeschaltet worden. Totalabschaltung.

13

Um zu den Anderswelten zu reisen, den Metaebenen des Astralraums, muß ein Initiat zuerst die Prüfung des Hüters der Schwelle bestehen. Diese mysteriöse Wesenheit mag eine Kreatur sein, die auf der schmalen, nebulösen Grenze zwischen der ätherischen Ebene und den dunklen Tiefen des Astralraums lebt, vielleicht ist sie auch nicht mehr als die lebendige Verkörperung der eigenen unterbewußten Ängste und Unsicherheiten des Zauberkundigen, die den Reisenden von seinem Weg abzubringen versucht. Letzten Endes macht es kaum einen Unterschied. Der Hüter fordert den Reisenden immer an der Schwelle zu den Metaebenen heraus. Er scheint jedes dunkle Geheimnis zu kennen, jeden verborgenen Gedanken, den der Zauberkundige je gedacht hat, und er benutzt sein Wissen, um den Suchenden dazu zu bringen, umzukehren und die Reise aufzugeben. Die Überwindung des Hüters der Schwelle und seiner düsteren Enthüllungen ist für neue Initiaten sehr schwierig, dabei wissen sie nicht, daß dies erst der Anfang ist.

– aus *Die Suche in der Anderswelt: Metaplanare Erfahrungen*, von Francis O'Rourke, ThD., UCLA Press, Freistaat Kalifornien, 2054

Fast gewöhne ich mich an die Vorstellung, von Zeit zu Zeit an merkwürdigen Orten aufzuwachen. Diesmal erwache ich in den Tiefen der Unterwelt, auf einem der vergessenen Bahnhöfe des T-Systems. Er ähnelt dem Markt, ist aber ein Ort, den ich noch nie zuvor gesehen habe und auch nie wiedersehen will. Früher einmal ein eleganter, stolzer Bau, sind der alte Art-Deco-Bahnsteig und die Torbögen jetzt von einem Jahrhundert des Staubs und Verfalls korrodiert, die schwarz-weißen Bodenkacheln gesprungen und verblichen. Ich kann den starken muffigen Geruch von Rost, Staub und Öl in der Düsternis wahrnehmen.

Ich höre ein schlurfendes Geräusch, als ich mich rühre und die Augen öffne. Ich sehe schattenhafte Gestalten in dem matten Licht der leuchtenden Flechten und Moose an den dunklen Tunnelwänden, die alles in einen blaßgrünen Schein tauchen. Die finsteren Gestalten nähern sich mir mit schlurfenden Bewegungen und heiserem Flüstern in einer gutturalen Sprache. Ihre Worte kann ich nicht verstehen, ich höre nur ihre heiseren Stimmen. Mein Blickfeld klärt sich langsam, und ich sehe, daß mich weiße, blicklose Augen anstarren. Ich raffe mich auf und krieche rückwärts, weg von den geifernden Ghulen, bis mein Rücken sich gegen die kalte, mit Leuchtmoos bewachsene Wand preßt.

Ich spanne mein Handgelenk, da ich mich darauf vorbereite, meine Armklinge auszufahren, als eine andere Gestalt in der Menge der Schatten ringsumher auftaucht. Es ist Crawley. Er stößt einige der anderen mit harschen Worten und drohendem Schwenken seines Hakens beiseite.

»Macht Platz, ihr Maden!« faucht er, und seine Stimme hallt laut in der unterirdischen Katakombe. Die anderen Ghule springen grunzend und protestierend zur Seite, mehr wie Tiere denn als intelligente Wesen. Crawley fixiert mich mit seinen blinden Augen und lächelt wölfisch. Er richtet eine stummelläufige Pistole auf mich, die er in der ihm verbliebenen Hand hält.

»Steh auf«, sagt er, wobei er den Befehl mit einem Wink mit der Pistole unterstreicht. »Mama will dich sehen.«

Natürlich habe ich von Mama gehört. Jeder, der auch nur in die Nähe der Katakomben kommt, hat von ihr gehört, aber nur sehr wenige Leute haben sie je zu Gesicht bekommen. Gerüchte besagen, daß sie sich als die Königin der Bostoner Unterwelt betrachtet, und daß ihr alles, was in den Katakomben geschieht, früher oder später zu Ohren kommt. Sie ist eine Art Über-Schieberin mit Kontakten und Connections, die ein komplexes Netz in den Schatten bilden. Ihr Einfluß läßt Schieber wie Milo in der Tat wie ganz kleine Fische aussehen. Außerdem soll Mama eine widerwärtige Hexe sein, die dunkle Mächte anruft und sich von menschlichem und elfischem Fleisch ernährt. Vielleicht ist sie die Quelle der Gerüchte, die Milo erwähnt hat. Plant Mama irgendeine Aktion, um ihre Macht in der Unterwelt zu festigen und ihren Herrschaftsanspruch zu untermauern? Wenn ja, was will sie dann von mir? Mich benutzen, um Einfluß auf die Netwalkers zu bekommen?

Ich sehe keine andere Möglichkeit, als Crawley zu gehorchen, also lasse ich mich von dem Bahnsteig zu einem der dunklen Seitentunnel führen. Als wir die dunkle Grube der Gleise erreichen, gestikuliert der Ghul mit seiner Waffe. Ich schaue in den Graben und wieder zu Crawley und springe dann in das Gewirr verrosteter Gleise, gesprungener Schienen und lockerem Kies. Crawley folgt mir und stupst mich mit dem Stummellauf der Waffe in die Richtung eines anderen dunklen Tunnels.

Die Wände des Tunnels sind mit merkwürdigen Totemfiguren geschmückt, die aus kaputten Teilen von Autos, Zügen und Maschinen bestehen und mit Fellen, Knochen und anderen Abfällen vermischt sind. Die Figuren starren mit ihren gesprungenen Scheinwerferaugen und verrosteten Chrommündern wie Hüter von den Wänden, die jeden Passanten beobachten. Das sind die finsteren und geheimen Totems des verrosteten Untergrunds der Stadt, und im stillen zolle ich ihrer Vorherrschaft Respekt.

Crawley befiehlt mir, nach links in den nächsten Tunnel abzubiegen. Der Tunnel sieht zu schmal aus, um einmal Teil des U-Bahn-Netzes gewesen zu sein. Vielleicht ist es ein Neben- oder Rangiergleis oder ein Wartungstunnel, ich weiß es nicht mit Sicherheit. Der Tunnel endet vor einer massiven Stahltür, die in die Wand eingelassen ist. Mitten auf der Tür ist ein Handrad angebracht, um sie wie bei einer altmodischen Luftschleuse zu öffnen. Crawley tritt vor, wobei er die Pistole auf mich gerichtet hält, und mir schießt der Gedanke an Flucht durch den Kopf. Vielleicht gelingt es mir, durch den kurzen Tunnel und um die Ecke zu laufen, bevor der Ghul einen Schuß auf mich abgeben kann.

Doch ich verwerfe die Idee schnell wieder. Selbst wenn ich es vermeiden könnte, von ihm erschossen zu werden, hätte ich keine Ahnung, wo ich mich befinde und wie ich aus dem Tunnelgewirr herauskäme. Crawley und seine Ghule würden mich in der Dunkelheit mit Hilfe ihrer Magie und meiner Witterung rasch aufspüren. Nein, es ist leichter, einfach mitzuspielen und herauszufinden, warum Mama mich sprechen will, während ich gleichzeitig mehr über meine Situation herausfinde. Vielleicht gelingt es mir, mit diesem Wissen zum Stamm zu fliehen, sollte ich überleben.

Crawley klopft mit seinem Haken an die Tür, einmal, zweimal, dreimal. Das Geräusch hallt durch den Tunnel, und nach dem dritten Klopfen ertönt ein Kreischen, und das Rad in der Tür dreht sich. Die Tür schwingt nach außen, und ein riesiger Troll tritt hindurch.

Crawley gestikuliert mit seiner Waffe, und ich trete gefolgt von dem Ghul durch die Tür. Er rennt mich fast über den Haufen, als ich wie angewurzelt stehenbleibe, um den riesigen Troll zu betrachten, der auf der anderen Seite der Tür steht. Er ist über drei Meter groß, und seine Haut ist wie eine felsige Klippe mit klobigen Knochenablagerungen bedeckt, die eine Art natürlichen Panzer bilden, so bleich und weiß wie der Rükkenpanzer eines unterirdischen Käfers. Seine Augen sind klein und rosa und starren mich unter buschigen Brauen an. Aus der Stirn wachsen lange, gewundene Hörner, die an den Enden extrem spitz sind. Sein Körper ist bullig und muskulös, und ich bin sicher, daß er es mühelos fertigbrächte, mich mit einer Hand zu zerquetschen.

»Geh weiter, Fleisch.« Crawleys scharfer Befehl lenkt meine Aufmerksamkeit weg von dem blassen Riesen vor mir. »Du willst Mama doch nicht warten lassen.«

Ich wende mich von dem Troll ab und gehe den Korridor entlang, wobei ich registriere, daß Crawley und der Troll mir auf dem Fuß folgen. Der Korridor wird von flackernden Glühbirnen erhellt, deren Halterungen wie Fackeln an der Wand angebracht sind. Sie werfen ein fahles gelbliches Licht, das jedoch heller ist als das trübe Phosphorleuchten draußen.

»Rede nur, wenn du gefragt wirst, falls dir deine Haut lieb ist, Junge«, sagt Crawley in lautem Flüsterton. Er grinst hämisch. »Und nenne sie ›Großmutter‹. Das gefällt ihr. Wenn du sie anders nennst, wird sie dir wahrscheinlich die Haut bei lebendigem Leib abziehen. Nicht, daß ich etwas gegen Unterhaltung hätte … nennen wir es Dinnertheater.« Mich schaudert bei der Vorstellung, was Crawley und seine Bande als Unterhaltung betrachten würden.

Der Korridor endet vor einem weinroten Vorhang aus Samt, der überraschend sauber und gut erhalten ist. Ich schiebe ihn vorsichtig beiseite und trete hindurch. Crawley folgt mir, dann quetscht sich der Troll durch den schmalen Eingang in einen Raum aus fernster Vergangenheit. Er ist ziemlich groß und gemauert. Mehrere hohe Torbögen aus Ziegeln sind von dunklen fließenden Vorhängen in der Art desjenigen verschlossen, durch den wir den Raum betreten haben. Unzählige Kerzen in Leuchtern und Laternen hängen an der Decke. Echte Kerzen, keine Glühbirnen wie in dem Korridor. Sie erfüllen den Raum mit einem warmen goldenen Licht, das jedoch wenig gegen die Kälte und Feuchtigkeit ausrichtet. Auf dem Boden liegt ein dicker orientalischer Teppich, der fast von Wand zu Wand reicht. Es gibt mehrere Möbelstücke, die im Haus von jemandes Großmutter nicht fehl am Platz wären: ein rotes Samtsofa, mehrere Polstersessel und ein paar kleine Tische aus dunklem Holz mit geschwungenen Beinen. Bündel duftender Kräuter hängen von Gestellen an der Wand und erfüllen den Raum mit einem starken Geruch nach Moschus und Gewürzen. Auf einem der kleinen Tische steht ein antikes Grammophon, auf dem sich offenbar eine echte Schellackplatte dreht, bei der es sich um die Aufnahme eines langsamen klassischen Stücks mit vielen Geigen und traurigen Cellos handelt. Ich kenne die Musik nicht.

Einer der Vorhänge auf der anderen Seite des Zimmers wird von einer skelettartigen Hand beiseite geschoben, und dann tritt Mama ein. Sie ist klein, reicht mir vermutlich kaum bis zur Schulter, und extrem dünn. Ihr Körper ist in ein langes dunkles Kleid gehüllt, und ein dunkler Schal bedeckt Kopf und Schultern. Nur Gesicht und Hände sind sichtbar, und sie sind alt und runzlig. Ihre knochigen Hände, blaß und fleckig, umklammern die Enden des Schals, während ihr Gesicht wie das einer Hexe aus dem Märchenbuch aussieht. Es ist lang und hager mit spitzer Nase und spitzem Kinn. Ihre dünnen Lippen teilen sich und enthüllen gelbliche Zähne. Die Augen sind klein und dunkel unter blassen Brauen, nicht leblos wie Crawleys, aber fast ebenso kalt, wie Kohlen. Strähnen schütterer weißer Haare lugen unter ihrem Schal hervor, und sie läßt den Blick durch den Raum schweifen.

Trotz ihres anscheinend hohen Alters macht die Alte keinen schwachen oder gebrechlichen Eindruck. Sie bewegt sich mit drahtiger Eleganz wie eine Jägerin oder eine Spinne in ihrem Netz. Ihre dunklen Augen verraten Intelligenz und haben einen Glanz, der den Kerzenschein anzuziehen und zu reflektieren scheint. Ich spüre, wie sie mich anstarrt, als schaue sie in die Tiefen meiner Seele, um jedes meiner Geheimnisse zu ergründen.

»Schau, schau«, sagt sie mit gurrender Stimme, wobei sie jedes Wort in die Länge zieht. »Wen haben wir denn da?« Sie spricht mit einem leichten Akzent, den ich nicht einordnen kann, als sei er ein Überbleibsel aus der Alten Welt, das auch noch so viele Jahre fließenden Englischsprechens nicht ausmerzen konnten. Sie gleitet auf mich zu, als berühre sie kaum den Boden, und streicht mir mit knochiger Hand über eine Wange. Ihre Haut ist trocken und spröde wie die vielen alten vergilbten Nachrichtenfaxe in den Straßen und Gassen des Rox. Ich unterdrücke einen Schauder und stehe vollkommen still.

»Wie heißt du, Jungchen?« fragt sie.

»Ich werde Babel genannt.« Ich halte inne und füge dann hinzu: »Großmutter.«

Mama spitzt die Lippen, und ihre eingefallenen Wangen werden noch hohler. Ihre Nachäffung eines fast mädchenhaften Schmollmundes ist gräßlich. »Was für ein höflicher Junge. Ein reizender Junge. Ist das dein einziger Name, Babel?«

»Der einzige Name, den ich nennen kann.«

»Nennen kann oder nennen will?« fragt sie mit einem bedrohlichen Unterton.

»Es ist der einzige Name, den ich habe, der einzige, der jetzt noch eine Bedeutung für mich hat.« Das stimmt nicht ganz. Da ist noch der Straßenname Rook, den ich früher benutzt habe. Und ich bin immer noch neugierig, was meinen anderen Namen betrifft, den Namen, den ich in meinem Leben vor der Straße hatte, bevor ich die Netwalkers fand und ein Schamane wurde.

»Namen haben Macht«, sagt Mama ebensosehr zu den Schatten wie zu mir. Sie wendet den Blick von mir ab und geht langsam zum Grammophon. »Früher hatten alle Leute einen geheimen Namen, den sie für sich behielten, und einen anderen, den sie der Welt verrieten. Man brauchte nur den geheimen Namen eines Menschen zu erfahren, und man hatte Macht über ihn. Glaubst du das, Junge?« Sie fährt plötzlich herum und fixiert mich wieder mit ihren dunklen Augen.

Ich nicke. »Ja. Namen haben Macht. Ich habe viele geheime Namen in der Welt der Matrix entschlüsselt. Paßwörter, Systeme und Codes.«

Die Alte winkt mit ihrer dünnen Hand verächtlich ab und wendet sich dem Grammophon zu, um über den kunstvoll geschwungenen Schalltrichter zu streichen. »Rauch und Schatten, Kinderspiele ohne die geringste Spur wahrer Macht.« Sie winkt mit der Hand, und ein dunkler Sprite, geformt aus Kerzenflammen und Schatten, springt von einem der Leuchter auf einen Tisch in der Nähe. Er flattert mit Flügeln aus Feuer in die Luft, und ich empfinde einen Anflug von Neid bei diesem Anblick. Als die Sechste Welt vor fast fünfzig Jahren ihren Anfang nahm, kehrte die Macht der Magie in die Welt zurück. Manche Leute besaßen plötzlich die Fähigkeit – Talent wird sie genannt –, den magischen Kräften Gestalt zu verleihen und sie zu benutzen, Zauber zu wirken und Geister zu beschwören. Als ich den Feuersprite auf Mamas Befehl aus den Kerzenflammen springen sehe, weiß ich, daß ich diese Gabe, die Macht der Magie, immer gewollt habe. Verschwommene Erinnerungen an Träume, ein mächtiger

Zauberer zu werden, rühren sich in mir. Träume, wie ich Zauber wirke und Geister meinem Willen unterwerfe. Aber bin ich jetzt nicht genau das? Ich denke über meine Lehre und meine Initiation bei den Netwalkers nach, über alles, was ich in der Anderswelt der Matrix gelernt habe, und straffe mich, um der Alten zu antworten.

»Ich habe Macht in der Elektronenwelt gesehen, Großmutter. Ich habe mit Geistern getanzt und gegen seelenlose Kreaturen so finster und kalt wie Dämonen gekämpft. Ich habe ihnen ihre Geheimnisse entrissen und sie für meine Zwecke benutzt. Das ist wahre Macht.«

Die Alte setzt ihr widerliches Lächeln auf und sieht mich an, sieht *durch* mich hindurch. Mit einem Schlenker ihres Handgelenks verschwindet der kleine Sprite mit einem leisen Knall und dem Aufblitzen einer Flamme, und der Raum sieht wieder etwas dunkler und kälter aus.

»Ist das so?« sagt sie wie zu einem kleinen Kind. »Glaubst du wirklich, daß du mit wahrer Macht in Berührung gekommen bist, kleiner Maschinen-Werker? Hast du mit echten Geistern gekämpft? Weißt du, wie es ist, gegen einen wahren Dämon zu kämpfen? Kennst du Macht, die den Geheimnissen der Künste einer bescheidenen alten Frau gleichkommt... Michael?«

Der Name durchfährt mich wie ein Elektroschock, und meine Muskeln verkrampfen sich, während ich nach Luft schnappe und den finsteren Humor in den Augen der Alten sehe. Dieser Name hat eine Bedeutung für mich. Irgendwo in meinem Hinterkopf blüht ein Gedanke auf wie eine Blume der Nacht. *Sie weiß es, sie weiß, wer ich bin.*

»Was? Was haben Sie gesagt?« höre ich mich flüstern.

»Du hast mich schon verstanden, Michael. Warum? Hat dieser Name eine Bedeutung für dich, für Babel, den mächtigen Technoschamanen? Du sagtest, du hättest keinen anderen Namen. Stimmt das, Michael? Ist Babel der einzige Name, der eine Bedeutung für dich hat?« Ich zögere und scheine die Stimme verloren zu haben. Ich höre immer nur, wie der Name in meinem Kopf widerhallt. Michael, Michael, Michael. Ich weiß, daß er eine Bedeutung für mich hat. Ich weiß, daß er mein anderer Name ist. Mama hat recht. Den wahren Namen eines Menschen zu kennen verleiht einem Macht über ihn. Ich muß erfahren, was sie sonst noch über mich weiß.

»Woher kennen Sie diesen Namen?« frage ich, und Mama lächelt mich an, als sei ich ein Schuljunge, der soeben eine törichte Frage gestellt hat.

»Ich kenne ihn, weil es mein Geschäft ist, Dinge zu wissen«, sagt sie. »Ich weiß viele Dinge, Jungchen. Ich weiß alles, was in meinem Reich vorgeht, und vieles von dem, was oben vorgeht. Wissen ist Macht, was du ganz genau wissen müßtest. Hat Papa Lo dich nicht den Wert von Wissen und Geheimnissen gelehrt?«

Ich nicke sprachlos.

»Du bist selbst ziemlich wertvoll, Michael. Ich habe von vielen Seiten gehört, daß es Leute gibt, die an dir interessiert sind.«

Ich denke sofort darüber nach, wer an mir Interesse haben könnte. Freunde? Familie? Feinde? Mama liest alle meine Gedanken und Gefühle, als hätte ich sie laut ausgesprochen.

»Ich fürchte die Geister nicht, mit denen du verkehrst, kleiner Babel, die Geister der Maschine. Ihre Macht ist begrenzt und nichts im Vergleich zu den uralten Mächten der Magie. Dennoch können sie einigen Gewinn für mich und meine Kinder hier erwirtschaften. Darum habe ich es nützlich gefunden, von Zeit zu

Zeit durch andere mit deinem Stamm zu handeln. Informationen sind wertvoll, und ich handle mit allen wertvollen Dingen. Deine Konzernherren wollen dich zurückhaben, aber sie wissen noch nicht, was ich weiß. Sie wissen nicht, wo du bist und was du geworden bist. Für dieses Wissen werden sie gut zahlen, aber noch nicht. Tatsächlich könntest du für mich sogar mehr wert sein und deiner Großmutter ein wirklich hübsches Sümmchen einbringen. Ja, in der Tat. Aber ich will nicht, daß du dir Sorgen machst, Jungchen. Du mußt dich ausruhen und deine Kräfte schonen. Du wirst sie schon bald brauchen.«

Ihre dunklen Augen fixieren mich, und ich spüre, wie mich eine tiefe Lethargie überkommt von den schweren, lieblichen Worte, die sie gurrt.

»Ja, mein Junge, so ist es richtig, schließe deine müden Augen und schlafe, schlafe den Schlaf der Unschuldigen, den Schlaf der kleinen Lämmer, schlaf, schlaf ...«

Den Rest von Mamas Wiegenlied höre ich nicht mehr, da ich in eine tiefe, traumlose Schwärze gleite, während ich mich frage, ob ich noch einmal erwachen und herausfinden werde, wer ich bin.

14

Kühles Wasser für eine durstige Kehle
ist eine gute Nachricht aus fernem Land.

– Buch der Sprüche 25, 25

Allein in der Düsternis eines Privatbüros im Verwaltungsgebäude von Mandala Technologies im Bostoner Sprawl saß Miles Lanier, Mitglied des Aufsichtsrats von Renraku Computer Systems und ehemals Leiter der Internen Sicherheit von Fuchi Industrial Electronics, hinter einem Schreibtisch und rollte das dünne Datenkabel der glitzernden neuralen Buchse in der Hand. Es war ziemlich spät, und alle Angestellten waren längst nach Hause gegangen und hatten den Flur draußen still und dunkel zurückgelassen. Während er das Kabel zwischen den Händen rollte, dachte Lanier über die merkwürdige Wendung der Ereignisse nach, die ihn dorthin geführt hatte, wo er jetzt war.

Früher hatte er dem Militär angehört, wo er ein ausgezeichneter Scharfschütze gewesen war. Das war zu einer Zeit, als die bedeutenden Mächte der Welt noch einen großen Bedarf an Streitkräften gehabt hatten, um ihre Differenzen zu bereinigen. Miles Lanier war ein Mann, der sich auf Problembeseitigung spezialisiert hatte, zuerst im wahrsten Sinne des Wortes, später dann mit mehr Raffinesse, doch mit nicht weniger Präzision als zu seiner Zeit als Scharfschütze. Er wurde rasch zum Offizier in der Militärhierarchie befördert und konnte seine taktischen Fähigkeiten anwenden.

Dann veränderte sich die Welt, und das Militär löste

nicht mehr die Probleme der Leute mit Macht und Einfluß. Eine ruhigere Herangehensweise war angesagt, also wechselte Lanier in das Geschäft mit der ›Sicherheit‹, ein harmloserer Name für militärische Kräfte im Dienst der Megakonzerne, der Großmächte der Welt. Er wurde Leiter der Internen Sicherheit von Fuchi Industrial Electronics und war stolz auf die Effektivität, mit der seine Abteilung geführt wurde. Fuchis Sicherheit wurde weithin respektiert. Jeder wußte, daß der Konzern nicht mit sich spaßen ließ. Lanier tat weiterhin das, was er auch früher schon getan hatte: Probleme aufspüren, die sich für seinen Arbeitgeber zusammenbrauten, und sie eliminieren, bevor sie zu einer ernsthaften Bedrohung werden konnten. Es war das, was er am besten konnte.

Dann hatte der Drache alles verändert.

Lanier war noch nie ein Anhänger der Vorstellung gewesen, die Rückkehr der Magie habe die Geschichte neu geschrieben. Gewiß, das Erwachen hatte unglaubliche Macht in die Hände von Leuten gelegt, die zuvor keine besessen hatten, wie zum Beispiel die Native Americans und ein paar andere Stammesleute auf der ganzen Welt. Sie hatten diese Macht gegen die Regierungen eingesetzt, von denen sie zuvor unterdrückt worden waren, um einen Teil ihres verlorenen Landes und Erbes zurückzufordern. Es gab Magier auf den Straßen, Geister, die aus dem Nichts erschienen, und Drachen am Himmel, aber Lanier glaubte, daß das Erwachen letzten Endes nur sehr wenig verändert hatte.

Etwas Land wechselte den Besitzer, und ein paar Grenzen wurden neu gezogen. Es gab ein paar neue Berufe und ein paar neue Sicherheitsprobleme, aber als sich der vom Erwachen aufgewirbelte Staub langsam legte, funktionierte die Welt noch so wie immer. Leute, Konzerne und Regierungen mit Macht taten mit jenen ohne Macht, was sie wollten, und Leute wie Miles Lanier fanden immer noch Arbeit, indem sie sich um die Probleme jener Mächtigen kümmerten. Die Dinge hatten sich nicht sehr verändert, aber nur deshalb nicht, weil es Leute gab – Wesen –, die das Spiel um Macht und Kontrolle besser spielten, als es sich jeder Megakonzern und jede Regierung je vorgestellt hätte. Wesen, deren Existenz eine Art Schachspiel im großen Maßstab war.

Wesen wie Drachen.

Ein Drache hatte sein riesiges Vermögen benutzt, um sich vor mehr als vierzig Jahren Sendezeit zu erkaufen und live im Wohnzimmer von Menschen auf der ganzen Welt aufzutreten. Irgendwie hatte sich niemand gefragt, warum ein Wesen aus der Mythologie so großen Wert darauf legte, in seiner eigenen Trideoshow von Millionen von Haushalten empfangen zu werden. Tatsächlich hatten die meisten Leute es sogar ziemlich niedlich gefunden. Dadurch wurde aus einem tonnenschweren Wesen mit einem Maul, das einen Menschen mit einem Biß zermalmen und verschlingen konnte, praktisch über Nacht eine knuddelige Medienikone. Die Leute verloren ihre Urängste vor einem Ungeheuer aus der Legende und betrachteten es fast als Familienmitglied.

Er muß es schon seit langem geplant haben, dachte Lanier, während er den Reflexionen der Schreibtischlampe auf dem Datenkabel zusah. *Aber was sind andererseits vierzig Jahre für ein Wesen, das vielleicht ... wie alt ist? Hunderte, Tausende von Jahren?* Niemand wußte es mit Sicherheit.

Es war eine brillante Strategie. Der Drache – Dunkelzahn war sein Name, die Art Name, wie ihn ein freundlicher Drache aus dem Märchen hätte – wurde der Liebling der Medien und hatte den Ruf, ›der freundlichste Drache der Welt‹ zu sein. Er war der einzige seiner Art, der sich tatsächlich dazu herabließ, mit den kleinen, zerbrechlichen Wesen zu reden, die rings um ihn lebten, und er verdiente sich das Vertrauen der Leute, die seine Show sahen, oder zumindest etwas, das nicht weit davon entfernt war. Die Art von Vertrauen, die Leute den Charakteren in ihren Lieblings-Tridsendungen entgegenbringen.

Als der Drache also beschloß, die Staatsbürgerschaft der Vereinigten Kanadischen und Amerikanischen Staaten zu beantragen und seinen ausgedehnten Bau nach Prince Edward Island zu verlegen, wer hätte da widersprechen können? Wer hätte nicht den Coup landen wollen, den berühmtesten und freundlichsten Drachen der Welt zu einem Staatsbürger seines Landes zu machen? Ganz zu schweigen von seinem unglaublichen Reichtum und Einfluß. Die UCAS-Regierung überschlug sich förmlich dabei, Dunkelzahn die Staatsbürgerschaft zu gewähren. Es war ein Wahljahr und eine Gelegenheit, die man sich nicht entgehen lassen konnte: der Präsident beim ›Händeschütteln‹ mit dem silber und blau geschuppten Drachen auf dem Rasen des Weißen Hauses. Das war das erste Schach, und immer noch sah niemand das Matt kommen.

Als sich die Wahl als größter politischer Skandal des Jahrhunderts erwies und jedermanns Vertrauen in die Regierung erschüttert war, wer hätte da besser die Hoffnung einer besiegten und gebeutelten Nation wiederherstellen können als ein Wesen aus dem Reich der Magie und der Phantasie? Als Dunkelzahn mit der aberwitzigen Idee aufwartete, als Drache für das höchste Amt der UCAS zu kandidieren, wer hätte da nicht einen Moment innegehalten und bei sich gedacht, »Warum nicht, zum Teufel?« Es war fast zu leicht, und Lanier hatte sofort nach Bekanntwerden der Kandidatur Dunkelzahns vorausgesagt, daß sie das Weiße Haus würden renovieren müssen, und er hatte recht behalten.

Was Lanier nicht geahnt, was niemand vorhergesehen hatte, waren die Geschehnisse in der Nacht von Dunkelzahns Wahlsieg, als der Drache in menschlicher Gestalt eine Party im Watergate Hotel verlassen und seine Präsidentenlimousine bestiegen hatte, um dann einen Block vom Hotel entfernt in einer feurigen Explosion zu sterben, die nichts als einen riesigen Krater hinterlassen hatte, eine deutlich sichtbare Narbe in der Haut der Straße, die von seinem Dahinscheiden kündete. *Vielleicht hat Dunkelzahn es vorausgesehen*, dachte Lanier bei sich. *Oder vielleicht ist jemand noch besser in dem Spiel als ein Großdrache.*

Wie auch immer, Dunkelzahn war mit dem Spiel noch nicht fertig. Der Drache war zwar tot, aber sein Schatz, sein riesiger Hort, existierte noch immer. Sein Testament wurde einer benommenen Nation vorgelesen, und der legendäre Schatz des Drachen und sein Finanzimperium, um das ihn ein Konzernhai beneidet hätte, wurde an Dunkelzahns Erben verteilt, darunter auch Miles Lanier.

Lanier hätte sich nie träumen lassen, in Dunkelzahns Testament als Erbe bedacht zu sein. Er war dem Drachen nur einmal begegnet, und zwar während dessen Präsidentschaftswahlkampagne, bei einem Goodwill-Treffen als Vertreter Fuchis. Dunkelzahn hatte sich als bemerkenswert gewandter Unterhalter erwiesen und sich nach Laniers Werdegang erkundigt, und er schien sehr zu Laniers Überraschung mit einem Großteil seiner Arbeit für Fuchi vertraut zu sein. Während der ganzen Zeit, als sie sich unterhielten, hatte Lanier das merkwürdige Gefühl gehabt, der Drache könne direkt in seinen Verstand und in seine Seele schauen und in ihm lesen wie in einem Buch. Es war ein seltsames Gefühl, Dunkelzahns forschendem Blick ausgesetzt zu sein.

In seinem Testament hatte Dunkelzahn Miles Lanier

seine gesamten Renraku-Aktien hinterlassen, genug, um Lanier einen Sitz in Renrakus Aufsichtsrat zu verschaffen und sein persönliches Vermögen um eine Milliarde Nuyen zu erhöhen. Am Tag der Verlesung des Testaments hatte Lanier sein Büro geräumt, während Fuchi sich beeilt hatte, seine Sicherheitsprotokolle – die er selbst erstellt hatte – zu ändern, bevor er mit ihnen verschwinden konnte. Er lächelte schwach, als er sich an das Chaos in den Fluren von Fuchis HQ erinnerte, das seine Rücktrittserklärung ausgelöst hatte.

Lanier war jetzt seit über einem Jahr im Aufsichtsrat von Renraku, doch erst jetzt begannen sie zu glauben, daß er nicht als Doppelagent für Fuchi arbeitete, daß die großen politischen Pläne des Drachen und sein feuriger Tod nicht irgendwie ausschließlich zu dem Zweck inszeniert worden waren, einen Mann in eine Position zu bringen, die es ihm gestattete, den Konzern zu verraten, so groß war Renrakus Arroganz. Lanier behauptete nicht, Dunkelzahns Motive besser zu verstehen als alle anderen. Wer konnte schon sagen, warum ein Wesen wie ein Drache irgend etwas tat?

Lanier arbeitete hart für Renraku und tat, was er am besten konnte. Er schaffte Renraku Probleme vom Hals, ob groß oder klein, mit chirurgischer Präzision. Außerdem entledigte er sich aller Leute, die gegen ihn opponierten, mit demselben Geschick. Es war eine Rücksichtslosigkeit, welche die anderen Mitglieder des Aufsichtsrats und Renrakus höchste Execs zu verstehen und zu respektieren gelernt hatten. Dafür hatte Lanier gesorgt. Jetzt saß er auf dem Sessel, den er seinem Ehrgeiz und Glück verdankte, und dachte über seinen nächsten Zug in dem Spiel nach.

Er freute sich nicht auf das Gespräch, das er führen mußte, aber es ließ sich nicht vermeiden, und die Zeit war knapp. Er stieß einen tiefen Seufzer aus und stöpselte das Kabel in die Buchse hinter seinem Ohr ein, so daß sie mit einem Klicken einrastete. Seine Headware stellte sofort die Verbindung zu dem hochmodernen Kommunikationssystem her, das in den Schreibtisch eingebaut war, und ein virtuelles Bild legte sich über Laniers Blickfeld, so daß Knöpfe und Anzeigen vor ihm im Raum schwebten.

Er streckte die Hand aus und drehte an den virtuellen Kontrollen, um das Isolationsprotokoll für die Verbindung zu erstellen. Seine Zeit beim Militär hatte ihn die Bedeutung des Schutzes der Kommunikation gelehrt. *Insbesondere, wenn man hinter den feindlichen Linien ist*, dachte er, indem er das Gesicht verzog. Als er sich vergewissert hatte, daß das Zerhacker- und Verschlüsselungssystem bereit war, lehnte er sich zurück.

Er mußte nicht lange warten, bis er das Signal eines ankommenden Gesprächs erhielt. Er drückte auf den Empfangsknopf, der rechts vor ihm im Raum schwebte, und die Verbindung wurde hergestellt. Sein Blickfeld wurde von einem kurzen statischen Flimmern überlagert, als die Verschlüsselungssysteme einsetzten und miteinander über die Glasfaserleitung verhandelten. Dann nahm ein Bild auf der anderen Seite des Schreibtisches Gestalt an.

Der Mann, der mit Stuhl und allem auftauchte, trug einen makellosen maßgeschneiderten Anzug von einem der besten Modedesigner aus Paris. Lanier wußte das, weil er selbst ein paar davon besaß. Die kurzen dunklen Haare waren aus dem Gesicht mit den aristokratischen europäischen Zügen gekämmt, an die Lanier sich gut erinnerte. Das Bild war perfekt bis hin zum Detail der Fäden seines Anzugs und jedes einzelnen Haars. Lanier hätte geschworen, der andere Mann sei tatsächlich hier bei ihm im Raum, anstatt nur eine virtuelle Projektion zu sein, aber das war keine Überraschung. Auf der ganzen Welt war niemand besser in der Technologie der virtuellen Realität als Fuchi Industrial Electronics, und das Bild war so real, wie Fuchis Tech es machen konnte (was ›realer als die Realität‹ war, wenn man Fuchis Werbung Glauben schenken konnte). Der Mann, der Miles Lanier gegenübersaß, war Richard Villiers, der Geschäftsführer dieses Megakonzerns. Er war außerdem Laniers ehemaliger Boß und guter Freund.

»Hallo, Richard«, sagte Lanier mit einem aufrichtigen Lächeln. »Es ist lange her.« Villiers nickte, aber sein Lächeln war nur der Geist eines solchen. Lanier sah, daß der Streß seinem alten Freund schwer zugesetzt hatte. In dem dunklen Haar war mehr Grau zu sehen, doch Villiers machte sich nicht die Mühe, es mit kosmetischen oder magischen Behandlungen oder sogar Änderungen an seinem virtuellen Bild zu verbergen. Um die Augen und den Mund gab es ein paar Falten mehr, und er sah müde aus. Lanier sah augenblicklich, daß die Dinge in der obersten Etage von Fuchi nicht gut liefen. Seine Fähigkeit, Richards Stimmung und Absicht zu erkennen, ohne mehr als einen Blick auf ihn zu werfen, war eines der Dinge, die Lanier so wertvoll für den Geschäftsführer Fuchis gemacht hatten, als Leiter der Internen Sicherheit und insbesondere jetzt.

»Zu lange, Miles«, erwiderte Villiers, dann beugte er sich auf seinem Stuhl vor und gab sich ganz geschäftlich. Für Höflichkeiten war keine Zeit.

»Sind wir sicher?« fragte er.

Lanier antwortete mit seinem charakteristischen Achselzucken. »So sicher wie möglich«, sagte er. »Angesichts einiger Möglichkeiten Renrakus kann das niemand so genau sagen.«

Villiers pflichtete ihm insgeheim bei. »Hast du, was wir brauchen?« fragte er. Lanier lehnte sich ein wenig zurück und legte die gefalteten Hände an das Kinn, eine Geste, die manche arrogant fanden, ihm aber immer die Zeit zum Nachdenken gab, die er brauchte, um sich seine Antworten gut zu überlegen.

»Ich weiß es noch nicht mit Sicherheit. Der Junge ist eindeutig einer von diesen ›Otaku‹, oder wenigstens glaubt er, daß er das ist. Wir haben ein paar ungewöhnliche Neuralscans, und er hat in der Tat *sehr* hochwertige kybernetische Modifikationen. Wir arbeiten im Augenblick daran, sie zurückzuverfolgen. Sie könnten von Renraku sein oder auch nicht. Es ist nicht sehr wahrscheinlich, daß sie Warenzeichen und Seriennummer hinterlassen haben, und Renraku hat in letzter Zeit haufenweise neues Material auf den Markt gebracht. Es wird nicht leicht zurückzuverfolgen sein.«

»Das ist der springende Punkt, nicht wahr?« sagte Villiers, wobei er Lanier direkt ansah. »Renraku hat in der Tat in letzter Zeit einen Haufen neuer Patente, Entwicklungen und Technologie herausgebracht. Verdammt viel. Es widerspricht ganz einfach dem, was wir über Renrakus Fähigkeiten wissen. Es widerspricht allen Voraussagen und Modellen, für deren Entwicklung ich der Marketingabteilung einen Haufen Geld bezahle. Renraku war früher so vorhersehbar, daß man die Uhr danach stellen konnte, Miles. Renraku war ein Megakonzern, aber sein Vorgehen wies ein bestimmtes Muster auf, das wir kalkulieren konnten. Jetzt ist nichts mehr so, wie wir es vorhergesagt haben, und wir spüren Renrakus Atem im Nacken. Weißt du, daß die Yamanas mich als Geschäftsführer ablösen wollen?«

»Das wollen sie schon, seitdem du den Job hast.«

»Ja, aber jetzt könnten sie tatsächlich einen Grund haben, gegen mich mobil zu machen. Wir verlieren zum erstenmal seit Jahren Marktanteile, und Renraku ist auf dem besten Weg, uns bei unserem eigenen Spiel zu schlagen. Das schadet der Bilanz, und das ist die eine Sache, über die sich die Japaner einig sind. Bei den

Aufsichtsratssitzungen spielen sich tumultartige Szenen ab, Miles, und die Meute will langsam, aber sicher Blut sehen.«

Lanier tippte sich mit den Fingern gegen das Kinn, während er über die Konsequenzen nachdachte. Er hatte nicht gewußt, daß es so schlimm war, aber Fuchi war gut darin, interne Angelegenheiten geheimzuhalten, und Lanier war schon lange nicht mehr auf dem laufenden.

Fuchi war schon immer ein geteilter Konzern gewesen, ein Zusammenschluß mächtiger Familien, welche den Megakonzern kontrollierten. Zwei von ihnen, die Yamanas und die Nakitomis, waren japanische Industriellenfamilien, die einen Großteil des Kapitals zur Verfügung gestellt hatten, um das Fuchi-Imperium zu errichten. Der dritte Zweig war das Geschäftsgenie Villiers, das Fuchi zum Top-Konzern in seinem Bereich gemacht und dort gehalten hatte. Fehden und Kämpfe um die Kontrolle über Fuchi schwelten ständig zwischen den drei Familien, aber jetzt sah es so aus, als schweiße Villiers' scheinbare Unfähigkeit, Renrakus Wachstum zu verlangsamen, die anderen Familien gegen ihn zusammen. Villiers kontrollierte mehr von Fuchi als jeder andere, aber dennoch konnten ihm die Japaner schaden, wenn sie gemeinsam aktiv wurden.

»Dieser Junge ist Renrakus einzige Schwachstelle, die wir bis jetzt finden konnten«, fuhr Villiers fort, als Lanier sich nicht äußerte. »Wir wissen, daß Renraku den Versuch unternommen hat, die Otaku zu infiltrieren.« Villiers ließ die Tatsache unerwähnt, daß Fuchi nur deshalb von Renrakus Plan wußte, weil Lanier an der Planung des Unternehmens beteiligt gewesen war. Laniers Fähigkeiten auf dem nachrichtendienstlichen Sektor waren für Renraku zu wertvoll gewesen, um sie brachliegen zu lassen. Sie hatten ihm nie verraten, warum sie jemanden in einen schmuddeligen Stamm von Techno-Mystikern einschleusen wollten, die in den Barrens lebten, aber sie hatten sich auf Laniers Sachverstand verlassen, um dafür die notwendigen Voraussetzungen zu schaffen.

»Seinem Profil nach könnte dieser Junge der Agent sein, den der Konzern ausgewählt hat«, sagte Villiers. »Wenn er es ist, könnte er der Beweis sein, den wir brauchen, um zu zeigen, daß Renraku zu weit gegangen ist. Wir brauchen Beweise dafür, daß dies ein Teil des Projekts ist, von dem du mir erzählt hast: der Plan, die Otaku zu benutzen, um den Gerichtshof auszuschalten. Wir müssen ihn dazu bringen, Namen zu nennen und uns die Informationen zu geben, die er für Renraku beschaffen sollte.«

»Ein Teil des Problems«, bemerkte Lanier, der seine Worte sehr sorgfältig wählte, »besteht darin, daß wir unseren Mann einfach nicht identifizieren können. Wir haben alle normalen Wege beschritten, Fingerabdrücke, Netzhaut und DNS. Die Daten sind in keiner einzigen nationalen Datenbank oder SIN-Datei gespeichert, die wir überprüft haben. Unser geheimnisvoller Otaku existiert in keiner von ihnen.«

»Könnte Renraku diese Aufzeichnungen gelöscht haben?« fragte Villiers, der einen Anflug von Besorgnis dabei nicht verbarg.

»Alle? In jeder Datenbank der Welt?« Lanier schüttelte den Kopf. »Das bezweifle ich. Wenn Renraku diese Fähigkeit tatsächlich besäße, wäre dieses kleine Spiel wahrscheinlich längst vorbei. Wahrscheinlicher ist, daß er ohne SIN geboren wurde. Es gibt viele unbeschriebene Blätter, die in keiner Datenbank auftauchen. Er könnte sogar ein Shadowrunner sein.«

Lanier wartete darauf, daß Villiers etwas sagte. Als dieser schwieg, fuhr er fort. »Das andere Problem besteht darin, daß das Gedächtnis des Jungen möglicherweise wirklich und wahrhaftig im Eimer ist. Ob Renraku ihm eine Konditionierung verpaßt hat oder ihm etwas bei den Otaku zugestoßen ist, wissen wir noch nicht. Wenn es so ist, sind wir vielleicht nicht in der Lage, etwas Nützliches aus ihm herauszuholen. Das Durcheinander seiner Wetware zu ordnen wird schwierig und zeitaufwendig.«

»Aber wir haben nicht sehr viel Zeit.« Villiers sah jetzt wieder sorgenvoller aus. »Unsere Klage wird dem Konzerngericht bereits vorgetragen. Wenn sie Erfolg haben soll, müssen wir rasch einen Beweis in die Hände bekommen, den wir dem Gericht präsentieren, bevor Renraku reagieren kann. Das bedeutet, daß wir bei einem Teil dieses Unternehmens improvisieren und es darauf ankommen lassen müssen, daß wir alles, was wir brauchen, rechtzeitig genug bekommen, um es noch einsetzen zu können. Das ist ein großes Risiko, das wir hier eingehen, Miles, ein Drahtseilakt ohne Netz. Wir können uns keinen Fehler leisten.«

»Daran brauchst du mich nicht zu erinnern«, konterte Lanier. »Meine Position ist wahrscheinlich die prekärste von allen.« Lanier hatte hart gearbeitet, um wenigstens einen Funken Vertrauen von den Aufsichtsratsmitgliedern Renrakus zu bekommen, und ihm war klar, daß man ihn schon längst getötet hätte, wenn Renraku wüßte, was für ein Spiel er spielte. Und das konnte ihm immer noch passieren.

»Da bin ich mir nicht so sicher.« Villiers' Stimme war kalt. »Dein Platz im Aufsichtsrat wird dich vermutlich schützen, wenn uns diese Bombe in den Händen explodiert. Sollte dieses Unternehmen fehlschlagen und unsere Klage gegen Renraku zusammenbrechen, bist du immer noch Aufsichtsratsmitglied des dann führenden Konzerns. Wenn nicht, bist du derjenige, der genau weiß, wann er abspringen muß, bevor Renrakus Schiff sinkt. Für mich klingt das so, als wärst du nach allen Seiten abgesichert.«

Lanier war schockiert über Villiers' Bemerkung. Obwohl er sie in kaltem, gleichmäßigem Tonfall vorgebracht hatte, war der Unterton der Verzweiflung darin für Laniers geübtes Ohr nicht zu überhören. Wie konnte Richard nach allem, was sie zusammen durchgemacht hatten, da auch nur daran denken, seine Loyalität in Frage zu stellen? Wie konnte er an Laniers Loyalität zweifeln?

Villiers lehnte sich zurück und rang sichtbar um seine Fassung. »Es tut mir leid, Miles. Das war unangebracht. Diese ganze Schweinerei macht mich ziemlich fertig. Wir gehen ein großes Risiko ein, um diese Sache zu bereinigen.«

Lanier beugte sich vor. Seine Stimme war leise, aber durchdringend. »Wir schaffen es, Richard. Wir sind nicht so weit gekommen, um jetzt alles zu verlieren. Ich habe das Gefühl, daß dieser Bursche derjenige ist, den wir suchen. Ich hole die Information aus ihm raus, koste es, was es wolle, und dann werden wir das Konzerngericht davon überzeugen, daß es nötig ist, Renraku auf die Finger zu klopfen. Renraku wird keinen Konzernkrieg riskieren, jetzt, da der Konzern schon so viel gewonnen hat. Sie werden nicht alles wegwerfen.«

Villiers nickte ernst. »Das sollten wir hoffen. Wenn wir es nicht schaffen, ist Renraku möglicherweise nicht mehr aufzuhalten, und dann verspeisen mich die Japaner zum Frühstück. Du mußt den Beweis finden, den wir brauchen, Miles. Und so schnell wie möglich. Wenn es jemand schaffen kann, dann du. Ich warte auf deinen Anruf.« Seine virtuelle Hand hantierte in der Luft herum, und das Bild von Richard Villiers verschwand.

Lanier trennte die Verbindung und stöpselte sich aus. Er hielt den Stecker in der Hand und betrachtete ihn einen langen Augenblick, bevor er ihn losließ und es dem Rückholmechanismus in seinem Schreibtisch gestattete, das Kabel aufzuwickeln und zu verstauen. Er stand auf und glättete seinen dunklen Anzug, richtete seine Krawatte und sah sich noch einen Augenblick in dem dunklen stillen Büro um, bevor er sich wieder an die Arbeit machte.

Koste es, was es wolle, dachte er bei sich. *Koste es, was es wolle, ich werde die Geheimnisse des Otaku ergründen.*

15

Otaku (S.) *Ursprünglich aus dem japanischen Ausdruck otaku-zoku abgeleitet, einer sehr förmlichen Art, ›Sie‹ zu sagen. Etwa wie ›Werter Herr‹, nur noch stärker. Wurde erstmals benutzt, um eine erkennbare Gruppe von Leuten im späten zwanzigsten Jahrhundert zu beschreiben, bei der es sich ironischerweise um japanische ›Computerverrückte‹ handelte – technologisch brillante, aber sozial unzulängliche Individuen, die den größten Teil ihres Lebens in abgedunkelten Wohnungen verbrachten und mit anderen nur über das primitive Computernetzwerk kommunizierten, das damals in Gebrauch war. Die ursprünglichen Otaku waren asozial und sogar aktiv antisozial und stellten ein erhebliches soziologisches Problem für die japanische Gesellschaft vor der Jahrtausendwende dar.*

Gegenwärtig bezieht sich der Ausdruck Otaku auf junge Matrix-User, die schon in frühester Kindheit in das Leben in der virtuellen Realität eingewöhnt werden. Diese User legen eine erstaunliche Gewandtheit im Umgang mit Computersystemen an den Tag, aber auch dasselbe verkrüppelte Sozialverhalten wie die ursprünglichen Otaku. Eine populäre Stadtlegende weiß von Otaku zu berichten, die eine Art mystische ›Vereinigung‹ mit Computersystemen erreichen, die ihnen den Zugang zur Matrix lediglich mit Hilfe ihrer Datenbuchse und ihres Gehirns ermöglicht.

– *World Wide WordWatch*, Ausgabe 2057

Miles Lanier korrigierte den Sitz seiner Seidenkrawatte, als die pneumatische Tür zum Verhörzimmer sich zischend öffnete. Der Raum war größtenteils bar jeglicher Möblierung, abgesehen von einem Stuhl und den Tischen und Rollschränken in der Mitte des Zimmers. Die Wände waren schmucklos und grau –

Stahlbetonblöcke und Metallplatten. In einer Wand war eine dunkle Scheibe zum Beobachtungsraum eingelassen, deren Lichtdurchlässigkeit von einer Nische aus frei wählbar war. Lanier wußte, daß die Techniker in der Nische alles, was in diesem Raum geschehen war, sorgfältig überwacht und aufgezeichnet hatten. Keine Information durfte übersehen werden. Er hatte die Aufzeichnungen bereits begutachtet und war zu dem Schluß gekommen, daß es an der Zeit war, persönlich Hand anzulegen. Die Zeit wurde knapp.

Eine ruhige Stimme ertönte aus der Nische und wiederholte Worte, die Lanier schon kannte.

»Mein Leben beginnt in einer Gasse – ein dunkler, versteckter Ort im Schatten der Stadt. Ich erwache dort wie ein Neugeborenes…« Lanier bezweifelte, daß die Techniker noch etwas Nützliches finden würden, hatte aber dennoch angeordnet, die Aufzeichnung für alle Fälle noch einmal durchzugehen.

Als sich die Tür hinter ihm mit einem Zischen und einem metallischen Klicken schloß, richtete er seine Aufmerksamkeit auf die beiden anderen Personen im Raum. Die erste war Dr. Ferrera, die damit beschäftigt war, ihre Instrumente und die Monitore zu überprüfen, welche rings um die andere Person aufgebaut waren, die auf dem Stuhl saß. Ihre glänzenden schwarzen Haare waren zu einem Zopf zusammengefaßt, der von einer Spange aus Silber und Türkis gehalten wurde. Sie hatte die Stirn gerunzelt, als sie Ausdrucke und Anzeigen begutachtete und ihre langen Finger virtuos die Kontrollen bedienten, um andere Fenster und Informationen aufzurufen.

Lanier erinnerte sich, daß er persönlich die Leitung von Ferreras Extraktion aus einer Niederlassung Aztechnologys in Aztlan übernommen hatte. Es war ein schwieriges Unternehmen gewesen, aber Lanier glaubte, daß die Dienste einer Neurophysiologin von

Ferreras Kaliber jeden für sie ausgegebenen Nuyen und jeden vergossenen Tropfen Blut wert waren. Der Aufsichtsrat Renrakus und Aneki-*sama* hatten Lanier persönlich zu dem Coup gratuliert. Natürlich hatten sie keine Ahnung, daß Lanier eigene Pläne mit der brillanten Expertin für Gehirn-Computer-Interfaces hatte. Sie sah von ihrer Arbeit auf, als er sich ihr näherte.

»Nun?« fragte er. Ferreras Miene war nicht sehr vielversprechend. Sie trat zur Seite, so daß Lanier selbst einen Blick auf die Anzeigen der Computerterminals werfen konnte.

»Er hat auf die Drogenbehandlung wie erwartet reagiert«, sagte sie. »Die Chemikalie hat ein holografisches Durchlaufen der Erinnerung bewirkt, eine Art Fugue-Zustand, in dem er alle Ereignisse im Zusammenhang mit den Netwalkers geschildert hat, an die er sich bewußt erinnern konnte, als erlebe er diese Erinnerungen noch einmal. Wir haben alles aufgezeichnet und sind bei der Auswertung, aber ...«

»Aber was?«

»Wir haben zu wenig Informationen, mit denen wir etwas anfangen können. Es gibt keine klaren Daten bezüglich der Aneignung seiner ... einzigartigen Fähigkeiten. Aber wir haben aus den Rückerinnerungen einige bemerkenswerte Daten über den Einsatz der Otaku-Fähigkeiten gewonnen.«

Ferrera drückte eine Schaltfläche auf einem Bildschirm, und einer der Anzeigenschirme füllte sich mit dem dreidimensionalen Bild eines menschlichen Gehirns, dessen unterschiedliche Bereiche durch leuchtende Farben hervorgehoben waren.

»Der MRI-Scan zeigt einige erstaunliche neurologische Aktivitäten, sogar bei den Rückerinnerungssequenzen. Er nutzt ganz eindeutig Bereiche des Gehirns aus, die gegenwärtig noch unerforscht oder unverstanden sind. Das ist durchaus vergleichbar mit den Hirnaktivitäten eines Magiers, der einen Zauber wirkt.«

»Wollen Sie damit sagen, daß seine Fähigkeiten magischer Natur sind?«

Ferrera schüttelte den Kopf und löschte die Anzeige. »Absolut nicht. Nur daß es gewisse Übereinstimmungen gibt. Alle bekannten magischen Fähigkeiten vertragen sich, wenn überhaupt, nur sehr schlecht mit Technologie. Magier und Adepten berichten von psychosomatischen Schmerzen und Unbehagen in der virtuellen Realität, was höchstwahrscheinlich am Fehlen unbewußter mentaler Inputs ihrer magischen Sinne liegt…«

»Ist er denn nun ein Otaku oder nicht?« unterbrach Lanier sie mit einem Anflug von Ungeduld. Ferrera hatte einen Hang dazu, Vorlesungen zu halten, wenn sie die Gelegenheit bekam, und dafür hatte Lanier keine Zeit.

Ferrera schien seine Schroffheit nichts auszumachen. »Ich würde sagen, ja. Ohne jede Vergleichsmöglichkeit läßt es sich jedoch nicht mit Sicherheit feststellen. Er ist der erste sogenannte ›Otaku‹, der jemals auf diese Weise untersucht wurde, soweit wir das wissen. Seine Neurochemie und Neurophysiologie sind definitiv so verändert worden, daß sie von der Norm abweichen.«

»Inwiefern verändert worden, Doktor? Von wem? Das sind die Fragen, auf die wir Antworten brauchen.«

»Dafür benötigen wir mehr Zeit, Mister Lanier. Wir haben gerade erst begonnen…«

Wiederum unterbrach Lanier sie, diesmal mit einer abrupten Handbewegung. »Zeit ist die Ressource, die uns nicht zur Verfügung steht, Doktor. Ich brauche Antworten, und ich brauche sie umgehend.« Er warf einen Blick auf die bewußtlose Gestalt. »Glauben Sie, er weiß, wonach wir suchen?«

Ferrera antwortete mit einem ihrer aufreizenden Achselzucken.

»Das ist möglich. Die Drogen haben nichts enthüllt, was auf das bewußte Vorhandensein einer Erklärung für das Geschehene schließen läßt. Nach allem, was er berichtet hat, erinnert er sich an nichts aus der Zeit vor seinem Aufwachen in der Gasse. Ich würde die These wagen, daß die Veränderung vorher stattgefunden hat, und zwar als Teil des Initiationsrituals, das er ein paar Mal erwähnt hat.«

»Könnte er sich den Drogen auf irgendeine Weise widersetzen? Einen Teil seines Wissens verbergen?«

Wiederum ein Achselzucken. »Das wäre möglich, aber ich halte es nicht für wahrscheinlich. Bei seiner ungewöhnlichen Neurochemie ist es schwierig, mit Gewißheit vorauszusagen, ob seine Reaktion auf einige Drogen von der Norm abweicht. Wenn er etwas über die Erfahrung weiß, kann es auch sein, daß er nicht in der Lage ist, es richtig zu artikulieren. Otaku sind dafür bekannt, unterentwickelte oder ungewöhnliche verbale Fähigkeiten zu haben, wenngleich mir seine ziemlich normal vorkommen.«

Lanier umrundete langsam den Außenkreis der Instrumente und Monitoren, die Miene hart und die Augen so kalt wie Stein im blassen Neonlicht des Zimmers.

»Dann haben wir keine andere Wahl«, sagte er fast zu sich selbst. »Ich sage Ihnen jetzt, was Sie zu tun haben, Doktor ...«

»Es wird Zeit aufzuwachen, Babel«, sagte die Stimme, dieselbe Stimme, die ihn nach seinen Erinnerungen gefragt hatte.

Zuerst wurde Babel sich eines raschen stechenden Schmerzes im Arm bewußt, gefolgt von dem Licht. Ein grelles Licht stach in sein Gehirn, und er keuchte und schloß ganz fest die Augen. Als er die Hände zu heben versuchte, um sich die müden, verklebten Augen zu reiben, stellte er fest, daß er sie nicht bewegen konnte. Eine vorübergehende Woge der Angst überflutete ihn, die Lähmung, die er in einer weit entfernten Gasse erlebt hatte, sei zurückgekehrt, doch dann wurde ihm klar, daß er seine Hände und Füße doch bewegen konnte. Nur waren seine Arme und Beine an den gepolsterten Stuhl geschnallt, in dem er saß oder vielmehr fast lag, so daß Babel an die Decke und in das grelle Licht starrte, wenn er die Augen öffnete.

Er bemerkte Schatten, die sich am Rande seines Blickfelds in dem Raum bewegten und deren Umrisse vom Licht nachgezeichnet wurden. Einer trat einen Schritt näher und sprach ihn mit fester maskuliner Stimme an.

»Hallo, Babel, wie fühlen Sie sich?«

Er versuchte schwach, den Kopf zu heben, um die dunkle Gestalt vor sich besser erkennen zu können.

»Wo bin ich? Wer sind Sie?«

Der Schattenmann breitete die Arme in einer Geste aus, die wahrscheinlich beruhigend wirken sollte. »Sie sind in Sicherheit«, sagte die Stimme. »Und das wird auch so bleiben, solange Sie kooperieren.«

»Wovon reden Sie? Wer *sind* Sie?« Während er sprach, empfand Babel eine Woge sengenden Schmerzes an der rechten Hand, so jäh und unerwartet, daß er aufschrie. Er spürte, wie Hitze in seine Hand strömte und sich eine nasse Klebrigkeit darüber ausbreitete. Er wehrte sich gegen die Fesseln, die ihn hielten, doch sie gaben nicht nach.

»Ich stelle hier die Fragen, und Sie werden sie beantworten«, sagte der Schattenmann. »Wenn mir Ihre Antworten nicht gefallen, werden Sie leiden. Ist das klar?«

Babel nickte steif und biß die Zähne zusammen.

»Gut. Ich schlage vor, Sie kooperieren. Ich habe festgestellt, daß der menschliche Körper eine Menge Schmerzen ertragen kann, ohne zu sterben. Aber ansatzweise wissen Sie das bereits selbst, nicht wahr?«

Die Silhouettengestalt trat näher und strich mit den Fingern über die Buchse hinter Babels Ohr. »Cyberware ist zum Beispiel eine Art Folter, die dem Körper zugefügt wird, Gegenstände aus Metall und Plastik, die in das Fleisch eingebettet werden.« Die kühlen Finger strichen über Babels Hals und Schultern, bevor sie sich zurückzogen.

»Warum sollte ich Ihnen überhaupt irgend etwas sagen?« Babel versuchte seine Stimme gefaßt und ruhig klingen zu lassen. Er vertiefte sich in die Schmerzen in seiner Hand, um sich besser konzentrieren zu können und das diffuse Gefühl abzuschütteln, das seine Gedanken umnebelte.

»Sie haben uns bereits eine Menge Informationen gegeben. Können Sie sich daran erinnern?«

Babel versuchte es. Er erinnerte sich an eine Frauenstimme, die ihn aufgefordert hatte, sich zu erinnern, an den Einstich einer Injektion am Hals und daran, daß die Worte aus ihm herausgesprudelt waren wie ein Wasserfall. Er hatte sie nicht zurückhalten können.

»Sie haben mir Drogen verabreicht«, sagte er. »Ich erinnere mich an die Netwalkers, an die Ghule und an den Kampf. Sie haben mich gefangengenommen und zu Mama gebracht ...«

»Und Mama hat Sie uns übergeben. Das stimmt, Babel.«

»Wenn Sie mir Drogen verabreicht haben, wissen Sie bereits alles, was ich weiß. Warum tun Sie das?« Ein weiterer schmerzhafter Stich fuhr durch Babels Hand, so daß er zusammenzuckte und beinahe aufgeschrien hätte.

»Ich sagte Ihnen doch, ich stelle die Fragen, nicht Sie. Wie heißen Sie?«

»Sie kennen meinen Namen bereits. Ich heiße Babel. Sie haben mich selbst so genannt.«

»Wie hießen Sie davor?«

Michael, dachte Babel, *Mama hat mich Michael genannt.* »Ich weiß es nicht«, sagte er, und eine kalte scharfe Kante preßte sich gegen seine Hand. »Ich weiß es nicht!« schrie er, als die Kante gegen seine Hand drückte und er auf die Zähne biß, um diesmal nicht aufzuschreien. *Es ist nur Fleisch*, sagte er sich, nur Fleisch. *Sie können mein wahres Selbst nicht antasten.* Die Schmerzen zuckten seinen Arm hinauf, und Tränen liefen ihm über die Wangen. Die Stimme fuhr erbarmungslos fort.

»Warum wurden Sie beauftragt, sich dem Stamm der Netwalkers anzuschließen?«

Babel spürte, wie kaltes Metall sich sanft um den kleinen Finger seiner rechten Hand schloß. Das Brennen darin schien zu Eis zu werden, und er konnte das Pochen seines Pulses gegen die Klingen spüren, die bereit waren, seinen Finger abzuschneiden. Seine Furcht wurde zu einem lebendigen animalischen Wesen, und eine dunkle Blüte des Wissens schien sich in den Tiefen seines Geistes zu öffnen. Er sprach ohne nachzudenken, als benutze ein anderer seine Lippen.

»Um die Geheimnisse der Otaku in Erfahrung zu bringen«, keuchte er, und er wußte, daß es stimmte. Der Druck der Klingen ließ ein wenig nach.

»Sehr gut«, schnurrte die Stimme des Schattens. »Und hatten Sie Erfolg?«

Babels Kopf ruckte krampfhaft auf und ab. »Ja. Ich habe die Kanäle und die Formen gelernt, die Wege der Matrix.«

»Für wen arbeiten Sie?«

Babel schloß die Augen und spürte, wie das Wissen aus den verborgensten Tiefen seines Wesens an die Oberfläche blubberte, ein Quell der Informationen, welcher bisher noch nicht angezapft worden war. Die Antwort tauchte ungebeten auf. Das rote und blaue Neonlogo, das Trideobild, das auf das Symbol mit dem Punkt und der Wellenfront zoomte.

»Renraku Computer Technologies«, sagte er.

Die Bilder und Informationen strömten jetzt in Babels Bewußtsein und drohten ihn zu ertränken. Er wünschte sich, die Flut würde ihn davonspülen, weg von den Schmerzen und der Verwirrung, die er empfand, hin an einen sicheren Ort.

»Wie sollten Sie Renraku Ihre Entdeckungen mitteilen?« fuhr die Stimme fort, und die Klingen strichen wieder über seinen Finger.

»Mit einem Signal«, keuchte Babel. »Ich sollte ein Matrixsignal aussenden... und sie würden mich dann... holen.«

»Gut. Erzählen Sie mir von der Tiefen Resonanz. Erzählen Sie mir, wie Sie ein Otaku wurden.«

»Bringen Sie mich zu Renraku zurück. Sie können von mir nicht bekommen, was Sie wollen.« Klatsch! Der Rückhandschlag hinterließ ein Dröhnen in Babels Kopf, und er schmeckte Blut.

»Das hier *ist* Renraku, mein Freund«, sagte der Mann. »Sie sollen mir die Information geben, die Sie beschaffen sollten.«

Die Klinge kam wieder näher. Babels Gedanken rasten wie ein Hochleistungscomputersystem, da er sich mühte, die neuen Daten, welche aus den Tiefen seines Unterbewußtseins an die Oberfläche perlten, mit dem in Einklang zu bringen, was ihm gesagt wurde. Renraku hatte damit gerechnet, daß er dem Konzern ein Signal geben, bereitwillig zurückkehren und sich nicht weiter mit dem Stamm einlassen würde, den er hatte infiltrieren sollen. Renraku mußte angenommen haben, daß er desertiert war, und in gewisser Weise war er das auch. Babel hatte mit den Netwalkers gelebt und war einer von ihnen geworden. Er sah die Geheimnisse der Matrix und die Geister, die dort wohnten, und fühlte deren Worte und deren Musik in seinem Geist. Er wußte, daß Renraku keine Ahnung hatte, weswegen sie ihn tatsächlich dorthin geschickt hatten und was sie erwarteten. Jetzt wollten sie dafür sorgen, daß sie die Information über Babels Initiation, über seine heilige Erfahrung als Technoschamane bekamen. Alles ergab einen Sinn, aber irgendwie klangen die Worte des Schattenmannes falsch in Babels Ohren. Im Innersten seines Wesens wußte er, daß noch mehr hinter diesem Verhör steckte.

Er erinnerte sich an Mamas Worte: *Deine Konzernherren wollen dich zurückhaben, aber sie wissen noch nicht, was ich weiß. Für dieses Wissen werden sie gut zahlen, aber noch nicht.*

Babel schüttelte den Kopf.

»Das ist eine Lüge. Das hier ist nicht Renraku. Das weiß ich. Mama hat mich an jemand anders verkauft. Wenn Sie zu Renraku gehören, dann sind Sie ein Verräter. Es wird nicht lange dauern, bis sie mich gefunden haben. Und Sie.« Die Klingen bissen mit einem Schnappgeräusch zu, und Babel schrie auf. Sein Rükken bog sich durch, und er warf sich mit aller Kraft gegen die Riemen, die seinen Körper hielten, wollte von dem Stuhl springen und sich auf seinen Peiniger stürzen. Blut tropfte von seiner verstümmelten Hand, und Schmerzen schossen wie Blitze seinen Arm empor. Wie Stromschläge.

Es ist nur Fleisch, nur Fleisch, nur Fleisch, wiederholte Babel immer wieder im stillen wie ein Mantra. Die Worte beruhigten ihn, bis die Schmerzen ihn alles mit unglaublicher Schärfe wahrnehmen ließen.

Da erkannte er, daß der Schattenmann kein Gesicht hatte. Er hatte Züge und ein Aussehen, aber nur teilweise, wie bei einer Skizze oder einem impressionistischen Bild. Die Gestalt war nicht fest umrissen und besaß auch keine Ausstrahlung. Babels eigene Wahrnehmung füllte den Schattenmann aus. Weil er so wenig von ihm sehen konnte, hatte er einfach angenommen, es gebe mehr, aber nun sah er, daß nicht mehr da war.

Babels Geist drückte gegen die glasige, glatte Oberfläche der Welt ringsumher und spürte, wie sie nachgab. Seine Lippen bewegten sich zittrig, als er intonierte:

»Mein Wille ist souverän, ich bin der Herrscher hier. Geister der Krankheit und der Schmerzen, ich befehle euch zu verschwinden. Ich spreche eure Namen aus und gebiete über euch. Belästigt mich nicht mehr. Laßt mich in Ruhe und belästigt euren Ursprung. Ich befehle, daß diese Illusion endet. Eins eins null null eins, hinweg mit euch, null null, hinweg mit euch, null eins eins, hinweg mit euch!« Die Oberfläche des Raums schien zu flimmern wie die Hitze über einer Straße im Sommer und dann in endlose Fäden und Stränge aufzubrechen, ein gewaltiges Gewirr, das sich selbst auflöste. Babel hörte jemanden wie aus weiter Ferne sprechen.

»Der Datenfluß ist gestört!« sagte die Frauenstimme. »Das System bricht zusammen.« Ein kühler Schauer aus Statik schlug über Babels Sensorium zusammen, wusch den Schmerz und das Blut weg und hinterließ lediglich ein leichtes Ziehen und Erschöpfung. Sein Blickfeld klärte sich, und er war immer noch auf denselben Stuhl geschnallt, aber das grelle Licht war nicht mehr da, und er konnte die schmucklosen grauen Wände des Raumes sehen. Eine Frau spanischer Abstammung zog den Stecker aus der Buchse hinter Babels rechtem Ohr, während sie fragend von ihm zu den flimmernden Anzeigenschirmen blickte, als traue sie ihren Augen nicht. Ein sanfter Rhythmus lag in der

Luft, und Babel wandte den Kopf und sah einen Mann langsam in die Hände klatschen, als applaudiere er ihm spöttisch, und er wußte, daß er der Schattenmann aus seiner Vision war.

»Bravo«, sagte der Mann, »gut gemacht.« Er war jetzt nicht mehr so furchteinflößend wie in seiner Vision, Babel schätzte, daß er etwas größer als der Durchschnitt war, aber er hatte eine imposante Ausstrahlung, die seinem Simulacrum fehlte. Er trug einen elegant geschnittenen Anzug, dessen dunkle Eintönigkeit nur durch Farbtupfer in der Krawatte und dem Taschentuch in seiner Brusttasche durchbrochen wurde, wie die Konzernmode es vorschrieb. Sein dunkles Haar war kurz und grau meliert. Seine Züge waren glatt, aristokratisch und wie gemeißelt und wurden von seinem ordentlich gestutzten Schnurrbart betont. Babel glaubte nicht, daß man den Mann gutaussehend nennen konnte – die Nase war ein wenig zu stark gekrümmt und das Kinn etwas zu vorspringend –, aber die Intensität seines Blicks und seine Haltung ließen keinen Zweifel daran, daß er ein mächtiger Mann war, der es gewohnt war, daß man ihm zuhörte und gehorchte.

»Sie haben eine ausgezeichnete Demonstration der legendären Fähigkeiten gegeben, die Sie erkunden sollten«, sagte der Mann. »Ein Jammer, daß unsere Instrumente wahrscheinlich nicht überlebt haben, um sie aufzuzeichnen. Doktor?«

Die Frau, die mit einer der Anzeigenkonsolen nicht weit von Babels Kopf rang, schaute auf. »Das System ist total abgestürzt«, sagte sie mit einem Anflug von Unglauben. »Nicht nur die SimSinn-Routinen, sondern auch alle Diagnoseprogramme. Irgendein progressives Virus.«

»Sehr beeindruckend«, sagte der Mann, ohne den Blick von Babel abzuwenden. »Also stimmen die Geschichten. Die Otaku haben die Fähigkeit, ohne Hardware zu decken und Computer nur mit der Kraft ihres Geistes zu beherrschen. Ich kann verstehen, warum Sie als wertvolle Beute angesehen werden, Babel. Ihre Talente könnten einige der heißesten Ice-Brecher-Technologien, die es gegenwärtig gibt, wie antiquierte Schneckensysteme aussehen lassen.«

Babel hob den Kopf, so weit es ihm möglich war, um dem Mann ins Gesicht zu schauen. Er kam ihm irgendwie bekannt vor, aber Babel konnte die Erinnerung in der wirbelnden Bilderflut in seinem Verstand nicht festnageln. Mama hatte recht, sein Name war Michael, und er kannte diesen Mann.

»Wer sind Sie? Was wollen Sie von mir?«

»Das meiste haben Sie sich bereits selbst zusammengereimt. Ich will die Informationen, die Sie für Renraku beschaffen sollten – das Geheimnis Ihrer erstaunlichen Fähigkeiten. Außerdem will ich Einzelheiten darüber wissen, von wem Sie Ihre Befehle bekommen haben, des weiteren alles, was Sie sonst noch über den Konzern und seine Unternehmungen wissen. Kurz gesagt, ich will alles wissen.«

»Und wenn ich mich weigere, was dann? Setzen Sie mich dann unter Drogen? Foltern Sie mich wieder?«

Das Gesicht des Mannes verdüsterte sich, und plötzlich sprang er vorwärts wie eine Katze auf eine in die Ecke getriebene Maus. Die spanischstämmige Frau stieß einen erschreckten Laut aus und wich zurück, während der Mann Babel an seinem dünnen Hemd packte und sein Gesicht so dicht vor Babels brachte, daß dieser die Hitze seines Atems spüren konnte.

»Das werde ich, wenn Sie mich dazu zwingen«, sagte er mit leiser Stimme. »Bilden Sie sich nichts ein, mein Junge. Sie haben etwas, das ich brauche, und ich werde es von Ihnen bekommen, koste es, was es wolle. Sie haben bewiesen, daß simulierte Verhöre bei Ihnen nicht funktionieren, aber es gibt andere Mittel, reale und sehr schmerzhafte Mittel, die ich anwenden kann, um Informationen von Ihnen zu bekommen. Wenn ich mit Ihnen fertig bin, werden Sie mich auf Knien anflehen, mir alles sagen zu dürfen, was ich wissen will. Ich habe bereits bewiesen, daß Schmerz eine ausgezeichnete Stimulanz für das Erinnerungsvermögen sein kann, oder nicht… Michael?«

Die Nennung seines anderen Namens ließ Babel ein wenig zusammenfahren.

»O ja, Mama hat mir Ihren Namen verkauft. Ein Jammer, daß sie mir nicht auch den Rest mitgeteilt hat. Bei Renraku sind viele Michaels beschäftigt, aber wir arbeiten an der Identifizierung.« Der Mann ließ Babels Hemd los und erhob sich zu seiner vollen Größe, um dann die Ärmel und die Vorderseite seiner Jacke zu glätten.

»Ob Sie es glauben oder nicht, ich habe keinen Grund, Ihnen zu schaden, wenn Sie mich nicht dazu zwingen. Sagen Sie mir, was ich wissen will, dann lasse ich Sie frei. Sie müssen es sich nicht schwerer machen als unbedingt nötig.« Er fixierte Babel noch einen langen Augenblick, bevor Babel schließlich antwortete.

»Lanier«, sagte er zögernd. »Miles Lanier. Ich kenne Sie. Sie gehören Renrakus Aufsichtsrat an. Ich habe Ihr Bild sehr oft in den Konzernnachrichten gesehen. Sie spielen ein sehr gefährliches Spiel, Mister Lanier.«

Laniers Gesicht verriet für einen Sekundenbruchteil Überraschung, bevor er sich wieder faßte und sein Gesicht den Ausdruck einer kalten Maske annahm.

Jemandes Namen zu kennen gibt einem Macht über ihn, dachte Babel. *Mal sehen, ob das stimmt.* Er hoffte nur, daß er einen Weg fand, zu Renraku zurückzukehren. Er mußte seinen Auftrag erfüllen. Wenn Lanier für jemand anders arbeitete, wie Babel vermutete, dann mußte er dafür sorgen, daß seine Informationen für Renraku nicht in die falschen Hände fielen.

Lanier betrachtete Babel einen Augenblick, dann wandte er sich an die Frau, die in der Nähe wartete. Babel fand nie heraus, was Lanier als nächstes geplant hatte, weil plötzlich alle Lichter in dem Raum auf rot wechselten. Dann ertönte eine Alarmsirene, und plötzlich war die Hölle los.

16

Shadowrun (S.) *Jede Handlung oder Aktion in dem Bestreben, illegale oder quasi-legale Unternehmungen auszuführen.*

– *World Wide WordWatch*, Ausgabe 2058

Wie ein silberner Schatten raste die Fee mit den hauchzarten Flügeln vorbei an den leuchtenden Neontürmen der Bostoner Matrix. Die glänzende Chrom-Oberfläche des Icons reflektierte das virtuelle Licht der Gitterlinien und anderer Icons ringsumher in klar umrissenen, aber geometrisch verzerrten Spiegelbildern, ein Zeugnis von Ariels Fertigkeiten als Programmierer. Hier war ein Decker, mit dem man rechnen mußte. Andere Matrixbesucher würden die Markierungen der Fee zu deuten wissen und in ihr das erkennen, was Ariel war, jemand, mit dem man sich besser nicht anlegte. Jene, denen es an dieser Weisheit mangelte, würden Ariel wahrscheinlich überhaupt nicht sehen. Sie war ein Schatten, ein Geist in der Maschine.

Während Ariel durch das Telekommunikationsgitter des Metroplex zum System von Mandala Systems raste, hoffte sie, die lokale Telekomnummer, die sie benutzte, würde den Preis wert sein, den ihr Team Milo dafür gezahlt hatte. Ihre Scanner-Programme waren online und schickten unsichtbare Fühler voraus, die sie vor verborgenen Gefahren und Software-Fallen warnen sollten, denen sie begegnen mochte. Ariels Pulsfrequenz erhöhte sich, als sie der Adrenalinschub traf, der immer kurz vor dem Run einsetzte. Das war es, wofür die meisten Decker lebten: für den Rausch, der mit den Vorbereitungen verbunden war, in ein geschütztes System einzubrechen, um ihre Fähigkeiten mit denjenigen der Programmierer zu messen, welche die Abwehranlagen des Systems eingerichtet hatten, und um ihr Leben darauf zu setzen, daß ihr Geschick und ihre heißesten Programme das kälteste Ice besiegen konnten. Ein Spiel mit den höchsten Einsätzen überhaupt.

In einem verschwommenen Huschen durch die Datenströme erreichte Ariel ihren Bestimmungsort. In der wirklichen Welt stellte ihr Cyberdeck die Verbindung mit der LTG-Nummer her, die sie gewählt hatte, und ihre Paßwort-Programme machten sich an die Arbeit, den Schlüssel zu der Tür zu besorgen, die Ariel überwinden mußte. Es gab einen Augenblick äußerster Anspannung, in dem sie nicht wußte, ob ihre Programme funktionieren würden oder ob sie das System als Eindringling identifizieren und Alarm schlagen würde. Bits und alphanumerische Zeichen blinkten vor ihren Augen in der virtuellen Welt des Cyberspace, während die beiden Systeme verhandelten und miteinander feilschten, bevor Ariel in der Lage war, durch die Hintertür in das System einzudringen. Sie stieß einen Seufzer der Erleichterung aus und sah sich um.

Es war ein Wagnis gewesen, aber es hatte sich bezahlt gemacht. Ariels erste Sondierung des Host-Systems von Mandala hatte keinen Zweifel daran gelassen, daß es möglich war einzudringen. Ariel war stolz auf ihre Fähigkeiten als Decker, aber sie kannte ihre Grenzen. Sie war einer der besten Ice-Knacker im Geschäft, aber auch sie konnte nicht in ein System eindringen, das von Fuchis bestem Ice geschützt wurde. Fuchi war *der* Konzern, wenn es um Matrix-Technologie ging, und Fuchis Ice war mit das beste im Geschäft.

Ariel hatte ihrem Boß gesagt, sie würde niemals durch die Vordertür in das System eindringen können, ohne entdeckt zu werden. Das einzige Ice, das Fuchis noch übertraf, war die Sorte, mit der Renraku *seine* wichtigen Hosts schützte. Renraku war schon immer für sein erstklassiges Ice bekannt gewesen, aber in letzter Zeit waren seine Systeme noch gerissener geworden, *viel* gerissener. Adaptive Architekturen, Kaskaden-ICs, nur das Schlimmste. Auf der Straße hieß es, Renrakus beste Systeme seien undurchdringlich, und sogar legendäre Decker wie Fastjack und Black Isis waren gescheitert. Glücklicherweise brauchte Ariel sich auf diesem Run keine Gedanken über Renraku-Ice zu machen.

»Trouble, hier spricht Hammer«, ertönte eine Stimme aus dem Nichts. »Wir sind unterwegs, geschätzte Ankunftszeit in acht Minuten. Bericht.«

Ariel sah sich rasch in dem Raum um, in dem ihr Icon aufgetaucht war. Er sah wie ein ganz normales Host-System aus, keine schicke virtuelle Architektur, sehr wenig Code für abgefahrene Bilder oder psychologische Kriegsführung verschwendet. Das bedeutete wahrscheinlich, daß das System mit solidem Abwehr-Ice ohne Kinkerlitzchen ausgestattet war. Ariel mußte sich auf Blaster-ICs, Teergruben, Korrosions-Programme und möglicherweise Gefährlicheres einstellen.

»Hier Trouble«, erwiderte sie. Die kybernetische Verbindung ihres Cyberdecks übersetzte ihre Gedanken in Funksignale und sendete über die Frequenz der Tacticom-Anlage des Teams. »Ich bin drinnen. Beginne mit der Durchsuchung des Systems nach Zugang für Sicherheit und Überwachung. Abwarten.«

»Verstanden«, erwiderte die tiefe Stimme. »Halt mich auf dem laufenden.«

Ariel aktivierte ein Scanner-Programm, um festzustellen, welche Art von Zugang dieser Host zu den Systemen des Gebäudes besaß. Der Zugang, den sie zum Eindringen benutzt hatte, war ein untergeordnetes System, eine Hintertür, eingebaut von einem Programmierer, der scharf auf einen Zusatzverdienst war, indem er den Zugang an Zahlungswillige verkaufte, und die Hammermen hatten gut dafür bezahlt. Er war nicht annähernd so gut wie ein Zugang zum Hauptsystem, aber er mußte reichen.

Ariels Scanner-Programm tauchte in einer glitzernden Staubwolke auf und wurde zu einem hohen Spiegel in einem vergoldeten ovalen Rahmen. Die Oberfläche floß und schimmerte wie Quecksilber, als das Programm sich mit den Diagnose- und Status-Subroutinen des Hosts kurzschloß und die Informationen in Ariels Cyberdeck einspeiste. Die Spezifikationen des Systems erschienen in Leuchtbuchstaben auf der Spiegeloberfläche, und Ariel sah sie rasch durch, wobei sie immer wieder kurz innehielt, um ein paar Dinge auf der langen Liste daraufhin zu überprüfen, ob sie diese gebrauchen konnte. Gut, das System war in erster Linie mit der klimatischen Kontrolle des Gebäudes betraut, aber es gab ein paar Verbindungen zwischen den Klimasystemen und dem Controller für das Hauptgebäude, Rückkopplungsschleifen und andere Zugangspunkte, um eine harmonische Zusammenarbeit zwischen den Gebäudesystemen zu gestatten. Das mußte reichen.

Die Verbindungen zwischen den Systemen enthielten Befehlspfade, die Systemverwalter und Wartungspersonal benutzen konnten, um Querverbindungen zwischen den Systemen einzurichten und Aktualisierungen und Reparaturen gleichzeitig ausführen zu können, ohne ihre behaglichen Büros verlassen zu müssen. Mit den richtigen Befehlscodes konnte Ariel eine ähnliche Verbindung einrichten, die ihr Zugang zu den wichtigen Bereichen des Hauptsystems – Sicherheitssysteme und Sensoren – gestatten würde, ohne dabei die Ice-Gletscher überwinden zu müssen, welche die Systeme vor einem Eindringen von außen schützten. Der Trick bestand darin, die richtigen Scheincodes einzugeben, ohne das System wegen ihrer Anwesenheit in Alarmzustand zu versetzen.

Auf ein Winken der schlanken silbrigen Hand ihres Icons tauchte ein langer, spitz zulaufender Stab auf. Ariel korrigierte die Programmierung des Codebrechers, den sie entwickelt hatte, und überprüfte einige der Spezifikationen des Systems, um ganz sicherzugehen, daß alles stimmte. Dann schickte sie ihren Befehl ab. *Sesam öffne dich!* dachte sie, während sie den Silberstab schwenkte und dabei eine funkelnde Wolke Feenstaub versprühte. Die glitzernden Code-Körnchen sickerten in die schlichten grauen Wände des Raums ein, in dem ihr Icon stand, und ihr Cyberdeck führte eine Reihe von Algorithmen und Programmanweisungen mit unglaublicher Geschwindigkeit aus, zu schnell für den menschlichen Geist, um auch nur in Ansätzen zu folgen.

Im Zeitraum weniger Sekunden rangen die beiden Systeme um die Zugangscodes zu den Befehlspfaden, und dann war die Schlacht entschieden. Vor Ariels Augen verbanden sich die leuchtenden Körnchen aus Feenstaub zu einer rechteckigen Form in der grauen Wand, die sich dann aus der Wand löste und in den Raum hineinschwang – eine Tür zum übrigen System.

Ariel lächelte im stillen, gab aber dem Drang nicht nach, sofort durch die Tür zu gehen, sondern schaltete erst ihren Sender ein.

»Hammer, hier ist Trouble, ich habe Zugang. Fahre fort mit Beta.«

»Verstanden, Trouble. Wir haben noch etwa sieben Minuten.« Ariel überprüfte sorgfältig den Durchgang, der vor ihr lag. Alle ihre Systeme hatten den Weg sondiert und gescannt und ihn als sicher eingestuft. Es war möglich, daß der Weg eine Falle war, aktiviert durch ihr Herumpfuschen mit den Befehlscodes, aber in diesem Fall war der Hinterhalt so gut, daß Ariels Deck und ihre hochentwickelten Matrix-Instinkte ihn nicht erkennen konnten. Sie würde fast stolz darauf sein, einem derart hochentwickelten Abwehrmechanismus zum Opfer zu fallen. *Das Gesetz des Elektronendschungels*, dachte sie, als sie durch die Tür trat.

Der virtuelle Gang führte Ariel aus dem untergeordneten Host des Gebäudes zum zentralen Computersystem. Von hier aus hatte sie Zugang zu allen Hauptsystemen mit nur einer minimalen Verzögerung durch die begrenzte Bandbreite der Hintertür-Verbindung. Zwar war diese begrenzte Zugangsröhre, um Programme und Befehle ›zurechtzubiegen‹, ein Problem, aber das war nichts im Vergleich zu der Schwierigkeit, das Ice zu durchdringen, welches das Hauptsystem gegen Zugriffe von außen schützte. Ariel startete ihr Scanner-Programm erneut, um das Hauptsystem ebenso unter die Lupe zu nehmen, wie sie es zuvor mit dem Zugangssystem getan hatte. Der silberne Spiegel tauchte wieder auf und schimmerte in der Luft, während die Spezifikationen des Systems auf der Oberfläche abrollten.

Spieglein, Spieglein an der Wand, wer ist der beste Decker im ganzen Land? dachte Ariel mit einem Grinsen. Ihre Augen weiteten sich beim Anblick der Sicherheitsspezifikationen des Systems. *Heiliger Geist, ich hätte einen Schweißbrenner gebraucht, um diesen Berg von Ice zu durchdringen.* Die übrigen Spezifikationen waren gleichermaßen beeindruckend. Offensichtlich hatte ihr Mr. Johnson gewußt, wovon er redete, als er gesagt hatte, das System sei sehr hoch entwickelt. Die Rechenkapazität war weitaus größer, als Ariel nach allem, was sie über Mandala Technologies wußte, vermutet hätte. Die Firma war ein aufstrebendes Software-Unternehmen, aber ihr Ice gehörte zum Besten, was Fuchi zu bieten hatte. Mandala mußte an etwas arbeiten, wozu man eine Menge Computerleistung brauchte, was gleichbedeutend mit Spitzentechnologie war, was für Ariel wiederum gleichbedeutend mit Nuyen war.

Sie war ernsthaft versucht, die Datenbanken nach wertvollen Dateien durchzusehen, die sie auf dem Untergrundmarkt verkaufen konnte – Milo und ein paar andere Schieber waren immer bereit, brandheiße Daten zu verhökern –, aber Ariel war ein Profi, und man hatte sie nicht angeworben, um einträgliche Daten zu finden. Ihr Team hing von ihr ab. Sie hatte ihr Team noch nie im Stich gelassen und würde nicht ausgerechnet jetzt damit anfangen.

Die restlichen Sicherheitsspezifikationen waren online, und Ariel stieß bei ihrem Anblick einen Seufzer der Erleichterung aus. Die Sicherheit in der Anlage war allererste Sahne, aber sie wurde trotz allem noch vom Zentralcomputer und den Sicherheitssubroutinen verwaltet. Viele Konzerne begriffen die potentielle Anfälligkeit ihrer Systeme gegen Invasionen wie Ariels Vorstoß und waren davon abgerückt, den Schutz ihrer wichtigsten Einrichtungen ganz in die Hände ihrer Computersysteme zu legen. Fortschritte in der Entwicklung der Mensch-Maschine-Interfaces gestatteten es menschlichen Operatoren, die Rolle des zentralen Controllers für ein Sicherheitssystem zu übernehmen, indem sie sich in das Sicherheitsgitter einstöpselten und im Endeffekt zu dem Gebäude *wurden*. Sie *fühlten* den gesamten Input der Sicherheitssensoren mit Hilfe eines geschlossenen SimSinn-Systems und konnten alle Sicherheitssysteme des Gebäudes so leicht bedienen, wie sie den Arm heben konnten, um eine Fliege zu zerquetschen. Derartige Systeme waren für Decker nahezu unüberwindlich, weil der menschliche Operator Nuancen unterscheiden konnte, wie es keinem Computer möglich war, und die beiden Operationssysteme größtenteils inkompatibel waren.

Zum Glück für alle Decker waren Errichtung und Betrieb derartiger Systeme extrem kostspielig. Menschliche Operatoren wurden immer noch müde oder krank, mußten in regelmäßigen Intervallen abgelöst und bezahlt werden und machten Pausen und Urlaub. Computer kümmerten sich um all diese Dinge nicht und konnten auch weder bestochen noch erpreßt werden. Außerdem bildeten Computer sich auch keine Meinung darüber, was sie jeden Tag im Betrieb sahen oder hörten, und brannten nicht mit Firmengeheimnissen durch. Geschlossene SimSinn-Systeme mit menschlichem Operator wurden im großen und ganzen nur in ganz besonderen Anlagen eingesetzt, die eine ›menschliche Note‹ brauchten und deren Bosse bereit waren, einer einzigen Person als den allwissenden Augen und Ohren ihrer Anlage zu vertrauen.

Da der Computer des Gebäudes alle Sicherheitssysteme kontrollierte, konnte Ariel sich über ihre Verbindung mit dem System Zugang zu ihnen verschaffen und die Kontrolle über sie übernehmen. Die Sicherheits-Subroutinen wurden natürlich durch Zugangsbarrieren und noch mehr Ice geschützt, aber Ariel hatte im Laufe ihrer Karriere genügend Ice überwunden, um zu wissen, was sie zu tun hatte. Ein Schwenken ihres Stabs, und ein wenig Feenstaub ließ einen altmodischen Ring mit Dietrichen entstehen, die angenehm klirrten (eine zusätzliche sensorische Note, auf die Ariel ziemlich stolz war). Nach Ablauf eines komplexen Anpassungsalgorithmus' präsentierte sich ein Dietrich so am Schlüsselring, daß die silberne Hand der Fee nur noch zugreifen mußte. Ariel trat vor die mit Chrom und Schaltkreisen bedeckte Wand des Host-Systems und führte den Dietrich in die Öffnung ein, die dort erschien.

Vorsichtig, vorsichtig, dachte sie, während sie den Code manipulierte, um ihn dem Systemzugang anzupassen. Die Wand veränderte sich, und Bildschirme erschienen auf ihr. Die Monitore zeigten Bilder des dunklen leeren Parkplatzes vor dem Gebäude und der Lobby, der Flure und der Tiefgarage und Fahrzeuge darin. Ein weiterer Bildschirm füllte sich mit Informationen bezüglich des gegenwärtigen Status des Sicherheitssystems im ganzen Gebäude. Geschafft!

Ein Blick auf die Anzeigen verriet Ariel, daß ihr Eindringen bis jetzt noch keinen Alarm ausgelöst hatte. Sie war sich dunkel der Atem- und Pulsfrequenz ihres Körpers bewußt, der sich in einem sicheren Versteck viele Kilometer von ihrem Ziel entfernt befand. Ihre Sinne waren vollkommen auf die virtuelle Welt und die dortigen Geschehnisse konzentriert. Ein paar Befehle veranlaßten ihr Cyberdeck, eine Endlosschleife der beschaulich ruhigen Szenerie vor dem Gebäude und in den Fluren in den zentralen Sicherheitsprozessor einzuspeisen. Die Schleife würde dieses Bild so lange anzeigen, wie Ariel es wollte, so daß das Sicherheitssystem für die kommenden Ereignisse blind und taub sein würde. Irgendwann würde die Endlosschleife einen internen Alarm in der Selbstdiagnose des Systems auslösen, aber wenn die Hammermen so lange in dem Gebäude blieben, um sich deswegen Gedanken machen zu müssen, würde zuerst etwas viel Schlimmeres als ein interner Alarm stattfinden.

Und jetzt ein Rundumcheck der internen Sensoren. Ariel überprüfte die Anzeigen des Sicherheitssystems und war von dem Ergebnis einigermaßen überrascht. *Hmm, die internen Systeme und Kameras in der untersten Etage sind zum größten Teil nicht in Betrieb. Nur die Systeme in einem Labor sind online, und sie leiten ihre Daten an einen isolierten Datenspeicher weiter.*

Ariel richtete ihre Aufmerksamkeit auf die Aufzeichnungssysteme für das Kellerlabor, welches Daten zu einem geschützten Archiv innerhalb des Computersystems schickte.

Sie spucken einen Haufen Daten aus, dachte sie, als sie den Speicher untersuchte. *Das sind wenigstens ein paar hundert Megapulse.* Unter sorgfältigem Sondieren mit all ihren Sensorprogrammen näherte Ariel sich dem Datenspeicher und hielt nach einer Möglichkeit Ausschau, sich Zugang zu dem einfließenden Datenstrom zu verschaffen, ohne ihre Anwesenheit im System zu verraten. Die Daten konnten einige wertvolle Informationen über den Aufenthaltsort der Zielperson enthalten, die ihr Team suchte, aber auch über den Status der Anlage. In den oberen Etagen schienen sich nicht allzu viele Leute aufzuhalten, also mußte Ariel davon ausgehen, daß alle Anwesenden sich in dem Labor befanden, in dem der Datenstrom seinen Ursprung hatte. Sie schaltete ihren Sender ein.

»Hammer«, erwiderte die tiefe Stimme auf ihr Signal.

»Ich bin im Sicherheitssystem, externe und interne Kameras und Detektoren sind neutralisiert, und ich gehe davon aus, daß das mindestes zwanzig Minuten noch so bleibt. Aktive Datenzuführung aus einem Kellerlabor. Nehme an, daß dieses der Aufenthaltsort unserer Zielperson ist. Versuche mir Zugang zu den Daten zu verschaffen.«

»Gute Arbeit, Trouble. Sei vorsichtig. Wir sind nur noch ein paar Minuten entfernt.«

»Verstanden.« *Zeit, dieses Baby zu öffnen,* dachte sie.

Ariel schwenkte ihren magischen Stab, und die Matrix reagierte auf ihre Befehle. Sie schälte vorsichtig Schicht um Schicht vom Zugang zum Datenspeicher ab, wobei sie ihre Route durch das Befehlssystem nutzte, um ihre Aktionen gegenüber der Computersicherheit zu rechtfertigen. Die Zeit kroch nur noch vorwärts, da sie sich ausschließlich auf ihre Arbeit konzentrierte. Nach wenigen Augenblicken, die ihr wie Stunden vorkamen, verschaffte Ariel sich Zugang zu dem Datenspeicher und untersuchte den Datenstrom. Es handelte sich um eine riesige Menge von Daten, die sich alle auf eine einzige Person bezogen, psychologische und neurologische Informationen jeder nur vorstellbaren Art: Lebenszeichen, galvanische Reaktion, Gehirnwellen, Blutchemie, Neurochemie, Pupillenerweiterung, Kapillarfluß, Atmung, alles sorgfältig gemessene und digitalisierte Reaktionen auf Stimuli, die vom Computersystem zur Testperson und wieder zurück flossen.

Das muß unser Mann sein, dachte Ariel, während sie voller Erstaunen all die Daten begutachtete. Sie konnte sich kaum vorstellen, warum jemand derart detaillierte Informationen über eine Person haben wollte, aber es stand ihr nicht zu, solche Fragen zu stellen. Wer ihre Zielperson auch war, der Mann war so wichtig, daß zwei Konzerne ihn haben wollten und gewillt waren, den Hammermen ihr Honorar zu zahlen, um ihn in die Finger zu bekommen.

Plötzlich traten sonderbare Fluktuationen im Datenstrom aus dem Labor auf. *Was ist jetzt los …?* dachte Ariel, kurz bevor das ganze System durchdrehte. Ein Datenschwall aus dem Inputstrom traf den Datenspeicher wie ein Blitzschlag. Sämtliche Dateien verschwanden in einer Wolke digitalen Schnees und wurden vollständig aus dem System ausgeworfen. Die jähe und unerwartete Kraft des Rückschlags schleuderte Ariel aus dem zum Untergang verurteilten Datenspeicher, während das Computersystem ringsumher plötzlich zum Leben erwachte.

Die Beleuchtung im System wechselte von einem Silbergrau auf ein dunkles pulsierendes Rot, als das gesamte System in den Alarmzustand wechselte. Aus dem Schnee, der das Ableben des Datenspeichers anzeigte, trat eine schwarz gepanzerte Gestalt wie ein Robot, die einem alten japanischen Samurai nachempfunden war. Die schwarze Oberfläche der Gestalt schien das Licht zu absorbieren, wenn man von der Schneide ihres langen Krummschwerts absah, das bösartig glänzte, ein Hauch von Programm-Flair, den Ariel einfach bewundern mußte, während der behelmte Kopf des Samurai sich langsam drehte und das System scannte. Sein Blick, der aus zwei leuchtend roten Lichtpunkten tief innerhalb der Helmschlitze bestand, fiel auf Ariel, und sie wußte, daß es zu spät war, eines ihrer Maskenprogramme zu aktivieren, um zu fliehen. Das Ice hatte sie gesichtet.

Als die stumme schwarze Gestalt des Samurai näher trat, bereitete Ariel sich auf den Kampf vor. Das Ice war in den Tiefen des Systems und schützte einige der Dateien mit der höchsten Sicherheitsstufe, was nur bedeuten konnte, daß es sich um schwarzes Ice handelte, eine Kraft, die bei allen Deckern als das einzige Ice bekannt und gefürchtet war, das mehr anrichtete, als nur Software und Hardware zu beschädigen.

Schwarzes Ice nahm die Wetware, das Gehirn des Users mit einem tödlichen Energiestrahl ins Visier. Ein falscher Zug, und man war tot.

17

Läufst du zu rasch, erreichst du das Ziel nicht;
fliehst du zu schnell, entkommst du nicht.

– Jesus Sirach 11, 10

Während der Hughes WK-2 Stallion über den in nächtlicher Dunkelheit liegenden Bostoner Sprawl flog, überprüfte Harlan Hammarand wohl bereits zum zehntenmal seit dem Start seine Pistole. Er wußte, daß alles an dem Colt Manhunter funktionierte, da er darauf achtete, daß er sich immer in Topzustand befand, aber das Überprüfen der Waffe gab seinen Händen etwas zu tun, während die Sekunden des Anflugs auf die Anlage von Mandala Technologies langsam verstrichen. Ariel hatte gemeldet, daß sie die Sicherheitssysteme im Griff hatte, und nichts anderes hatte Harlan erwartet. Ariel war der beste Decker, mit dem er je zusammengearbeitet hatte, und er war davon überzeugt, daß sie mit allem fertig werden konnte, was das System gegen sie aufbieten würde.

Harlan hatte dasselbe Zutrauen in die anderen Mitglieder des Teams. Sie nannten sich ›Hammermen‹, eine Anlehnung an Harlans Straßenname ›Hammer‹. Der Orksöldner hatte diesen Namen in seiner Jugend auf den rauhen Straßen von New York City bekommen, wo er einer der vielen hundert Gangs des urbanen Dschungels angehört hatte. Anders als die meisten hatte Harlan sein Talent für den Straßenkampf und die organisierte Zerstörung zu einer einträglichen Fertigkeit entwickelt, die ihn aus den Barrens und Barrios New Yorks gebracht und zu größeren und besseren

Aufgaben geführt hatte. Die meisten seiner *Omaes* aus der alten Gang waren längst tot, aber Harlan lebte immer noch, und dabei sollte es auch bleiben, solange er dazu in der Lage war.

Hammer betrachtete die restlichen Teammitglieder, die hinten in dem Hubschrauber hockten. Sloane, Tojo und Tootall waren alle drei Söldner, mit denen er schon seit Jahren zusammenarbeitete. Sie hatten sich in den Gräben der Wüstenkriege kennengelernt, und sie schlugen sich für ihn auch in den Schluchten des Betondschungels ebenso zuverlässig. Sloane und Tojo waren Menschen, so verschieden wie Tag und Nacht. Sloane war groß, blond und nordisch, und sein Körperbau glich Hammers klobiger Orkstatur. Tojo war klein, geschmeidig und asiatischer Abstammung. Beide Männer waren mit bloßen Händen ebenso fähig wie mit einer AK-97.

Tootall brauchte eigentlich keine der Waffen, die er an seinem Brustgurt trug. Mit gut drei Metern Größe und einem Gewicht von fast zweihundert Kilogramm war der Troll nur mit seinen bloßen Händen, mit denen er mühelos einen menschlichen Schädel einschlagen konnte, ein furchterregender Kämpfer. Die Männer saßen schweigend da und schauten entweder aus dem Fenster oder an die Wände oder auf den Boden der Hubschrauberkabine, da jeder in seine eigenen Gedanken an das bevorstehende Unternehmen vertieft war.

Geist saß ein wenig abseits vom Rest der Truppe. Der Magier war klein und schmächtig, kaum größer als Tojo und nicht halb so muskulös. Seine Haare und die Haut waren hell und wirkten im matten Licht der Kabine ausgebleicht, was zu der geisterhaften Erscheinung beitrug, die ihm seinen Straßennamen eingebracht hatte. Geist war ein gebürtiger Deutscher, aber Hammer kannte ihn seit mehreren Jahren in den Schatten von Städten von Nordafrika bis Nordamerika. Der Straßenmagier entwickelte ein beachtliches Geschick in seinem Job, denn er hatte in seinem Geburtsland Deutschland an einer Universität studiert, bevor ihn ein Ereignis in die Schatten getrieben hatte, über das er nie redete. Hammer nahm an, daß es etwas mit Geists berüchtigten Unbedachtheiten mit Frauen zu tun haben mußte, insbesondere mit solchen, die verheiratet oder sonstwie tabu waren. Welche persönlichen Gewohnheiten er auch haben mochte, Hammer war der Ansicht, daß der Magier auf seinem Gebiet mehr als nur fähig war. Im Augenblick saß Geist ruhig ganz hinten in der Kabine, die Augen in stummer Meditation geschlossen, da er sich konzentrierte und seine magische Kraft sammelte. Hammer wußte, daß diese Kraft noch gebraucht wurde, bevor die Nacht vorbei war.

Er hatte ein merkwürdiges Gefühl, was diesen Run betraf. Nicht, daß er so ungewöhnlich gewesen wäre. Hammer hatte schon schwierigere Extraktions-Runs durchgezogen, zumindest danach zu urteilen, was er über diesen Run wußte. Es war nicht der Auftrag an sich, sondern die Rahmenbedingungen und das ungewöhnliche Tempo, das der Johnson forderte. Hammer hatte den Eindruck, daß der Johnson die Nachricht bekommen hatte, schnell handeln zu müssen. So liefen die Dinge dieser Tage in Boston: Alles ging sehr schnell, und man mußte Schritt halten. Entweder ging man aus dem Weg, oder man wurde überrollt.

Der Bostoner Sprawl war bis vor kurzem für Shadowrunner so etwas wie ein Kuhdorf gewesen. Seit dem Erdbeben, das New York City Jahre vor Hammers Geburt verheert hatte, war in Boston die Börse der Ostküste ansässig. Die Bedeutung der Börse für die Wirtschaft, die alle Megakonzerne am Leben erhielt, brachte die Multis dazu, Boston zur Tabuzone für die üblichen Schattenunternehmungen zu erklären, welche die Konzerne routinemäßig gegeneinander ausführten. Boston war eine Stadt des ›Konzernstolzes‹ geworden, welche die hohen Tiere der Megakonzerne als ›neutralen Boden‹ für ihre Geschäfte mit der Konkurrenz betrachteten. Die rücksichtslose Geschäftemacherei ging in Boston in Aufsichtsratssälen und an der Börse über die Bühne, nicht in Hintergassen wie in Seattle, New York und Atlanta.

Nach der Ermordung des Großdrachen Dunkelzahn änderte sich der Wettbewerb der Konzerne in Boston. Vielen aufstrebenden kleineren Firmen war testamentarisch Kapital aus dem riesigen Besitz des Drachen vermacht worden, und diese Firmen waren nun in der Lage, mit einigen der Großen zu konkurrieren. Andere Konzerne mußten feststellen, daß die mit der Testamentsvollstreckung einhergehende Neuverteilung von Aktien und Aktiva ihre Strukturen erschütterten. Der Tod eines einzelnen mächtigen Wesens hatte die Konzernwelt und die Schatten des Bostoner Metroplex erbeben lassen. Plötzlich war aus einem ehemals neutralen Ort ein Zentrum der Schattenaktivitäten geworden, in dem jeder Konzern gegen alle anderen um die neuesten und größten Errungenschaften kämpfte. Boston, das Herz der High-Tech-Industrie der UCAS, erlebte weit mehr Konzernspionage und schwarze Unternehmungen, als die kleine Gemeinde der Shadowrunner bewältigen konnte. Aus diesem Grund waren Talente von außerhalb wie die Hammermen zu einem zunehmend normalen Bestandteil der Bostoner Unterwelt geworden. In letzter Zeit gab es in den Bostoner Schatten reichlich Arbeit, wenn man gut genug war.

Der Job, den Hammer und sein Team angenommen hatten, gehörte genau zu der Sorte, wie sie in letzter Zeit in Boston häufiger verlangt wurden. Der Ork wußte nicht mit Sicherheit, für wen sie arbeiteten – den Arbeitgeber zu kennen war ein Privileg, das man sich in den Schatten verdienen mußte, oder eine Information, die man selbst in Erfahrung zu bringen hatte, wenn man auf Nummer Sicher gehen wollte. Die meisten Auftraggeber zogen Anonymität vor und nahmen den universellen Namen ›Mr. Johnson‹ an. Der gegenwärtige Johnson der Hammermen war ein Japaner, was die Ironie dieses Namens nur noch deutlicher machte.

Ariel hatte ihm ein wenig auf den Zahn gefühlt, aber nicht viel über ihn ausgegraben. Mr. Johnson war ganz eindeutig ein vorsichtiger Mann. Ariel glaubte, daß Mr. Johnson für Renraku arbeitete. Auf der Straße hieß es, der Computerriese habe in den vergangenen Monaten einen Haufen Unternehmungen gegen seinen Rivalen Fuchi durchgezogen.

Doch Hammer hatte seine eigenen Vermutungen über die Identität ihres neuen Auftraggebers. Das Ziel ihres Runs war eine kleine Computerfirma namens Mandala Technologies in einem kleinen High-Tech-Forschungspark im Gebiet der Route 128. Auf den ersten Blick sah sie nicht anders als all die anderen kleinen Technologiefirmen in dem Gebiet aus, aber Ariel hatte ein paar interessante Fakten ausgegraben. Allem Anschein nach gehörte Mandala über eine ganze Reihe von Holding-Gesellschaften niemand anderem als Richard Villiers persönlich, dem König des Fuchi-Imperiums.

Das Bemerkenswerte daran war, daß nicht Fuchi der Besitzer war, sondern Villiers. Die Firma gehörte nicht zur ›Firmenfamilie Fuchi‹, wie es immer so schön in den Konzernbilanzen hieß. Sie gehörte zu einer, wie es aussah, wachsenden Anzahl von Gesellschaften in den UCAS, die Villiers allein besaß, und waren Teil eines persönlichen Finanzimperiums, das der leitende Geschäftsführer von Fuchi für sich selbst aufzubauen schien.

Hammer hatte Gerüchte gehört, daß sich bei Fuchi

Ärger zusammenbraute. Der Konzern hatte schon immer aus drei Fraktionen bestanden, die sich die Kontrolle teilten. Gegenwärtig hatte Villiers die Oberhand über die anderen, beides mächtige japanische Industriellenfamilien. Das schien jedoch ein guter Grund für diese Familien zu sein, ihre Differenzen beizulegen und zusammenzuarbeiten, um Villiers' dominierende Stellung ein wenig zu untergraben. Die Tatsache, daß ihr Geschäftsführer hinter dem Rücken seiner japanischen Partner sein eigenes Imperium errichtete, konnte bei ihnen nicht sonderlich gut ankommen. Nahm man die Tatsache hinzu, daß der Johnson ein Japaner war, der sehr viel über die Anlage zu wissen schien, lag für Hammer der Verdacht nahe, daß Fuchi sich bereits in einzelne Lager aufspaltete und es in Zukunft noch viele ähnlich gelagerte Unternehmungen wie diejenige geben würde, welche sie heute nacht erledigten.

Wenn alles gut lief, winkte zusätzliche Arbeit für das Team. Hammer wollte nur sichergehen, daß er sich nicht der falschen Seite anschloß. Konflikte innerhalb eines Konzerns waren fast immer die häßlichsten. Es heißt, kein Feind sei erbitterter als ein Mitglied der Familie, und in bezug auf die Megakonzerne stimmte das erst recht. Ein interner Machtkampf bei Fuchi konnte sich als sehr profitabel erweisen, aber auch dazu führen, daß Runner, die auf der falschen Seite arbeiteten, ins Gras beißen mußten.

»Eine Minute bis zur Landezone, Boß«, ertönte eine Stimme von vorne. Hammer schaute von seinem Manhunter auf und halfterte die Pistole.

»Okay, Leute, macht euch fertig«, sagte er zu den übrigen Hammermen. Er wandte sich nach vorn und betrachtete das Ziel. Das Gebäude von Mandala Tech entsprach genau den Holos und Spezifikationen, die Hammer gesehen hatte, ein kleines Bürogebäude wie

Dutzende anderer im Bereich der Route 128. Das breite Band der Autobahn im Norden der Bostoner Innenstadt bot die höchste Konzentration von High-Tech-Gesellschaften und Konzern-Forschungsanlagen im ganzen Plex. Der Bürotrakt sah so aus wie die meisten anderen, ein dreistöckiges Gebäude aus Ziegeln und modernen Stahlbetonlegierungen mit Fenstern aus getöntem Glas und einem großen freien Parkplatz, auf dem momentan keine Fahrzeuge standen. Hinter dem Gebäude gab es eine freie Grünfläche mit einem kleinen Teich und ein paar Bänken, wo die Angestellten ihren Mittagsimbiß einnehmen konnten, wenn das Wetter es zuließ. Das gesamte Grundstück war von hohen Bäumen umringt.

Zwar zielten Landschaftsgestaltung und Design der Anlage darauf ab, angenehm für das Auge zu sein, doch Hammers geübtem Blick entging nicht, daß das Design ebenso auf Sicherheit wie auf Ästhetik ausgelegt war. Das Gelände rings um das Gebäude war mit Bäumen bepflanzt, die den Blick von angrenzenden Grundstücken und der Straße auf das Gebäude verwehrten. Der kleine Teich war nicht nur ein natürliches Hindernis, wenn man sich dem Gebäude von der Seite näherte, sondern auch eine zusätzliche Oberfläche für Radarscans, um ungewöhnliche Vibrationen oder Anzeichen für Bewegung zu entdecken. Der Parkplatz war ein freies Feld, ideal für die Überwachung mit Sensoren aller Art, und konnte rasch zu einer Todeszone werden, wenn die Firma beschloß, von ihrem Recht Gebrauch zu machen, ihr Gelände mit Waffengewalt zu schützen.

Zum Glück brauchten die Hammermen sich keine Sorgen wegen dieser Sicherheitsmaßnahmen zu machen, wenn Ariel das Hauptcomputersystem wie geplant unter ihre Kontrolle gebracht hatte.

»Hammer an Trouble, Bericht«, sagte Hammer in

sein Kehlkopfmikrofon. Statisches Rauschen antwortete ihm, gefolgt von der Stimme der Deckerin.

»Im Moment bin ich etwas beschäftigt, Boß«, sagte Ariel. »Wir haben hier unten einen aktiven Alarm. Die Sicherheit liegt lahm, aber irgendwas hat einen Großteil des Systems zum Absturz gebracht. Hier geht alles drunter und drüber.« Ein lautes Knistern übertönte alles, was sie noch sagte. Hammer lauschte noch einen Augenblick.

»Trouble? Trouble, bitte melden!« Die Leitung schwieg. Aus dem Cockpit des Hubschraubers rief Val dem Anführer der Hammermen zu: »Was liegt an, Boß? Landen oder vorbeifliegen?«

Hammer überlegte angestrengt. Ariels Nachricht ließ keinen Zweifel daran, daß nicht alles wie geplant lief. Wenn es Ärger gab, führte er sein Team möglicherweise direkt in eine Todesfalle in Gestalt einer Sicherheitstruppe, die nur auf sie wartete. Wenn andererseits das Sicherheitssystem noch nicht online war, wie Ariel berichtet hatte, war es auch möglich, daß der Systemabsturz eine zusätzliche Ablenkung war, die ihnen die Durchführung des Unternehmens erleichterte. Wenn Hammer den Run abblies, würde das Team keine zweite Chance für den Run bekommen. Die Konzernsicherheit würde auf der Hut sein, und man würde die Zielperson an einen sichereren Ort bringen. Der Run wäre völlig umsonst gewesen, und das Team würde wegen der Spesen, die es bereits ausgelegt hatte, in den roten Zahlen stecken. Konzern-Johnsons waren nicht gerade bekannt dafür, für unvollständige oder gescheiterte Shadowruns zu zahlen.

Hammer legte eine Hand auf die Rückenlehne von Vals Sitz und sah auf die Mandala-Anlage herunter.

»Lande die Kiste«, sagte er. »Wir gehen rein.«

18

Am 8. Februar 2029 wurden auf der ganzen Welt Computersysteme offenbar aufs Geratewohl von einem Virusprogramm noch nie dagewesener Stärke angegriffen. Systeme stürzten ab und wurden ihrer Daten beraubt, und selbst die Hardware brannte unter den Auswirkungen des Virus aus. Während sich das Killerprogramm ausbreitete, stürzten Regierungen, und die Weltherrschaft näherte sich dem Kollaps. Nur dem Projekt Echo Mirage, das von der Regierung der Vereinigten Staaten finanziert wurde, gelang es, datenverarbeitende Spezialisten auszubilden, die in der Lage waren, das Virus direkt im Cyberspace zu bekämpfen. Bis zum Jahresende 2031 waren die letzten bekannten Konzentrationen des Viruscodes aus dem Telekommunikationssystem der Welt gelöscht, und nur sieben der ursprünglich zweiunddreißig Mitglieder von Echo Mirage überlebten den Kampf.

– Armand D'Angelo, *Und es begab sich: Ereignisse, welche die Sechste Welt formten*, Virtual Press, Seattle 2044

Hammer hatte den Ausstieg des Kopters geöffnet, noch bevor Val den Vogel landete. Kaum setzte der Hubschrauber mit einem sanften Ruck auf dem Stahlbeton des Parkplatzes von Mandala Tech auf, als Hammer und der Rest des Teams bereits geduckt unter den Rotoren durchliefen, die Staub und Blätter von der makellosen schwarzen Oberfläche aufwirbelten. Die Anlage war zu klein für einen eigenen Hubschrauberlandeplatz, aber die Landung auf dem leeren Parkplatz war für einen Pilot von Vals Kaliber ein Kinderspiel.

Die fünf Männer rannten über das offene Gelände des Parkplatzes, alle ihre Sinne darauf gerichtet, frühzeitig Anzeichen einer Falle oder dafür zu erkennen, daß ihre Annäherung in irgendeiner Weise von jemandem in dem dunklen Gebäude bemerkt worden war. Alles war ruhig, es gab keine Bewegungen oder Lichter hinter den Fenstern, kein leises Geflüster verborgener Wachen und keine Jagdrufe irgendwelcher magischen Bestien, die zur Bewachung der Anlage abgestellt sein mochten. Die Anlage schien genauso zu sein, wie Hammers Connections sie beschrieben hatten, unauffällig und darauf bauend, daß sie zu klein und unbekannt war, um für irgend jemand von Interesse zu sein. Jegliche Sicherheit, die den Hammermen Kopfzerbrechen bereiten konnte, mußte sich im Inneren des Gebäudes befinden.

Die Hammermen erreichten kurz darauf den Seiteneingang. Tojo holte einen Magschlüssel aus einem seiner Gürtelbeutel und zog ihn durch das Kartenlesegerät neben der Tür. Die Elektronik in der Schlüsselkarte sandte einen Impuls aus, der die Systeme des Schlosses störte und den magnetischen Mechanismus entriegelte. Es war rohe Gewalt, um das Schloß zu knacken, aber sie hatten nur wenig Zeit. Wenn es stimmte, was Ariel gesagt hatte, befanden sich die Systeme der Anlage ohnehin bereits im Alarmzustand. Der Einbruch würde inmitten des allgemeinen Tohuwabohus hoffentlich unbemerkt bleiben.

Hammer wünschte, er könnte irgendeine Statusmeldung von der Deckerin bekommen. Seit Ariels letzter Sendung hatte er nichts mehr von ihr gehört, aber er wagte es nicht, sie aufzuscheuchen. Wenn sie gerade mit irgendwelchem Ice der Sicherheit kämpfte, konnte jede Ablenkung fatale Folgen haben. In der Matrix zählte jede Mikrosekunde.

Er verdrängte seine Besorgnis. Wenn Ariel zurechtkam, würde sie sich irgendwann melden. Wenn nicht, konnte er deswegen nichts unternehmen.

Die Tür öffnete sich mit einem Klicken, und die

Lichter am Schloß blinkten rot auf. Hammer gab den anderen Teammitgliedern einen Wink. Sloane und Tojo bauten sich rechts und links von der Tür auf, einer hoch, der andere tief. Dann huschten sie durch die Tür, gefolgt von Tootall und Geist, während Hammer die Rückendeckung übernahm. Er ließ die Tür hinter sich offen, da sie den Laden sehr wahrscheinlich ziemlich überstürzt verlassen würden. Der Flur auf der anderen Seite der Tür traf nach etwa sechs Metern im rechten Winkel auf einen anderen.

»Trouble sagt, unser Mann ist im Keller«, informierte er das Team. »Geist, kannst du ihn finden?«

Der Magier nickte und ließ sich mit geübter Leichtigkeit im Lotussitz auf dem Boden nieder. Sein Atem verlangsamte sich, und er stieß einen tiefen Seufzer aus. Hammer stellte sich vor, wie Geist seinen Körper zusammen mit seinem Atem verließ, als er in eine tiefe Trance fiel. Seine Astralgestalt würde die Anlage schneller auskundschaften können als jede Person in Fleisch und Blut, und danach würde er Bericht erstatten. Der Rest des Teams würde ein Auge auf Geists Körper haben, solange er ›weg‹ war.

Hammer schaute in dem Augenblick von der reglosen Gestalt des Magiers auf, als zwei Wachmänner um die Ecke bogen. Es gab einen Sekundenbruchteil, in dem die Wachen vom Anblick der Runner überrascht waren. In diesem Augenblick waren die Hammermen bereits in Bewegung. Tootall trat vor Geists Körper, um den Magier vor Querschlägern zu schützen. In seinem Trance-Zustand war Geist hilflos, und jede Verletzung konnte seinen Körper in einen tödlichen Schockzustand versetzen.

Gleichzeitig wurden Sloane, Tojo und Hammer aktiv. Tojos aufgepeppte Reflexe ließen seine Bewegungen verschwimmen, als er den ersten Wachmann aufs Korn nahm und einen Feuerstoß aus seiner Crusader Maschinenpistole abgab. Der Körperpanzer des Wachmanns neutralisierte einen Großteil der kinetischen Energie der Kugeln, die seine Brust trafen. Kein einziges der Neun-Millimeter-Geschosse durchschlug die Panzerung, aber die Aufprallwucht brachte den Wachmann aus dem Gleichgewicht und ließ ihn rückwärts stolpern.

Sloane gab einen Schuß mit seinem Ares Predator ab. Der zweite Wachmann wurde in die Brust getroffen und umgeworfen, da die schwere Waffe wesentlich mehr Durchschlagskraft hatte als Tojos leichte Maschinenpistole. Der Wachmann ging zu Boden, wahrscheinlich mit ein paar gebrochenen Rippen.

Hammer richtete seinen Manhunter auf den ersten Wachmann, der sich verzweifelt mühte, seine Waffe in Anschlag zu bringen. Für das aufgepeppte Nervensystem des Orks schien der Mann sich in Zeitlupe zu bewegen – die Zeit zwischen Zielen und Feuern dehnte sich zu einer Ewigkeit. Die Zielsysteme in der Waffe schlossen sich mit Hammers eingebauter Smartgun kurz, und er schoß. Die großkalibrigen Geschosse aus dem Manhunter ließen sogar Sloanes Predator wie eine Erbsenpistole aussehen. Der Schuß traf den Wachmann dicht unterhalb des Kragens seiner gepanzerten Uniform. Die Panzerung absorbierte den größten Teil der Aufprallwucht, aber es blieb mehr als genug übrig, um die Luftröhre einzudrücken. Der Mann ließ seine Waffe fallen und faßte sich an den Hals, bevor er wieder auf den Boden sank und ohnmächtig wurde.

Der andere Wachmann versuchte sich wieder aufzurappeln, aber Tojo war bei ihm, bevor er auch nur den Hauch einer Chance hatte. Ein Sprungtritt an den Kopf des Wachmanns, und er war bewußtlos oder tot. Zwei Wachen binnen Sekunden erledigt. Die Shadowrunner hielten mit bereitgehaltenen Waffen nach weiteren Bedrohungen Ausschau, sahen jedoch keine. Tojo und Sloane überprüften den Gang, aus dem die beiden Wachen gekommen waren, und signalisierten, daß alles okay war.

Tootall wandte sich an Hammer. »Ihr Chummers hättet ruhig ein paar für mich übriglassen können«, sagte er mit einem breiten Grinsen. Der Troll hatte zwar nicht das Tempo, mit dem der Rest des Teams aufwarten konnte, aber sein massiger Körper war stark genug, um einen Menschen in Stücke reißen zu können, und seine zähe Haut verlieh ihm den Schutz, den er brauchte, um sein Geschwindigkeitsmanko auszugleichen.

»Keine Sorge, Chummer«, erwiderte Hammer grimmig. »Sieht so aus, als könnte es dort, woher die beiden gekommen sind, noch massenhaft mehr geben.«

»So ist es«, sagte Geist, indem er aus seiner Trance erwachte und aufstand. Tootall half ihm auf, und der blasse Magier wandte sich an Hammer.

»In dieser Anlage sind mindestens noch ein Dutzend Wachen. Unser Mann befindet sich in einem Raum eine Etage tiefer. Es gibt Fahrstühle und ein Treppenhaus, aber zwischen ihnen und uns ist die Sicherheit. Wir müssen an ihr vorbei, wenn wir in das Labor wollen. Keine bedeutsamen magischen Abwehrvorrichtungen.«

Hammer nickte und gab Tojo und Sloane ein Zeichen. »Also gut. Wir schalten die Sicherheit aus, schnappen uns unseren Mann und verschwinden aus dieser Mausefalle.«

Lanier reagierte sofort auf das Jaulen des Sicherheitsalarms im Komplex. Er wandte sich von Babel und Dr. Ferrera ab und ging zur Sprechanlage an der Wand des Verhörzimmers. Er legte die Fingerspitzen auf die Schalttafel, um die Sprechanlage zu aktivieren.

»Sicherheit, Statusmeldung.« Aus den Lautsprechern drang nichts außer statisches Knistern. Lanier wandte sich wieder an den jungen Mann, der in der Mitte des Zimmers auf dem Stuhl festgeschnallt war.

»Sind Sie dafür verantwortlich?« fragte er mit einem drohenden Unterton.

Babel schüttelte den Kopf. »Ich habe nur versucht, Ihre Illusionen zu zerstören«, erwiderte er mit einem dünnen Lächeln. »Vielleicht habe ich mehr als das zerstört.«

Lanier wandte sich an Ferrera. »Doktor?«

Sie arbeitete noch immer an dem Terminal neben Babels Kopf. »Ich weiß es nicht. Es könnte eine Fehlfunktion des Sicherheitsgitters aufgrund des Systemabsturzes sein, aber das glaube ich nicht. Das System befindet sich im Alarmzustand, was ein Eindringen bedeuten würde. Natürlich könnte das auch die Art des Computers sein, zu interpretieren, was unser junger Freund tat, als er den Datenspeicher abstürzen ließ.« Sie schüttelte frustriert den Kopf. »Von hier aus kann ich es einfach nicht sagen.«

Lanier wandte sich der getönten Transplexscheibe in der Wand zu und berührte eine weitere Taste auf der Schalttafel. Das Fenster wurde durchsichtig, und er konnte das Technikerteam im Kontrollraum sehen.

»Packen Sie die Kopien unserer Daten zusammen«, befahl er, »und kommen Sie hierher. Saunders, Sie holen ein paar Sicherheitsleute nach unten. Beeilen Sie sich!«

Die Techniker machten sich an die Ausführung von Laniers Befehlen, noch während dieser sich wieder Babel und Ferrera zuwandte. Er griff unter seine maßgeschneiderte Anzugjacke und zog eine schlanke Neun-Millimeter-Pistole aus einem verborgenen Schulterhalfter. Ferrera sah die Waffe und erbleichte unter ihrer Sonnenbräune.

»Mr. Lanier!« begann sie, doch er brachte sie mit einer unwirschen Handbewegung zum Schweigen.

»Jetzt ist nicht der rechte Zeitpunkt, um zimperlich zu werden, Doktor.« Er preßte Babel den Lauf der Waffe unter das Kinn und sagte in eisigem Tonfall: »Na schön, mein Freund, wir verschwinden jetzt von hier. Wenn Sie vernünftig sind, geben Sie mir keinen Anlaß, das Ding hier zu benutzen. Eine falsche Bewegung, ein Fluchtversuch, und ich töte Sie. Verstanden?«

Babel begegnete Laniers Blick und nickte so nachdrücklich, wie es ihm angesichts des Drucks der Waffe möglich war. Lanier ruckte mit dem Kopf in Dr. Ferreras Richtung. »Binden Sie ihn los.«

Die anderen beiden Techniker betraten den Raum, einer von ihnen mit einem schwarzen Plastiketui, das die Chips mit den Aufzeichnungen von Babels Verhör und allen anderen von Dr. Ferrera und ihren Instrumenten gesammelten Informationen enthielt. Er gab es Lanier, der das Etui in die Innentasche seiner Jacke schob, die Waffe dabei jedoch stetig auf Babel gerichtet hielt, während Ferrera die Gurte löste, die ihn an den Stuhl fesselten.

Babel glitt langsam aus dem Stuhl und erhob sich leicht schwankend, da seine verkrampften Muskeln gegen die Bewegung protestierten, nachdem er so lange stillgesessen hatte. Er hatte keine Ahnung, wie lange Lanier und seine Leute ihn bereits festhielten und verhört hatten. Er rieb sich vorsichtig seine wunden Handgelenke und verdrängte die Schmerzen und die Erschöpfung. *Es ist nur Fleisch,* sagte er sich. *Nur der Geist ist wichtig.*

»Also gut«, sagte Lanier, indem er mit der Pistole winkte. »Wir verschwinden.« Die beiden Techniker traten zuerst durch die Tür. Babel ging hinter ihnen her, gefolgt von Lanier und Dr. Ferrera. Laniers Waffe war auf Babels Rücken gerichtet. Der Flur draußen vor dem Verhörzimmer war schlicht und schmucklos, hellgraue Wände, deren Einförmigkeit nur von einigen Türen durchbrochen wurde. Überall brannten rote Notlichter und tauchten alles in einen höllischen Schein, da der Alarm weiterhin durch das Gebäude jaulte. Die beiden Techniker wandten sich nach rechts, doch Laniers gebellter Befehl ließ sie wie angewurzelt stehenbleiben.

»Hier entlang«, sagte er. »Den Fahrstühlen ist nicht mehr zu trauen, wenn das Computersystem kompromittiert wurde. Wir nehmen die Treppe.« Während die kleine Gruppe durch den Flur in Richtung Treppenhaus ging, dachte Babel über seine Möglichkeiten nach. Von den vier Personen in seiner Begleitung schien nur Lanier bewaffnet zu sein. Babel mußte davon ausgehen, daß sie über seine verborgene Cyberklinge Bescheid wußten, aber sie war trotz allem eine wirkungsvolle Waffe, vorausgesetzt, sie hatten nicht irgendeine Möglichkeit gefunden, sie unbrauchbar zu machen. Doch Lanier besaß eine Kanone, und selbst diese kleine Pistole hatte genug Durchschlagskraft, um Babel außer Gefecht zu setzen. Außerdem war ihm der Grundriß des Gebäudes nicht vertraut, selbst wenn es ihm gelang, sich von Lanier und seinen Leuten abzusetzen. Nach allem, was Lanier den Technikern gesagt hatte, hielten sich offenbar anderswo im Gebäude Sicherheitsleute auf.

Widerstrebend kam Babel zu dem Schluß, daß es keine Fluchtmöglichkeit gab, die seine Mission nicht in Gefahr brachte. Er mußte lange genug überleben, um zu Renraku zurückzukehren und den Auftrag zu erfüllen, um dessentwillen er in den Rox geschickt worden war, sonst würden noch mehr Leben gefährdet. Einstweilen bedeutete das, Lanier zu gehorchen und abzuwarten, wohin man ihn brachte. Früher oder später würde sich eine Gelegenheit zur Flucht bieten. Er mußte nur die Augen offenhalten, damit er handeln konnte, wenn sie kam.

Als der schwarz gepanzerte Samurai näher kam, aktivierte Ariel ihre Kampfutilities. Eine glänzende Silberrüstung, die mit keltischen Ornamenten bedeckt war, tauchte aus dem Nichts auf und hüllte den Körper ihres Icons ein, und ein schlankes Silberschwert materialisierte in ihrer Hand. Der Samurai näherte sich mit einem Tempo, das auf der Geschwindigkeit optischer Co-Prozessoren und Kampfalgorithmen basierte.

Ariel begegnete dem Angriff mit ihrer eigenen Klinge, während die Systeme ihres Decks gegen die Invasion des fremden Codes ankämpften und das Ice eine Achillesferse suchte, eine Schwachstelle in ihrer Rüstung, die es ausnutzen konnte, um an die Frau hinter dem Elektronenbild heranzukommen. Ariel erwiderte den Hieb, und das Ice parierte, so daß die Klingen in der halluzinatorischen Welt der Matrix klirrten, eine Metapher für einen äußerst realen Konflikt, der zwischen ihrem Cyberdeck und dem Computersystem tobte.

Ariel war froh, daß es ihr noch gelungen war, Hammer und die anderen von dem Alarm in Kenntnis zu setzen, bevor das Ice auf sie losging, aber sie mußte so schnell wie möglich mit dem Samurai-Programm fertig werden, damit sie die Hände frei hatte, um dem Team zu helfen, falls das nötig werden sollte. Außerdem mußte sie alle Daten über ihre Zielperson einsammeln, die sich noch im System befanden.

Der Samurai setzte zu einem weiteren Angriff an und stürmte mit hocherhobener Klinge vor, um sie dann in einem beidhändigen Hieb herabsausen zu lassen. Ariel wich zur Seite aus und schwang ihre eigene

Klinge. Funken sprühten, als das Silberschwert die Rüstung des Samurai traf.

Treffer! dachte Ariel, als das Ice-Programm einen Schritt zurückwich, bevor es erneut angriff. Es blieb jedoch keine Zeit zum Feiern. Als Reaktion auf den Schaden, den es genommen hatte, verdoppelte das Ice seine Bemühungen und ließ in rascher Folge Schwerthiebe auf Ariel niederprasseln in dem Bestreben, die Verteidigung der Deckerin zu durchbrechen. Ariel konnte den Hieben ausweichen oder sie parieren, aber nur mit äußerster Mühe.

Sie konnte dieses Tempo nicht viel länger durchhalten, während das unmenschliche und unermüdliche Ice den ganzen Tag so weitermachen konnte, solange ihm die erforderliche Rechenkapazität zur Verfügung stand. Ariel mußte diesen Kampf rasch beenden, sonst würde er für sie zu Ende sein, wenn eine tödliche Elektrizitätsentladung ihr Hirn grillte.

Sie wich nach links aus und forderte das Ice damit förmlich zu einem weiteren Angriff heraus. Es war ein riskantes Manöver, aber das Ice schien sich mehr darauf zu konzentrieren, sie anzugreifen, anstatt sich zu verteidigen. Es hatte nicht dieselben Instinkte wie ein Wesen aus Fleisch und Blut, sein Leben zu schützen. Es konnte nur seiner Programmierung folgen und Eindringlinge vernichten. Das Ice bewegte sich im Rahmen der Parameter des Samurai-Kriegers, der es zu sein schien. Wer der Programmierer auch sein mochte, er hatte offenbar sehr viel Wert auf Realismus gelegt. Also griff das Samurai-Ice mehr oder weniger genauso an, wie es ein echter Samurai getan hätte. Ariel glaubte, das ausnutzen zu können.

Das Ice sah die Lücke und stürzte sich darauf. Es trat vor, das Schwert hoch über den behelmten Kopf erhoben, während die Schneide der Klinge im rötlichen

Licht innerhalb des Systems glänzte. Ariel wartete bis zum letzten Augenblick, sprang vor und trieb ihr Silberschwert bis zum Heft in die Brust des Ice-Konstrukts.

Ein echtes Schwert wäre von der Rüstung des Samurai abgelenkt worden, aber Ariels Elektronenklinge wurde nicht durch die Regeln der physikalischen Welt eingeengt. Hier in der Matrix war die Klinge mit einem magischen Schwert vergleichbar, und sie durchdrang die Rüstung mühelos. Der Samurai machte Anstalten, seine rasiermesserscharfe Klinge in einem tödlichen Hieb heruntersausen zu lassen, erstarrte dann jedoch, gebannt durch das Schwert in seiner Brust.

Das Bild hing einen Augenblick reglos und erstarrt da, dann löste es sich auf, zerbrach in die einzelnen Pixel, aus denen es bestand, und verschwand in einem Schauer aus Statik ins Nichts, ohne auch nur eine Spur seiner Anwesenheit zurückzulassen. Ariel stieß einen Seufzer der Erleichterung aus und schaltete ihren Commlink zu den anderen Hammermen ein.

»Yo, Boß, bist du da?«

»Schön, dich wieder dabeizuhaben, Trouble«, ertönte Hammers Stimme. »Wie ist dein Status?«

»Das unmittelbare Problem ist bereinigt. Ich versuche jetzt, mir Zugang zu den Sicherheitssystemen und den Daten über unsere Zielperson zu verschaffen.«

»Gute Arbeit. Sperre die Fahrstühle und alle Kellerausgänge. Es sieht so aus, als wolle unser Vogel ausfliegen. Wir sind unterwegs.«

»Verstanden, Hammer.«

Ariel unterbrach die Verbindung und wandte sich wieder dem wirbelnden Chaos des Datenspeichers zu. Er sah nicht so aus, als ließe sich noch eine Menge aus ihm retten. *Wie, zum Teufel, haben sie diese Schweinerei angerichtet?* dachte sie. Allem Anschein nach war der Datenspeicher von einer Art Virus auseinandergenommen worden, aber in diesem Fall war es ein Virus, wie Ariel noch keines gesehen hatte.

Was es auch ist, es kann Hochsicherheitsdatensystemen rasch und effektiv eine Menge Schaden zufügen. Das Ice hat versucht, mich aufzuhalten, aber dagegen hatte es keine Chance. Wenn Fuchi daran arbeitet, haben sie vielleicht ein neues Monster-Virus entwickelt.

19

Laßt uns essen und trinken,
denn morgen sind wir tot!

– Jesaja 22, 13

Hammer preßte sich flach gegen die Wand, als die zweite Salve aus automatischen Waffen durch den Flur fegte und die Kugeln von den Wänden abprallten und als Querschläger durch die Luft flogen. Die verdammten Sicherheitsleute waren schneller gewesen, als er es für möglich gehalten hätte, und blockierten jetzt sowohl den Zugang zu den Aufzügen als auch zum Treppenhaus.

Sloane hatte ein paar Kugeln abbekommen und kauerte neben Hammers Füßen an der Wand. Sein Körperpanzer hatte die Kugeln abgehalten, aber wahrscheinlich hatte er sich zumindest ein paar Rippen gebrochen. Geist kniete sich neben ihn, murmelte leise vor sich hin und legte die Hände auf Sloanes Arm und Brust, um die Verletzungen zu heilen.

Tootall stand auf der anderen Seite des Flurs, knapp außer Sicht der Sicherheitsleute um die Ecke, während Tojo nicht weit hinter ihm an der Wand klebte. Hammer sah den großen Troll an und nickte. Tootall hechtete um die Ecke und entfachte einen Feuersturm mit seiner AK-97, der die Konzernwachen zwang, in Deckung zu gehen. Hammer wußte, daß es nicht mehr lange dauern würde, bis die Sicherheitsleute beschlossen, ihre Stellung zu stürmen. Sie mußten die Sperre der Wachen durchbrechen oder sich zurückfallen lassen, um nicht in ein Kreuzfeuer zu geraten, was bedeutete, daß sie den Kampf rasch beenden mußten.

Hammer wandte sich an Geist, der sich gerade mit einem Seufzer zu Boden sinken ließ. Er hoffte, daß der Heilzauber dem Magier nicht zuviel abverlangt hatte. Sloane erhob sich langsam und bedankte sich mit einem Nicken für Geists Hilfe.

»Wir müssen schleunigst an diesen Wichsern vorbei. Glaubst du, daß du sie schaffst?«

Geist warf Hammer einen Blick zu, der keinen Zweifel an seiner Überzeugung ließ, jede mundane Bedrohung ausschalten zu können. »Das kann ich, aber ich muß sie sehen, wenn ich sie erledigen will, und ich brauche eine Ablenkung, damit ich Zeit zum Handeln habe.«

Hammer nickte und wandte sich an Tootall. Er redete leise in sein Mikrofon, und der Troll hörte seine Worte über Kopfset.

»Wir müssen den Burschen ein paar Sekunden lang Grund zum Nachdenken geben, damit Geist sie ausschalten kann. Warte auf mein Zeichen.«

Tootall grinste und nickte, während er in einen Beutel an seinem Gürtel griff.

Geist blieb dicht an der Wand in der Hocke. Er lehnte sich mit dem Rücken gegen die Wand, die Augen geschlossen und die Muskeln entspannt, als er in Trance fiel. Ein schwaches Flimmern wie Hitze über sommerlichem Asphalt erschien vor dem Magier in der Luft, hinter dem seine Züge verschwammen. Hammer wußte, daß Geist einen seiner dienstbaren Geister zu Hilfe rief. Er hatte die Anzeichen dafür schon viele Male zuvor bei ihm und anderen Magiern gesehen. Geist rief die Kavallerie zu Hilfe.

Als das Flimmern auftauchte, wandte Hammer sich an Tootall und nickte. Der Troll rief »Banzai!« und warf einen kleinen silbernen Gegenstand um die Ecke. Eine

Sekunde später detonierte die Schockgranate mit lautem Knall und grellem Blitz. Aus dem Flur waren Ausrufe der Verwirrung von den Sicherheitsleuten zu hören.

»Gasangriff!« rief eine Stimme. »Benutzt eure Masken! Benutzt …« Die Stimme verlor sich im Husten und Würgen, während ein furchtbarer Gestank zu den Shadowrunnern herüberwehte, der so übelkeiterregend war, daß Hammer sich beinahe übergeben hätte. Er rümpfte seine platte Nase und wich ein wenig zurück, wobei er in der Nähe von Geists reglosem Körper blieb. Was, zum Teufel, tat der Magier?

Nach ein paar Sekunden ließen das Husten und die Würgegeräusche nach, und Hammer war sicher, ein paar Leiber auf den gefliesten Boden des Flurs fallen zu hören. Er wartete noch einen Augenblick und gab Tootall dann ein Zeichen. Die beiden fuhren mit ihren Waffen im Anschlag um die Ecke.

Der Flur und die Lobby dahinter enthielten eine Reihe von Fahrstühlen und die Tür zum Treppenhaus. Ein dichter bläulicher Dunst wie an einem diesigen Nachmittag in Los Angeles hing über dem Bereich und verhüllte die elegante Verkleidung. Im Flur lagen acht Wachen in derselben Uniform wie diejenigen, welche das Team kurz hinter dem Seiteneingang ausgeschaltet hatte. Ein paar Männer trugen kleine Filtermasken, aber die Masken waren gegen eine Bedrohung wirkungslos gewesen, die nicht von einer Gasgranate herrührte.

Die Quelle des abstoßenden Gestanks und des leicht bläulichen Nebels schwebte in der Luft über den bewußtlosen Wachen. Sie hatte menschliche Gestalt, die aus dichteren Nebelschwaden geformt war, welche umherwirbelten und sich in ständiger Bewegung zu befinden schienen. Der Luftelementar war in der Lage, jeden physikalischen Schutz mit seinem unstofflichen

Körper zu durchdringen, und er hatte seine Fähigkeit der Kontrolle über sein Element dazu benutzt, die Wachen mit giftiger Luft zu betäuben. Während Hammer fasziniert zusah, schien der Geist in sich zusammenzufallen, und der gesamte Nebel in dem Raum wurde von einer Stelle in der Luft angezogen wie von einem Abfluß. Als die Luft in dem Raum wieder sauber war, wurde der nebelhafte Geist ebenfalls durch das unsichtbare Loch in der Luft gesogen und verschwand in einem Lichtschimmer.

»Sie müßten wenigstens eine Stunde bewußtlos sein«, sagte Geist, der gerade um die Ecke bog. Hammer wäre beim Klang der Stimme des Magiers beinahe zusammengefahren. In Zeiten wie diesen wurde er immer wieder daran erinnert, wie wertvoll ein fähiger Magier für sein Team war. Hammer wandte sich von den reglos daliegenden Wachen ab und betrachtete das blasse Gesicht des Magiers. Geists Miene zeigte einen Ausdruck blasierter Befriedigung. Hammer machte sich nicht die Mühe, eine Bemerkung fallenzulassen. Solange der Magier so gut arbeitete, hatte er das Recht ein wenig arrogant zu sein.

»Gute Arbeit«, sagte er. »Auf ins Treppenhaus.« Er winkte den Rest der Hammermen zu sich und übernahm die Führung.

Schüsse hallten schwach durch die Flure, und die beiden Techniker drehten sich um und sahen ihren Boß an, wobei ihnen die Besorgnis ins Gesicht geschrieben stand. Ihre Aufgaben mochten die Überwachung aufreibender Verhöre beinhaltet haben, nicht aber die Auseinandersetzung mit bewaffneten Gegnern, die sich wehren konnten. Miles Lanier hielt seine Waffe weiterhin auf Babels Rücken gerichtet und sah über dessen Schulter hinweg die Techs an.

»Gehen Sie weiter«, befahl er. »Unsere Leute werden

Sie uns vom Leib halten, bis wir im Parkhaus sind und von hier verschwinden können.« Die kleine Gruppe erreichte die Tür zum Treppenhaus, und einer der Techs zog seine Paßkarte durch den Leseschlitz des Magschlosses. Das rote Licht, das über dem Mechanismus blinkte, veränderte sich nicht.

»Das Schloß reagiert nicht, Sir«, sagte er. Lanier trat einen Schritt näher zur Tür und neben Babel, als die Lichter im Flur von der roten Notbeleuchtung auf normale Beleuchtung wechselten, die Alarmsirenen schlagartig verstummten und ein scharfer Knall aus dem Treppenhaus über ihnen zu hören war. Lanier richtete den Blick auf die Tür und weg von Babel.

In diesem Augenblick handelte Babel. Die Klinge mit der Monofaserschneide zuckte aus seinem Arm wie eine zustoßende Schlange. Der Zeitablauf verlangsamte sich, und er schlug nach Lanier, wobei er auf dessen ausgestreckte Waffenhand zielte. Dr. Ferrera rief Lanier eine Warnung zu, doch der hatte Babels Bewegung bereits aus dem Augenwinkel registriert. Er wich rasch zurück, um auszuweichen, stolperte jedoch und fiel gegen die Sicherheitstür. Die Klinge traf Laniers Pistole und schlug sie ihm aus der Hand. Die Waffe fiel klirrend und mit einer silbrig schimmernden Schramme an einer Seite zu Boden.

Lanier nahm sofort eine geduckte Haltung an, um Babels nächstem Angriff auszuweichen, wobei er sich dessen Geschwindigkeit anpaßte. Die Cyberklinge zischte harmlos über dessen Kopf hinweg und hinterließ eine dünne Schramme im Metall der Sicherheitstür. Ein Bein Laniers zuckte in einem geübten Tritt vor und traf Babel am Knie. Während sich der Schmerz explosionsartig in seinem Knie ausbreitete, wich der Technoschamane in dem Versuch zurück, sich auf den Beinen zu halten, während Lanier zu seiner Waffe hechtete.

Babel sprang sofort vor, um Lanier erneut anzugreifen, als einer der Techs meinte, den Helden spielen zu müssen, und ihn ansprang. Die beiden gingen zu Boden, doch Babel gewann rasch die Oberhand. Er setzte sich rittlings auf die Brust des glücklosen Techs, packte mit einer Hand dessen Kehle und hielt die Spitze seiner Klinge bedrohlich nahe. Als hinter ihnen ein metallisches Klicken ertönte, schauten beide Männer zur Seite und sahen, daß Lanier seine Waffe auf sie gerichtet hatte.

»Lassen Sie ihn los«, sagte Lanier, »und stehen Sie langsam auf.«

Babel schaute in das ängstliche Gesicht des Techs und wieder zu Lanier. Er konnte den Tech bedrohen und versuchen, ihn als Geisel zu nehmen, aber er wußte, daß dies ein hoffnungsloses Unterfangen war. Wenn Lanier seinem Ruf auch nur annähernd gerecht wurde, dann würde er nicht zögern, einen Mann zu opfern, um Babel zu bekommen. Lanier gehörte einem Megakonzern an, und Babel wußte, wie wenig sich die hohen Tiere der Megakonzerne aus ihren Angestellten machten, wenn es hart auf hart ging. Er erhob sich langsam und trat von dem ausgestreckt daliegenden Tech zurück, während die Kohlefaserklinge lautlos in seinem Unterarm verschwand.

»Beeindruckender Dosenöffner«, sagte Lanier. »Aber Sie könnten ein wenig mehr Übung gebrauchen, wie man ihn benutzt. Und jetzt bleiben Sie genau dort stehen.« Lanier holte eine Paßkarte aus der Innentasche seiner Jacke und warf sie dem Techniker zu, der sich soeben wieder erhob.

»Nehmen Sie diese«, sagte er, und der Tech beeilte sich zu gehorchen. Laniers Paßkarte setzte sich über das Magnetschloß hinweg, und das grüne Licht leuchtete auf. Der Techniker griff nach der Klinke, als die Tür mit jähem Knall aufflog und ihm ins Gesicht schlug. Er prallte gegen die Wand und sank zusammen. Lanier achtete nicht auf den Tech. Er fuhr zu dem Ork herum, der mit einer Pistole in der Hand durch die Tür kam. Die Kanone des Orks ließ Laniers schlanke Waffe wie ein Spielzeug aussehen.

»Fallen lassen, Chummer!« bellte der Ork mit dröhnender Stimme. Lanier zögerte einen Augenblick, und Babel konnte förmlich sehen, wie er im Geiste seine Chancen kalkulierte, den grimmig aussehenden Ork zu erledigen. Er hob die Hände, so daß seine Waffe auf die Decke gerichtet war, ließ sie aber nicht fallen, wie der Ork befohlen hatte. Der Neuankömmling trat vorsichtig auf den Flur, wobei er die Waffe auf Lanier richtete, jedoch alle im Auge behielt, während hinter ihm noch andere Männer aus dem Treppenhaus kamen. Alle trugen dunklen Tarndrillich und Körperpanzer. Drei der Männer waren Menschen, der vierte mußte sich ducken, als er durch die Tür ging. Er war ein Troll und trug ein Armeegewehr. Die fünf Männer bezogen rasch Stellung, um jeden in der Halle im Visier zu haben.

»Ich sagte, fallen lassen, Chummer«, wiederholte der Ork in gemessenem, aber bestimmtem Tonfall. Lanier warf noch einen Blick auf die Gruppe Bewaffneter, dann polterte seine Pistole mit lautem Scheppern zu Boden.

»Schieb sie mit dem Fuß her zu mir«, befahl der Ork, und Lanier gehorchte und versetzte der Pistole einen leichten Tritt, so daß sie über den Boden glitt. Einer der anderen Männer bückte sich, um sie aufzuheben. Babel fiel auf, daß dieser Mann der einzige war, der noch keine Waffe in der Hand hielt. Er trug zwar eine Pistole in einem Schulterhalfter, aber Babel hatte das untrügliche Gefühl, daß der Mann sie selten benutzte und sie nur aus Gründen der Optik trug.

»Ihr wißt nicht, mit wem ihr euch anlegt, ihr Spatzenhirne«, sagte Lanier.

Der Ork stieß ein kurzes bellendes Gelächter aus, in das mehrere der anderen Männer einfielen. »Du hast keine sonderlich gute Verhandlungsposition, Chummer. Wir sind in der Überzahl und bewaffnet.« Er warf einen Blick auf Babel. »Nenn mir einen Grund, warum wir uns nicht unseren Mann hier schnappen und die übrigen von euch als totes Gewicht für die Putzkolonne zurücklassen sollten.« Er richtete seine Waffe auf Laniers Herz, und Dr. Ferrera stieß ein ängstliches Keuchen aus.

»Für wen arbeiten Sie?« fragte Babel.

Der Ork bedachte den Technoschamanen mit einem Seitenblick. »Das ist nicht dein Problem, Junge. Du wirst es noch früh genug herausfinden.«

»Vielleicht interessiert es Sie, daß dieser Bursche hier Miles Lanier ist...«, begann Babel.

»Lanier?« sagte der Ork. »Der ehemalige Leiter der Fuchi-Sicherheit? Ich dachte, der arbeitet jetzt für Renraku. Ist das jetzt irgendein Schwindel, Junge?«

»Das glaube ich nicht«, sagte der Mann, der Laniers Waffe aufgehoben hatte. »Ich habe mir kürzlich den Konzernbericht von Renraku angesehen, und dieser Mann hat große Ähnlichkeit mit Miles Lanier. Für die richtigen Leute könnte er sehr wertvoll sein...« Der Mann ließ die Schlußfolgerung unausgesprochen in der Luft hängen, und die Mienen der anderen hellten sich auf.

»Hey, es geht doch nichts über ein paar Extra-Nuyen«, sagte der große Blonde.

Der Ork sah Lanier über den Lauf seiner Waffe hinweg an, die nicht einen Sekundenbruchteil schwankte. »Ich mag keine Komplikationen, Chummer, aber ich schätze es noch weniger, einen Burschen wie Sie zurückzulassen, weil Sie uns dann mit Sicherheit Schwierigkeiten machen. Und wenn ich Sie geeke, verursacht das noch mehr Probleme, also können Sie und die Dame mit uns kommen. Aber sorgen Sie dafür, daß es nicht weniger Ärger macht, Sie zu töten, als Sie am Leben zu lassen, *so ka*?«

Lanier nickte, und der Ausdruck seiner Augen war dabei so hart wie Feuerstein. Die Shadowrunner schwärmten aus, um Lanier, Ferrera und Babel ins Treppenhaus und ins Erdgeschoß zu eskortieren. Babel sah die bewußtlosen Wachen im Flur und in der Lobby und wußte, daß mit diesen Leuten nicht zu spaßen war.

»Wir verschwinden von hier, Val«, sprach der Ork leise in sein Kehlkopfmikrofon. »Mach dich fertig.« Die Shadowrunner führten ihre Gefangenen durch den Seiteneingang des Gebäudes. Draußen wartete ein Hubschrauber auf dem Parkplatz, dessen Rotoren sich schneller drehten, als sie sich ihm näherten. Alle stiegen durch die geöffnete Seitenluke des Kopters, der Ork als letzter. Er schwang sich in die Kabine, schloß die Luke hinter sich und rief dem Piloten zu: »Hoch mit uns, Val! Laß uns abschwirren.«

Die Rotoren heulten lauter, und der Stallion hob geschmeidig vom Boden ab.

»Sauber und glatt«, sagte der Ork, als der Asphalt unter ihnen zurückblieb.

»Nicht ganz, Boß«, ertönte die weibliche Stimme des Piloten. »Ich habe ein Echo auf dem Schirm, und es ist auf Abfangkurs.«

In den Kabinenlautsprechern knisterte und knackte es, als ein Funkspruch hereinkam. »Unidentifizierter Hubschrauber, hier spricht Knight Errant Sicherheitspatrouille Beta-Vier-Eins. Sie verletzen Konzernluftraum und die Luftverkehrsbestimmungen des Bostoner Metroplex. Identifizieren Sie sich umgehend, sonst sind wir gezwungen, das Feuer zu eröffnen. Wiederhole, senden Sie Ihren Identifikationscode und Flugplan umgehend, sonst schießen wir Ihre Maschine ab.«

20

Bittet, so wird euch gegeben;
suchet, so werdet ihr finden;
klopfet an, so wird euch aufgetan.

– Matthäus 7, 7

Sieht aus wie ein Kampfhubschrauber von Knight Errant«, sagte Val über die Schulter zu Hammer. »Die Dinger sind schnell und haben genug Wumm an Bord, um diesen Vogel abzuschießen, wie sie angedroht haben. Ich könnte versuchen, ihnen davonzufliegen und sie abzuschütteln, aber das wird nicht leicht.«

»Lassen Sie mich mit ihnen reden«, sagte Lanier. Hammer drehte sich zu ihm um und hob eine buschige Augenbraue.

»Ich kann Ihnen aus der Patsche helfen«, sagte Lanier zu ihm. »Ich will ebensowenig abgeschossen werden wie Sie. Ich rette auch meinen Hintern, wenn ich Ihren rette.«

Der Ork wog seine Möglichkeiten ab und kam rasch zu dem Schluß, daß die anderen Alternativen, welche dem Team offenstanden, im Grunde keine waren. Er zog seine klobige Pistole aus dem Schulterhalfter unter dem linken Arm und richtete sie beiläufig auf Lanier. Mit einem Wink mit der Waffe bedeutete er ihm, ins Cockpit zu kommen.

»Also gut«, sagte er, »aber keine Tricks. Vergessen Sie nicht, daß Sie nicht das Ziel dieses Unternehmens sind, also brauchen wir Sie nicht. Ein falsches Wort, und Sie sind ein Fettfleck auf dem Asphalt.«

Lanier erhob sich aus seinem Sitz und ging zum

Cockpit. Er schob sich an dem Ork vorbei und auf den Sitz des Kopiloten neben der dunkelhaarigen Riggerin, dann nahm er das freie Kopfset, setzte es sich rasch auf und befestigte das Kehlkopfmikrofon, als das Funkgerät wieder knisterte.

»Unidentifizierter Hubschrauber, das ist unsere letzte Warnung. Geben Sie uns Ihren Identifikationscode und Flugplan, oder wir sind gezwungen, Maßnahmen zu ergreifen. Sie haben zehn Sekunden, um zu reagieren.«

»Knight Errant Patrouille Beta-Vier-Eins«, sagte Lanier schneidig ins Mikrofon, »dies ist ein AAA-Flug mit Alpha-Priorität, Freigabecode Gamma-Jota-Vier-Sieben-Sieben-Zwo-Blau. Beachten Sie uns nicht und setzen Sie Ihre normale Patrouille fort. Wiederhole, dies ist ein Dreifach-A-Flug mit Alpha-Priorität. Haben Sie verstanden?«

In der Kabine herrschte einen langen Augenblick völlige Stille, da alle an Bord den Atem anhielten und auf das Zischen einer sich nähernden Luft-Luft-Rakete oder das Donnern des Geschützes an Bord der Maschine von Knight Errant warteten. Doch der Angriff blieb aus. Der schnittige Knight-Errant-Hubschrauber legte sich in eine Kurve über den Konzernpark und wendete in Richtung der Bostoner Innenstadt, so daß sie seine blinkenden Positionslichter sahen. Eine Stimme knisterte im Funk.

»Ihr Code ist bestätigt. Halten Sie sich aus allem Ärger heraus. Ende.« Die Verbindung brach ab, und der Patrouillenhubschrauber verschwand in der Ferne.

Hammer, der sichtlich beeindruckt war, wandte sich an Lanier. »Wie haben Sie das hinbekommen?« fragte er.

Lanier zuckte nur die Achseln, während er das Kopfset abstreifte. »Der Konzerngerichtshof hat eine Reihe von Prioritätscodes für sanktionierte konzernübergreifende Aktivitäten und Notfälle, um dafür zu sorgen, daß nicht ständig jeder über jeden stolpert. Alle führenden Megakonzerne haben eine Übereinkunft getroffen, das Gericht die Codes benutzen zu lassen, um dringliche Angelegenheiten zu regeln, wenn es sein muß. Ares Macrotechnology ist einer dieser Megakonzerne, und Knight Errant ist eine Tochtergesellschaft von Ares, also habe ich einen Fuchi-Code genannt und ihnen gesagt, daß wir nicht ihrer Zuständigkeit unterliegen. Wenn sie keinen weiteren Staub aufwirbeln, wird man Sie in Ruhe lassen. Wenigstens so lange, bis sie herausgefunden haben, was wirklich vorgefallen ist.«

»Wie kommt es, daß Sie immer noch Fuchi-Codes besitzen? Ich hörte, Fuchi hätte alle Schlösser ausgewechselt, nachdem Sie den Konzern verlassen haben...«

Lanier zuckte wiederum die Achseln. »Sie haben Ihre Geheimnisse, Chummer. Ich habe meine.« Er erhob sich aus dem Kopilotensitz und ging schweigend wieder zurück in die Kabine. Hammers Blick folgte ihm den ganzen Weg, doch Lanier ließ nicht erkennen, was er empfand oder dachte.

Hammer richtete seine Aufmerksamkeit auf das Ziel ihres Unternehmens, den jungen Mann, der stumm zwischen Lanier und der spanischstämmigen Frau saß und die Shadowrunner mit seinen seltsamen violetten Augen musterte.

»Was ist mit dir, Junge?« fragte der Ork. »Warum bist du so wertvoll, daß dich jeder unbedingt haben will?«

Geist meldete sich zuerst zu Wort. »Seine Aura ist anders als alle, die ich bisher gesehen habe«, sagte er fast so, als denke er laut. »Es gibt... Veränderungen darin, die mir völlig unbekannt sind.«

»Ihr Magier«, sagte Babel mit einem traurigen Kopfschütteln, »glaubt, daß ihr alles mit euren Auren und Weissagungen erklären könnt. Ihr seid so arrogant, eurer Macht so sicher.«

»Magie ist die wahre Macht der Sechsten Welt«, sagte Geist in schneidendem Tonfall. »Wenn du daran zweifelst, kannst du auch gerne die Wachen fragen, die mein Elementar in der Anlage erledigt hat. Wärt ihr durch einen fähigen Magier beschützt worden, wären wir vielleicht nie zu euch vorgedrungen.«

Hammer glaubte nicht, Geist jemals wütend gesehen zu haben, aber der Magier schien wegen dieses seltsamen jungen Mannes völlig außer sich zu sein.

»Ihre Macht ist veraltet«, sagte Babel. »Es gibt Kräfte in der modernen Welt, welche die Magie nicht einmal ansatzweise verstehen oder gar beherrschen kann.«

»Und du kannst das?« fragte Hammer. Er wollte das Gespräch in eine andere Richtung lenken, bevor Geist wirklich sauer wurde. Er würde später mit dem Magier über dessen Einstellung reden. Der junge Mann sah Hammer nur mit seinen merkwürdig gefärbten Augen an, als schaue er in Hammers Seele. Hammer hatte diesen Trick schon oft bei Magiern erlebt und fragte sich kurz, ob der Junge möglicherweise selbst einer war. Geist hatte nichts dergleichen gesagt. Zwar schien es möglich, daß so etwas Geists Aufmerksamkeit entging, aber es war nicht sonderlich wahrscheinlich.

»Ich kenne die Kanäle und Formen«, sagte Babel, »und ich kenne meine Bestimmung.«

»Tja, im Augenblick liegt deine Bestimmung dort, wohin wir dich bringen, Junge. Vergiß das nicht.« Hammer kehrte seinen Gefangenen den Rücken und schaute durch die Frontscheibe des Hubschraubers auf die Lichter des Sprawls, der sich unter ihnen ausbreitete. Er konnte es kaum erwarten, den Treffpunkt zu erreichen und diesen Run zu beenden. Er hatte ein merkwürdiges Gefühl deswegen, und dieses Gefühl gefiel ihm nicht im geringsten.

Sie landeten am Rande des Rox auf einem freien Platz, den der Abriß einiger alter Gebäude für einen Neubau geschaffen hatte, der nie realisiert worden war. Der Rox war von der Stadtverwaltung und den Konzernen aufgegeben worden, als sie ihre Aufmerksamkeit wichtigeren Bauvorhaben im Dunstkreis der neuen Ostküstenbörse und ihrer Satellitengebäude zugewandt hatten. Der Rox war den dort ansässigen Ausgestoßenen und Schattenbewohnern überlassen worden und fast völlig gesetzlos, eine Heimat für Stämme wie die Netwalkers und ein idealer Ort für Söldner, um ihre Geschäfte abzuwickeln.

Val verlangsamte die Rotoren des Hubschraubers, hielt aber die Systeme in Bereitschaft, um schnell wieder starten zu können. Vielleicht war es erforderlich, daß die Hammermen in aller Eile verschwinden mußten, und dann wollte sie bereit sein. Da ihr Nervensystem noch mit den Computern des Stallion synchronisiert war, konnte Val mit dessen Infrarot- und Radar-Sensoren des Vogels ›sehen‹ und seine Waffensysteme mit der Kraft ihrer Gedanken steuern. Diese Feuerkraft würden sie hoffentlich nicht benötigen.

Hammer wandte sich wieder an seine drei ›Passagiere‹, während Sloane und Tojo durch die Seitenluke des Stallion auf den rissigen Asphalt des Platzes sprangen, dessen Staubdecke von den Rotoren aufgewirbelt wurde.

»Okay, raus mit euch«, sagte er mit einem Wink seines Manhunter. Lanier und Babel verschwendeten beim Ausstieg keine Zeit, während die Shadowrunner sie bewachten. Dr. Ferrera bewegte sich langsamer und wandte die ganze Zeit den Blick nicht von den Runnern, die wiederum nach Anzeichen für Verrat Ausschau hielten, aber es gab keine. Lanier war nicht so dumm, irgend etwas zu versuchen, wenn derartig viele Waffen auf ihn gerichtet waren und noch dazu ein Magier anwesend war. Nicht auf unbekanntem Gelände und ohne sichere Fluchtmöglichkeit. Es war besser abzuwarten, wer der Auftraggeber der Runner war und was dieser von Babel wollte. Ferrera war durch die Runner offensichtlich eingeschüchtert und würde ebenfalls keine Schwierigkeiten machen.

Was Babel betraf, so machte dieser einen absolut gesammelten, fast emotionslosen Eindruck. Lanier wußte, daß dies wenigstens zum Teil gespielt war, und er war beeindruckt über diese Zurschaustellung seiner Selbstbeherrschung. Die Shadowrunner schienen Babel nicht persönlich zu kennen, aber Lanier fragte sich, ob er mit dieser Extraktion in irgendeiner Art gerechnet hatte. Jedenfalls verhielt er sich so, als habe er keinerlei Problem damit, schon wieder entführt zu werden.

Einer der Shadowrunner, der kleinere, asiatische Mann, nickte in Richtung der freien Fläche zwischen zwei leerstehenden Gebäuden am Rande des Platzes. Grelle Halogenlampen flammten dort auf und tauchten den Platz in harsches weißes Licht. Hammer bedeutete den drei mit einem Winken seiner Pistole voranzugehen. Die anderen beiden Runner folgten ihnen dichtauf.

Die Seitentür des Wagens, der am Rand des Platzes wartete, öffnete sich, und eine dunkle Gestalt stieg aus, die vor dem Hintergrund der grellen Scheinwerfer nicht eindeutig zu erkennen war. Die Gestalt, gerade noch als Mann erkennbar, trat vor, und die Scheinwerfer beleuchteten ihn von hinten und hüllten sein Gesicht und seine Züge in Schatten.

Hammer trat einen Schritt vor. »Hier ist Ihr Junge«, sagte er, indem er auf Babel deutete.

Der dunkle Mann nickte. »Ja. Gute Arbeit.« Seine

Stimme hatte einen leichten Akzent, der schwer zu identifizieren war. »Aber ich habe Sie nur angeworben, um eine Person herbeizuschaffen, die ...« Er hielt inne, als er einen sorgfältigeren Blick auf Babels Begleiter warf.

»Sieh an«, sagte die Gestalt im Schatten mit einem Unterton beträchtlicher Belustigung. »Der berüchtigte Mister Miles Lanier. Wie außerordentlich interessant.« Der Mann hob eine Hand und schnippte mit den Fingern. Sofort stiegen zwei weitere Männer aus dem Wagen aus. Die Shadowrunner spannten sich, unternahmen jedoch nichts.

»Und das muß Doktor Ferrera sein«, sagte der Mann im Schatten mit dem Anflug eines Lächelns. Er deutete eine förmliche Verbeugung an. »Es ist mir ein Vergnügen, Sie kennenzulernen, Doktor. Ihr Ruf auf dem Gebiet der Neurobiologie eilt Ihnen voraus. Ich hatte bereits das Vergnügen, einiges davon zu lesen. Faszinierend.«

»Vielen Dank«, sagte Ferrera leise und mit einem Unterton der Verwirrung.

»Bringt die Männer in den Wagen«, befahl der Mann im Schatten, und die beiden anderen Männer gingen zu Lanier und Babel, wobei sie schlanke Pistolen unter ihren Jacken hervorzogen. Während die beiden Männer zum Wagen eskortiert wurden, griff der Mann im Schatten ebenfalls in seine Jacke, um einen dünnen Plastikstab zu zücken, den er Hammer darbot.

»Das vereinbarte Honorar«, sagte er. »Mit einer kleinen Zusatzprämie für eine sehr gut erledigte Arbeit.« Der Ork kam ein paar Schritte näher und nahm den Kredstab. Er löste das tragbare Lesegerät von seinem Gürtel und legte den Stab ein. Nachdem er den Kontostand überprüft hatte, weiteten sich Hammers Augen ein wenig. Die Prämie war offensichtlich höher ausgefallen als erwartet. Er steckte den Kredstab rasch ein und bedeutete seinen Leuten, sich in den Hubschrauber zurückzuziehen. Es war sicher keine gute Idee, zu lange am Boden zu bleiben.

»Es war mir ein Vergnügen, mit Ihnen Geschäfte zu machen, Mister Johnson«, sagte der Ork, während die Rotoren des Stallion sich wieder schneller drehten und die Hammermen hineinkletterten. Der Mann neben der schnittigen Konzernlimousine stand da und sah zu, wie die Shadowrunner einer nach dem anderen im Innern verschwanden und die Luke hinter sich schlossen, als sich der Hubschrauber bereits langsam vom Boden löste und in den Nachthimmel aufstieg.

»O nein, mein Freund«, sagte er lächelnd. »Ich versichere Ihnen, das Vergnügen war ganz auf meiner Seite.«

Die Limousine war komfortabel ausgestattet und hatte breite und sehr tiefe Sitze. Lanier und Babel begaben sich auf die Rückbank, und ihre beiden Begleiter nahmen rechts und links von ihnen neben den Türen Platz. Sie sahen zu, wie der Hubschrauber abhob und rasch in der Dunkelheit verschwand, dann öffnete sich die Tür, und der andere Mann stieg mit Dr. Ferrera ein. Einer der Begleiter schloß die Tür hinter ihnen, und der Mann klopfte an die Scheibe, die sie vom vorderen Teil der Limousine trennte. Der Wagen setzte sich in Bewegung und fuhr auf die Straße, und die rückwärtigen Fenster verdunkelten sich, bis sie undurchsichtig waren. Lanier und Babel betrachteten beide den Mann, der ein Team von Shadowrunnern dafür bezahlt hatte, zumindest den einen der beiden zu entführen.

Er war ein Japaner und trug einen dunklen maßgeschneiderten Anzug nach Konzernmode. Seine Krawatte hatte ein geometrisches Muster, und er trug weder Schmuck noch Accessoires. Sein Haar endete über dem Kragen und waren so kurz geschnitten, daß das Glitzern seiner diskret hinter dem linken Ohr plazierten Datenbuchse zu sehen war. Seine Miene war zwar ausdruckslos, aber seine dunklen Augen verrieten, daß er sehr zufrieden mit sich war.

»Nun, Michael, es ist sehr schön, Sie wiederzusehen«, sagte er zu Babel. Der Mann sprach zwar Japanisch, aber Babel stellte zu seiner Verwunderung fest, daß er ihn problemlos verstand, eine fast ebenso große Überraschung wie die, daß ihn der Mann mit seinem wirklichen Namen anredete.

»Kennen Sie mich?« fragte er den Japaner. Er machte für einen Augenblick einen verwirrten Eindruck, und seine Stirn legte sich in Falten.

»Sie brauchen keine Angst zu haben, vor Mister Lanier zu sprechen, Michael«, erwiderte der Mann auf japanisch. »Alles, was er an dieser Stelle erfährt, ist bedeutungslos.«

»*Mister* Lanier spricht ausgezeichnet Japanisch«, sagte Lanier in derselben Sprache. »Also glauben Sie nicht, daß Sie mich auf diese Weise ausschließen können.« Andererseits schaute Ferrera verständnislos von einem zum anderen. Zumindest sie schien dem Wortwechsel nicht folgen zu können. Japanischkenntnisse wurden von Angestellten Aztechnologys kaum verlangt, und Ferrera hatte sich in ihrer Zeit bei Renraku erst sehr wenig von dieser Sprache angeeignet.

»Davon würde ich nie zu träumen wagen, Lanier-*san*«, sagte der Mann auf englisch. »Ich will ganz gewiß, daß Sie die Gelegenheit haben, die Vollendung unseres Unternehmens mitzuerleben.«

»Sie sind ...«, begann Babel. »Dann gehören Sie zu Renraku.« Es war keine Frage, sondern eine Feststellung. Der Japaner richtete seine Aufmerksamkeit wieder auf Babel, und sein Blick verfinsterte sich abermals.

»Haben Sie mich in den Rox geschickt?« wollte Babel wissen. »Warum? Was geht hier vor? Und wer, zum Teufel, sind Sie?« Der Mann antwortete nicht, sondern wandte sich statt dessen mit einem gefährlichen Augenausdruck an Lanier.

Lanier lächelte nur und hob die Hände in einem ausgeprägten Achselzucken. »Nicht mein Werk«, beantwortete er die unausgesprochene Frage. »So war er die ganze Zeit. Ich habe in ihm Erinnerungen geweckt, daß er für Renraku arbeitet, aber es hat den Anschein, daß sie bestenfalls unvollständig sind, da ich annehme, daß er wissen müßte, wer Sie sind.«

Der andere Mann nickte und wandte sich wieder an Babel. »Ja, Michael, ich bin Takana Saigo. Ich bin Ihr *Sensei*, Ihr Lehrer und Arbeitgeber. Sie sind Michael Bishop, ein Angestellter und Agent von Renraku Computer Systems. Machen Sie sich keine Sorgen. Sie sind jetzt zu Hause, und wir werden Sie schon bald wiederhergestellt haben und Ihnen ermöglichen, den Auftrag zu beenden, den Sie bisher so gut ausgeführt haben.«

»Es könnte sein, daß dies schwieriger wird, als Sie glauben, Saigo«, sagte Lanier.

»Weil es Ihnen nicht gelungen ist? Wir haben Methoden, die Sie vielleicht nicht angewandt haben, Lanier-*san*. Außerdem haben wir den Vorteil, Michaels wahrer Arbeitgeber zu sein, und kein Verräter, der versucht, dieses Unternehmen zu kompromittieren. Es ist ganz offensichtlich, daß sich an seiner Loyalität nichts geändert hat.« Er richtete den Blick bei der letzten Bemerkung auf Babel und ließ die Frage unausgesprochen.

»Ich wußte, daß ich zu Renraku zurückkehren muß...«, sagte Babel fast wie zu sich selbst.

»Sehen Sie? Schon bald werden wir dieses Unternehmen zu einem erfolgreichen Abschluß bringen, und Sie, Lanier, werden der Renraku-Sicherheit übergeben.«

»Ich gehöre dem Aufsichtsrat an...«

Saigo tat Laniers Einwand mit einer verächtlichen

Handbewegung ab. »Das wird unerheblich sein, sobald Ihre Rolle in dieser Sache enthüllt wird. Die Gründe für Ihre Einmischung in dieses Unternehmen sind unklar, obwohl gewiß jeder eine begründete Vermutung äußern könnte. Es wird mir sehr viel Freude bereiten, mit anzusehen, wie der Aufsichtsrat mit einem Verräter wie Ihnen verfährt.«

»Seien Sie nicht so sicher, daß dieses Unternehmen so ausgeht, wie Sie sich das vorstellen, Saigo. Ihr Agent scheint große Schwierigkeiten zu haben, sich auch nur daran zu erinnern, wer Sie sind. Sind Sie so sicher, daß er seine Mission wirklich erfüllt hat?«

Saigo funkelte Lanier kurz an, sagte jedoch nichts. Niemand anders wagte, etwas zu sagen, also schwieg die kleine Gruppe für den Rest der Fahrt.

Als der Wagen schließlich anhielt, öffnete einer der Begleiter die Tür. Saigo stieg aus und streckte die Hand aus, um Dr. Ferrera zu helfen. Der eine Begleiter folgte, dann Lanier und Babel und schließlich der zweite Begleiter. Der Wagen stand in einem unterirdischen Parkhaus nicht weit von einer Reihe von Fahrstühlen. Lanier und Babel wurden dorthin geführt, während der Wagen weiter in die Tiefen des Parkhauses fuhr.

Der Zeit nach zu urteilen, die die Fahrt in Anspruch genommen hatte, waren sie noch immer im Bostoner Metroplex, höchstwahrscheinlich irgendwo in der Innenstadt. Lanier erkannte die Umgebung nicht, aber vermutlich hielten sie sich nicht in Renrakus Hauptniederlassung in Boston auf. Möglicherweise in irgendeiner zweitrangigen Einrichtung, die Ähnlichkeiten mit der Scheinfirma aufwies, die Villiers für Lanier eingerichtet hatte.

Saigo wies einen der Begleiter an, für Dr. Ferreras Wohlbefinden zu sorgen, während er sich um *andere Dinge* kümmern wolle. Er verbeugte sich vor Ferrera und ging zu den Fahrstühlen, wo Babel und Lanier bereits mit ihrer Eskorte warteten.

Anstatt nach oben zu fahren, brachte der Fahrstuhl die Männer einige Etagen weiter nach unten. Die Türen öffneten sich mit einem leisen Zischen und gaben den Blick auf einen nichtssagenden Flur frei. Saigo führte sie rasch durch die Gänge und Flure des unterirdischen Komplexes in einen Raum, der eine gewisse Ähnlichkeit mit dem Verhörzimmer aufwies, das sie vor kurzem verlassen hatten. Es war ein großer offener Raum mit hoher Decke. An den Wänden standen komplizierte Computeranlagen um einen Diagnosestuhl. Zwei Männer in weißen Laborkitteln kümmerten sich um die Sensoren und andere Vorrichtungen, während Techniker unter den wachsamen Augen von grimmig dreinschauenden Männern in der Uniform der Renraku-Sicherheit die Computer bedienten.

Saigo führte Babel in die Mitte des Raums, während die Männer der Eskorte Lanier an der Seite festhielten. Lanier begutachtete beiläufig den Raum, in dem sie sich jetzt befanden. Es war klar, daß Renraku plante, möglichst schnell alle Informationen von Babel zu bekommen, die sie aus ihm herausholen konnten, um sie sich zu Nutze zu machen. Die Anlage wies alle Merkmale eines urbanen Bunkers auf, eines Kommandostands für das Unternehmen, das Renraku mit Hilfe der Informationen Babels durchführen wollte. Lanier wurde an ein Kriegshauptquartier erinnert, ein Gedanke, der ihn im Hinblick auf Renrakus Pläne nicht gerade beruhigte.

Die beiden Männer in weißen Kitteln verbeugten sich vor Saigo, als dieser sich näherte, obwohl keiner der beiden ein Japaner war. Einer war schmächtig und hatte ein spitzes Gesicht, während der andere breitschultrig und vollbärtig war und eine anachronistische Brille trug. In Laniers Augen entlarvte ihn die Brille als

Anwender von Magie. Zauberkundige lehnten jegliche biologischen Modifikationen und Implantate ab, sogar Hornhautverpflanzungen, um Sehbehinderungen zu korrigieren, weil dies zu einer Einschränkung ihrer magischen Fähigkeiten führen konnte.

»Michael, das sind die Doktoren Lambert und Westcott. Sie werden Ihnen dabei helfen, sich zu erinnern.«

Babel sah die beiden Männer an und dann wieder Saigo. »Und woran soll ich mich erinnern?« fragte er.

Saigo führte Babel zu dem Stuhl und bedeutete ihm, sich zu setzen. Babel tat es, obwohl er so aussah, als glaube er, der Stuhl könne ihn beißen.

»Ihr wirklicher Name lautet Michael Bishop«, sagte Saigo, »und Sie sind ein Angestellter von Renraku Computer Systems und ein Absolvent des MIT&T hier in Boston. Sie wurden für einen Sonderauftrag ausgewählt, um den Stamm der Netwalkers zu infiltrieren. Nach Erlernung der technoschamanischen Techniken sollten Sie wieder zu Renraku zurückkehren.«

»Sie meinen also, mein Auftrag lautete, die Netwalkers zu verraten?«

»Nein«, sagte Saigo, »Sie können sie gar nicht verraten, weil Sie nicht zu ihnen gehören. Sie sind einer von uns. Renraku ist Ihre Heimat und Ihr Arbeitgeber und das praktisch Ihr Leben lang. Die Netwalkers haben Ihnen eine Gehirnwäsche verpaßt und versucht, Sie zu einem der Ihren zu machen. Aber machen Sie sich keine Sorgen, wir werden Ihnen helfen. Meine Herren?«

Die beiden Männer in den weißen Kitteln berieten sich kurz und begannen dann mit einer sorgfältigen Untersuchung Babels. Dieser saß ruhig und ohne Protest da, während die Doktoren ihn abtasteten und begutachteten und sich dabei leise miteinander unterhielten. Sie entschuldigten sich und gingen dann zu Saigo, um sich mit ihm zu beraten. Lanier stand nahe genug, um einiges von dem zu verstehen, was die Männer sagten. Dr. Lambert deutete auf ein paar Zeilen auf dem Bildschirm eines tragbaren Notepads, das er Saigo während der Unterhaltung reichte.

»Wir sind zu dem Schluß gekommen, daß die Netwalkers eine Art programmierbare ASIST-Biorückkopplungstechnik verwendet haben müssen, um Bishops Erinnerungen zu verändern. In diesem Fall würde der Vorgang der Entdeckung und Rückgängigmachung unter Benutzung konventioneller technologischer Mittel mehrere Tage gewissenhafter Arbeit in Anspruch nehmen, vielleicht sogar eine Woche.«

Saigo wollte gerade unterbrechen, als Dr. Westcott ihm zuvorkam. »Mit Hilfe von Magie«, sagte er, »wäre es mir allerdings möglich, die Konditionierung zu durchbrechen und sofort Zugang zu den Erinnerungen zu bekommen. Natürlich ist die Benutzung derart starker Sondierungszauber mit einem zusätzlichen Risiko verbunden...« Westcott ließ den Rest der Bemerkung in der Luft hängen.

»Tun Sie es«, sagte Saigo mit leiser Stimme. »Wir brauchen die Informationen so schnell wie möglich, und zwar ungeachtet der Risiken.«

21

Und da entbrannte ein Kampf im Himmel. Michael und seine Engel erhoben sich, um Krieg zu führen mit dem Drachen, und der Drache kämpfte und seine Engel.

– Offenbarung des Johannes 12, 7

Lynn Osborne starrte mit absoluter Bestürzung auf das Bild des Mannes auf dem Monitor vor sich. Sie tastete nach dem gepolsterten Handgriff, an den sie neben dem Bullauge der Orbitalstation angeseilt war, da ihre Welt unter ihr wegzukippen schien und sie zum ersten Mal, seit sie sich an Weltraumreisen gewöhnt hatte, spürte, wie die Auswirkungen der Schwerelosigkeit sie die Orientierung verlieren ließen.

»Was haben Sie gesagt?« wiederholte sie. Wäre sie jemand anders gewesen, hätte ihr Tonfall ihr eine ernste Zurechtweisung eingebracht. Unter Berücksichtigung der Situation zog Richard Villiers es jedoch vor, ihn zu ignorieren.

»Sie haben mich verstanden«, sagte er. »Wir haben ihn verloren. Soweit wir sagen können, hat ein Shadowrunner-Team die Anlage vor weniger als einer Stunde überfallen. Wir untersuchen die Datensysteme der Anlage auf Informationen, aber es sieht so aus, als seien sie von irgendeinem progressiven Virus zerstört worden, das von unseren Fachleuten nicht identifiziert werden kann. Wer sie auch waren, sie waren sehr gründlich.«

»Es kann nur eine Gruppe gewesen sein«, sagte sie.

Der Mann auf dem Monitor nickte grimmig. »Renraku. Sie haben uns das As im Ärmel gestohlen.«

»Aber wie …?«

»Das lassen Sie meine Sorge sein, Lynn. Kümmern Sie sich um das Gericht.« Osborne dachte kurz nach. Es dauerte nur noch wenige Stunden, bis das Gericht wieder zusammentrat.

»Ich könnte eine Verlängerung beantragen«, sann sie laut. »Uns vielleicht etwas Zeit verschaffen.«

»Versuchen Sie es«, sagte Villiers. »Vielleicht gelingt es uns, noch rechtzeitig ein Rettungsunternehmen auf die Beine zu stellen. Wenn nicht, sind wir wirklich und wahrhaftig erledigt. Ohne einen Beweis, daß Renraku versucht hat, sich die Otaku auf irgendeine Weise zunutze zu machen, haben wir nichts für eine Klage in der Hand, und das werden sie zu ihrem Vorteil ausschlachten, wenn die nächste Wahl für den Gerichtshof ansteht.«

»Glauben Sie, wir haben eine Chance, ihn zurückzuholen?«

Villiers starrte sie einen Augenblick an, dann schüttelte er den Kopf. Er sah müde aus. »Ich weiß es wirklich nicht, Lynn. Gegenwärtig arbeiten meine Leute daran. Es gibt eine vielversprechende Möglichkeit, aber darauf kann ich jetzt nicht näher eingehen. Nicht über Commlink. Halten Sie einstweilen das Gericht hin und hoffen Sie das Beste.«

»Was ist mit Hague?« fragte sie.

Villiers schüttelte wiederum den Kopf. »Er ist noch nicht auf den neuesten Stand gebracht worden. Ich will, daß Sie das übernehmen. Hague ist für meinen Geschmack immer noch zu eng mit den Yamanas verbunden. Er wird beim ersten Anzeichen für Schwierigkeiten zu ihnen laufen, und ich will nicht, daß sie jetzt schon Wind davon bekommen. Da diese Aktion in einer meiner Gesellschaften stattgefunden hat, wird es noch eine Weile dauern, bis die Japaner irgend etwas von dem Überfall und dem Verlust des … Beweismittels erfahren. Ich würde es vorziehen, sie mir vom Leib zu halten, bis wir die Sache im Griff haben. Halten Sie Hague dort oben unter Kontrolle, ja?«

Osborne nickte. Es würde nicht allzu schwierig sein, David Hague dazu zu bringen, sie in dieser Angelegenheit zu unterstützen, wenn man bedachte, was auf dem Spiel stand. Hague war den Yamanas gegenüber loyal, dem japanischen Clan also, der ihm seine Stellung am Konzerngerichtshof verschafft hatte, aber er war dem hohen Lebensstandard gegenüber, an den er sich gewöhnt hatte, noch viel loyaler. Jegliche Bedrohung seines Wohlergehens würde ausreichen, um ihn bei der Stange zu halten.

»Ich halte Sie auf dem laufenden«, sagte Villiers in dem Augenblick, als es an der Tür läutete.

»Ich muß gehen«, entgegnete Osborne. Villiers nickte und unterbrach die Verbindung, und der Bildschirm erlosch.

Osborne strich mit den Händen über ihre Richterrobe und sorgte dafür, daß ihre Stimme einen festen Klang hatte, als sie sich der Tür zuwandte. »Herein.«

Die Tür öffnete sich zischend und gab den Blick auf Francesco Napoli frei, der auf der anderen Seite lauerte wie eine sprungbereite Katze. Jedenfalls grinste er wie die sprichwörtliche Katze, die den Kanarienvogel verspeist hatte. *Ach, Drek*, dachte Osborne. *Das hätte ich mir denken können. Er muß schon davon gewußt haben, daß sie sich den Otaku zurückgeholt haben, bevor ich davon verständigt wurde.* Sie gab sich alle Mühe, sich ihre Gedanken nicht anmerken zu lassen, und blieb gefaßt und geschäftsmäßig, wobei sie eine Spur Überraschung bei Napolis Anblick heuchelte, wenngleich sie sich vor dieser Begegnung gefürchtet hatte.

»Hallo, Paco«, sagte sie freundlich. »Es ist doch noch nicht soweit, daß das Gericht wieder zusammentritt, oder?«

Napoli schüttelte den Kopf, während er sich an den Griff draußen klammerte wie eine Spinne, die auf eine Vibration in ihrem Netz wartete, um handeln zu können. »Nein, noch nicht, aber ich dachte, ich könnte ein wenig von Ihrer kostbaren Zeit stehlen, um mit Ihnen über diese Klage zu reden. Vielleicht können wir die Dinge zwischen uns problemloser regeln. Darf ich hereinkommen?«

Ohne die Antwort abzuwarten, schwang Napoli sich durch die Tür und hielt sich an einem anderen Griff fest. Hinter ihm schloß sich die Tür automatisch.

»Diese einseitige Art der Kommunikation ist wirklich unangemessen, *Mister* Napoli.« Osborne legte eine starke Betonung auf ihre förmliche Anrede. »Alles, was Sie mir mitzuteilen haben, kann auch gesagt werden, wenn das Gericht wieder versammelt ist.«

»Kommen Sie, Lynn. Ich glaube nicht, daß Sie so masochistisch veranlagt sind. Wir wissen doch beide, daß Ihre sogenannte Klage nicht mehr ist als viel Rauch in einem Haufen Spiegel. Sie haben nichts gegen uns in der Hand, und das Gericht wird Ihre Klage abweisen. Ersparen Sie sich die Demütigung, das Gericht um Verzeihung bitten zu müssen, weil Sie seine Zeit verschwendet haben. Sagen Sie ihm, daß wir dicht davor stehen, diese Angelegenheit unter uns zu bereinigen.«

»Warum sollte ich das tun?« fragte Osborne vorsichtig.

Napoli lächelte verschlagen. »Weil Sie klug sind. Sie wissen, daß Sie nichts Substantielles haben, und Sie wissen auch, daß Sie nicht gewinnen können. Warum sollten Sie in diesem Fall nicht Ihre Verluste weitestgehend begrenzen und die Möglichkeit wahren, noch einen bescheidenen Gewinn zu machen, anstatt vor dem ganzen Gericht Ihr Gesicht zu verlieren und nichts anderes als Ärger zu bekommen? Glauben Sie nicht, Sie dienen Fuchi besser, wenn Sie das Interesse des Konzerns über ein eventuelles Verlangen Ihrerseits stellen, Renraku zu demütigen?«

In diesem Augenblick wollte Osborne mehr als alles andere Napoli ins Gesicht schlagen und ihm sein öliges Lächeln austreiben. *Der Wichser weiß, daß er uns genau dort hat, wo er uns haben will.* Mit einer theatralisch verschnörkelten Bewegung ließ er ein Notepad aus der Hand segeln. Es flog von Napoli zu Osborne, die es mühelos auffing.

»Das ist der Vertrag für die außergerichtliche Einigung in dieser Sache«, erklärte Napoli. »Sie brauchen ihn nur zu lesen und zu unterschreiben. Fuchi läßt alle Anklagen fallen, die Sie gegen uns erhoben haben, und im Gegenzug erhält Fuchi dafür die Vertriebsrechte und Lizenzen für einige unserer profitableren Entwicklungen. Fuchi kann immer noch auf den Zug aufspringen, wenn es einen Teil der führenden Matrix-Technologie vertreibt.«

Sicher, vorausgesetzt, die Technologie gehört auch weiterhin Renraku, das einen großen Anteil des Profits abschöpfen wird, während Fuchi die ganze Arbeit leistet. Renraku wird immer fetter, und Fuchi bleibt in der Entwicklung und dem Vertrieb seiner Produkte zurück, weil es nicht mit seinen eigenen Lizenzen konkurrieren will. Netter Versuch, Paco.

Osborne warf einen kurzen Blick auf den Text, der auf dem Bildschirm des Notepads angezeigt wurde, bevor sie es mit einer kurzen Bewegung aus dem Handgelenk und etwas mehr Kraft als nötig zu Napoli zurückwarf. Der verblüffte Napoli hätte das Pad fast an sich vorbeisegeln lassen und konnte es gerade noch auffangen.

»Vergessen Sie es, Paco. Wir kommen nicht ins Geschäft.«

Napoli erholte sich schnell von seiner Überraschung, und seine Hände krampften sich um das Notepad, während er Osborne anfunkelte. »Seien Sie doch nicht töricht«, sagte er in eindringlichem Tonfall. »Wenn Sie an dieser Klage festhalten, werde ich Sie persönlich begraben. Sie haben keinen Beweis, Sie haben keinen Zeugen, Sie haben gar nichts. Nada. Null. Wenn Sie versuchen, die Klage durchzuziehen und dabei scheitern, versichere ich Ihnen, daß Sie sich dafür verantworten müssen, die kostbare Zeit des Gerichts mit diesem Unsinn verschwendet zu haben. Und wenn die Zeit gekommen ist, wird Renraku dafür sorgen, daß ... gewisse Interessen bei Fuchi Anstöße erhalten, wenn Sie verstehen, was ich meine. Dann werden wir sehen, wie lange Ihr Boß Richard Villiers sich halten kann, wenn der mächtigste Konzern der Welt beschließt, ihm aufs Dach zu steigen.«

Osborne ließ sich von Napolis kleiner Tirade nicht erschüttern. Im Gegenteil, sie bestätigte nur ihre Vermutung. »Seien Sie nicht so selbstsicher«, sagte sie in einem Tonfall, der ebenso eisig war wie Napolis. »Noch sind Sie nicht die Nummer eins. Erst müssen Sie sich mit Lofwyr auseinandersetzen, und der Drache wird seine Pläne nicht von irgendeinem Schmalspur-*Zaibatsu* durchkreuzen lassen. Aber bevor das geschieht, Paco, müssen Sie sich noch mit *mir* auseinandersetzen. Sie bieten mir einen Handel an, einen leichten Ausweg, bei dem jeder sein Gesicht wahrt. Warum?«

Napoli wollte antworten, aber Osborne unterbrach ihn, bevor er mehr tun konnte, als Luft zu holen. »Aus reiner Herzensgüte? Das glaube ich kaum. Warum bieten Sie uns überhaupt einen Handel an? Sie hätten einfach abwarten können, bis diese Klage in sich zusammenfällt, wenn Sie so sicher sind, daß wir nichts in der Hand haben. Das würde Fuchi in Verlegenheit bringen, und Sie hätten anschließend so sauber und unschuldig wie ein Neugeborenes ausgesehen. Eine Regelung, auch wenn es eine ist, die Renraku bevorzugt, läßt es so aussehen, als seien Sie in gewisser Weise schuldig. Warum sich also überhaupt die Mühe machen?

Ich sage Ihnen, warum. Weil Sie *Angst* haben. Weil Sie etwas beschützen müssen, das so ungeheuerlich ist, daß Sie nicht einmal die Möglichkeit in Betracht ziehen wollen, wir könnten gewinnen. Sie sind viel eher gewillt zu riskieren, ein wenig schuldig auszusehen, als es darauf ankommen zu lassen, daß wir gewinnen oder zumindest so viele Verdachtsmomente aufzeigen, daß das Gericht vielleicht etwas herausfindet, das ihnen mißfällt. Nun, im Augenblick brauchen Sie sich noch keine Sorgen wegen Lofwyr zu machen, Paco. Zuerst müssen Sie sich mit mir beschäftigen, und wenn ich mit Ihnen fertig bin, werden Sie sich wünschen, Lofwyr hätte beschlossen, Ihnen den verdammten Kopf abzubeißen. Und jetzt raus hier!«

»Sie haben *was* zu ihm gesagt?« David Hagues Gesicht war noch blasser als sonst, und Osborne wünschte sich, sie hätte eine Möglichkeit gehabt, seine Miene für die Nachwelt festzuhalten.

»Sie hätten dabeisein sollen«, sagte sie mit einem Lachen. »Er sah aus, als würde er jeden Moment explodieren. Aber eines ist sicher, David. Napoli hat tatsächlich Angst, was bedeutet, daß Renraku Angst hat. Sie wollen nicht, daß diese Untersuchung fortschreitet, und sie sind bereit, sich für deren Einstellung auf einen Handel einzulassen.«

»Vielleicht sollten wir darüber nachdenken«, erwiderte Hague. »Wenn sie so große Angst haben, dann können wir vielleicht neu verhandeln und einen besseren Vertrag abschließen.«

»Warum sollten wir das tun, da wir noch die Chance haben, alles zu gewinnen?« konterte sie. »Renraku hat ein Kartenhaus errichtet, David. Das *spüre* ich. Wenn wir die richtigen Karten herausziehen, stürzt es ein.

Und wir würden gleich danebenstehen und die Scherben aufsammeln, wenn alles vorbei ist. Das ist ein kleines Risiko wert.«

»Risiko? Haben Sie den Verstand verloren? Wir haben nicht einmal eine *Klage*. Wo ist dieser Beweis, von dem Sie reden? Was haben wir, um vor Gericht zu belegen, daß Renraku tatsächlich eine Bedrohung für alle ist? Auf der Grundlage von dem, was ich bisher gesehen habe, wird das Gericht keinen Finger rühren. Im Gegenteil, wahrscheinlich ergreifen sie für Renraku Partei *gegen* uns, damit sie nicht auf der Verliererseite enden.«

»Keine Sorge«, sagte sie mit fester Stimme. Sie mußte diesen Gedankengang im Keim ersticken, bevor Hague in Panik geriet. »Wir sind da einer Sache auf der Spur, die alle unsere Probleme lösen wird. Ich muß das Gericht nur um eine Verlängerung der Unterbrechung bitten, um zu gewährleisten, daß alles so ist, wie es sein muß, wenn wir es wollen. Sie brauchen mich nur zu unterstützen.«

Hague sah aus dem Fenster seines Büros und betrachtete den blau-grünen Globus der Erde tief unter ihnen. Er seufzte, und Osborne konnte fast seine Gedanken lesen. Die Japaner würden nicht sonderlich glücklich sein, wenn er auch nur teilweise für die Schädigung von Fuchis Ruf am Gerichtshof verantwortlich war, aber sie würden noch weniger erfreut sein, sollten sie herausfinden, daß er die Möglichkeit gehabt hatte, Renraku zu schaden und sie nicht ergriffen hatte.

»Eigentlich habe ich keine Wahl, oder?«

Osborne lächelte. »Man hat immer eine Wahl. Und Sie haben gerade die richtige getroffen. Vertrauen Sie mir.«

»Richter Osborne, dieses Gericht findet keinen Gefallen an einer Verschwendung seiner wertvollen Zeit und Mittel.« Jean-Claude Priaults Tonfall war eisig und verbreitete eine spürbare Kälte im Gerichtssaal. Osborne krümmte sich weder unter der Kälte noch unter seinem harten Blick, sondern hielt den Kopf in einer Pose stiller Würde hoch.

»Das verstehe ich, Herr Vorsitzender«, erwiderte sie mit den Worten, die sie sich vor dem neuerlichen Zusammentreten des Gerichts genau überlegt hatte. »Es liegt nicht in meiner Absicht, die wertvollen Mittel dieses erhabenen Gerichts zu verschwenden. Aus diesem Grund muß ich diese neuerliche Vertagung beantragen. Um unsere Beweise auf die effektivste und wirkungsvollste Weise vorzutragen, bitten wir um die Nachsicht des Gerichts. Ich kann Ihnen versichern, daß eine weitere Vertagung den Verlust beträchtlicher Zeit und Mühe bezüglich dieser Klage verhindern und auf lange Sicht dem Gericht nützen wird.«

Die Unterbrechung hatte Osborne nicht die Möglichkeit gegeben, den anderen Richtern hinsichtlich einer neuerlichen Vertagung auf den Zahn zu fühlen. Ihr war kaum genug Zeit geblieben, um Hague zu instruieren und sich seiner Unterstützung zu vergewissern. Sie wußte, daß die anderen Richter darauf bedacht waren, ihre Geschäfte an Bord des Zürich-Orbitals zum Abschluß zu bringen, so daß sie zur Erde zurückkehren und sich wieder um ihre eigenen Angelegenheiten kümmern konnten, entweder weil ihnen die Schwerelosigkeit mißfiel oder andere Dinge dringend ihre Aufmerksamkeit verlangten. Sie setzte darauf, daß das bloße Unbehagen nicht so stark sein würde wie das Verlangen, diese Klage bis zum Ende durchzuziehen.

Damit ging sie ein großes Wagnis ein. Wenn die anderen Richter zu dem Schluß kamen, daß ihr Antrag vermuten ließ, daß Fuchis Klage auf wackligen Füßen stand, mochten sie sich auf Renrakus Seite schlagen, wie Hague es befürchtete, und ihren Antrag ablehnen.

In diesem Fall mochten sie sogar Sanktionen gegen Fuchi verlangen, weil der Konzern die Zeit des Gerichts verschwendet hatte. Doch Osbornes Karriere fußte darauf, daß sie in der Lage war, Leute und Situationen richtig einzuschätzen, und ihr Instinkt sagte ihr, daß sie in diesem Fall alles aufs Spiel setzen mußte. Sie hätte auch dann weitergemacht, wenn Villiers es ihr nicht befohlen hätte. Außerdem rechnete sie noch mit Hilfe von anderer Seite, auch wenn der betreffende es vielleicht nicht wußte.

»Herr Vorsitzender«, warf Francesco Napoli ein. »Ich halte es für offensichtlich, daß Richter Osborne mit diesem Antrag auf Vertagung lediglich Zeit gewinnen will. Im Namen von Renraku Computer Systems möchte ich mit allem Respekt darauf hinweisen, daß dieses Gericht schon genug Zeit mit dieser Anhörung verschwendet hat, von den Mitteln ganz zu schweigen, die für unsere Zusammenkunft hier aufgebracht werden müssen. Fuchi hat von seinem Recht Gebrauch gemacht, diese Anhörung hinter verschlossenen Türen an Bord des Zürich-Orbitals einzuberufen, wie es unsere Charta gestattet, aber unsere Zeit sollte nicht mit weiteren Verzögerungen vergeudet werden. Wenn Fuchi eine Klage vorzubringen hat, dann sollte das jetzt geschehen. Wenn nicht, sollten wir uns jetzt wieder unseren Geschäften zuwenden dürfen, von denen wir abberufen wurden.«

Danke, Paco, dachte Osborne. *Das war genau das, was ich brauchte.* Osborne nahm Abstand davon, laut auszusprechen, was für den Rest der anwesenden Richter offensichtlich sein mußte. Sie wußte, Napoli würde als der Bullterrier, der er war, der Versuchung nicht widerstehen können, das Messer vor allen Anwesenden ein wenig in der Wunde zu drehen, insbesondere nachdem sie ihn zuvor aus ihrem Quartier geworfen hatte. Hätte Napoli nur den Mund gehalten, dann hätte sich

Osborne ihr eigenes Grab geschaufel. Ihr Antrag hatte die Richter bereits verärgert, die sich für diese spezielle, von Fuchi beantragte Anhörung eigens an Bord des Orbitals hatten begeben müssen. Wahrscheinlich hätten sie Osbornes Antrag aus schierer Böswilligkeit und dem Verlangen heraus abgelehnt, die ganze Sache endlich hinter sich zu bringen.

Doch Napolis kleine Ansprache hatte sie darauf aufmerksam gemacht, daß etwas anderes vorging. Er hatte sich zu sehr beeilt, Fuchis Klage abzuschießen. Nicht, daß die Mitglieder des Gerichts Rücksichtslosigkeit nicht bewunderten. Es war nichts dagegen einzuwenden, einem Gegner einen Tritt zu versetzen, wenn dieser am Boden lag. Keiner von ihnen hätte so ein hohes Amt bekleidet, wenn sie nicht alle die harten Wahrheiten der Konzernwelt des einundzwanzigsten Jahrhunderts gekannt hätten.

Nein, Napolis Fehler bestand darin, daß er seine Hand zeigte, bevor der Augenblick gekommen war, die Karten auszuspielen. Seine kleine Ansprache verriet dem Gericht genau das, was sein früheres Angebot Osborne verraten hatte: Er und Renraku sorgten sich um den Ausgang dieses Verfahrens, und zwar so sehr, daß sie Fehler machen mochten, daß dies eine echte Schwachstelle in ihrem Panzer war und Fuchi tatsächlich eine Chance hatte, einigen Schaden anzurichten.

Osborne konnte beinahe sehen, wie die Rädchen klickten, als die anderen Richter zu dem gleichen Schluß kamen. Sie schaute Napoli durch den Gerichtssaal hinweg an und entnahm seiner Miene, daß er es ebenfalls erkannte. Sein Gesicht verdunkelte sich, und er schien etwas sagen zu wollen, aber dann wurde ihm wahrscheinlich klar, daß er sich und seiner Sache damit nur noch mehr schaden würde. Er biß die Zähne zusammen und schwieg.

»Hat noch jemand etwas dazu zu sagen?« fragte der

Vorsitzende Richter Priault, wobei er sich im Gericht umsah. Nach einem Augenblick des Schweigens sagte er: »Dann wollen wir über den Antrag abstimmen. Sollen wir Fuchi Industrial Electronics eine Vertagung in dieser Angelegenheit gestatten, um ihnen zu ermöglichen, ihre Klage auf eine effektive und wirkungsvolle Weise vorzubringen?«

Osborne war ein wenig überrascht über Priaults letzten Satz. Seine Formulierung ließ vermuten, daß er dafür war, ein Zeichen der Zustimmung, das dem normalerweise neutralen Mann von Saeder-Krupp überhaupt nicht ähnlich sah. *Vielleicht hat Priaults Boß ebenfalls ein Interesse an diesem Fall*, dachte sie.

Alle Richter gaben ihre Entscheidung in die berührungsempfindlichen Monitore ein, die in der Bank eingebaut waren, und das Ergebnis wurde augenblicklich auf Priaults Monitor eingeblendet. Er warf einen Blick auf die Anzeige und hob seinen Hammer.

»Neun Stimmen dafür, vier dagegen. Die Entscheidung ist bindend. Fuchi wird eine Vertagung von zwölf Stunden gewährt, und die Mitglieder dieses Gerichts werden an Bord des Orbitals bleiben, bis die Angelegenheit entschieden ist. Die Sitzung ist geschlossen.« Er hieb mit dem Hammer auf die Bank, und die Mitglieder des Gerichts verteilten sich, wobei sie sich in kleinen Gruppen miteinander unterhielten.

Osborne lächelte und nickte Napoli zu, der sie anfunkelte. *Die Schwerter sind gezogen*, dachte sie. *Wie bei zwei Samurai, die auf einer Brücke kämpfen, wird diese Sache jetzt nur noch einer von uns überstehen.*

22

SHADOWWATCH: Euer Auge in den Schatten

Die neuesten Bits und Bytes aus dem BTX-System von Shadowland

>Hey, Chummers, bei einigen der Dreifach-A-Megakonzerne gehen ein paar Dinge vor, die für uns in den Schatten nichts Gutes ahnen lassen. Renraku und Fuchi haben in den letzten paar Monaten einen Haufen Runs gegeneinander unternommen, und es sieht ganz danach aus, als spitzten sich die Dinge jetzt zu. Wie Black-Eyed Susan berichtet hat, sind alle Richter des Konzerngerichtshofs zu irgendeiner Sitzung hinter verschlossenen Türen zum Zürich-Orbital geflogen. Jetzt scheinen sich Fuchi und Renraku in aller Stille auf einen Krieg hinter den Kulissen vorzubereiten. Sie schieben Werte und Personal wie Schachfiguren herum. Ich habe das unangenehme Gefühl, eine Menge von dem, was abgehen wird, hängt von der Entscheidung des Konzerngerichts ab, aber so oder so könnte es zum Konzernkrieg kommen. Wenn einer von euch Informationen hat, ladet sie bitte herauf. Wir müssen uns gegenseitig auf dem laufenden halten, weil ein Konzernkrieg fette Geschäfte in den Schatten bedeuten könnte … oder auch einen Kampf, den niemand gewinnen kann.

>Captain Chaos

Saigo stolzierte zu der Stelle, wo Lanier unter Bewachung stand, während die Ärzte ihre Vorbereitungen trafen.

»Bald, Lanier-*san*, werden wir die Informationen haben, die wir von Michael brauchen, um Renrakus Potential voll und ganz auszuschöpfen«, sagte er mit einem Anflug von Gewißheit.

»Seien Sie sich dessen nicht zu sicher«, erwiderte

Lanier. »Seine Wetware ist durcheinandergeraten, und zwar gründlich. Ich bezweifle, daß er überhaupt weiß, wonach Sie suchen.«

»Das sagten Sie bereits. Glücklicherweise ist das kein Grund zur Besorgnis.« Saigo gestattete Lanier, einen Augenblick darüber nachzudenken, indem er den Raum und die Männer in den weißen Kitteln betrachtete, welche ihre Vorbereitungen rings um den Untersuchungsstuhl trafen, auf dem Babel saß. »Sehen Sie, unser Doktor Westcott ist ein Magier mit einiger Erfahrung in Zaubern, die es ihm gestatten, das Bewußtsein anderer sehr eingehend zu sondieren, so daß er sämtliche Erinnerungen so rekonstruieren kann, als erlebe er sie selbst. Er kann sogar Informationen retten, deren Michael sich nicht bewußt ist, Wissen, das in seinem Unterbewußtsein schlummert. Das ist weitaus effektiver als jede Verhörtechnik, finden Sie nicht auch?«

Westcott ging zu der kleinen Gerätereihe neben dem Untersuchungsstuhl, nahm zwei Kabelenden, die aus der Konsole ragten, und stöpselte das eine in Babels Datenbuchse und das andere in eine ähnliche Buchse hinter seinem linken Ohr.

»Wir gehen sogar noch einen Schritt weiter«, sagte Saigo mit einigem Stolz. »Doktor Westcott verfügt über alle erforderliche neurale Kybernetik, um die verschiedenen sensorischen Eindrücke, die ihm seine Gedankensonde übermittelt, in dem Augenblick aufzuzeichnen, in dem er sie erlebt. Außerdem können wir auch Michaels Eindrücke aufzeichnen, wenn er die Erinnerungen nacherlebt, die Westcott freilegt. Die SimSinn-Aufzeichnungen der beiden können miteinander verglichen werden, so daß wir von Babels Wissen über die Otaku und ihre Geheimnisse ein vollständiges Bild aus erster Hand bekommen.«

»Ich weiß ein wenig über Gedankensonden«, sagte Lanier. Jedenfalls hatte er oft genug gesehen, wie Magier diese Technik angewandt hatten, um Informationen aus jemandem herauszuholen. »Die Magie erschöpft sowohl den Sondierenden als auch den Sondierten. Selbst wenn ihr Zauberkünstler so gut ist, wie Sie glauben, wird er die telepathische Verbindung nicht sehr lange aufrechterhalten können. Außerdem weiß ich, daß Gedankensonden sehr gefährlich für den Sondierten sind, wenn er sich widersetzt, manchmal sogar, wenn er es nicht tut. Im Unterbewußtsein herumzuwühlen und unterdrückte Erinnerungen auszugraben kann einen permanenten Hirnschaden verursachen.«

»Was wir hoffentlich vermeiden können«, sagte Saigo ohne eine Spur von Besorgnis. »Wenn nicht, kannte Michael die Risiken des Unternehmens und war gewillt, sie für das Wohl seines Konzerns auf sich zu nehmen. Ich hoffe, es macht Ihnen Freude, sich das anzusehen, Lanier-*san*. Dies ist der entscheidende Schritt, der Renraku der Herrschaft über den Weltmarkt näher bringt. Sobald Sie dem Aufsichtsrat nicht mehr angehören, werde ich Ihren Sitz für mich verlangen.«

»Wir sind soweit, Sir«, ertönte Dr. Lamberts Stimme von der anderen Seite des Raums.

»Ah, bitte entschuldigen Sie mich, Lanier-*san*.« Saigo verbeugte sich vor Lanier und wandte sich an Dr. Lambert. »Beginnen Sie, Doktor«, sagte er, indem er einen Platz einnahm, der ihm einen besseren Blick auf die Vorgänge bot.

Dr. Westcott korrigierte den Sitz des Glasfaserkabels, das zu seiner Datenbuchse führte, und legte seine kühlen, trockenen Hände sanft auf Babels Stirn, wobei er die Finger ein wenig spreizte und nur leicht aufsetzte. Die SimSinn-Ausrüstung summte leise im Hintergrund und zeichnete die Sinneseindrücke beider Männer auf.

»Michael, Sie brauchen sich nur zu entspannen und tief zu atmen«, sagte Westcott in dem Bemühen, die beruhigende väterliche Autorität eines guten Arztes an den Tag zu legen. »Es wird nicht weh tun. Holen Sie einfach nur tief Luft und atmen Sie aus. Gut. Das ist sehr gut.« Babel sah den Arzt mit seinen seltsamen, violett funkelnden Augen an, dann flatterten seine Lider und schlossen sich. Seine Atmung wurde tief, und er entspannte sich unter Westcotts Händen.

»Beeindruckend«, murmelte Westcott fast zu sich selbst. »Er befindet sich bereits in einem leichten Trance-Zustand.« Er wandte sich zu Saigo um, ohne die Hände von Babels Stirn zu nehmen. »Es dürfte nicht die geringsten Schwierigkeiten geben, Saigo-*sama*. Der junge Mann ist ein Naturtalent. Sein autohypnotischer Zustand wird die Gedankensonde unterstützen und für einen reibungslosen Ablauf sorgen.«

»Dann fahren Sie fort, Doktor«, sagte Saigo mit einem Anflug von Ungeduld. Er hatte kein Interesse daran, sich von Westcott über telepathische Erinnerungsrekonstruktion oder irgendeine andere Finesse des Gedankensondierens belehren zu lassen. Der Doktor mochte die Wirkungsweisen seiner Profession als Gedankensondierer faszinierend finden, aber Saigo war ausschließlich daran interessiert, die Daten zu sichern, die Renraku brauchte, um diese und den Verräter Lanier im Triumphzug dem Aufsichtsrat vorzuführen.

Westcott begann mit fester Stimme, die Worte seines Zaubers zu intonieren. Die sonderbare arkane Sprache ging ihm glatt über die Lippen, während er magische Kraft sammelte. Im Raum schien es vor unsichtbarer Energie zu knistern, als sei er elektrisch geladen, und Saigo spürte, wie sich seine Nackenhaare aufrichteten. Westcotts Augen waren geschlossen, und sein Kopf fiel nach vorn, als er ebenfalls in tiefe Trance versank.

Seine Lippen bewegten sich immer noch zu den Worten des Zaubers, aber seine Stimme war jetzt kaum mehr als ein Flüstern vor dem Summen der SimSinn-Recorder. Saigo glaubte, für einen kurzen Augenblick ein schwaches Schimmern um die Köpfe der beiden Männer zu sehen, als Westcott plötzlich den Kopf hob und mit immer noch geschlossenen Augen zu sprechen anfing.

Die Stimme war nicht völlig seine eigene. Tonfall und Sprachmuster gehörten dem jungen Mann auf dem Untersuchungsstuhl, aber ein Teil der Stimme gehörte immer noch Westcott, als seien die beiden auf eine sonderbare Art miteinander verschmolzen.

»Doktor Westcott hat mir gesagt, daß so etwas bei tieferen Gedankensonden manchmal vorkommt, also kein Grund zur Sorge«, flüsterte Dr. Lambert, doch Saigo brachte den anderen Mann mit einer rasch erhobenen Hand zum Schweigen, um hören zu können, was Westcott sagte.

Papa Lo sagt, ich sei bereit für meine Initiation, für den Versuch, einer der Technoschamanen des Stammes der Otaku zu werden. Ich muß in die Wildnis meines eigenen Ichs reisen und eine Vision suchen. Ich werde allein sein und muß den Ritualen folgen, wie man sie mich gelehrt hat, um mich auf die Visionssuche vorzubereiten. Ich werde mich mit dem zusammengeflickten Deck, das sie mir gegeben haben, in die Matrix einstöpseln und sehen, ob die Geister der Maschine mich akzeptieren. Für mich klingt das alles nach einem Haufen Unsinn. Mit dem Deck könnte man nicht einmal Ice aus irgendeinem Gletscher hacken, geschweige denn aus einem Computersystem, aber ich füge mich. Ich habe das Gefühl, der Erkenntnis sehr nahe zu sein, was diese Otaku lernen und sie zu derart erstaunlichen Deckern macht. Wenn ich es nicht mit eigenen Augen gesehen hätte, würde ich es niemals geglaubt haben. Sogar jetzt kommt es mir noch so vor, als sei dieser ganze Magie-Kram nur eine verrückte Abfolge von Ritualen, die sich ein alter Mann ausgedacht hat, um ein Haufen leichtgläubiger Kinder hinters Licht zu führen.

Als ich noch klein war, wollte ich immer ein Magier sein. Ich wollte es mehr als alles andere auf der Welt. Ich weiß noch, wie ich mit ein paar Freunden in der Wohnung von meinem Onkel Chad – er war nicht wirklich mein Onkel, nur ein Freund von meiner Mom – gesessen und Trideo geschaut habe. Wir haben uns immer Shows wie *Magus P.I.* und *Geschichten aus Atlantis* angesehen, und danach habe ich immer davon geträumt, wie es wohl wäre, ein Magier wie diese weisen und mächtigen alten Burschen zu sein. Ich sah mir für mein Leben gern die Dokumentationen auf dem Sender Alte Weisheit über den Großen Geistertanz und den damit verbundenen Krieg an. Ich wußte, daß ich eigentlich nicht auf seiten der Geistertänzer sein sollte, als sie ihre Magie einsetzten, um die Regierung der alten Vereinigten Staaten zu zwingen, ihnen die Hälfte von Nordamerika zu geben, aber die Geistertänzer sagten, es sei ihr Land, das ihnen von Fremden gestohlen worden sei, und sie wollten nur das zurück, was ihnen gehörte. Die Regierung versuchte die Stämme auszurotten, aber dann wurde die Magie Wirklichkeit, und die ganze Welt fand heraus, was man damit anstellen konnte, wenn man es wollte.

Ich wollte mehr als alles andere mehr über Magie erfahren, mehr, als das Trideo mich lehren konnte. Also ließ ich mir von Chads Freund Tarien beibringen, wie man sich Zugang zu den riesigen Datenbanken der Matrix verschaffte. Manche von ihnen waren öffentlich, und man gelangte auch dann leicht hinein, wenn man keine SIN besaß. Andere waren nur für Leute, die dafür bezahlten, aber ich lernte, daß es Möglichkeiten gab, um die Bezahlung herumzukommen. Ich verbrachte Stunden damit, Dateien durchzusehen, um mich dann wieder in die Matrix einzuklinken und noch mehr Dateien herunterzuladen. Mit elf Jahren war ich sicher das einzige Kind, das den Symbolismus der vier hermetischen Elemente, die Grundeinteilungen der Elementargeister und das nordische Runenalphabet kannte. Meine Freunde zogen mich auf, wenn ich Dinge korrigierte, die wir im Trid sahen, und sagte, so funktioniere Magie eigentlich nicht.

Ich wurde sehr gut darin, mir Dateien aus der Matrix herunterzuladen, und schließlich bekam ich mein eigenes Cyberdeck (ein echt billiges Stück Dreck), so daß ich online gehen und gezielt Daten suchen konnte. Ich dachte daran, mir eine Datenbuchse einsetzen zu lassen, um mir leichter Zugang zur Matrix verschaffen zu können, aber ich verfügte nicht über das nötige Geld, und außerdem hatte ich gehört, daß kybernetische Implantate nichts für Magier seien, weil sie ihre Magie schwächten. Also tat ich es nicht. Wenigstens nicht sofort.

Mit zwölf Jahren hatte ich genug Geld zusammen, um zur DocWagon-Klinik in Cambridge zu gehen und mich einem magischen Aktivitätstest zu unterziehen. Ich brauchte ungefähr einen Monat, um die Nuyen zusammenzukratzen. Ich absolvierte eine ganze Reihe Tests, bei denen mir Fragen gestellt wurden und wo ich mir Dinge vorstellen mußte. Eine Frau begutachtete meine Aura, und sie nahmen eine Blutprobe von mir. Dann wartete ich über eine Woche, die längste und quälendste Woche meines Lebens. Ich war so nervös und gereizt, daß niemand etwas mit mir zu tun haben wollte. Ich blieb mit meinem Cyberdeck und meinen Raubkopien von *Geschichten aus Atlantis* allein auf meinem Zimmer. Und dann bekam ich schließlich das Ergebnis.

Sie faßten es in einem Wort zusammen: NEGATIV. Das war es, keine Einzelheiten oder Erklärungen. Meine Träume, ein Magier zu werden, hatten sich erledigt. Aber ich wußte eine Menge darüber, wie man ein Deck benutzt und worauf es in der Matrix ankommt. Mittlerweile hatte ich sogar damit begonnen, meine eigenen Programme zu erhalten. Es reichte, um einen Ausbildungsplatz zum Programmierer zu bekommen. Ich war ein guter Programmierer, ein sehr guter.

Jetzt *bin* ich ein Magier, nur nicht einer von der Sorte, die mit Zaubersprüchen um sich wirft und im Astralraum umherreist. Ich bin ein Magier für das einundzwanzigste Jahrhundert. Für das Zeitalter der Maschine. Das Zeitalter der Matrix. Programme sind meine Zauber, und meine Diener erheben sich auf meinen Befehl aus den digitalen Tiefen. Ich wirke meine Elektronenzauber mit dem essentiellen Stoff des Cyberspace. Ich bin ein Technomancer, ein Geist des Netzes und der Maschine. Ich glaube, das ist einer der Gründe, warum ich in der Schule so gut war, weil für mich das Decken mehr ist als nur eine Wissenschaft oder ein Job. Es klingt abgedroschen, aber für mich ist es fast eine Religion. Eine Lebensart. Einer meiner Lehrer sagte, das sei das Kennzeichen des wirklich großen Programmierers. Für mich war alles mehr als nur Zahlen und kaltes Silikon. Es war *lebendig*. Ich glaube, das ist einer der Gründe, warum der Konzern mich für diesen Job ausgesucht hat.

Ob Lo und seine Anhänger nun verrückt sind oder nicht, es läßt sich nicht bestreiten, daß sie zu den heißesten Programmierern gehören, die ich je gesehen habe, und ich habe einige der besten gesehen. Ich habe bei ihnen Dinge gelernt, wie ich sie mir zuvor nie hätte träumen lassen. Sie kennen wirklich alle Tricks und dann immer noch ein paar mehr. Und sie haben wirklich eine ganz besondere Macht. Ich weiß nicht, wie ich es sonst nennen soll.

Die Otaku – die Netwalkers nennen sie nicht so, sondern ›Technoschamanen‹ – sind diejenigen, die sich einfach in die Matrix einstöpseln, und schon programmieren sie die unglaublichsten Codes, die ich je gesehen habe. Ohne Deck, ohne Mainframe, nur mit dem ASIST-Konverter in ihren Datenbuchsen und ihren bloßen Hirnen. Ich habe die Otaku immer für eine Legende gehalten, aber dasselbe dachten die Leute auch über Magie, bevor Howling Coyote und seine Anhänger den Geistertanz aufführten, die Erde erschütterten und eine Nation zusammenbrechen ließen. Ich denke, ein Teil von mir wollte nicht daran glauben. Ein Teil von mir hörte auf, an Magie zu glauben, als ich zwölf war, aber genau das besitzen die Netwalkers: Magie.

Und auch nicht nur in bezug auf Vorgänge in der Matrix. Ich hatte keine Ahnung, daß es auf dieser Welt tatsächlich Leute gibt, die so leben. Im Vergleich zu den Computerlabors des MIT&T ist der Rox wie ein anderer Planet. Er ist so schmutzig und grausam und… urtümlich auf seine Weise. Er erinnert mich an die indianischen Freiheitskämpfer aus den Dokumentationen über den Großen Geistertanz und über die Stämme, die in der Wildnis lebten, weil sie in ihrem eigenen Land Ausgestoßene und Gesetzlose waren.

Papa Lo begleitet mich zum Ort der Initiation, wo ich meine Vision suchen soll. Unterwegs verrät er mir einige der Wahrheiten der Welt und Dinge, von denen er sagt, daß ich sie wissen muß, bevor ich den Geistern gegenübertrete. Er sagt mir, daß Städte, von den großen Megaplexen wie Boston bis hin zu den kleinsten Dörfern, ein Bestandteil der natürlichen Evolution seien, unserer Entwicklung zur nächsten Stufe. Während eines Großteils der bekannten Geschichte lebte die Menschheit in der Homeostase, im Einklang mit der Umwelt als Jäger und Sammler. Primitiv würden wir sie nennen. Doch eines Tages wurden die Leute seßhaft, bebauten das Land, domestizierten wilde Tiere und bauten dauerhafte Gebäude. Papa Lo bezeichnete dies als die ersten Symptome des ›Stadtvirus‹, einer Mutation in unserer evolutionären Entwicklung. Es war der Beginn der Urbanisierung, die zur Schaffung von Dingen wie dem Sprawl und schließlich auch dem Rox führten.

Papa Lo sagt, der Zweck von Städten läge darin, unsere Evolution zu fördern. Städte führten zu Siedlungen, die es den Leuten gestatteten, weniger Zeit damit zu verbringen, den Herden zu folgen, so daß sie mehr Zeit hätten, sich um die Pflanzen zu kümmern, die sie zum Leben brauchen. Die Seßhaftigkeit führte zur Entwicklung der Technologie, die wiederum die Nahrungsmenge erhöhte, welche eine Siedlung produzieren konnte. Größere Nahrungsreserven ermöglichten es wiederum, mehr Zeit mit anderen Dingen als Jagen und Sammeln zu verbringen. Das führte zum Lernen und zur Entwicklung von mehr Technologie, mehr Bevölkerung und größeren Städten.

Und das ging immer so weiter, bis die Technologie schließlich zur Entwicklung der Matrix führte. Unserer Schöpfung einer anderen Welt hier auf der Erde. Unsere Fähigkeit, neue Lebensräume für uns zu schaffen, war so groß geworden, daß wir nichts mehr tun konnten außer eine andere Welt zu erschaffen. Und jetzt ist die Matrix unser Tor zu einer anderen Phase der Existenz, sagte Papa Lo. Städte sind wie Kokons, in die Raupen sich einweben, wenn sie sich verpuppen, bevor sie in das nächste Stadium ihres Lebenszyklus eintreten. Unsere Bauwerke aus Stahlbeton und Glas erhalten den Körper, auf den wir angewiesen sind, und stellen die Struktur der Matrix zur Verfügung. Schließlich wird die Zeit kommen, und wir werden unseren Körper und unsere Städte zurücklassen, unseren Kokon aus sterblichem Fleisch und irdischem Stein und Metall ablegen und unseren Platz in der Anderswelt inmitten der Sterne einnehmen müssen.

»Was *soll* der Quatsch?« wollte Saigo von Dr. Lambert wissen.

Lambert schien nicht in der Lage zu sein, den Blick von seinen Anzeigen loszureißen, die er studierte. »Das ist hoffentlich ein Teil des Erlebnisses, welches die Otaku schafft, Sir. Die SimSinn-Recorder zeichnen einige äußerst interessante Eindrücke auf. Einige neurologische Konfigurationen, die ich noch nie zuvor gesehen habe.«

Dr. Westcott fuhr fort:

Von der bloßen Vorstellung bekomme ich Kopfschmerzen. Ich habe immer etwas Ähnliches empfunden, hatte jedoch nie die Worte, es zu beschreiben. Es ist die Freiheit, die ich in der Matrix empfinde, das Gefühl, daß die Elektronenwelt recht hat, wenn sie mir zuflüstert, daß wir in einem rein geistigen Zustand glücklich sein können. Es ist eine Welt, in der wir so sind wie die alten Götter und Zauberer: Wir können der Realität jede Form geben und Welten innerhalb von Welten schaffen. Ich habe das Gefühl, dicht vor der Entdeckung des Geheimnisses zu stehen.

Ich werde zur Einmündung eines Tunnels in den Katakomben gebracht. Es ist ein Gang, den ich noch nie zuvor gesehen habe. Von innen sieht er aus wie eine Höhle, wie unsere Urahnen sie bewohnt haben könnten. Die Wände sind mit Bildern und Icons bemalt, mit Hardware behangen und mit Drähten geschmückt wie das Medizinzelt unter der alten Kirche, das von den Technoschamanen benutzt wird. Der Boden ist mit Matten bedeckt, und in ein Matrixkabel ist eine Abzweigung eingespleißt. Eine funktionierende. Ich frage Papa Lo, wie es kommt, daß sich niemand an dieser

Tech vergreift, die hier ungeschützt herumliegt, und warum wir sie nicht öfter benutzen.

»Weil dieser Ort heilig für uns ist«, antwortet er. »Er ist der Ort der Initiation. Ihn für gewöhnliche Dinge zu benutzen würde ihn entweihen. Jene, die im Rox leben, kennen und fürchten unsere Macht, also lassen sie unsere heiligen Orte in Ruhe. Warte hier und meditiere darüber, was ich dir erzählt habe, bis es dunkel wird, dann stöpsele dich mit dem Cyberdeck, das wir dir gegeben haben, in die Matrix ein und warte auf deine Vision.«

Er legt mir die Hand auf die Schulter und betrachtet mich mit traurigen Augen. Einen Augenblick denke ich, daß er alles über mich weiß, wer ich bin und warum ich hier bei den Netwalkers bin. Ich will davonlaufen, aber der Ausdruck aus Mitgefühl und Trauer in seinen Augen nagelt mich förmlich fest. Er berührt meinen Kopf und mein Herz in einer rituellen Geste mit den Fingerspitzen und sagt: »Michael, ich nehme deinen alten Namen von dir. Du bist nicht mehr derjenige, der zu uns gekommen ist. Heute nacht wirst du wiedergeboren oder sterben, und so oder so wird dein alter Name vergessen sein. Geh hinaus in die Welt, wie du hineingekommen bist: namenlos und mit dem Geist eines Kindes. Suche deinen neuen Namen und deine Kraft. Angenehme Träume.«

Dann geht er, und ich bin allein.

Ich warte bis zum Anbruch der Nacht, und mein Magen knurrt, da ich zur Vorbereitung auf das Ritual zwei Tage gefastet habe. Ich versuche, ruhig dazusitzen und zu meditieren, alles Mögliche, um das Geräusch meines nervösen Herzschlags nicht mehr hören zu müssen. Zuerst dachte ich, die ganze ›Magie‹ der Netwalkers bestehe darin, daß ein Haufen Primitiver mit Computerspielzeugen spielt, die ihr Bergriffsvermögen übersteigen, und aus den verrückten Träumen eines alten Mannes, aber jetzt nicht mehr. Nun, da ich hier im Dunkeln sitze, sieht die Matrixabzweigung immer mehr wie ein Tor für mich aus, ein Tor zu einer anderen Welt, einer Welt, die ich seit meiner Kindheit bereise, aber eine, die ich möglicherweise gar nicht kenne. Ich dachte, ich hätte meine Hoffnungen und Träume vor langer Zeit verloren, aber jetzt spüre ich, daß sich wieder dasselbe Staunen in mir regt wie damals, als Tarien mich das Decken gelehrt hat, und mir wird klar, daß ich seinerzeit nach Informationen über Magie in der Matrix gesucht habe, obwohl ich sie dort die ganze Zeit vor Augen hatte. Die Schatten in der Höhle werden länger, während ich die glänzende Leitung betrachte.

Die Sonne geht unter, und ich stöpsele mich ein.

23

Was SIE vorhat? Ich könnte euch mehr über die Absichten der Drachen sagen als über IHRE Pläne. Aber natürlich will SIE Kinder. Nur die ganz jungen, die noch keine Sprache ausgebildet haben, können lernen, die Matrix auf diese Weise zu sehen. Wenn Kinder mit zwei Sprachen aufwachsen, nennen wir sie bilinguistisch. Zwei Muttersprachen, die einen gründlicheren Eindruck hinterlassen als bloße Sprachgewandtheit. Wie sollen wir dann diese Kinder nennen? Bikosmisch?

– The Laughing Man, veröffentlicht im BTX-System von Shadowland am 24.12.2056

Dr. Westcott senkte die Hände, und der Schweiß rann ihm in dicken Tropfen das Kabel herunter, das aus der Buchse hinter seinem Ohr baumelte. Die Haare waren feucht und klebten an der Stirn, und er schnappte nach Luft, als sei er soeben aus den Tiefen von Babels Geist aufgetaucht.

»Er widersetzt sich«, sagte er zu Saigo. »Sein Verstand ist mit nichts zu vergleichen, was ich bisher erlebt habe. Er ist so schnell und so sonderbar, beinahe … fremdartig. Ich weiß nicht, ob ich …«

»Ihre Entschuldigungen interessieren mich nicht, Doktor. Ebensowenig wie den Aufsichtsrat und Aneki-*sama*. Sie wollen Antworten, und die werden wir bekommen, koste es, was es wolle! Sie werden seinen Widerstand überwinden und diese Antworten beschaffen, sonst muß ich annehmen, daß Ihr Ruf und Ihre Erfolge stark übertrieben dargestellt wurden. Andernfalls werde ich Sie durch jemanden ersetzen lassen, der diese Arbeit anständig erledigt. *Wakarimasu-ka?*«

Westcott sah aus, als wolle er zu einer wütenden Erwiderung ansetzen, aber er schaute Saigo in die Augen und nickte nur steif. »Ich habe ganz genau verstanden… Sir.«

»Gut. Ich werde Aneki-*sama* unterrichten und die Übertragung vorbereiten, damit wir alle Daten zur Renrakuzentrale in Chiba übermitteln können. Ich erwarte, daß die Daten zur Übertragung bereit sind, wenn ich zurückkehre. Doktor Lambert, bis dahin haben Sie die Leitung.«

Saigo machte auf dem Absatz kehrt und ließ Westcott einfach stehen. Auf seinem Weg nach draußen hielt er vor Lanier inne.

»Passen Sie gut auf, Lanier-*san*«, sagte er mit leiser Stimme. »Ich bin sicher, der Aufsichtsrat wird größten Wert auf Ihre… Schilderung der Ereignisse in dieser Angelegenheit legen. Das heißt, bevor Sie der Konzernspionage für schuldig befunden werden und Ihren Sitz im Aufsichtsrat verlieren.« Er vollführte eine spöttische kleine Verbeugung und verließ den Raum.

Westcott wischte sich über die Stirn und befingerte sein Datenkabel, während Dr. Lambert den Datenstrom zum SimSinn-System überprüfte. Dann holte der Magier tief Luft, um sich zu konzentrieren, und legte die Finger wieder auf Babels Stirn, um die Gedankensondierung fortzusetzen. Er redete wieder in Babels Tonfall.

Ich stöpsele mich ein, und die Matrix entfaltet sich rings um mich wie eine aufblühende digitale Blume. Ich wechsele in die Elektronenwelt und stehe auf der ausgedehnten dunklen Ebene des Bostoner Gitters. Chrom- und Neon-Icons treiben in der Ferne, aber der Bereich der Matrix, welcher den Rox repräsentiert, ist ebenso spärlich und unterbevölkert wie sein physikalischer Widerpart. Es gibt hier nur wenige Icons und Systeme. Die existierenden Zugangsknoten sind gut getarnt und vor den wachsamen Augen der Konzerne verborgen, die das Datennetz aufrechterhalten. Fast alle sind Piratenabzweige wie dieser, Geheimtüren in die Anderswelt, welche die Konzerne und Regierungen für sich behalten wollen.

Ich stehe neben dem kleinen Pyramiden-Icon, das den I/O-Port repräsentiert, den ich benutzt habe, mein eigenes Tor in die Matrix. Ich schaue an mir herab, um mein Icon zu betrachten, und sehe eine Gestalt aus Chrom, schlank und geschlechtslos, androgyn. Wenn ich das Gesicht sehen könnte, würde ich erkennen, daß es konturlos und glatt ist. Gesichtslos und namenlos, genau wie Papa Lo sagte, bevor er gegangen ist. Das Icon ist natürlich nur eine Schöpfung des zusammengestückelten Cyberdecks, das ich benutze. Es würde ganz anders aussehen, wenn es ein besseres Deck wäre und ich Gelegenheit gehabt hätte, den Personacode selbst zu schreiben. Mein Gesicht und mein Name sind mir nicht wirklich genommen worden. Aber gleichzeitig fühle ich mich so, als sei dies doch geschehen. Mit der Erkenntnis, daß diese Persona nicht mein wahres Ich ist, steigt das Bedürfnis in mir hoch, mein wahres Ich hier irgendwo zu finden. Wie sieht mein wahres Gesicht in der Matrix aus? Wie lautet mein richtiger Name? Papa Lo sagte, ich würde all das hier finden.

Ich schaue mich um, und alles kommt mir so vor wie immer. Unzählige Male habe ich mich schon zuvor in die Matrix eingestöpselt: zu Hause, in der Schule, um zu arbeiten und aus Spaß. Ich bin nicht sicher, was ich erwartet habe. Etwas anderes. Etwas… Magisches. Vielleicht habe ich nicht das Zeug, ein Otaku zu sein. Vielleicht hatte ich recht, und hinter den Otaku steckt nicht mehr als eine glänzende Fassade und Schrott und Wunschdenken.

Ich bleibe eingestöpselt und warte. Und warte. Und warte. Stunden müssen vergehen, aber das Deck verfügt über keine Zeitanzeige, und so weiß ich nicht, wie spät es ist. Ich beobachte die Bewegung der Icons in der Ferne, das hypnotische Spiel von Licht und Schatten auf ihnen. Ich bin so müde und so hungrig, aber die Gefühle meines Körpers sind hier in der Elektronenwelt nur ganz entfernte Empfindungen. Empfindungen …

Plötzlich öffnet sich in der schwarzen Leere vor mir eine Tür. Ein weißes Rechteck aus Licht, das in der Luft schwebt, schwingt zur Seite und enthüllt einen Durchgang nach … irgendwo. Es ist anders als alle Zugangsknoten, die ich bisher gesehen habe, und es scheint überhaupt keine Möglichkeit zu geben, wie es hier auftauchen könnte, aber ich stelle es nicht in Frage. Ich trete über die Schwelle zu einem anderen Ort.

Ich stehe am Rand eines massiven Rings aus verchromtem Metall, der so groß ist, daß ein Troll hindurchpassen würde. Viele weitere Ringe bilden eine Reihe, die dort beginnt, wo ich stehe, eine Art Rückgrat aus funkelndem Silber, das sich elegant in die endlose Dunkelheit ringsumher wölbt. Leuchtende Zweige, gebogen und stachlig, ragen aus den Ringen wie die Rippen einer unbekannten uralten Bestie, die hier in irgendeinem längst vergangenen Zeitalter ihren letzten Atemzug getan hat, und deren gebleichte Knochen nun an einer vergessenen Küste liegen. Alles andere ist eine dunkle Leere, in deren Tiefen nur ganz schwach das Glimmen von Licht zu erkennen ist.

Mein Traum-Ich, das nicht einmal die absonderlichsten Dinge in Frage stellt, geht vorsichtig durch das große Rückgrat wie über eine gewundene Brücke aus Silber. Es ist völlig still. Kein Laut dringt aus der schwach glitzernden Leere. Es ist so, als schritte man ungeschützt durch die Tiefen des Universums mit Stille und Unendlichkeit als einzigen Begleitern.

Ich laufe und laufe und laufe, folge dem silbernen Pfad der Ringe. Ich beobachte, wie Lichtfunken und Energie entlang der gewundenen Verzweigungen spielen und in den Tiefen der Schwärze verschwinden. Die Lichtfunken geben leise zischende Geräusche von sich, wenn sie davonschießen, Geräusche, die sich zu einem flüsternden Chor vereinigen wie Stimmen in der Nacht.

Ich laufe sehr lange. Ein losgelöster Teil meines Verstands registriert die verstreichende Zeit, wie es mir oft im Traum erscheint, während ein anderer Teil seinen Geschäften nachgeht, als sei alles, was geschieht, Wirklichkeit. Ich gehe auch weiter, als sich das silberne Rückgrat langsam aufwärts neigt. Als es zu steil wird, erklettere ich die silbernen Ringe wie die Sprossen einer Leiter, die in die Dunkelheit ragt.

An der Spitze der Säule erreiche ich eine glatte silbrige Plattform, poliertes Chrom, das die schwach glimmenden Lichter der Leere reflektiert. Ich klettere hinauf und spüre die kühle glatte Oberfläche des gebogenen Metalls unter den Händen. Ich betrachte mein Spiegelbild. Wie ich es mir gedacht habe, ist mein Gesicht glatt und konturlos wie diese Oberfläche, ohne Name und Identität. Wer bin ich?

Ich stehe auf einem langen silbernen Schädel, der auf einem gekrümmten Hals ruht, und schaue über etwas hinweg, das wie ein endloser Maschinenfriedhof aussieht. Metallische Knochen in allen Formen und Größen sind auf der ausgedehnten Ebene verstreut, so weit das Auge reicht, und bilden unregelmäßige Haufen, Hügel und Täler aus verbogenem Metall. Durch kleine Lücken in den Haufen silbriger Skelette sehe ich winzige flackernde Lichter in den Tiefen des Friedhofs.

Ihnen haftet fast so etwas wie ein Muster an, eine Bedeutung, die sich meinem Verständnis entzieht.

Als ich dastehe und die phantastische Landschaft überblicke, habe ich plötzlich das überwältigende Gefühl, ein Kribbeln am Nackenansatz, daß ich nicht allein bin, das Gefühl, beobachtet zu werden. Ich schaue mich um und spüre, wie mich etwas Dunkles, Weiches anstößt, als fege eine große Hand ein Stäubchen von dem Chromschädel. Meine Füße rutschen über die glatte Oberfläche, und plötzlich ist nur noch die Leere unter mir. Der grinsende Schädel der seltsamen Chromkreatur ragt höher und immer höher vor mir auf, während ich dem Bett aus spitzen Metallknochen entgegenrase.

Plötzlich falle ich so schnell wie das Licht, fliege durch einen Wirbel von Farben und Bewegung, der sich so schnell dreht, daß ich das Gefühl habe stillzustehen und als sei die ganze Welt rings um mich ein verschwommener Neonball. Ich fühle die einzelnen Codestrings, aus denen mein Matrixbild besteht, fühle sie, als seien sie ein Teil von mir, als sie sich langsam in dem grell strahlenden Datenstrom und dem Licht auflösen. Ich fliege durch den Datenstrom und zerfalle in einzelne Bits, da winzige Datenfragmente von mir abblättern und sich mein virtueller Körper auflöst.

Ich versuche abzubremsen, versuche mich festzuhalten, aber da ist nichts, nichts Greifbares, nichts Reales. Bin ich real? Ist überhaupt irgend etwas real? Alles ist nur ein Abbild, eine Illusion, die von einem Computer erschaffen wird. Alles, ich selbst eingeschlossen. Der Fall kopfüber in die Tiefe reißt mich auseinander, und ich kann die Dinge nicht zusammenhalten. Ich bin namenlos und gesichtslos, und jetzt wird mir sogar mein Körper weggenommen. Einen Moment lang sehe ich meine silbrigen Knochen, bevor sie in Wolken aus glitzernden Pixeln auseinanderfliegen. Ich versuche zu schreien, aber ich höre keinen Laut. Ich habe keinen Mund, um welche zu erzeugen.

Dann schlage ich unten auf.

Es gibt nur einen Augenblick der Vorwarnung. Wie in dem Sekundenbruchteil kurz vor einem Autounfall, wenn man erkennt, was geschehen wird, und das Hirn anfängt zu formulieren, was zu tun ist, man aber genau weiß, daß das Zeitempfinden gestört ist und man, obwohl man mit einer Million Kilometern pro Sekunde denkt, niemals schnell genug reagieren kann und nur noch irgend etwas Albernes wie ›Drek!‹ schreit. Plötzlich ist da ein schwacher Schimmer, die Andeutung einer festen Oberfläche wie eine Glasblase. Dann schlage ich auf.

Den Aufprall als solchen spüre ich nicht. Ich schlage mit einer derartigen Geschwindigkeit auf, daß ich augenblicklich verdampfe, wie es bei einem Aufprall mit Lichtgeschwindigkeit auf ein beliebiges Hindernis geschehen würde. Doch ich bin mir des ganzen Vorgangs bewußt, als erlebte ich eine bizarre SimSinn-Aufzeichnung der experimentellen Art, bei der mit Hilfe von Synthesizern Empfindungen erzeugt werden, die gar nicht wirklich existieren, und die dann als wirklicher als das wirkliche Leben vermarktet werden. Mein virtueller Körper explodiert in eine Milliarde Pixel und wird auf den Grundzustand seiner Elektronen und Partikel reduziert, und dann fliegen die Pixel auseinander, breiten sich mit Lichtgeschwindigkeit aus wie nach einem Ein-Mann-Urknall, so daß die Singularität meiner Existenz in ein eigenes Universum umgewandelt wird.

Genauso ist es – als würde ich ein Universum. Anders kann ich es nicht erklären. Ich breite mich aus, mein Bewußtsein ist zugleich in einer Milliarde winziger Fragmente meiner selbst, dehnt sich mit unvorstellbarer Geschwindigkeit in alle Richtungen aus und überfliegt dabei die Gesamtheit all dessen, was existiert. Ich kann alles sehen: den Kosmos, der die Matrix ist. Nicht nur die Illusion aus Neon und Chrom, die für uns projiziert wird, so daß wir sie in der virtuellen Realität sehen können, sondern viel mehr. Es ist ein ganzes Universum, das in einen Käfig gequetscht und dort festgehalten wird, unendlicher Raum, unendliches Potential, unendlich viele Räume, die in jeder Mikrosekunde neu geschaffen werden. Als vergrößere sich die Erde jeden Augenblick und als verdoppele sich ihre Bevölkerung jeden Tag. »Die Welt in einem Sandkorn, die Ewigkeit in einer Stunde«, wie der Dichter sagte.

Die Matrix ist lebendig, wie nichts anderes es sein kann, wie Evolution im schnellen Vorlauf, und Veränderungen finden mit Lichtgeschwindigkeit statt. Neue Daten wallen aus den dunklen Tiefen herauf, eine Ursuppe aus Bits, aus der größere und komplexere Formen aufsteigen: Programme, Systeme, Netzwerke, regionale Gitter, ein ganzes weltumspannendes Ökosystem aus Information, das federleichte Pseudopodien aus Licht zum expandierenden Netz der Satelliten und Orbitalstationen ausstreckt. Es reicht an ihnen vorbei zu den Mondminen und Planetensonden, auswärts in die Dunkelheit und weiter zum entfernten Licht der Sterne.

Ich bin das Licht, Fasern aus Licht, in denen die Welt hängt wie in einem dünnen Netz aus Millionen Kilometer Glasfaserkabel, und mein Verstand, der von einer Schicht aus Licht und Energie umhüllt wird, saust durch die Nerven der Welt. Worte können diesen Augenblick der Transzendenz nicht beschreiben.

So plötzlich, wie es begann, läßt das Gefühl nach. Ich scheine mich zusammenzuziehen, da die versprengten Teile meines Ichs mit gewaltiger Anziehungskraft wieder einander entgegeneilen. Die Beschleunigung wächst, je näher sie einander kommen, bis schließlich die Sammlung loser Teile in einem gewaltigen weißen Blitz aufeinanderprallt und ich spüre, wie jedes meiner Nervenenden vor Energie knistert.

Ich stehe an der Basis eines großen Baums oder etwas, das wie ein Baum aussieht. Er ist riesig, größer als der höchste Wolkenkratzer, den ich je gesehen habe. Sein Stamm ist tiefschwarz, dunkler als der Nachthimmel. Es ist die reine negative Schwärze eines schwarzen Lochs, die alles Licht absorbiert. Und doch gibt es dort Lichter. Die Rinde des Stamms scheint aus dünnen, mikroskopisch feinen Lichtfasern zu bestehen, leuchtende Stränge, die auf der unendlich großen Oberfläche des Riesen Muster, Spiralen und Knoten bilden. Diese Zufallsmuster enthalten Bilder und Symbole, die sich bewegen und verändern, als ich sie ansehe, wie die Runen uralter Kunde. Eine gewaltige Fülle von Ästen löscht den ganzen Himmel aus. Die Äste sind mit Blättern bewachsen, die eine Unendlichkeit von Sternen in ihren Tiefen enthalten. In jeder Ader dieser Abermillionen von Blättern leuchtet und schimmert Licht und Bewegung. Der Boden wird von den unzähligen Wurzeln des Baums bedeckt, die sich in jede Richtung ausbreiten, so weit das Auge blicken kann. Der Baum ist die Gesamtheit allen Seins, das einzige hier an diesem Ort außer mir. Das Zentrum dieses ganzen Universums.

Dann spricht er zu mir mit einer Stimme, wie ich sie noch nie gehört habe.

»Einst hat die Menschheit dieselbe Sprache gesprochen, und sie baute einen Turm in den Himmel. Doch ihr Turm wurde niedergerissen, und die Menschen wurden verwirrt und sprachen verschiedene Sprachen. Jetzt spricht die Menschheit wieder eine Sprache, und es wird einen neuen Turm aus Licht und Gedanken geben, der sich bis zu den Sternen erhebt.

Du hörst jetzt die Worte dieser Sprache. Es ist eine Geheimsprache, die Sprache dieser Welt. Jene, die sie lernen, können die Welt verändern. Vergiß das nicht.

Du wirst das Geheimnis der wahren Namen der Bewohner dieser Welt erfahren, so daß du mit ihnen reden und sie befehligen kannst, wenn du sie brauchst. Deine Pflicht besteht darin, zwischen dieser Welt und der anderen zu leben. Es gibt jene, die den Turm zum Einsturz bringen wollen, und wenn er wachsen soll, ist ein starkes Fundament nötig. Darin liegt deine Arbeit, die Bestimmung Des Volkes zu schützen.

Du bist auserwählt. Man hat dir den Weg gezeigt. Dein Name wird Babel sein, und du wirst das Werkzeug sein, um die anderen deiner Art zu beschützen.«

Ich sehe einen schimmernden Teich zwischen den Wurzeln des Riesenbaums. Ich knie nieder und schaue hinein. Die Flüssigkeit ist wie Quecksilber, wie geschmolzenes Silber. Die ruhige Oberfläche reflektiert das Gesicht meiner lebendigen Persona, den vertrauten Schopf dunkler Haare, das spitze Kinn und die breite Stirn. Und meine Augen. Die Farbe meiner Augen entspricht derjenigen am Ende des Spektrums. Sie sind dunkelviolett, fast schon ultraviolett im absonderlichen Licht des Weltenbaums. Ich sehe Macht in meinen Augen, wie mir gesagt wurde, die Macht den Geistern und Wesenheiten der Matrix zu gebieten, meinen Willen auszuführen.

»Trink.«

Ich tauche meine Hände in den kühlen Teich aus Quecksilber, lege sie zusammen und schöpfe Flüssigkeit. Sie schimmert und riecht nach Metall und Licht. Ich hebe die Hände an die Lippen und trinke. Die kühle Flüssigkeit fließt in mich hinein, und ich weiß, daß es reines Wissen ist, das ich trinke, flüssige Daten. Der Code aus den Tiefen des Wissensquells sickert in jeden Teil meines Körpers, wird in mich herabgeladen.

Uralte chemische Codes wispern mit neuen Daten und beugen sich ihrem Willen, verändern und verwandeln sich. Das Wasser des Lebens erschafft mich neu.

Die Oberfläche des Teichs kräuselt sich, wo ich die Hände eingetaucht habe, und etwas steigt daraus empor. Das silbrige Wasser teilt sich, und ich sehe das Wesen meiner Bestimmung.

24

Vom Baum der Erkenntnis des Guten und Bösen aber darfst du nicht essen. Denn am Tage, da du davon ißt, wirst du sterben.

– Genesis 2, 17

Den Anwesenden im Verhörzimmer hatte Westcotts Schilderung längst die Sprache verschlagen. Der Arzt ließ die Hände von Babels Stirn sinken, strich sich nach Luft schnappend die schweißnassen Haare aus der Stirn und legte kurz die Hand auf das Kabel in seiner Datenbuchse, als schmerze es ihn. Er griff in eine Tasche seines weißen Laborkittels und holte ein weißes Taschentuch heraus. Lanier sah ein dünnes Rinnsal Blut aus Westcotts Nase laufen, das er mit dem Taschentuch wegtupfte.

»Ist das alles?« fragte Dr. Lambert, indem er von seinem SimSinn-Monitor aufsah.

Westcott verzog das Gesicht und musterte Babels gelöste Miene für einen Augenblick mit gründlicher Abneigung. »Nein … da ist noch mehr … aber es ist sehr tief vergraben … wirklich *sehr* tief.«

»Dann holen Sie es«, sagte Lambert in dem Versuch, alle Autorität in seinen Tonfall zu legen, die er aufbringen konnte. »Saigo-*sama* wird verlangen, daß der Bericht für den Aufsichtsrat so vollständig wie möglich ist. Wir brauchen mehr als seine bewußten Erinnerungen an seine Verwandlung. Wir brauchen außerdem seine unbewußten Erinnerungen und Beobachtungen, wenn wir auch nur die geringste Hoffnung haben wollen, das Geschehene zu rekonstruieren.«

Dr. Westcott schloß ganz fest die Augen und preßte die Daumen gegen Babels Schläfen. Trotz der furchtbaren Erschöpfung des Magiers ließ der Technoschamane keine negativen Begleiterscheinungen der Gedankensondierung erkennen. Er schien von einer heiteren Gelassenheit erfüllt zu sein, als befinde er sich in Trance – oder vielleicht auch im Koma. Lanier fragte sich, ob Babels Verstand von den Sondierungen des Magiers bereits zerrissen worden war. Westcott flüsterte arkane Worte, und mystische Energie flackerte rings um seine Hände und Babels Kopf. Die SimSinn-Anlage summte dazu kontrapunktisch.

»Also gut, Bab… ich meine, Michael«, sagte Westcott mit leiser Stimme. »Wir sind fast fertig.« Lanier wußte nicht, wen der Arzt mehr zu beruhigen versuchte, sich selbst oder Babel.

Der Technoschamane schien nichts von dem wahrzunehmen, was Westcott sagte. »Du befindest dich unter dem Baum und schaust in den Teich. Das Wasser teilt sich, und etwas erhebt sich daraus. Du schaust hin und siehst deine Bestimmung. Wie sieht sie aus? Was siehst du?«

»Wüßten Sie gern, was ich gesehen habe?« flüsterte Babel, ohne etwas anderes als die Lippen zu bewegen. »Wollen Sie wissen, was ich gelernt habe? Dann passen Sie auf, ich zeige es Ihnen.«

Westcott keuchte. Seine Muskeln schienen sich plötzlich anzuspannen wie bei einem Krampf, während sich seine Augen weiteten und etwas anstarrten, das nur er sehen konnte.

»Mein Gott…Was ist das? Was…«, flüsterte er. »NEEEIIIIN!« schrie Westcott plötzlich, ein hohes, schrilles Kreischen. Er ließ Babels Kopf los und stolperte einen Schritt zurück, die Augen immer noch auf einen Punkt genau über Babels Kopf gerichtet, bevor er stocksteif und stumm stehenblieb, den Mund immer noch zu einem lautlosen Schrei geöffnet. Lambert schaute auf die Anzeige seines SimSinn-Decks, dann fuhr er zu dem Magier herum und schrie ihn an.

»Was ist los mit Ihnen, Mann? Was stimmt nicht mit Ihnen? Beenden Sie die verdammte Sondierung!«

Babel öffnete die Augen, wandte den Kopf in die Richtung des bestürzten Dr. Lambert und lächelte.

»Ich fürchte, er kann Sie nicht hören, Doktor«, sagte er mit funkelnden violetten Augen. »Doctor Westcotts Verstand ist im Augenblick sehr beschäftigt. Letzten Endes sind wir alle nur Software, und ich habe gerade sein System abstürzen lassen. Die Fesseln, bitte, Doktor.«

Westcott nickte mechanisch und machte sich an den Riemen zu schaffen, die Babel auf dem Untersuchungsstuhl hielten.

Lambert eilte zu seinem Kollegen. »Douglas, was tun Sie da? Hören Sie auf!« Westcott ignorierte Lamberts Proteste und versetzte dem Arzt einen kräftigen Stoß, der diesen zurücktaumeln ließ. Lambert ruderte kurz mit den Armen, bevor er mit einem dumpfen Knall gegen die Tür fiel.

Lanier spürte, wie alle Sicherheitsleute ihre Aufmerksamkeit auf die Ärzte richteten, da sie sich zusammenzureimen versuchten, was hier geschah. Vielleicht bekam er seine Chance.

»Haltet ihn auf!« schrie Lambert den Wachen zu, die daraufhin aus ihrer Erstarrung erwachten und sich in Bewegung setzten, um Dr. Westcott Einhalt zu gebieten. Doch der Magier murmelte bereits leise vor sich hin, während Babel sich aus seinem Stuhl erhob und sich über die SimSinn-Konsole beugte. Die Wachen eilten herbei, während Westcott mit den Armen gestikulierte. Eine Kuppel aus knisternder Energie hüllte ihn und Babel ein. Die Wachen rannten dagegen wie gegen eine Mauer und wurden von der schimmernden, durchsichtigen Oberfläche zurückgeworfen. Sie warfen sich noch einmal dagegen, mit ausreichend Wucht, um eine Tür aus den Angeln zu reißen, aber die Energiekuppel widerstand ihren Bemühungen.

Lanier erkannte eine Gelegenheit, wenn er eine sah. Er sprang den nächsten Wachposten an und ergriff dessen Waffe. Mit einem brutalen Tritt schickte Lanier den Mann zu Boden, der vor Schmerzen laut keuchte. Er entsicherte die H&K 227, fuhr zu dem anderen Posten herum und gab einen Feuerstoß auf ihn ab. Die Neun-Millimeter-Kugeln trafen den Mann in die Brust, und er kippte hintenüber, während ihm seine Waffe aus den Händen und zu Boden fiel.

Das übrige Wachpersonal und Dr. Lambert begriffen endlich, was geschah, als Babel sich mit übergeschlagenen Beinen neben die SimSinn-Konsole setzte. Er nahm das Kabel und stöpselte es in seine eigene Datenbuchse ein, dann schloß er die Augen, legte die Hände auf die Knie und fiel in eine Art Trance. Dr. Westcott stand wie angewurzelt da, immer noch in das SimSinn-System eingestöpselt und in stummer Konzentration auf die magische Barriere. Sein Nasenbluten hatte sich verstärkt, und Mund und Kinn waren rot verfärbt, während seine Lippen eine stumme Ansprache an etwas richteten, das nur er sehen konnte.

Lambert rappelte sich auf und rief dem Wachpersonal zu: »Geben Sie Alarm! Halten Sie ihn auf und zerstören Sie diese Kuppel. Mir ist völlig egal, wie Sie das machen!« Die beiden Wachen, die der Energiekuppel am nächsten waren, zogen ihre Handfeuerwaffen und gingen ein paar Schritte zurück, während ein anderer Wachmann zum roten Alarmknopf neben der Tür zum Labor lief.

Der Wachmann erreichte den Alarmknopf und schlug mit der Faust darauf, doch nichts geschah. Er wiederholte den Vorgang wieder und wieder, aber kein Alarm ertönte in dem Komplex.

»Das ist zwecklos. Bitte versuchen Sie es nicht noch einmal.« Babels Stimme kam aus den Lautsprechern im Raum, aus der Gegensprechanlage, der Analyseausrüstung und sogar aus den Funkgeräten der Wachen. Der Wachmann am Alarmknopf hieb noch ein letztesmal mit der Faust darauf, dann richtete er seine Waffe auf Lanier, der hinter mehreren Laborgeräten Schutz gesucht hatte, und gab einen Feuerstoß ab. Die Kugeln trafen die Metall- und Plastikverkleidung, doch Lanier erwies sich als schneller, da er bereits hinter seiner Deckung hervorschoß und einen Augenblick später ein Muster aus roten Blüten auf der Brust des Wachmanns erschien. Der Posten fiel gegen den unbrauchbaren Alarmknopf und glitt langsam an der Wand zu Boden.

»Worauf warten Sie?« schrie Dr. Lambert beinahe hysterisch. »Erschießen Sie sie!«

Die beiden verbliebenen Wachposten teilten sich die Aufgabe. Einer wandte sich Lanier zu, der andere konzentrierte sich auf die Kuppel, wobei sie einander Deckung gaben, während Lambert sich hinter eine Konsole kauerte. Der Wachposten, der sich um die Kuppel kümmerte, war so schlau, zuerst auf Westcott zu schießen. In welchem Zustand der Magier sich auch befand, er war es, der für die magische Barriere verantwortlich war. Wenn er ausgeschaltet werden konnte, würde die Barriere sofort in sich zusammenbrechen. Die Kugeln aus der MP des Wachmanns prallten von der leuchtenden Barriere ab wie Regentropfen von einem Dach. Weder Babel noch Dr. Westcott bewegte sich oder reagierte, da beide sich nach wie vor in einem Trancezustand befanden.

Der andere Wachmann gab mehrere Schüsse in Laniers Richtung ab, die nur den Zweck verfolgten, Lanier in seiner Deckung zu halten. Lanier erwiderte das Feuer mit einer Salve, die den Wachmann zwar nicht traf, ihm aber deutlich machte, wie exponiert seine gegenwärtige Stellung war.

Als das Feuer kurzzeitig verstummte, öffnete Babel die Augen. Er zog das Kabel aus seiner Datenbuchse und ließ es auf den Boden fallen, dann wandte er sich an Dr. Westcott und tippte ihm sanft auf die Schulter.

»Sehen Sie dort, Doktor«, sagte er, wobei seine Stimme durch die leuchtende Energiekuppel gedämpft wurde. Westcotts Kopf ruckte zur Seite, und seine Augen weiteten sich vor Entsetzen. Westcott stimmte wieder seinen Singsang arkaner Worte an, die innerhalb der Kuppel seltsam hallten. Er hielt die Hände vor seiner Brust nahe zusammen, und zwischen ihnen bildete sich eine leuchtende Energiekugel. Westcott hob die immer heller leuchtende Kugel hoch über den Kopf.

Lanier wußte, was der Magier tat. Er sah sich rasch in dem Raum um und erblickte eine Kiste, die wahrscheinlich einen Teil der umfassenden Sensor-Ausrüstung in dem Raum enthalten hatte. Sie bestand aus massivem Bauplastik und war über einen Meter hoch. Ohne das geringste Zögern spurtete er auf sie zu. Eine der Wachen eröffnete das Feuer, und Kugeln prallten von Wänden und Boden ab, während Lanier hinter die Kiste hechtete.

Einen Sekundenbruchteil später hörte er Dr. Lambert rufen, »Nein!«, dann das schwache Knistern von Energie und ein Gefühl, als ließe statische Elektrizität die Haare in seinem Nacken zu Berge stehen, gefolgt von den Geräuschen zu Boden fallender Männer und Waffen.

Lanier lugte um die Kiste und sah, wie Dr. Westcotts leuchtende Barriere flackerte und erlosch. Der Arzt verdrehte die Augen, und seine Knie knickten ein. Babel fing ihn mit einem Arm auf und ließ ihn langsam zu Boden gleiten. Westcott murmelte weiterhin leise vor sich hin, eine Litanei, die Lanier kaum verstehen konnte. Anstatt der arkanen Worte, die er zuvor intoniert hatte, flüsterte Westcott jetzt: »Eins eins null null eins null null null eins eins eins null null eins null null null eine eins eins null null eins null null null eins eins.« Immer und immer wieder. Abgesehen davon, was während der Gedankensondierung geschehen war, hatten den Magier die beiden letzten, rasch hintereinander gewirkten Zauber eindeutig extrem erschöpft. Die verbliebenen beiden Wachen und Dr. Lambert lagen ohne eine sichtbare Verletzung auf dem Boden.

Der Körperpanzer der Wachen hatte sie gegen Westcotts Zauber nicht schützen können. Lanier war es gelungen, aus Westcotts Blickfeld zu verschwinden, da er damit gerechnet hatte, daß der Magier einen Zauber gegen alle im Raum befindlichen Personen wirkte. Was ein Magier nicht sah, konnte er auch nicht mit einem Zauber belegen, also waren Lanier hinter der Kiste die Auswirkungen des Zaubers von Westcott erspart geblieben.

Babel ging zu dem nächsten bewußtlosen Wachmann, nahm dessen Pistole an sich und überprüfte Magazin und Lademechanismus. Dann wandte er sich mit einem dünnen Lächeln auf den Lippen an Lanier. Er atmete schwer, und auf seiner Stirn glänzte Schweiß, als habe er soeben an einem Wettrennen teilgenommen, aber seine Bewegungen waren stetig und sicher.

»Wenn Sie hier hinauswollen, Mister Lanier, können Sie mit mir kommen. Unsere Chancen stehen besser, wenn wir zusammenarbeiten. Andernfalls können Sie auch gern hier bleiben und es allein versuchen. Das liegt ganz bei Ihnen.« Ohne auf eine Antwort zu warten, wandte Babel sich ab und ging in Richtung Tür.

Lanier hatte nicht Karriere in der Welt der Megakonzerne gemacht, weil er Gelegenheiten ignorierte. Er kam hinter der Kiste hervor, um das Angebot anzunehmen. Babel blieb vor dem Magnetschloß der Labortür stehen und sagte: »Öffnen.« Es klickte, und die Tür öffnete sich zischend. Lanier und Babel traten auf den Flur und ließen das bewußtlose Renraku-Personal zurück.

»Netter Trick mit der Kiste«, sagte Babel, während er sich im Flur umsah.

»Danke. Wußten Sie, daß ich das tun würde?« An diesem Punkt hätte Lanier fast alles geglaubt.

»Nein, aber ich bin froh, daß sie darauf gekommen sind. Ich kann Ihre Hilfe gebrauchen.«

»Meine Hilfe? Nach allem, was ich Ihnen angetan habe?«

Babel zuckte nur die Achseln. »Das war auch nicht schlimmer als das, was meine eigenen Leute mir antun wollten.« In der Anlage war alles ruhig. Der Alarm war nicht ausgelöst worden, und niemand war in Sicht. »Und wie ich schon sagte, ich glaube, wir haben gemeinsam eine bessere Chance, hier herauszukommen. Ich bin noch ziemlich neu im Schattengeschäft.«

»Das merkt man Ihnen nicht unbedingt an. Was haben Sie mit Westcott angestellt?« fragte Lanier.

»Haben Sie je von psychotropischem Ice gehört?« erwiderte Babel. »Etwas in der Art habe ich auch benutzt. Ich habe die SimSinn-Aufzeichnungseinheit über die Verbindung umgepolt, in die sie mich eingestöpselt hatten, und eine Rückkopplungsschleife zwischen Westcott und mir hergestellt, so daß ich eine Umprogrammierung in Westcotts Hirn herunterladen konnte. Im Grunde nichts anderes als das Zeug, das Sie gegen mich eingesetzt haben.«

Lanier ignorierte den Sarkasmus. »Ich wußte nicht, daß so etwas möglich ist«, sagte er.

Babel grinste. »Ich wußte es auch nicht mit Sicherheit, aber es hat funktioniert. Offensichtlich hat der gute alte Westcott noch nie zuvor versucht, sich mit seinen eigenen ICs in ein Hirn zu hacken.« Babel wandte sich ab und ging zielstrebig den Flur entlang.

»Wohin, zum Teufel, gehen Sie?« wollte Lanier wissen. »Nach draußen geht es in die andere Richtung.«

Babel wandte den Kopf. »Ich gehe nicht. Noch nicht. Ich bin aus einem ganz bestimmten Grund hierhergekommen. Sie können tun, was Sie wollen, aber wenn Sie mit mir zusammenarbeiten wollen, gehen wir hier entlang.« Er ging weiter, und Lanier wußte für einen Augenblick nicht, ob er den Fluchtweg einschlagen oder bei diesem rätselhaften jungen Mann bleiben sollte. Der Augenblick verstrich, und er machte kehrt und eilte den Flur entlang, um Babel einzuholen.

»Macht es Ihnen etwas aus, mir zu sagen, wohin wir gehen?« sagte er. »Oder wie Ihr Plan aussieht, hier lebendig herauszukommen?«

»Ich brauche Zugang zum Renraku-Netzwerk«, sagte Babel. »Das Laborsystem ist zu isoliert, obwohl es mir gelungen ist, in das Sicherheitssystem des Gebäudes zu decken. Ich habe einen meiner Geister-Helfer im System gelassen, der dafür sorgt, daß kein Alarm ausgelöst wird. Mit etwas Glück wird niemand wissen, daß wir geflohen sind, bis es zu spät ist.«

»Geister-Helfer?« Lanier registrierte, daß Babel nichts von einem Plan erwähnt hatte, wie sie die Anlage verlassen würden ... lebendig oder nicht.

»Einer meiner kleinen Helfer in der Matrix, wie ein Programmframe oder Expertensystem, nur viel ... bewußter.«

»Sie haben das die ganze Zeit geplant«, sagte Lanier, der die Teile des Puzzles zusammensetzte. »Sie *wollten* zu Renraku zurückkehren, um Zugang zu ihrem

System zu bekommen. Warum? Um sie mit falschen Daten zu füttern?«

Babel blieb an einer Kreuzung stehen, bevor er sich für die linke Abzweigung entschied. »Nichts derart Konkretes«, sagte er. »Ich wußte nicht einmal genau, was ich tun sollte, bevor Sie mich in Ihrem kleinen … Spielzimmer gezwungen haben, mich zu erinnern.«

Lanier hörte wieder einen Hauch von Bitterkeit aus Babels Tonfall heraus. Er bezweifelte, daß der junge Mann so wenig nachtragend war, wie er vorgab.

»Ich habe den Auftrag bekommen, Renraku … etwas zu bringen, wenn man mich zurückrufen würde. Die Einzelheiten fallen mir wieder ein, seitdem Sie mit Ihrem Verhör begonnen haben.«

Babel blieb vor einer Kreuzung stehen und lugte vorsichtig in den Quergang. Niemand war dort, und er führte Lanier daran vorbei.

»Wissen Sie, wie ein Retrovirus funktioniert?« fragte Babel, wartete die Antwort jedoch nicht ab. »Es programmiert die DNS des Wirts so um, daß die neue DNS das Virus reproduziert. So bin ich auch, eine einzelne Zelle von Renraku Computer Systems, die in ein Virus verwandelt und zurückgeschickt wurde, um Renrakus Organismus zu infizieren.«

»Aber warum wollen Sie Renraku verraten?« Lanier war aufrichtig verblüfft. »Man hätte Ihnen für Ihr Wissen ein Vermögen bezahlt. Und man hätte Sie nicht für den Job ausgewählt, wenn Sie nicht loyal wären.«

Babel hielt inne und musterte Lanier mit seinen sonderbaren violetten Augen.

»Ich war loyal. Sie haben jedoch gehört, was mit mir in der Matrix geschehen ist. Ich wollte, daß Renraku das erfährt. Ich war Renraku gegenüber loyal, weil der Konzern alles war, was ich in meinem Leben gekannt habe. Als ich in jener Nacht in der Matrix war, habe ich etwas anderes gefunden, obwohl ich mir nie hätte träumen lassen, es je zu besitzen. Ich fand Magie, und ich werde alles tun, um sie davor zu bewahren, von einem seelenlosen Konzern auf dieselbe Art und Weise beherrscht zu werden, wie ich von Renraku beherrscht worden bin.«

Babel wandte sich wieder um und führte Lanier weiter durch den Komplex.

Lanier wollte von dort verschwinden, also spielte er einstweilen mit. Aber wie immer wartete er nur auf seine Chance.

Glaube nicht, daß deine ›Magie‹ dich ewig vor den Interessen der Konzerne schützen wird, Junge. Eine Menge Leute sind gewillt, für das Wissen der Otaku-Chummer zu töten. Und ich bin einer von ihnen.

25

Aber ich werfe dir vor,
daß du deine erste Liebe verlassen hast.

– Offenbarung des Johannes 2, 4

Babel führte Lanier durch den Renraku-Komplex, als habe er eine Karte im Kopf. *Was durchaus möglich wäre,* dachte Lanier. Jedenfalls war er erstaunt über die Tatsache, daß die Sicherheitssysteme in dem Komplex ihnen überhaupt keine Beachtung zu schenken schienen. Sie passierten unterwegs mindestens drei Überwachungskameras, aber alle beobachteten den Flur ruhig weiter, ohne erkennen zu lassen, daß sie die beiden Fremden, die durch den Komplex schlichen, überhaupt zur Kenntnis genommen hatten. Kein Alarm ertönte, keine Sicherheitsmaßnahme wurde gegen sie aktiviert. Was Babel auch mit dem Sicherheitssystem angestellt hatte, es schien zu funktionieren.

Nicht weit von dem Verhörzimmer, das sie gerade verlassen hatten, erreichten sie eine Tür. Die Flure der Anlage waren vollkommen leer, und seit dem Verlassen des Raums hatten sie niemanden gesehen. Sie blieben vor einer Tür mit Überwachungskamera und einem in die Wand eingebauten Magnetschloß-Kartenlesegerät stehen. Die Tür sah wie der massive Sicherheitstyp aus, den Lanier gut kannte. Ohne die richtige Paßkarte für das Magnetschloß brauchte man Sprengstoff, um sich mit Gewalt Zutritt zu verschaffen. Die Uzis, die Lanier und Babel trugen, würden die Panzertür nicht einmal ankratzen. Lanier griff schon nach der Paßkarte in seiner Jacke, änderte dann jedoch seine Absicht. Er wollte sehen, wie Babel das regeln würde.

»Das ist das Hauptcomputerzentrum«, sagte Babel leise. Er stand vor der Tür, die Uzi in der Hand, und schaute zu der Überwachungskamera empor.

»Sesam öffne dich«, sagte er. Das rote Funktionslicht an der Überwachungskamera blinkte dreimal in rascher Folge, dann wechselte die Statuslampe am Magnetschloß von Rot auf Grün. Die Tür zum Computerraum öffnete sich mit einem leisen Zischen. Babel ging sofort hindurch, so daß Lanier ihm in den Raum folgen konnte. Hinter ihnen schloß sich die Tür mit einem soliden Klicken. Lanier nahm an, daß sie wieder verschlossen war, als sei nichts geschehen.

Takana Saigo saß auf der anderen Seite des kleinen Raums vor einer Computerkonsole, die mit einer beeindruckenden Phalanx verschiedenster Ausrüstung verbunden war. Lanier erkannte darin ein Zugangsterminal für eines von Renrakus besten Mainframe-Systemen. Die Rechenkapazität dieses Komplexes mußte gewaltig sein, so daß es sich zweifellos um mehr handelte als nur um eine Forschungs- und Entwicklungsanlage. Lanier vermutete, daß der Komplex Teil eines Bunkers oder einer Kommandozentrale war, mit deren Hilfe Renraku Aktivitäten in der Matrix steuern konnte, eine Art Aufmarschgebiet, von dem aus elektronische Überfälle und Kommandoeinsätze gegen Konzernrivalen unternommen wurden. Das bedeutete, daß Renraku darauf vorbereitet war, das Spiel wenn nötig zu Ende zu spielen, auch wenn das gleichbedeutend mit einem offenen Konflikt mit den anderen Megakonzernen war. Lanier würde alles tun, was erforderlich war, um das zu verhindern.

Saigo erschrak über das unerwartete Auftauchen der beiden Männer. Er machte Anstalten, nach der Konsole vor sich zu greifen, doch Babel hatte bereits die Uzi auf die Brust des Renraku-Execs gerichtet.

»Keine Bewegung«, sagte er in kategorischem, kaltem Tonfall. »Es würde mir keine Freude bereiten, Sie zu erschießen, *Sensei.*« Lanier hörte den japanischen Ausdruck für Lehrer, und sein Blick wanderte zwischen Saigo und Babel hin und her. Er fragte sich, ob Babel sich mittlerweile wieder an seine ganze Vergangenheit erinnern konnte. Saigos Mund öffnete sich, und einen Augenblick lang brachte er keinen Ton heraus. Sekunden später hatte er seine Stimme wiedergefunden.

»Wie sind Sie hier hereingekommen?«

»Ich habe meinen Helfer-Geistern befohlen, die Tür für uns zu öffnen. Was ist los, Saigo-*san*? Haben Sie noch nie einen Schamanen bei der Arbeit gesehen?«

Saigo ignorierte die Frage, und sein Blick irrte von Babel zu Lanier und wieder zurück. »Wo sind Lambert und Westcott?«

»Ich fürchte, sie sind damit beschäftigt, sich gründlich auszuschlafen«, entgegnete Lanier mit einem Achselzucken. »Sie hatten einen sehr schweren Tag. Insbesondere Doktor Westcott.«

»Es ist gar nicht so leicht, im Verstand eines Technoschamanen herumzustöbern«, sagte Babel. »Das hat er auf die harte Tour gelernt. Jetzt werden Sie dieselbe Lektion lernen.«

»Michael«, sagte Saigo in ruhigem, besonnenem Tonfall, »was haben Sie eigentlich vor? Sind Sie verrückt geworden?«

»Ganz im Gegenteil, zum ersten Mal in meinem Leben fühle ich mich bei bester geistiger Gesundheit.«

»Man hat Sie einer Gehirnwäsche unterzogen. Die Otaku ...«

Babel lächelte dünn. »Eine Gehirnwäsche ... ja, ich glaube, das kann man so sagen. Sie haben die Jahre der

Konditionierung herausgewaschen, die mich glauben machte, Renraku sei der Mittelpunkt des Universums. Daß das, was für den Konzern gut ist, für alle gut sei. Sie haben mir gezeigt, wie das Leben außerhalb der behaglichen, geschützten Konzernwelt aussieht: die Verkommenheit, die Verzweiflung, den ständigen Überlebenskampf. Und ich habe erfahren, daß Renraku bereit ist, einen Konzernkrieg zu riskieren, nur um den Aktienkurs zu steigern und die Profite zu erhöhen.«

»Michael, das stimmt nicht, Sie wissen ...«

»Halten Sie den Mund!« befahl Babel. »Dieser Name bindet mich nicht mehr. Ich heiße Babel. Michael Bishop ist tot. Er wurde aus den Datenbanken gelöscht, und von ihm ist nichts mehr übrig. Ihr Schüler existiert nicht mehr, *Sensei*. Er hat seine Lektion ein wenig zu gut gelernt. Sie wollten mir beibringen, ein Spion für den Konzern zu sein, und mich in eine Waffe verwandeln, die Renraku hätte benutzen und dann wegwerfen können. Nun, Ihr Werkzeug hat einen eigenen Willen entwickelt, und was ich sehe, gefällt mir nicht.«

Babel steigerte sich in eine Tirade hinein, daß Lanier fürchtete, er könne Saigo auf der Stelle erschießen, der ihnen noch bei der Flucht aus dem Komplex von Nutzen sein mochte. Lanier bereitete sich darauf vor, Babel zurückzuhalten, doch der junge Mann beruhigte sich wieder. Er begutachtete die Computerkonsole und wandte sich dann an Lanier.

»Halten Sie ihn in Schach«, sagte er kalt. »Ich habe einiges zu tun.«

Lanier starrte Babel einen Augenblick lang schokkiert an. *Hat dieser Junge völlig den Verstand verloren?* dachte er. *Warum sollte er mir vertrauen nach allem, was bisher geschehen ist? Er ist entweder der naivste oder der selbstsicherste Mensch, der mir je begegnet ist.*

Babel begegnete Laniers fragendem Blick mit seinen beunruhigenden violetten Augen. »Ich habe nicht die ganze Nacht Zeit, Mister Lanier. Wenn Sie so klug sind, wie Ihr Ruf vermuten läßt, kann ich Ihnen vertrauen. Einstweilen brauchen Sie mich, um diesen Komplex mit heiler Haut zu verlassen, und Sie können sich nützlich machen, indem Sie diesen ehrenwerten Konzernbürger hier bewachen.« Seine Stimme troff vor Ironie. »Außerdem«, sagte er mit einer Stimme so kalt wie Eis, »würde es mir nicht gefallen, wenn ich versuchen müßte, Sie beide zu töten, nur um sicherzugehen, daß es keine Störungen geben wird.«

Lanier wußte, daß Babel es ernst meinte, und sein Respekt vor ihm wuchs erneut. Er hätte nie geglaubt, daß dieser junge Mann so rücksichtslos sein würde. *Vielleicht kann er das doch alles durchziehen.*

Lanier richtete seine Waffe auf Saigo, und Babel gestikulierte mit seiner Uzi. »Aufstehen«, sagte er zu Saigo, der widerwillig seinen Platz vor der Computerkonsole räumte. Babel setzte sich, und Lanier bedeutete Saigo in die von der Konsole am weitesten entfernte Ecke des Raums. Lanier bezog eine Stellung, die es ihm ermöglichte, sowohl die Tür als auch Saigo und Babel im Auge zu behalten, während dieser seine Vorbereitungen traf.

Babels Blick huschte über die Anzeigen und Monitore des Terminal-Systems und begutachtete die Hardware- und Software-Interfaces. Er öffnete eine Klappe an der Seite des Terminals und er holte ein dünnes Glasfaserkabel hervor, das sich lautlos abspulte. Er nahm den Stecker und stöpselte ihn mit einem leisen Klicken in seine Datenbuchse ein. Dann verdrehte er die Augen und schien in eine ähnliche Trance zu fallen wie im Verhörzimmer. Die Monitore und Anzeigen am Terminal flackerten seltsam und zeigten nur eine Flut alphanumerischer Zeichen, die über die Schirme huschten. Lanier und Saigo beobachteten voller Faszination den Technoschamanen bei der Arbeit. Lanier hatte schon zuvor gesehen, wie Babel seine Fähigkeiten angewandt hatte, aber Saigo sah nur voller Staunen zu, wie Babel sich mit nicht mehr als der Kraft seines veränderten Gehirns und seiner eingebauten Headware Zugang zu dem Computersystem verschaffte.

Die Sekunden dehnten sich, während Babel stumm vor der Konsole saß. Lanier richtete seine Aufmerksamkeit wieder auf Saigo, der in einer Ecke des Raums stand, die Hände an den Seiten, wo Lanier sie sehen konnte. Es war offensichtlich, daß Saigos Gedanken sich in dem Bestreben überschlugen, eine Möglichkeit zu finden, die Situation zu seinem Vorteil zu wenden. Außerdem registrierte er, daß Babels Waffe vergessen auf der Konsole lag. Lanier ging zur Konsole und nahm die Waffe an sich. Als er sich vergewissert hatte, daß sie gesichert war, hängte er sie sich über die Schulter und hielt die andere Uzi auf Saigo gerichtet.

»Seien Sie kein Narr, Lanier«, sagte Saigo ruhig. »Beenden Sie diesen Wahnsinn, dann brauche ich dem Aufsichtsrat nichts von alledem zu berichten.«

»So wie ich das sehe, werden Sie ohnehin keine Gelegenheit haben, ihm irgend etwas zu erzählen.«

»Heißt das, Sie wollen mich töten? Das wird Ihnen nichts nützen, und das wissen Sie auch. Es gibt noch mehr Zeugen für Ihre Verwicklung in diese Angelegenheit, und nach allem, was Michael gesagt hat, leben sie noch. Es sei denn, Sie bringen die anderen auch um. Rücksichtslos genug dafür sind Sie, da bin ich mir sicher.«

»Vergessen Sie das nicht«, sagte Lanier.

»Was ist mit ihm?« Saigo nickte mit dem Kopf in Babels Richtung. »Glauben Sie wirklich, Sie können ihm vertrauen? Das habe ich auch geglaubt, bevor er mich und den Konzern verraten hat, der ihn zu dem gemacht hat, was er ist. Er ist verrückt, Lanier. Was die Otaku auch mit ihm angestellt haben, er hat den Verstand verloren. Und Sie gewähren ihm Zugang zu Renrakus zentralem Datennetzwerk. Wenn er nicht von dem Ice getötet wird, welches das Zentralsystem schützt, wird er unsagbaren Schaden anrichten. Wollen Sie das zulassen? Er benutzt Sie doch nur. Was ist, wenn er einen Konflikt mit den anderen Konzernen anzetteln will? Wollen Sie einfach zusehen, wie dieser… Verrückte Renraku antut, was er will? Ihre Aktien könnten mittlerweile wertlos sein.«

»Meine Renraku-Aktien waren schon immer wertlos«, sagte Lanier. »Renraku hätte so schlau sein sollen, sich mit dem Erreichten zufriedenzugeben, anstatt zu versuchen, sich mit den Großen anzulegen.«

Saigo hob eine Augenbraue, und sein Gesicht verzog sich langsam zu einem Lächeln. »So ist das also. Sie sind Ihren ehemaligen Arbeitgebern gegenüber immer noch loyal. Sie überraschen mich, Lanier-*san*. Sie sind nicht der ehrlose Söldner, für den ich Sie gehalten habe. Meinen Glückwunsch. Ich hatte anfänglich den Verdacht, Ihr Bruch mit Villiers sei alles andere als aufrichtig gewesen, aber Sie haben mich vom Gegenteil überzeugt. Diese von Fuchi veranlaßten Anschläge auf Ihr Leben nach Ihrer Berufung in den Aufsichtsrat von Renraku waren… äußerst überzeugend.«

»Das sollten sie auch sein.«

»Und Villiers hat Ihnen erlaubt, Renraku Informationen über Unternehmen von Fuchi zu geben, um Ihre Glaubwürdigkeit zu stärken?«

»Wir haben ein paar Bauern geopfert, um den König zu schlagen«, sagte Lanier. Er erwähnte nicht, daß es sich bei den Unternehmen in erster Linie um solche der Familien Yamana und Nakatomi gehandelt hatte, die ebenfalls gegen Villiers waren. Indem er Renraku durch Lanier Informationen über sie zuspielte, hatte Villiers zwei Fliegen mit einer Klappe geschlagen.

»Und all das, um Ihnen Gelegenheit zu geben, Renraku zu infiltrieren und das Geheimnis seines schnellen Wachstums zu ergründen, das Fuchis Profite bedrohte. Aber Sie scheinen mehr herausgefunden zu haben, als Ihnen lieb ist.« Saigo warf einen Blick auf Babel, der reglos vor der Konsole saß. Ab und zu bewegten sich seine Lippen und bildeten lautlose Wörter und Phrasen. Hin und wieder zuckte ein Muskel wie bei einem Schlafenden, der auf einen Traum reagiert.

Was ist, wenn dieser Junge verrückt ist? dachte Lanier. *Was hält mich davon ab, ihn und Saigo einfach zu erschießen und von hier zu verschwinden? Wenn ich es ins Parkhaus oder zum Hubschrauberlandeplatz schaffe, könnte ich wahrscheinlich entkommen. Ich könnte bei Villiers unterschlüpfen, bis die Luft rein ist, oder vielleicht sogar Renraku davon überzeugen, daß ich ein Riesenproblem für den Konzern gelöst habe.*

Doch Lanier hatte mittlerweile einen Eindruck von Babels Talenten gewonnen, und er mußte davon ausgehen, daß der Junge die Gebäudesicherheit und die Computersysteme nach wie vor unter Kontrolle hatte. Ein rascher Blick auf die Sicherheitstür des Computerraums reichte, um ihn davon zu überzeugen, daß er ohne Babels Hilfe vielleicht niemals hier herauskam.

»Ich habe die Codes für das Sicherheitssystem«, sagte Saigo, als habe er Laniers Gedanken gelesen. »Ich könnte Sie hier herausbringen. Sie können mit dem Jungen machen, was Sie wollen.« Lanier erwog das Angebot. Es war verführerisch, aber er bezweifelte, daß Saigo ihn entkommen lassen würde, ganz gewiß nicht mit Babel und all den Informationen über die Otaku.

»Ich glaube nicht, Saigo. Babel ist aus einem ganz bestimmten Grund zurückgekommen, und ich wette, was er jetzt tut, wird Renraku mehr schaden als mir. Und wenn ich mich täusche und ich keine Chance mehr haben sollte, an sein Wissen zu gelangen, werde ich dafür sorgen, daß auch kein anderer es bekommt.«

26

Eli, eli, lema sabachtani? ...Mein Gott,
mein Gott, warum hast du mich verlassen?

– Matthäus 27, 46

Im privaten lokalen Telekomgitter Renrakus wirke ich meine Technomagie. Ich bin in das Terminal innerhalb der Renraku-Anlage eingestöpselt und habe dadurch Zugang zu den zentralen Knoten des Kommunikationssystems des Konzerns – das heißt, zu allen wichtigen Datenverarbeitungszentren. Von außen wird das Gitter durch eine Mauer aus Ice geschützt, durch einen virtuellen Gletscher, der so stark ist, daß ihn nichts durchbrechen könnte, ohne ernsten Schaden zu erleiden und jeden nur denkbaren Alarm auszulösen. Von innen steht das System jedem mit den entsprechenden Mitteln offen, und ich verfüge über die Macht meiner Kanäle, über mehr Macht, als jedes Cyberdeck bieten könnte. Ich befinde mich innerhalb des Systems, ein Trojanisches Pferd, das dem Feind als Geschenk geschickt wurde wie das Virus, von dem ich Lanier erzählt habe. Aber ich muß vorsichtig sein, denn das Renraku-Netzwerk verfügt trotz allem noch über Abwehrvorrichtungen, die es vor Viren schützen.

Auf der schimmernden schwarzen Ebene der Matrix verlasse ich mich auf die Helfer-Geister, die mir zur Verfügung stehen. Rook ist bereits im System und erscheint sofort, als ich sie rufe, ein Rabe aus schwarzem Chrom mit glänzenden Federn und in bemerkenswert detaillierter Darstellung. Sie läßt sich mit einem glockenhellen Flattern metallischer Flügel auf meiner

Schulter nieder und flüstert mir die Weisheiten zu, die sie dem System bisher abgerungen hat. Die Sicherheits-Subroutinen sind bereits so stark verknotet, daß die Renraku-Techniker Tage brauchen werden, um sie wieder zu entwirren, aber es wird bereits zu spät sein, bevor sie damit auch nur beginnen.

Bakemono taucht aus den Tiefen meines Umhangs hinter meinem Bein auf und geht in die Hocke, so daß seine Knöchel über den Boden schleifen. Er sieht zu mir auf und erwartet meine Befehle, als ich mein Schwert aus dem Beutel an meinem Gürtel ziehe.

Es beginnt als Kugel aus flüssigem Silber, das im Licht des Systems wie Quecksilber in einer Umgebung der Schwerelosigkeit aussieht. Das kühle Metall kräuselt sich bei meiner Berührung, und dann verformt sich die Kugel. Das silbrige Metall streckt sich und nimmt die Gestalt meiner heiligen Klinge an, der Verkörperung meines Willens in der Elektronenwelt. Mit meiner magischen Klinge in der Hand können mir nur die wenigsten Bewohner der Matrix standhalten.

Ich fädele mich in eine Datenbahn des Renraku-Systems ein, und wir schießen mit Lichtgeschwindigkeit davon. In Sekundenbruchteilen erreichen wir das Gitter von Chiba, das auf der anderen Seite der Welt liegt. Hier, im Herzen des Renraku-Systems, wird meine Bestimmung erst richtig beginnen. Ich hoffe, Papa Lo hat recht, und ich werde tatsächlich wissen, was ich zu tun habe, wenn der Zeitpunkt gekommen ist.

Das System ist ein ausgedehnter virtueller Palast in den Tiefen der Matrix, der Burg von Osaka nachempfunden und im japanischen Stil des siebzehnten Jahrhunderts gehalten. Da ich aus der Kommandozentrale in Boston komme, kann ich die Wachen umgehen, die auf der Burgmauer stehen, um Eindringlinge zurückzuschlagen. Ich komme über den Weg eines Verbündeten, also werden die Tore der Burg geöffnet, um mich einzulassen. Ich trete hindurch und auf den riesigen Burghof.

Überall ringsumher herrscht geschäftiges Treiben. Bauern und Bedienstete, die funktionelle Programme repräsentieren, gehen emsig ihren Geschäften nach, die darin bestehen, Systeme zu steuern und Daten von einem Ort zum anderen zu transportieren. Kuriere brechen von allen Toren der Burg zu entfernten Orten auf, um ihren Herren Nachrichten zu überbringen. Grimmige Samurai halten Wache im Hof, aber keiner von ihnen reagiert auf meine Anwesenheit. Noch nicht.

Ich raffe meinen Umhang und folge dem Weg der Boten in die eigentliche Burg. Ich gehe durch die Gänge und Flure und halte nach der Quelle der Botschaften Ausschau, die das System in die ganze Welt zu anderen Renraku-Systemen schickt. Indem ich die Macht meiner Kanäle ausdehne, kann ich den Informationsfluß innerhalb des Systems spüren. Den Hauptverteilungsprozessor zu finden ist schwierig, aber nicht zu schwierig für mich. Ich folge dem Weg, den ich innerhalb des Labyrinths von Gängen erspüre, und erreiche einen Raum mit Papierwänden in den Tiefen der Burg.

Ein Samurai steht vor dem Raum Wache. Ich trete näher, hole eine Prise eines glitzernden Staubs aus meinem Beutel und vollführe eine tiefe Verbeugung, während ich die Worte flüstere, welche das Aussehen meiner Persona in den Augen des Wachpostens verändern, eine simple Illusion. Die leblosen Augen des Samurai starren mich an, und er tritt beiseite, als die Tür sich öffnet.

Der Raum dahinter ist spartanisch in seiner Einfachheit. Ein Edelmann in einem Seidenkimono, der mit dem Punkt-und-Wellenform-Logo Renrakus gemustert ist, sitzt hinter einem niedrigen Schreibtisch auf dem Boden. Auf dem Schreibtisch befinden sich Schreibutensilien, Papier und Tinte in zierlichen Porzellangefäßen. Zwei gepanzerte Samurai stehen mit Mienen so ausdruckslos wie Stein hinter dem Edelmann. Dieser bedeckt die dünnen Blätter Reispapier vor sich mit wunderschön geschwungenen Schriftzeichen, faltet sie sorgfältig zusammen und übergibt sie dann einem Boten, der sie überbringen soll. Es handelt sich um die Anweisungen der zentralen Verteilungsprozessoren, welche E-Mails, Faxe und andere Daten aus dem Renraku-Hauptquartier in alle Winkel der Welt leiten. Ich schließe die Schiebetür hinter mir und nähere mich dem Edelmann.

Ohne Vorwarnung erwachen die beiden Samurai zum Leben und treten mir entgegen. Meine Illusion hat sie nicht getäuscht, und ich dehne meine Sinne auf sie aus. Sie sind SKs! Semi-autonome Knowbots sind in der Matrix beinahe legendär. Hochentwickelte adaptive Programme, die einer künstlichen Intelligenz sehr nahekommen. Renraku hat sie entwickelt und im Laufe der Jahre zweifellos perfektioniert. Sie sind zu hoch entwickelt, um sich von meinen Illusionen und Täuschungen zum Narren halten zu lassen.

Will ich Erfolg haben, muß ich an den Knowbots vorbei, ohne ihnen zu gestatten, das System in Alarmzustand zu versetzen. Das System versucht bereits, die Nachricht von meinem Eindringen zu verbreiten. Ich habe Rook fortgeschickt, um das Signal in die Irre zu leiten und mir etwas Zeit zu verschaffen. Die Samurai ziehen ihre Katanas und treten näher, und ihre Sandalen klatschen auf die Tatami-Matten auf dem Boden.

Ich schlage meinen Umhang zurück und lasse mein eigenes Schwert sehen, dessen Klinge funkelt. Bakemono hockt neben meinem linken Bein, bleckt die Zähne und knurrt die herannahenden Krieger an.

Dann stürzen sie sich ohne Vorwarnung auf mich. Ich hebe mein Schwert, um den Angriff eines der Samurai zu parieren, während ich mich gleichzeitig seitlich wegdrehe, um dem Hieb des anderen auszuweichen. Die Klingen schwingen lautlos, aber es klirrt, als das Katana mein Schwert trifft und ich die gegnerische Klinge mit meiner wegschiebe.

»Bake, greif an!« befehle ich, und mein Goblin-Geist springt mit einem wütenden Schrei hoch und fällt einen der Samurai an, der unter der Heftigkeit des Angriffs zurückweicht. Ich konzentriere mich auf den anderen und reiße mein Schwert hoch, um einen weiteren Hieb zu parieren, dann stoße ich zu, um eine scheinbare Lücke in der Deckung auszunutzen. Der Samurai pariert meinen Angriff. Die Knowbots sind schnell und geübt in dem, was sie tun. Ich wehre einen weiteren Hieb ab, und ich spüre, wie die Samurai versuchen, eine Schwachstelle an mir zu finden. Ich verwirre sie. Ich bin anders als jeder Decker, den sie bisher gesehen haben. Das läßt sie ein wenig zögern. Sie brauchen Zeit, um sich anzupassen. Das lasse ich sie teuer zu stehen kommen.

Ich nutze die vorübergehende Verwirrung aus und umgehe die Abwehr des Samurai mit meinem nächsten Hieb. Mein blitzendes Schwert trifft die schwarz lackierte Rüstung in einem Funkenschauer und hinterläßt einen langen Riß in der Struktur des Knowbots. Blitzender Code und Neon-Fraktale sind durch die Löcher in der Rüstung des Knowbots zu sehen, da die inneren Organe des Programms entblößt sind. Neben mir ertönt ein Aufschrei, als der andere Samurai Bakemono festnagelt und mit seinem Katana zuschlägt. Bakemonos Kopf wird sauber abgetrennt und rollt durch den Raum, bevor der Geist auseinanderfällt und sich auflöst. Der Tod meines Dieners, der ein Teil von mir ist, versetzt mir einen scharfen Stich.

Der unbeschädigte Knowbot richtet seine Aufmerksamkeit nun, da er Bakemono erledigt hat, wieder auf mich. Ich wehre die Angriffe der beiden Samurai ab, aber sie drängen mich zurück. Beiden werde ich nicht sehr lange standhalten können. Die Klingen werden mit heftiger Wildheit geschwungen, aber noch pariere ich jeden Hieb. Die Samurai arbeiten als Team, um mich zu ermüden und irgendeine Schwäche in meiner Abwehr zu finden. Das darf ich nicht zulassen.

Ich konzentriere meine Bemühungen auf den Samurai, den ich bereits verwundet habe, und hoffe auf eine Gelegenheit. Als sie kommt, stoße ich die Klinge meines Schwerts direkt durch den beschädigten Teil des Knowbots, um einen lebenswichtigen Teil des Programms zum Absturz zu bringen. Die Klinge trifft, und der SK erstarrt wie ein Video auf Standbild. Das Programm ist abgestürzt und eingefroren.

Aber ich muß für meinen Erfolg büßen. Der andere Samurai führt einen Aufwärtshieb, und das Schwert fährt durch meinen Umhang und hinterläßt eine feurige Spur auf meiner Seite. Ich schreie auf und springe seitwärts, dann lege ich den Umhang ab, der sich wie Rauch auflöst. Er ist jetzt nutzlos und würde mich nur verlangsamen. Ich spüre, wie der brennende Schmerz in meiner Seite sich rasch abkühlt und sich dort ein sonderbares Gefühl der Nässe ausbreitet. So etwas habe ich noch nie zuvor empfunden. Ich fasse mein Schwert mit beiden Händen, während der unbeschädigte Samurai mich umkreist und nach einer Lücke Ausschau hält. Ich gestatte mir einen flüchtigen Blick auf meine Seite. Eine kupferfarbene Flüssigkeit tropft aus der Wunde in der Flanke meiner Persona wie metallisches Blut. Sie fällt zu Boden und sammelt sich dort, und die Lache erinnert mich an den Teich unter dem großen Baum.

Ich nehme das Schwert wieder einhändig und greife mit der freien Hand in den Beutel an meinem Gürtel, um einen Strom flüssigen Silbers herauszuziehen, der sofort die Gestalt eines leuchtenden Rundschilds annimmt, mit dem ich den nächsten Hieb des Katana pariere. Ich stoße mit dem Schild zu und verschaffe mir so eine Öffnung, durch die ich einen Stoß gegen den Bauch des Samurai setze. Defekter Code fließt wie Blut aus der gezackten Schramme, die mein Schwert hinterlassen hat. Der Samurai schlägt seinerseits wieder zu, und ich pariere und überspringe dann den nächsten, auf meine Beine gezielten Angriff. Der Samurai wird immer schneller, da das System dem einen verbliebenen Knowbot mehr Rechenkapazität widmet. Ich kann nicht alle Angriffe parieren.

Der Knowbot nähert sich mit unglaublichem Tempo von der Seite und schlägt nach meinem Schwertarm. Ich versuche, meinen Schild hochzureißen, aber ich kann mich nicht schnell genug drehen. Dem anschließenden Schmerz folgt ein weiterer Strom flüssigen Kupfers aus meiner verwundeten Schulter, der sich zu der größer werdenden Lache zu meinen Füßen gesellt. Als ich vor den nächsten Angriffen des Knowbots zurückweiche, schimmert die Lache meines Elektronenbluts und kräuselt sich. Kleine Ranken erheben sich aus der Lache und recken sich zur Decke des Raums. Etwas taucht aus meinem Innern auf, genährt von der Essenz meiner lebenden Persona, und verwurzelt sich in dem Renraku-System. Für einen Augenblick läßt mich die Schönheit der Zweige und Kupferknospen erstarren, die dort erblühen, wo mein Blut hingefallen ist, und der Knowbot ergreift die Gelegenheit, um mit der Präzision einer Maschine zuzuschlagen.

Eine rasiermesserscharfe Klinge aus schwarzem Chrom spießt mich auf. Ich schreie vor Schmerzen auf. Wäre ich aus Fleisch und Blut, hätte der Hieb mich mit Sicherheit getötet. So breche ich vor Schmerzen zusammen, und meine Nervenenden stehen in Flammen, während ich meinen Schild sinken lasse. Flüssiges

Kupfer schießt aus der Wunde und perlt über den Boden, um sich mit der wachsenden Lache zu vereinigen, aus der mittlerweile ein kleiner Baum wächst, ein Schößling im Vergleich zur Erhabenheit des Weltbaums aus meiner Vision. Das ist der Same dessen, was ich in das Renraku-System einschleusen sollte: das Virus-Programm.

»Du hast dich gut geschlagen«, sagt eine Stimme zu mir. *»Renraku kann nicht mehr draußen halten, was sich bereits im Innern befindet.«* Der metallische Baum wächst und bildet Zweige und Äste aus, welche bereits die Decke berühren, während seine Wurzeln den Boden durchdringen und sich in die entlegensten Teile von Renrakus Computersystem eingraben. Mit einem brutalen Ruck reißt der schwarze Chrom-Samurai sein Schwert aus mir heraus, und noch mehr von meinem Blut nährt die Substanz des wachsenden Virus.

»Hilf mir ...«, sage ich zu dem Weltbaum, der Quelle meiner Macht, meiner Magie und meiner Erleuchtung.

»Es müssen Opfer gebracht werden«, sagt die Stimme ohne jedes Gefühl und kalt wie das Vakuum. *»Der Zusammenbruch deines neuralen Netzes wird die abschließende Kaskadensequenz auslösen. Das, was ich in dich herabgeladen habe, wird in die gesamte Renraku-Matrix geladen. Das, was jetzt noch außerhalb ist, wird dann innerhalb sein. Alles wird eins, ein Teil des größeren Ganzen. Renraku wird nicht länger Das Volk bedrohen und Die Welt in Gefahr bringen.«*

»Aber ich werde sterben!«

Der Samurai hebt seine funkelnde Klinge wie ein Henker. Ich weiß nicht, ob er noch vom Renraku-System oder von etwas anderem kontrolliert wird. In dem maskenähnlichen Gesicht ist keine Spur von Erbarmen zu erkennen.

»Irrelevant. Du hast deinen Zweck erfüllt. Gehorche und erfülle deine Bestimmung.«

»Nein«, widerspreche ich ruhig. »Ich habe gehorcht, ich habe ehrenvoll gehandelt…«

»Irrelevant. Das Volk ist vorrangig. Dein Opfer ist nötig.«

»Du kannst nicht… NEIN!«

Der Samurai kommt heran, das Schwert zu einem Schlag erhoben, der mir ebenso sauber den Kopf abtrennen soll wie Bakemono. Ich drehe mich seitlich weg und stoße gleichzeitig mein Schwert nach oben. Meine Klinge fährt mit einem leisen Geräusch durch die Rüstung des Samurai und spießt den Knowbot auf. Ich bereite mich darauf vor, dem herabsausenden Katana auszuweichen, aber der Hieb kommt nicht. Der Knowbot steht erstarrt auf meinem Schwert. Ich stoße einen Seufzer der Erleichterung aus und lasse mein Schwert los, das immer noch in dem abgestürzten Ice-Programm begraben ist. Ich nehme eine Handvoll silberner Blätter aus meinem Beutel, zerkrümele sie in meiner Faust und streue den glitzernden Staub über die Wunden meiner Persona.

Der schimmernde Metallbaum beginnt zu zittern und zu beben, als ich die Blutung meiner Wunden stoppe. Das flüssige Kupfer, das ihn nährt, versiegt, und das wachsende Virusprogramm kollabiert. Ich knie auf dem Boden des Raums und sehe zu, wie der Baum sich wieder verflüssigt. Die kupferfarbene Flüssigkeit verliert ihre Farbe, wird immer silbriger, dann scheint mich die flüssige Säule ohne Augen anzusehen, und zwar mit einer Intelligenz, die nicht in der Lage ist zu begreifen, was ich getan habe, warum ich nicht für etwas sterben will, das mir alles gegeben hat, was ich wollte. Sie ist nie zuvor einem so undankbaren Lebewesen begegnet, weil all ihre anderen Kinder eben genau das sind: Kinder, die kein anderes Leben kennen, keinen anderen Weg. Sie sieht mich lange an, dann höre ich die Stimme zum letztenmal sprechen.

»Herunterladen abgebrochen. Ersatzprotokolle angelaufen.«

Die Quecksilbersäule dreht sich wie ein Wasserspeier und springt in das Tintenfaß auf dem Schreibtisch, wo der japanische Edelmann weiterhin seine eleganten Botschaften verfaßt, wie er es auch während meines Kampfes mit seinen beiden Samurai getan hat.

Die Flüssigkeit taucht in das Tintenfaß und verschwindet darin, ohne daß ein Kräuseln zurückbleibt. Der Edelmann taucht seine Feder in das Tintenfaß und schreibt weiter, aber die kühnen, perfekt anzusehenden Zeichen haben sich ein wenig verändert – es sind nicht mehr die Worte der Execs und Manager Renrakus, sondern Informationen, die von dem tief in das Renraku-System implantierten Virus diktiert werden. Die Kuriere nehmen die Botschaften, die der Edelmann schreibt, und bringen sie rasch an ihren Bestimmungsort. Dabei wird die Information in diesen Botschaften zu einem Bestandteil von Programmen in anderen Teilen des Renraku-Systems, da sie sich unbemerkt an sie heften und sich mit Lichtgeschwindigkeit immer weiter über Renrakus Netzwerk ausbreiten.

Mit der Verbreitung des Virus geschehen ungewöhnliche Dinge im gesamten Renraku-Computernetzwerk.

E-Mails werden unter Benutzung gefälschter Identifikationscodes und Prioritäts-Paßwörter an gewisse Projekt- und Abteilungsleiter geschickt, die ihnen sagen, daß der Konzerngerichtshof im Zuge seiner Untersuchungen eine Inspektion von Renraku-Anlagen vornehmen wird. Sie befehlen diesen Managern, gewisse heikle Materialien zu zerstören, damit sie nicht gefunden werden, und lassen anklingen, daß ihre Stellungen innerhalb der Renraku-›Konzernfamilie‹ gefährdet sind, wenn sie nicht gehorchen. Daten über diese Projekte werden einem Befehl des Aufsichtsrats zufolge aus dem Renraku-System entfernt und insgeheim archiviert. Alle Informationen über den Vorgang werden vernichtet, die ursprünglichen Memoranden eingeschlossen.

Zuerst in Chiba und anderen Renraku-Anlagen in Japan, dann überall auf der Welt werden Beweismaterial und Prototypen gewisser Renraku-Forschungsprojekte zerstört, um einer Untersuchung des Konzerngerichtshofs zuvorzukommen, und zahllosen Managern und Direktoren wird versichert, ihr Job sei sicher, da die kommende Untersuchung nichts zutage fördern könne.

Alle Informationen über die Otaku und ihre Fähigkeiten verschwinden aus den von Renraku kontrollierten Systemen der Welt. Datenbanken mit urbanen Legenden und Geschichten, die von Renraku-Forschern gesammelt wurden, werden gelöscht, wenn Hinweise auf die Otaku gefunden werden. Die Forschung im Bereich der Neurobiologie und des Hirn-Computer-Interfaces, welche auf der Existenz der Otaku beruht, existiert nicht mehr. E-Mails, Faxe und Berichte über die Otaku verschwinden. Sogar das Wort ›Otaku‹ verschwindet aus den Online-Wörterbüchern und -Enzyklopädien, die vom Renraku-Konzern verfaßt und betreut werden.

In geschützten Datenspeichern in Renrakus Hauptquartier findet das Virus Informationen über Technologien, die Renraku von einem elfischen Erfinder bezogen hat und die Fähigkeiten der Otaku erfordern, um vollkommen zu funktionieren. Binnen weniger Minuten werden die Erfindungen eines Elfs namens Leonardo aus dem Renraku-System gelöscht. Alle Konzepte, Schemata, Spezifikationen und Informationen, die Renraku-Techniker aus Leonardos Technologie gewonnen haben, verschwinden aus den Konzern-Datenbanken.

Einige Archive innerhalb der Datenbanken sind geschützt und durch Kopien gesichert, aber das Virus wartet untätig im System. Alle Kopien, die der bisherigen Vernichtung entgangen sind, werden dann gelöscht, wenn Renraku versucht, sie in das Hauptsystem zu integrieren. Das Virus ist extrem virulent und hat einen erstaunlichen Überlebensinstinkt. Es versteckt sich in Winkeln und Nischen innerhalb des Renraku-Systems und wartet darauf, daß mehr Ziele auftauchen, die es zu eliminieren gilt. Wenn Renraku versucht, neue Informationen über die Otaku zu sammeln, werden sie aus dem System gelöscht. Wenn ein anderer Konzern in das Renraku-System eindringt und nach Informationen über die Otaku sucht, wird das System dieses Konzerns ebenfalls infiziert. Renraku wird sehr, sehr lange brauchen, um das Virus vollständig zu eliminieren.

Es wird einige Zeit dauern, bis Renraku überhaupt bemerkt, was geschehen ist, und bis dahin werden die Daten über die Otaku längst vollständig gelöscht sein. Die Geheimnisse des Matrixvolks werden vor Renraku und den anderen Megakonzernen sicher sein, während die überlegene Matrixtechnologie, die Renraku einsetzt, um seine Systeme vor unbefugtem Eindringen zu schützen, den Weg der Dinosaurier gegangen sein wird. Eine Zeitlang wird Renraku damit beschäftigt sein, die Abwehrsysteme zu ersetzen, um sich vor den anderen Megakonzernen und Deckern zu schützen, die Kapital aus Renrakus Schwäche schlagen wollen. Sie werden niemals erfahren, wie dicht Renrakus gesamtes System davorstand, zerstört zu werden, und daß das Virus nur das geringste der Ziele war, die ich mit meinem Tod verwirklichen sollte, das einzige, dessen Verwirklichung mein Überleben zuließ.

Ich beobachte die Fortschritte des Virus innerhalb des Systems bis zu dem Punkt, an dem Renraku es nur noch aufhalten kann, wenn das gesamte Netz abgeschaltet wird. Renraku wird keinen finanziellen Selbstmord begehen, nur um die Informationen zu einigen wenigen Geheimprojekten zu erhalten. Wie bei einem Virus ist auch bei einem Megakonzern der wichtigste Antrieb der Drang, zu überleben und zu gedeihen, koste es, was es wolle, auch wenn kleine Dinge geopfert werden müssen. Renraku wird sich mit den erlittenen Verlusten abfinden und weitermachen. Wie ich es auch muß.

Der schimmernde, prächtige Baum des Wissens ist nicht mehr. Ich habe zwar überlebt, aber meine Bestimmung ist in seinen Augen erfüllt. Ich bin nicht mehr als ein beliebiger Haufen nutzloser Daten. Nicht länger Angehöriger Des Volks und nicht mehr Teil seines Plans. Ich rufe Rook zu mir und schicke sie durch das Renraku-System, wobei ich ihr den Namen gebe, mit dem Saigo und andere mich angesprochen haben, den Namen, der im Innersten meines Wesens haftengeblieben ist.

Einen Augenblick später produziert das Renraku-Netzwerk einen schimmernden Haufen alphanumerischer Zeichen, der vor mir in der Luft schwebt, eine Datei, welche alle Informationen enthält, die es in der Matrix noch über Michael Bishop gibt, einen Angestellten von Renraku Computer Systems. Die Kraft der Tiefen Resonanz hat alle anderen Daten über Bishop aus der Matrix entfernt, ausgenommen im Renraku-System, das von den besten ICs geschützt wurde, die es je gab. Dieselben ICs, die ich überwinden mußte.

Ich sehe mir die Datei und alle darin enthaltenen Informationen an. Meine Geburt in einer Konzernklinik, meine Ausbildung in einer Konzernschule, meine Berufung an das MIT&T aufgrund eines Konzernstipendiums. Ein ganzes Leben innerhalb der Grenzen einer Firma. Ein Leben, das ich beendet habe, um erst dem Willen der Firma zu folgen und dann dem Willen von etwas, das ich für tiefgründiger und bedeutungsvoller gehalten habe.

Ich schließe die Hände um die Datei, und sie wird flüssig, so daß ich die darin enthaltenen Informationen meinem Ich zuführen kann. Ich trinke meine Lebensdaten und speichere sie in der Headware, die Renraku mir gegeben hat, um mich auf den Auftrag vorzubereiten, der mein ganzes Dasein verändert hat. Die Einzelheiten meines Lebens gehören mir und nur mir. Und das wird auch so bleiben. Michael Bishop ist aus der Matrix verschwunden, und dasselbe gilt ab jetzt für Babel. Ich bin zum zweitenmal gestorben und stehe für kurze Zeit ohne Namen und Absicht da: ein wahrer Geist in der Maschine.

Ich denke einen Augenblick darüber nach, was ich tun werde, dann rufe ich Rook zu mir zurück und flüstere ihr zu, was getan werden muß.

27

SHADOWWATCH: Euer Auge in den Schatten

Die neuesten Bits und Bytes aus dem BTX-System von Shadowland

>Ähem, Captain und alle da draußen, ich glaube, daß tatsächlich etwas vorgeht. Bei Renraku läuft was völlig Irres ab. Im RenrakuNet herrscht hektische Aktivität: E-Mails, Faxe und Botschaften werden herausgehauen wie verrückt. Soweit ich weiß, hat der Konzerngerichtshof sich noch nicht zu Wort gemeldet, also könnten das Renrakus Vorbereitungen für irgendeine Art von Erstschlag sein. Fuchi hat noch nicht reagiert, aber während ich das hier schreibe, dauert der Vorgang immer noch an. Vielleicht hatten sie noch keine Zeit zu reagieren. Es könnte jederzeit losgehen. Hat irgend jemand von euch Aktien von Renraku oder Fuchi? Ihr solltet eure Investitionen überdenken.

>The Chromed Accountant

›Alles dreht sich nur um Dollars und Vernunft‹

Im Renraku-Computerzentrum hielt Lanier seine Waffe weiterhin auf Saigo gerichtet und wartete, während die Sekunden in quälender Stille dahintickten. Babel hatte sich nicht mehr gerührt, seit er sich in das Computersystem eingestöpselt hatte, und Lanier mußte sich fragen, wie lange der Junge mit seiner Technomagie den Alarm unterdrücken konnte, der möglicherweise längst ausgelöst war, und wie lange Dr. Westcotts letzter Zauber die Mitarbeiter des Labors in Bewußtlosigkeit halten würde. Blieb ihnen noch genug Zeit, um aus der Anlage zu verschwinden? Hatte Babel das überhaupt vor? Lanier wußte es nicht mit Sicherheit. Er hielt den Jungen nicht für einen

Selbstmörder, aber der Anflug von Fanatismus, den er in Babels Augen gesehen und in seiner Stimme gehört hatte, als dieser über seine ›Bestimmung‹ sprach, gab Lanier zu denken.

»Was werden Sie tun, wenn er nicht mehr zu sich kommt?« fragte Saigo, indem er eine von Laniers Befürchtungen offen aussprach.

Lanier sagte sich, daß er sich stärker bemühen mußte, sich seine Gedanken nicht anmerken zu lassen. Er wollte auf keinen Fall einem Konzernmann wie Saigo seine Sorgen telegrafieren.

»Ich habe immer noch Sie, um von hier zu verschwinden«, entgegnete Lanier. Das stimmte ganz gewiß. Saigo leitete diese Anlage und würde nicht nur eine wertvolle Geisel abgeben, sondern auch eine nützliche Informationsquelle. Anders als Babel würde ein Mann wie Saigo immer sein eigenes Überleben über die Loyalität zu seinem Konzern stellen, wenn es hart auf hart ging. Wenn er Saigo genügend unter Druck setzte, würde er alles bekommen, was nötig war, um aus der Anlage zu fliehen, jedenfalls hoffte Lanier das.

»Sie glauben doch nicht ernsthaft, daß Sie damit durchkommen«, sagte Saigo. Er schien Lanier zum Reden veranlassen zu wollen.

Wahrscheinlich lauert er immer noch auf eine Gelegenheit, dachte Lanier. »Ich bin schon mit ganz anderen Dingen durchgekommen.«

»Aber da waren Sie allein«, erwiderte Saigo. »Und es war nie ein Joker im Spiel.« Er nickte in Babels Richtung. »Sie haben das hier nicht geplant. Je nachdem, wie die Situation sich entwickelt, improvisieren Sie einfach.«

»Seien Sie vorsichtig, daß ich nichts improvisiere, was Ihr Leben verkürzt, Saigo… Was um alles in der Welt…?«

In diesem Augenblick wechselten die Lichter im

Computerraum von einem fluoreszierenden Blau-Weiß zu einer dunkelroten Notbeleuchtung, und auf jedem Monitor im Raum blinkte das Wort WARNUNG. Aus Babels Richtung ertönte ein Schmerzensschrei. Lanier warf einen Blick auf ihn und sah, wie er sich plötzlich auf seinem Stuhl versteifte, sich alle seine Muskeln verkrampften und Blut aus seiner Nase lief. Es war nur ein flüchtiger Blick, aber er reichte Saigo, um zu handeln.

Er sprang Lanier an, der die Bewegung aus dem Augenwinkel sah und sich einen Sekundenbruchteil zu spät umdrehte, um dem Angriff zu begegnen. Saigo stürzte sich auf Laniers Uzi, doch Lanier wich zur Seite aus. Saigo rammte Lanier und stieß ihn gegen die Wand, so daß ihm die Luft aus den Lungen gepreßt wurde. Eine starke Hand packte sein Handgelenk und versuchte ihm die Maschinenpistole zu entreißen, während Lanier sich bemühte, die Waffe auf Saigo zu richten, um auf ihn zu schießen, was im Nahkampf nicht leicht war.

Offensichtlich verfügte Saigo über eine Kampfausbildung und Cyberware. Er war ebenso schnell wie Lanier, doch dieser war mit seinen vielen Jahren beim Militär ein Veteran, auch wenn er ein wenig aus der Übung war. Er wehrte sich gegen Saigos Griff, während die beiden um den Besitz der Maschinenpistole rangen. Babel zuckte vor der Computerkonsole, sein Kopf ruckte von seiner Seite zur anderen, und seine Lippen formten stumme Worte, blind und taub für den Kampf, der hinter ihm stattfand.

Saigo hakte ein Bein hinter Laniers Knie, was beide zu Boden gehen ließ. Lanier ließ die Uzi los, die über den Boden rutschte und außer Reichweite liegenblieb. Die andere Uzi, Babels Waffe, lag unter Lanier, wo er sie nicht erreichen konnte. Anstatt zu versuchen, sich Laniers Waffe zu holen, was diesem die Möglichkeit gegeben hätte, seine andere Waffe zu erreichen, versuchte Saigo ihn am Boden festzunageln und zu würgen. Sein Gesicht war wutverzerrt, als seine Hände sich um Laniers Hals legten. Lanier packte Saigos Jacke, riß die Beine hoch und zog, so daß Saigo über seinen Kopf geschleudert wurde.

Saigo landete in der Nähe der Uzi, während Lanier nach der anderen Maschinenpistole griff und seine schlechte Position verfluchte. Mittlerweile hatte Saigo die Uzi aufgehoben und auf Lanier gerichtet. Lanier erstarrte und ließ seine Hände dort, wo sie waren, da Saigo ihn in Schach hielt. Er würde seine Waffe nicht erreichen, bevor Saigo ihn erschoß. Er wußte nicht mit Sicherheit, wie gut Saigo mit einer Maschinenpistole umgehen konnte, aber nach allem, was er bis jetzt gesehen hatte, mußte er annehmen, daß er ziemlich gut war. Auf diese geringe Entfernung spielte das Geschick bei einer automatischen Waffe wie der Uzi keine Rolle.

»Stehen Sie auf… langsam«, sagte Saigo in kategorischem Tonfall. Lanier beeilte sich, dem Befehl nachzukommen, und hielt dabei die Hände so, daß Saigo sie sehen konnte, während er sich langsam auf ein Knie erhob.

Ein leises metallisches Klicken war zu hören. Saigo wollte zu dem Geräusch herumfahren, als vorne aus seiner Brust eine monofaserbeschichtete Klinge zuckte, die mit dunklem Blut überzogen war, das im roten Licht des Raums schwarz glänzte. Saigo stieß einen Laut aus und starrte mit einem Ausdruck völliger Überraschung auf den gekrümmten Sporn, der aus seiner Brust ragte. Dann gaben seine Knie nach, und er sank langsam zu Boden, während die Uzi seinen gefühllosen Fingern entglitt.

Babel stand über die Leiche seines Lehrers gebeugt, und das Blut, das ihm aus Nase, Ohren und Augen lief, sah in der roten Notbeleuchtung wie rot-schwarze

Kriegsbemalung aus. Er betrachtete Saigo einen Moment lang mit einem Ausdruck unsagbarer Traurigkeit, dann ließ er den Sporn in seinen Arm zurückfahren und bückte sich, um die Uzi aufzuheben. Er wandte sich an Lanier, der immer noch halb auf den Knien auf dem Boden kauerte.

Babel kam Lanier verändert vor. Das fanatische Feuer war erloschen und einem Ausdruck großer Müdigkeit gewichen, als ruhe die ganze Welt auf seinen Schultern.

»Sie hätten meine Waffe dort lassen sollen, wo ich sie erreichen konnte«, sagte Babel. »Vertrauen Sie mir immer noch nicht?«

»Etwas in der Art«, sagte Lanier, indem er den Blick von Saigos Leiche auf Babel richtete. Dieser begegnete kurz seinem Blick, doch Lanier konnte die Trostlosigkeit nicht ertragen, die sich in Babels Augen widerspiegelte, und mußte wegschauen.

Er stand auf, wischte sich die Hände ab und glättete seine Jacke. Er warf noch einen Blick auf Saigo. »Ein Jammer, daß Sie ihn umbringen mußten. Er hätte unsere Fahrkarte nach draußen sein können.«

Babel schüttelte den Kopf und sprach in einem beherrschten, kategorischen Tonfall. »Ich habe unsere Fahrkarte nach draußen bereits gelöst. Saigo-*san* wäre uns nur im Weg gewesen. Es müssen Opfer gebracht werden.«

Babel führte Lanier aus dem Computerraum und zu einer Reihe von Fahrstühlen. Die Türen eines Fahrstuhls öffneten sich bei Babels Annäherung. Immer noch war keine Spur von Aktivität in dem Komplex zu erkennen. Alles war still und verlassen. Lanier rechnete jeden Augenblick mit dem Auftauchen eines Renraku-Einsatzteams von Roten Samurai, aber nichts dergleichen geschah.

»Es wird noch einige Zeit dauern, bis Renraku herausfindet, was eigentlich vorgeht«, sagte Babel leise wie zu sich selbst.

»Was geht denn vor?« fragte Lanier. »Was haben Sie in dem System gemacht?«

»Ich habe Renrakus Plänen, Das Volk der Matrix auszuforschen, ein Ende bereitet«, erwiderte Babel ernst. »Ich habe ein Virus in das zentrale Netzwerk implantiert, das auf alle Renraku-Systeme in der ganzen Welt übergreift. Es wird restlos alle Daten vernichten, die sie bis jetzt über uns gesammelt haben, und wird zukünftige Versuche, Informationen über uns zu sammeln… erschweren. Schließlich wird es auch auf die Systeme anderer Konzerne übergreifen, zu denen Renraku Beziehungen unterhält, und auch aus ihnen alle diesbezüglichen Daten entfernen.«

»Das ist unmöglich«, spottete Lanier. »Auf der ganzen Welt gibt es kein derart hochentwickeltes Virus. Wie sollten Sie so ein Virus erschaffen haben?«

»Ich habe nie gesagt, daß ich es erschaffen habe. Ich habe es nur implantiert. Das Virus wurde mir gegeben, eine Art Geschenk, könnte man sagen.« Babels Stimme troff vor Ironie. »Ich war nicht mehr als ein Überträger, der Soldat, der tat, was ihm befohlen wurde.«

»Wie dem auch sei, Renraku wird sich schon bald einiges zusammenreimen und nachsehen kommen. Wie schaffen wir es rechtzeitig hier heraus? Und warum fahren wir nach oben anstatt nach unten ins Parkhaus?«

Babel lächelte schwach. »Sie werden schon sehen.« Die Fahrstuhltüren öffneten sich auf das Dach des Komplexes. Die Nachtluft über dem Bostoner Sprawl war kühl, und eine leichte Brise wehte über das Dach. Lanier sah, daß sie sich in der Innenstadt nicht weit vom Bostoner Hauptquartier Renrakus befanden. Helle Lichter näherten sich dem Dach, bis Lanier erkennen konnte, daß sie zu einem Hubschrauber gehörten, einem Hughes Stallion, der ihm mittlerweile ziemlich vertraut war.

»Ich habe für ein Transportmittel gesorgt«, sagte Babel. »Sie bringen mich in den Rox und anschließend Sie überallhin, wohin Sie wollen. Saigo hatte einen ziemlich umfangreichen Schmiergeldfonds für sein Projekt, also dachte ich mir, es würde ihm nichts ausmachen, wenn ich einiges davon für meine Spesen benutze. Ich zahle die Rechnungen, also würde ich davon abraten, irgend etwas Dummes zu versuchen ...«

Lanier hob eine Augenbraue. »Was denn, vertrauen Sie mir nicht?«

»So etwas in der Art«, sagte Babel. »Eigentlich weiß ich nicht, ob ich überhaupt jemandem traue.«

»Gute Idee«, sagte Lanier. »Ich wollte von Ihnen lediglich etwas haben, das ich gegen Renraku einsetzen kann. Das hat sich nun erübrigt. Ich habe größere Fische zu erlegen als Sie und Ihr ... Volk.«

»Schön«, war alles, was Babel dazu zu sagen hatte.

Lanier schwieg und beobachtete den Landeanflug des Hubschraubers. Er setzte weich auf dem Dach auf, und die Seitentür öffnete sich. Als Babel und Lanier sich dorthin in Bewegung setzten, sah Lanier ein vertrautes Gesicht.

»Sieh an«, sagte Hammer. »Ist das nicht eine angenehme Überraschung?« Der Ork richtete gelassen seine Pistole auf sie, und Lanier glaubte für einen Augenblick, er sei hereingelegt worden. »Als ich die Nachricht bekam, Saigo wolle unseren Kontrakt verlängern, habe ich nicht damit gerechnet, Sie beide wiederzusehen.«

»Das liegt daran, daß nicht Saigo Sie angerufen hat, sondern ich.«

Der Ork starrte ihn kurz an und brach dann in schallendes Gelächter aus.

»Ha! Der war nicht schlecht, Junge.«

Babel schien sich vom Verhalten des Orks nicht aus der Ruhe bringen zu lassen. Sein Gesicht war eine ausdruckslose Maske.

»Codewort Judas«, sagte er. »Ich bin der Kontakt, den Sie erwarten sollten. Die Nuyen, die ich angeboten habe, sind auf einem Treuhandkonto hinterlegt. Ich gebe Ihnen die Zugangscodes, wenn wir dort sind, wohin wir wollen.«

Hammers Belustigung wich Verblüffung, die ebenso rasch wieder einem breiten Grinsen wich. »Hol mich der Teufel. Ich würde sagen, jeder, der so etwas mit Renraku abziehen und in derselben Nacht wieder verschwinden kann, ist es wert, mitgenommen zu werden, besonders zu den Preisen, die wir in Rechnung stellen. Steigen Sie ein.«

Babel und Lanier kletterten an Bord des Hubschraubers, der sich wenige Augenblicke später vom Dach des Renraku-Komplexes und in den Himmel über dem Metroplex erhob.

Babel wandte sich an Hammer. »Ich habe einen Flugplan in die Renraku-Computer eingegeben, mit dem wir die Freigabe bekommen müßten, wenn Sie sich an meinen Kurs halten.«

Der Ork nickte und ging ins Cockpit, wo er neben Val auf den Kopilotensitz glitt, so daß Babel und Lanier allein in der Kabine zurückblieben. Die beiden schwiegen einen Augenblick und betrachteten die Lichter des Metroplex. Dann ergriff Lanier wieder das Wort.

»Sie sagten, das Virus, das Sie gegen Renraku eingesetzt haben, sei Ihnen gegeben worden. Von wem?«

Babel zuckte die Achseln und starrte aus dem Fenster auf die Lichter der Stadt. »Haben Sie bei all den Verhören nicht zugehört, Lanier?« entgegnete er. »Die Matrix hat ihn mir gegeben. Alle Lebewesen haben einen Überlebensdrang und handeln, wenn ihr Leben bedroht ist. Was, glauben Sie, würde mit der Matrix geschehen, wenn die Megakonzerne das Geheimnis der Technomagie entdeckten? Es würde einen offenen Krieg geben, der die Matrix zerstören könnte. Das will sie nicht.«

»Wollen Sie damit sagen, die Matrix ist intelligent? Das kann ich nicht glauben.«

»Glauben Sie, was Sie wollen.« Babel lächelte müde. »Es spielt ohnehin keine Rolle. Ich weiß, ich bin während meiner Initiation einer ausgedehnten... ›Intelligenz‹ ist das einzige Wort, das es trifft, begegnet, und sie hat mir gesagt, ich müßte das tun, um die Technomancer davor zu schützen, von den Megakonzernen ausgebeutet zu werden. Oder noch schlimmer, in Laborratten verwandelt zu werden, damit die Konzerne herausfinden können, wie unsere Fähigkeiten funktionieren. Ich wußte jedoch nicht, daß diese ›Intelligenz‹ ebenso manipulativ ist wie die Megakonzerne, wenn nicht sogar noch mehr. Sie ist riesig, Lanier, größer, als wir uns das vorstellen können. Wir sind nichts für sie, wie Ameisen, die vor ihrer Haustür herumkrabbeln. Wir werden benutzt, wie sie es will, und dann zertreten.«

»Was werden Sie jetzt tun?« fragte Lanier. »Renraku wird Ihren Kopf wollen.«

»Zuerst muß man mich finden«, sagte Babel. »Ich werde eine Weile auf Wanderschaft gehen. Ich muß über eine Menge nachdenken. Früher haben die Leute geglaubt, man könne unterwegs zu sich selbst finden. Es gibt viel mehr in der Welt als Boston, und ich habe ein wenig ›Schmerzensgeld‹ von Renraku für mich abgezweigt. Reisen ist nicht so schwer, wenn man die richtigen Wege kennt.«

»Warum arbeiten Sie nicht für mich? Ich könnte Sie in jedem Fall gut gebrauchen.«

»So wie Renraku? Wie *sie*? Ich glaube nicht. Ich will nicht mehr benutzt werden. Ich bin es gründlich leid. Ich wollte immer nur Magie in meinem Leben haben. Jetzt habe ich sie, aber sie war nicht billig. Ich werde weder für Sie arbeiten noch für Fuchi oder sonst jemanden, und wenn doch, dann nur zu *meinen* Bedingungen. Ich habe meine Freiheit, und ich habe die Absicht, sie festzuhalten.«

»Aber all das hat Ihnen nichts eingebracht. Nur etwas Geld, und das wird nicht ewig reichen.«

»Ganz im Gegenteil. Ich habe eine ganze Welt zu entdecken. Tatsächlich sogar zwei ganze Welten. Ich habe die Freiheit, lediglich ein Geist zu sein, eine Leerstelle, ein Schatten. Mit niemandem verbündet.«

Der Hubschrauber landete auf einem freien Platz im Rox, und Babel stieg aus. Er trat von dem Hubschrauber zurück und lächelte Lanier mit seinem blutverschmierten Gesicht an, während er sich seine im Wind der Rotoren fliegenden dunklen Haare aus dem Gesicht strich.

»Ich habe meine Freiheit!« rief Babel. »Sie auch?«

Lanier sah dem jungen Mann einen Moment lang in die Augen, dann nahm er dessen Hand und schüttelte sie. »Viel Glück, Babel.«

Der Technoschamane schüttelte den Kopf. »Nein, nicht Babel. Nicht Michael. Renraku hat Michael Bishop gemacht, und er ist tot. Die Matrix hat Babel gemacht, und der ist jetzt ebenfalls tot. Ich bin jetzt ein Söldner. Wenn Sie einen Namen für mich brauchen … Ronin ist ebenso gut wie jeder andere.«

Lanier schloß die Tür, und der Hubschrauber erhob sich in die Nacht.

Ronin, der herrenlose Samurai, der Krieger der Matrix, stand da und sah ihm nach, um dann in den Schatten des urbanen Dschungels zu verschwinden.

28

Richtet nicht, damit ihr nicht gerichtet werdet.

– Matthäus 7:1

Das Konzerngericht versammelte sich zur festgesetzten Zeit. Die Richter schwebten in die zentrale Kammer des Zürich-Orbitals und nahmen ihre Plätze hinter der Bank ein. Diesmal war Lynn Osborne die letzte, die eintrat, und sie nahm ihren Platz mit Gelassenheit und Würde ein. Napoli saß ihr gegenüber und gab sich zuversichtlich, daß die ganze Angelegenheit zu seinen Gunsten entschieden würde. Osborne ließ sich nichts von dem, was sie empfand, anmerken. Sollte Paco ruhig noch eine kleine Weile glauben, er habe die Oberhand. Das würde den Verlauf um so interessanter machen.

Als Lynn Osborne ihren Platz eingenommen hatte und die Rotunde versiegelt war, nahm der Vorsitzende Richter Priault seinen Hammer, klopfte zweimal auf die Bank und rief das Gericht zur Ordnung. Alle Augen richteten sich auf Osborne, als sie sich ein wenig erhob und die Information aufrief, die ihr erst kurz vor der Zusammenkunft des Gerichts vom Fuchi-HQ in New York geschickt worden war. Sie nahm sich einen Augenblick, um sich zu sammeln, und ließ die Stille im Gerichtssaal einen Moment länger währen, als nötig war.

»Herr Vorsitzender, verehrte Richter«, begann sie. »Ich muß Sie um Nachsicht bitten und mich dafür entschuldigen, die Zeit des Konzerngerichts in Anspruch genommen zu haben, aber ich stelle fest, daß ich Fuchis Klage gegen Renraku Computer Systems zurückziehen und den Antrag stellen muß, daß dieses Verfahren eingestellt wird.«

Unter den anwesenden Richtern erhob sich ein lautes Gemurmel. Computerinformationen flackerten über die Monitore der Konsolen vor ihnen, als sie die offizielle Dokumentation begutachteten, die Osborne zusammen mit ihrem Antrag vorgelegt hatte. Napoli lehnte sich zurück und strahlte beinahe vor Triumph. Er schien sogar ein wenig enttäuscht zu sein, daß sie es nicht mit ihm ausgefochten hatte.

Priault schlug mehrfach mit dem Hammer auf die Bank, um Ruhe herzustellen. »Ordnung, ich rufe das Gericht zur Ordnung!« Als die anderen Richter sich beruhigt hatten, wandte Priault sich an Osborne. »Richter Osborne, dürften wir eine Erklärung bekommen? Das Konzerngericht hat beträchtliche Zeit, Mühen und Geld in diese Angelegenheit investiert.«

»Das ist wahr, Euer Ehren«, erwiderte Osborne. »Und Fuchi dankt dem Gericht für seine Nachsicht. Neue Beweise sind ans Licht gekommen, die von uns verlangen, daß wir unsere Klage zurückziehen.«

Napolis Ausdruck des Triumphs verwandelte sich in einen der Neugier. Wie Villiers in seiner Botschaft vermutet hatte, waren Napoli und Renraku sich dessen, was geschehen war, noch gar nicht bewußt. Osborne fuhr fort. »Allem Anschein nach war Miles Lanier, ein ehemaliger Angestellter von Fuchi Industrial Electronics und Mitglied des Aufsichtsrats von Renraku, für die Sicherheitsverletzungen verantwortlich, die wir Renraku unterstellt haben, und Mister Lanier allein war die Quelle der Informationen, die Renraku mit Produktentwicklungen versorgt hat, welche starke Ähnlichkeit mit Entwicklungen bei Fuchi aufweisen. Mister Lanier hat es vorgezogen, sich den Behörden

Fuchis zu stellen, und er hat gestanden, Unternehmungen als Teil seines Bemühens gegen uns gerichtet zu haben, unsere Matrix-Sicherheitsmaßnahmen zu testen. Fuchi hat Mister Laniers Erklärung der Vorfälle akzeptiert, und Mister Lanier ist bereit, eine Entschädigung dafür zu leisten, das Konzerngericht unabsichtlich in die Angelegenheit verwickelt zu haben.«

»Augenblick«, sagte Napoli, als er die Sprache wiedergefunden hatte. »Miles Lanier ist ein bedeutender Aktionär von Renraku Computer Systems. Wollen Sie damit sagen, daß er in dieser Zeit weiterhin für Fuchi gearbeitet hat? Das ist ein eindeutiger Interessenkonflikt! Mister Lanier hat unzählige Dokumente unterzeichnet, die besagen, daß er alle Beziehungen zu Fuchi Industrial Electronics abgebrochen hat.«

»Das ist korrekt«, erwiderte Osborne mit schneidender Stimme. »Allem Anschein nach war der Test der Fuchi-Sicherheitsmaßnahmen von außen ganz allein Mister Laniers Idee. Anschließend hat er seine Erkenntnisse hochrangigen Vertretern Fuchis präsentiert. Wie mir zu Ohren gekommen ist, waren sie äußerst … erhellend.«

»Und Fuchi hält gegenwärtig einen von Renrakus Konzernbürgern fest? Herr Vorsitzender, wie kann diese Ungeheuerlichkeit …«

Osborne fiel ihm ins Wort, bevor Napoli ausreden konnte. »Miles Lanier ist kein Konzernbürger Renrakus mehr, Richter Napoli. Er hat angeboten, seine Renraku-Aktien an die Züricher Gemeinschaftsbank zu verkaufen, und zwar zu einem Preis, der leicht unter dem gegenwärtigen Marktwert liegt.«

Bei dieser Ankündigung sank Napoli die Kinnlade herunter, und viele andere Richter hoben die Augenbrauen. Durch den Verkauf seiner Aktien durchschnitt Lanier seine Bande mit Renraku. Indem er sie an die ZGB verkaufte, übertrug er die Kontrolle über diese

Aktien letzten Endes dem Konzerngericht, was diesem einen weiteren Hebel gegen Renraku lieferte. Zudem würde Lanier durch den Verkauf unter Marktpreis gewiß weltweite Besorgnis hinsichtlich Renrakus Stabilität und Wachstum auslösen, was zu einem Absinken der Kurse in der nächsten Zeit führen würde, während Renraku versuchen mußte, die Befürchtungen seiner Aktionäre zu beschwichtigen. Renrakus rapides Wachstum würde ein abruptes Ende gesetzt werden, während der Konzern die Scherben wegräumte. Hingegen erhielten die anderen Megakonzerne die Gelegenheit, ihre eigenen Belange in Ordnung zu bringen und die Lücke hinter Renraku zu schließen. Alles in allem war es eine elegante Lösung, die vom Konzerngericht nichts anderes verlangte, als sie zu akzeptieren.

Osborne schaute sich im Gerichtssaal um und sah, wie die anderen Richter zögernd nickten oder etwas in ihre Konsolen eingaben. Sie würden ganz zweifellos eine Lösung akzeptieren, die ihnen allen nützte. Renraku würde überstimmt werden, so daß dem Megakonzern keine andere Wahl blieb, als Laniers Rücktritt aus dem Aufsichtsrat so würdevoll wie möglich zu akzeptieren. Doch Napoli war noch nicht bereit aufzugeben.

»Es bleibt immer noch der Punkt, daß Miles Lanier Renraku-Ressourcen benutzt hat, um seine Aktivitäten auszuführen«, sagte er. »Dafür muß er sich vor dem Aufsichtsrat Renrakus verantworten. Ich beantrage, daß er uns übergeben wird, bis seine Aktivitäten genauer untersucht wurden und Renraku eine etwaige Strafe für Laniers illegale Aktivitäten festlegen kann.«

Osborne räusperte sich. »Ich fürchte, das wird nicht möglich sein, Euer Ehren, Richter Napoli. Da Mister Laniers Aktivitäten gegen Fuchi gerichtet waren, unterliegt er entsprechend der Übereinkommen dieses Gerichts unserer Rechtsprechung. Fuchi hat beschlossen, Mister Lanier in Gewahrsam zu behalten, und wird Renraku für alle von Lanier während seiner Zeit im Aufsichtsrat benutzten Ressourcen entschädigen. Ich bin sicher, Renrakus Aufsichtsrat wird unser Entschädigungsangebot gutheißen, und ich möchte das Gericht bitten, daß es uns gestattet, mit Renraku in gutem Glauben zu verhandeln, um diese Angelegenheit zu bereinigen, ohne noch mehr von der *wertvollen* Zeit des Gerichts in Anspruch zu nehmen.«

Osborne lächelte Napoli triumphierend an. *Warte nur, bis du von Renraku hörst, was auf der Erde abgelaufen ist. Bis morgen wird Renraku sich über ganz andere Dinge Sorgen machen müssen als über Miles Lanier. Im Renraku-Land wird es heute Nacht eine ganze Menge schlaflose Execs geben, und Paco wird dazugehören.*

Priault räusperte sich und schlug mit dem Hammer auf die Bank. Seine Fassung war durch die überraschende Wendung der Ereignisse nicht erschüttert worden. Er verhielt sich, als entwickle sich alles so, wie er erwartet hatte.

»Wir haben einen Antrag vorliegen, dieses Verfahren einzustellen, um den beteiligten Parteien zu gestatten, eine außergerichtliche Einigung auszuhandeln. Gibt es irgendwelche Diskussionsbeiträge?«

Die anderen Richter schwiegen, und Napoli schnitt zwar eine finstere Miene, war jedoch so schlau, den Mund zu halten. Es hatte keinen Sinn, die Angelegenheit in die Länge zu ziehen, bis er alle Fakten kannte, und Osborne wußte, daß er sehr überrascht sein würde, wenn dies schließlich der Fall war.

»Nun gut«, sagte Priault. »Wir werden über den Antrag abstimmen.«

Die Richter gaben ihre Entscheidung ein, die augenblicklich registriert und dargestellt wurde. Sie befürworteten einstimmig den Antrag, daß Fuchi und Renraku die Angelegenheit in aller Stille hinter den Kulissen regelten. Sogar Napoli stimmte dafür. Die Züricher Gemeinschaftsbank würde ein beträchtliches Aktienpaket von Renraku und zusätzlichen Einfluß im Aufsichtsrat bekommen, während Fuchi Lanier in Gewahrsam behielt. Das Gericht konnte seine Aufmerksamkeit jetzt wieder darauf konzentrieren, das labile Gleichgewicht der Macht zwischen ihren Mitgliedern zu bewahren, während Fuchi und Renraku ihre Differenzen bereinigen würden.

Die Sache ist noch längst nicht gelaufen, dachte Osborne, als Priault das Gericht entließ und die Richter aus dem Saal strömten. *Renraku wird nicht einfach zur Tagesordnung übergehen, und Fuchi hat selbst genügend Probleme.*

Sie schaute zu David Hague, der einen leicht verwirrten Eindruck machte und ihr einen fragenden Blick zuwarf, bevor er den Gerichtssaal verließ. Er hatte es zweifellos eilig, die Station zu verlassen und wieder festen Boden unter den Füßen zu bekommen. *Tut mir leid, David, aber ich hatte keine Zeit, dich in alle Fakten einzuweihen, und das hätte ich selbst dann nicht getan, wenn ich die Zeit gehabt hätte. Nach allem, was Villiers mir erzählt, werden uns deine japanischen Freunde mindestens so viel Ärger machen wie Renraku. Außerdem ist er nicht davon überzeugt, daß man dir vertrauen kann, wenn es hart auf hart geht, und ich bin es auch nicht.*

Nachdem Priault den Gerichtssaal verlassen hatte, war Osborne allein in der Rotunde. Sie fragte sich, was als nächstes geschehen würde. Fuchi und Renraku würden ihre Differenzen außerhalb des Gerichts bereinigen, aber es war die Aufgabe des Konzerngerichtshofs, bei der Bereinigung von Differenzen zwischen den Megakonzernen zu helfen, weil ein direkter Konflikt zum offenen Krieg führen konnte. Wenn die Differenzen zwischen Fuchi und Renraku eskalierten, konnten sie sich zu einem Konflikt auswachsen, den das Gericht niemals rechtzeitig würde verhindern können, nicht ohne selbst hineingezogen zu werden. Unten auf der Erde zogen dunkle Wolken am Horizont auf, weshalb Osborne sich um so mehr freute, daß sie an Bord des Zürich-Orbitals blieb.

Es ist besser, im Himmel zu dienen, als in der Hölle zu herrschen, dachte sie in einer Umkehrung des alten Sprichworts. Sie würde die Hölle der Erdoberfläche den Leuten überlassen, die bereits sündig geworden waren, den Shadowrunnern und schwarzen Agenten, die in den schmutzigen Rissen zwischen den Konzernen arbeiteten. Waren sie dazu nicht schließlich da?

29

Ein Bruder wurde ich den Drachen und ein Genosse der Strauße. Meine Haut fällt schwarz von mir, und mein Gebein ist verdorrt vor Hitze.

– Hiob 30, 29-30

In einem geheimen Unterschlupf in Afrika, der von der fortschrittlichsten Computertechnologie vor den Augen der Welt verborgen wurde, schlossen Wesen von großer Macht und bedeutendem Einfluß einen Pakt.

Leonardo, der Herr dieses Ortes, saß bequem auf einem seiner Lieblingssessel hinter einem aufwendig geschnitzten Schreibtisch, der auf dem freien Markt ein Vermögen eingebracht hätte, würden Antiquitätensammler von seiner Existenz gewußt haben. Leonardo hatte einmal befürchtet, seine kostbare Sammlung von Kunstgegenständen und Antiquitäten verkaufen zu müssen, um seine Pläne verfolgen zu können, aber seine Geschäfte mit Renraku hatten ihm die Trennung von seinen Lieblingsschätzen erspart. Der Konzern war mehr als bereit, ihm Milliarden im Tausch für bloße Krumen der Technologie zu geben, über die Leonardo verfügte.

Hier in seiner Festung fühlte er sich sicher und geborgen, und seine schlichte Kleidung dokumentierte ihre Qualität in der ausgeprägten Struktur der Stoffe und der eleganten Meisterschaft der Nähte. Sie bestand aus natürlichen, handverarbeiteten Materialien, und von ihrem Preis hätte eine Familie im Rox ein Jahr oder noch länger leben können. Er räkelte sich auf seinem Sessel und stützte die Ellbogen auf den Schreibtisch vor sich, um die Finger vor seinem Gesicht zusammenzulegen, während er nachdachte.

Auf der anderen Seite des Schreibtischs beendete Leonardos Gast die Begutachtung seiner Sammlung von Zeichnungen und Diagrammen. Sie war eine Augenweide. Ihre Züge waren klassisch und königlich: ein langer Hals und ein Gesicht, das eine Komposition aus glatten Flächen und Kanten, scharf hervortretenden Wangenknochen und einem zierlichen spitzen Kinn war. Ihr offenes Haar fiel wie ein kastanienfarbener Wasserfall bis fast zur Hüfte, und ihre Lippen hatten die Farbe von Zimt, während sie derselbe würzige Duft umgab. Das Gesamtbild schrie förmlich nach einem Porträt oder einer Statue, um ihre erhabene Schönheit zu bannen, die, wie Leonardo wußte, nur eine Illusion und deshalb um so erstaunlicher war.

»Nun?« fragte er nach einem langen Moment des Schweigens.

Die Frau stellte ihre Betrachtungen ein und schaute auf. Der einzige Makel an ihrer Erscheinung waren die Augen. Sie hatten die Farbe dunklen Bernsteins, wie sie bei Elfen und Menschen in der Natur nicht vorkam. Sie erinnerten an Reptilienaugen, doch wo die Augen eines Reptils kalt waren, waren ihre warm und brannten in einem lodernden Feuer. Leonardo fand diese Augen faszinierend, obwohl er den Verdacht hatte, daß andere sie eher beunruhigend finden würden.

»Eure Pläne scheinen gute Fortschritte zu machen«, sagte sie in neutralem Tonfall, doch Leonardo konnte trotzdem erkennen, daß sie fasziniert war. Sie hatte nach dem Köder geschnappt, den er ausgelegt hatte. Jetzt brauchte er seinen Fang nur noch einzuholen.

Er bestätigte das Kompliment mit einem leichten Kopfnicken. »Die Arbeit ist mühsam«, sagte er, »aber längst nicht mehr so schwierig, wie sie einmal war. Im

Laufe der Jahre habe ich die ursprüngliche primitive Konstruktion vielfach verbessert. So sehr, daß Magie kaum noch erforderlich ist, außer für die grundlegendsten und heikelsten Arbeiten. Die Maschinen und Programme liefern den Rest.«

»Beeindruckend. Und was ist mit den Bewohnern Eures Meisterstücks?«

»Auch in diesem Bereich wurden Fortschritte erzielt«, sagte er. »Ich habe die Matrix durchgekämmt und Informationen über zukünftige Kandidaten für meine Gemeinde zusammengetragen. Wenn die Zeit kommt, werden die Besten und Klügsten der Menschheit unter meiner Schirmherrschaft versammelt.«

»Es muß schwierig sein, nur ein paar auszuwählen, die überleben sollen, und die übrigen ihrem Schicksal zu überlassen«, erwiderte sein Gast.

Leonardo fand es seltsam, daß sie so etwas sagte. Es war beinahe … mitfühlend. »Das ist es in der Tat, aber manche Opfer müssen eben gebracht werden. Wir leben in gefährlichen Zeiten.«

Die Frau nickte weise. »Das ist wahr. Ich bin immer noch nicht sicher, ob Eure Voraussagen zutreffen werden«, sagte sie. »Ich habe in der Geisterwelt flüstern gehört, die Gefahr, die Ihr befürchtet, sei für lange Zeit gebannt, Gerüchte über gewaltige Magie, um den natürlichen Verlauf des Zyklus wiederherzustellen.«

Diese Feststellung sprengte den Rahmen dessen, was Leonardo erwartet hatte. Die Arroganz, die Gewißheit, daß niemand wie er recht haben konnte, wenn sie die Gefahr nicht bemerkt hatte.

»Ich hege keinerlei Zweifel, werte Lady«, sagte Leonardo mit einem Anflug von Ironie angesichts der Anrede, mit der er sie bedachte. »Und wenn ich mich irre, dann ist es nur eine Frage der Zeit. Mann kann das Schicksal nicht betrügen, wie wir beide sehr wohl wissen.«

»Sehr wahr. Euer Vorschlag hat einiges für sich«, sagte sie. »Ich habe vor kurzem darüber nachgedacht, welche Rolle ich in dieser Welt spielen soll oder welche Aufgabe mir das Schicksal zugedacht hat. Der Tod Dunkelzahns und sein Vermächtnis für die Welt haben mir Anlaß zum Nachdenken gegeben. Wir beide sind seltene Exemplare unserer Art, Leonardo, zwei der wenigen, die das Wohlergehen anderer verfolgen. Ihr durch Eure Arbeit, ich durch meine. Ich hoffe, wir haben denjenigen, die unserer Hilfe bedürfen, mehr anzubieten als nur Schutz vor dem bevorstehenden Sturm.«

»Dann haben wir einen historischen Augenblick erreicht«, sagte Leonardo, indem er sich von seinem Sessel erhob. Die Frau erhob sich ebenfalls und überragte sogar den hochgewachsenen drahtigen Elf.

»Ja. Wir können die Differenzen zwischen unseren Völkern ausräumen und für eine gemeinsame Sache zusammenarbeiten. Es ist an der Zeit, daß die Wege der Vergangenheit im Licht der Zukunft betrachtet werden.« Die Frau legte die Finger an die Brust, direkt über dem Herzen, und Leonardo erwiderte die Geste.

»Leistet Ihr mir bei einem Glas *Alamestra* Gesellschaft, um unser neues Bündnis zu feiern, Lady?« fragte er, indem er etwas von dem schillernden alkoholischen Getränk in ein Kristallglas goß.

Die Frau lächelte und schüttelte den Kopf. »Nein. Ich muß zu meinen eigenen Angelegenheiten zurückkehren. Eure Vettern in der Nähe meiner Domäne sind in letzter Zeit sehr unruhig geworden, und mir gefällt die Vorstellung nicht, längere Zeit fort zu sein, da die Elfen aus Tir Tairngire mit ihren Säbeln rasseln. In Zukunft wird es das beste sein, wenn wir über die Matrix kommunizieren.«

»Das würde ich ebenfalls vorziehen«, sagte Leonardo mit einem Lächeln. »Angesichts meines Netzes könnt Ihr Euch völliger Ungestörtheit sicher sein. Es wird keine... bedauerlichen Sicherheitsprobleme geben, wie dies in der Vergangenheit bei anderen der Fall war.«

»In der Tat?« Die Frau runzelte die Stirn. »Und ich hatte gedacht, Ihr wärt dafür verantwortlich gewesen, o Meister der Matrix.«

»Ich nicht, werte Lady«, sagte er mit einer eleganten Verbeugung. »Ich habe eines der Kinder der Matrix im Verdacht.«

»Die Otaku? Ich hatte sie nicht für so klug gehalten. Aber wie auch immer. Ich freue mich auf unsere nächste Besprechung, Leonardo.«

»Die Freude ist ganz auf meiner Seite, Hestaby.« Leonardo legte wieder die Finger auf die Brust, und Hestaby erwiderte die Geste, bevor sie ihr Gewand raffte. Dann tippte er auf eine verborgene Kontrolleiste auf seinem antiken Schreibtisch, und sein Diener Salai erschien in der Tür.

»Ja, Herr?«

»Begleite bitte Lady Hestaby hinaus, Salai, danach habe ich weitere Anweisungen für dich.« Der hübsche junge Mann verbeugte sich tief und verließ das Gemach mit der Drachenlady, so daß Leonardo allein mit seinen Gedanken zurückblieb.

Seine Pläne machten gute Fortschritte. Die Brocken fortschrittlicher Technologie, die er seinem Schoßhund Renraku zuwarf, hatten den Konzern seiner Macht ausgeliefert. Renraku hatte es dummerweise geschafft, die Spielzeuge zu verlieren, die er ihnen anvertraut hatte, und jetzt klopften sie an seine Tür und bettelten mit ausgestreckten Händen um mehr.

Und Leonardo hatte vor, ihnen mehr zu geben, sobald seine Zukunftspläne gesichert waren. Die große Zuflucht würde auf die Ankunft Des Feindes vorbereitet sein, und die Besten und Klügsten der Metamenschheit würden überleben und Leonardo ihr Retter sein. Er würde sogar das Vergnügen haben, ein Bündnis mit einem alten Feind zu schmieden, um sein Anliegen zu fördern.

Er nahm einen großen Schluck *Alamestra* und genoß für einen Augenblick dessen würzigen Geschmack, bevor er zuließ, daß sich die Wärme des Alkohols in seinem Körper ausbreitete. Er trank das Glas aus und schenkte sich ein neues ein. Er war in der Stimmung für eine Feier. Vielleicht würde er Salai andere Anweisungen geben, sobald sein Diener Hestaby aus dem Komplex geführt hatte, aber einstweilen reichte es ihm, sich im Glanz seines Erfolgs zu sonnen.

Die Gedanken des Elfs wurden von einer Bewegung in seinem Privatgemach unterbrochen. Eine Gestalt materialisierte aus den Schatten in einer Ecke des Raums. Die Gestalt war in eben jene Schatten gehüllt, so daß nicht mehr als eine Silhouette zu erkennen war.

Leonardo fuhr abrupt herum, um sich dem seltsamen Eindringling zuzuwenden.

»Wer bist du?« verlangte er zu wissen. Es gab nur wenige Wesen auf der Welt, die ungebeten in sein Allerheiligstes eindringen konnten, und Leonardo ging im Geiste die Liste der Möglichkeiten durch.

»Warum, Leonardo?« sagte die Gestalt mit tiefer Stimme. »Warum hast du den Traditionen und dem Daseinszweck deines Volkes den Rücken gekehrt, um diesen wahnsinnigen Weg zu bestreiten? Warum hast du dich in Angelegenheiten eingemischt, aus denen du dich besser herausgehalten hättest?«

»Ich wußte, daß dieser Tag kommen würde«, sagte Leonardo. »Daß es jene gibt, die sich meinen Plänen widersetzen würden. Ich habe nur getan, was nötig war. Sie kommen. Sie kommen immer, und wir können nichts tun, um es zu verhindern. Es ist der Lauf der Dinge. Wenn sie kommen, wird die Welt zerstört, und alles, was langsam im Laufe der Jahrtausende aufgebaut worden ist, wird hinweggefegt wie Staub von der Hand eines Riesen. Alles Lebendige wird verschlungen, um ihren unendlichen Hunger zu stillen, oder verzerrt und gefoltert, um neue erlesene Qualen zu erschaffen, die ihre verdrehten Gelüste befriedigen.« Seine Stimme zitterte, da er sich an die Foltern erinnerte, die eine Welt erlitten hatte, welche er einmal gekannt hatte, eine Welt, die längst tot war.

Den schattenhaften Fremden ließ die Tirade völlig kalt. »Du bist zu weit gegangen. Du hast zuviel enthüllt. Deine Vorliebe für da Vinci hat sich von einem bloßen Interesse zur Besessenheit gesteigert.«

»Nein!« schrie Leonardo. »Da Vinci war brillant und hat in der Lebensspanne eines Sterblichen mehr vollbracht als Generationen in Tausenden von Jahren. Da ist es nur recht und billig, solch ein brilliantes Leben anzuerkennen, wenn andere in ihm nicht mehr sehen als einen von vielen inmitten der Herde.«

»Vielleicht hätte ich dir deine zahlreichen… Exzentrizitäten noch verzeihen können, Leonardo. Dein Aufspielen als Retter der Menschheit, deine Selbsttäuschungen von künstlerischer Größe, dein unausgeglichenes Temperament und deinen Groll gegen eine Religion, die du für korrupt hältst. Ich habe deinen Eigensinn auch früher toleriert. Aber du hast dich in *meine* Angelegenheiten gemischt, und das kann ich dir nicht verzeihen.«

»Verzeihen?« sagte Leonardo. »Was kümmert mich deine Verzeihung? Ich bin hier der Herr. Du kannst mir nichts anhaben!« Er hielt einen Augenblick inne und lächelte. »Bist du aus eigenem Antrieb hier, oder hat man dich geschickt, um mich zu töten? Wer war es, Aithne? Lugh? Alle Hohen Prinzen von Tir Tairngire gemeinsam? Egal. Du kannst ihre Träume von einer neuen Elfen-Nation nehmen und mit ihnen Politik spielen, soviel du willst. Du hast keine Chance, die Mittel zu überwinden, die mir hier zur Verfügung stehen. Dies ist *mein* Ort der Macht. Zeige dich mir, bevor ich dich sterben sehe.«

Der Eindringling trat näher, und Leonardo bereitete sich auf einen Angriff vor, der nicht kam. Die Gestalt lachte nur. »Die Prinzen von Tir Tairngire geben nicht mir Befehle, sondern ich ihnen. Immer muß ich mich anstrengen, um meine närrischen Kinder unter Kontrolle zu halten.« Die Gestalt schlug den Schleier aus Schatten beiseite, um die Züge eines Mannes mit blaßgoldenen Augen und langen weißen Haaren zu enthüllen, die aus einem wie in Stein gemeißelten Gesicht mit hoher Stirn zurückgekämmt waren. Es waren Züge, die Leonardo gut kannte, so gut wie den Namen, der ihm unwillkürlich im Flüsterton entfuhr.

»Lofwyr ...«

»Ja, Lofwyr. Und ich bin nicht hier, um dich zu töten, kleiner Elf«, fuhr der Drache fort. »Nicht alle von uns schlagen mit Klauen und Zähnen zu, Leonardo, und das Gift meiner Art ist immer noch das stärkste, das es gibt.«

Leonardo spürte plötzlich, wie sich eine entsetzliche Kälte in seinen Gliedern ausbreitete, die bei den Worten des Drachen zu zittern anfingen. Er schaute auf das Glas *Alamestra*, das er immer noch in der Hand hielt, und schleuderte es mit einem Wutschrei Lofwyr entgegen. Das Glas zersprang in der Luft, bevor es die majestätische Gestalt traf, und verspritzte die in allen Regenbogenfarben schimmernde Flüssigkeit über den Boden. Lofwyr blieb ungerührt.

Leonardo versuchte, seine magischen Kräfte anzuzapfen, um sich zu retten, um sie gegen seinen Feind einzusetzen, um Hilfe zu rufen, aber nichts geschah. Kein Mana folgte seinem geistigen Befehl, keine Magie manifestierte sich, um den arroganten Drachen zu treffen. Das steinerne Gesicht verzog sich lediglich zu einem dünnen Lächeln ob seiner Bemühungen.

»Salai«, rief Leonardo mit krächzender Stimme, da sich seine Kehle zusammenschnürte. Sein hochentwickeltes Kommunikationssystem, das fortschrittlichste auf der ganzen Welt, reagierte nicht, und das magische Gift raubte ihm jede Kraft mit Ausnahme der Fähigkeit, voller Entsetzen die Kreatur anzustarren, die das Undenkbare getan hatte: Leonardo in dessen eigener Feste zu besiegen.

Lofwyrs Reptilienaugen waren kalt und ausdruckslos, als Leonardo mit einem Schmerzenslaut auf die Knie sank. »Du warst immer einer meiner Lieblinge, Leonardo. Früher habe ich mich an deiner Klugheit und Phantasie erfreut, aber du hast dich übernommen. Viele von euch haben das. Andere haben diese offene Rebellion geduldet, und ich habe mich ihren Wünschen gefügt, aber alles hat seine Grenzen. Deine kleinen Spielchen stören die Unternehmungen von Saeder-Krupp, *meinem* Konzern. Ich bin Lofwyr, und ich lasse mir nicht von solchen wie dir meine Pläne durchkreuzen.

Der Diebstahl des Sprengkopfs war dein erster Fehler. Du bist ein Narr, wenn du tatsächlich geglaubt hast, ich würde mich nicht um eine entwendete Nuklearwaffe kümmern. Da spielte es keine Rolle mehr, daß du den Sprengkopf mit dem Päpstlichen Siegel kennzeichnen und eine zusammengewürfelte Bande von einer nicht existenten Verschwörung überzeugen wolltest. Als fechte die katholische Kirche ihre Schlachten mit Nuklearwaffen anstelle von Worten und Ideen aus. Ich war fast bereit, über diese Narretei hinwegzusehen.

Aber dein zweiter Fehler war dein Handel mit Renraku, denn damit bist du in mein Spiel eingedrungen. Ich war gezwungen, einige Mühe darauf zu verwenden, das … Ungleichgewicht zu korrigieren, das deine Einmischung verursacht hat. Wie die Dinge liegen, schlägt es bereits Wellen. Die Hörner des Krieges werden ertönen, und dann muß ich wertvolle Zeit vergeuden, um das zu schützen, was ich aufgebaut habe. Ich bin sehr enttäuscht.«

Der Drache wandte sich von dem Elf ab und glitt durch das Gemach zu dem antiken Schreibtisch. Der gelähmt auf dem Boden liegende Leonardo hörte nur das leise Tippen von Fingern auf der Schreibtischplatte, die mit einer von Leonardo entwickelten berührungsempfindlichen Kunststoffschicht überzogen war und eine Direktverbindung zum Computersystem des Komplexes herstellte. Das System bestätigte die Befehle mit einem Läuten, und Lofwyr tippte noch einmal auf den Schreibtisch, um die Formatierung des gesamten Systems von Leonardos geheimer Feste zu starten.

»Deine Lektion in Demut hat begonnen, mein Lehrling«, sagte Lofwyr. »Ich hoffe, diesmal ziehen du und deinesgleichen die Lehre daraus, daß es gefährlich ist, dem Überlegenen zu trotzen.«

Ohne ein weiteres Wort wandte Lofwyr sich ab und verschmolz wieder mit den Schatten des Raums. Leonardo hörte das entfernte Rauschen ledriger Schwingen, als Lofwyr seine wahre Gestalt annahm, dann das Bersten von Mauerwerk und das Lodern der Flammen, als der Drache mit der Zerstörung von Leonardos geheimem Hauptquartier und den dort gelagerten technologischen und wissenschaftlichen Schätzen begann. All die Kunstwerke und Durchbrüche, die ihm gelungen waren, wurden in Schutt und Asche gelegt, ausgenommen die Dinge, die Lofwyr an sich nehmen würde. Das große Werk würde nie vollendet werden, und die Arroganz eines Drachen besiegelte soeben das Schicksal der Menschheit.

Als das Licht im Raum verblaßte und erlosch, schaute Leonardo noch einmal in die Linse einer der verborgenen Überwachungskameras und glaubte, etwas zu sehen, das seinen Blick erwiderte, bevor die Kontrolllampe an der Kamera ebenfalls erlosch und Leonardos Welt in tiefste Dunkelheit versank.

30

Denn was nützt es dem Menschen, die ganze Welt zu gewinnen, aber seine Seele zu verlieren?

– Markus 8, 36

Miles Lanier schaute aus dem Fenster seines Büros im Hauptquartier von Fuchi Industrial Electronics in New York City. Der unter dem Namen Die Schwarzen Türme bekannte Komplex erhob sich hoch über die Skyline der Stadt und bot einen Ausblick auf den Plex und die entfernte Küste von Jersey. Lanier betrachtete die funkelnden Lichter des Sprawls und dachte an die Millionen in den Straßen und die vielen Millionen mehr in anderen Metroplexen, wo sich das Drama zwischen den Konzerngiganten, von denen die Welt beherrscht wurde, tagtäglich neu abspielte. Ein Spiel endete, während anderswo gerade ein neues begann..

Babel… nein, *Ronin* hatte zu seinem Wort gestanden. Die Hammermen hatten Lanier zu einer anderen Fuchi-Anlage in Boston gebracht, wo er die Prioritätscodes hatte benutzen können, die er und Villiers vor Monaten vereinbart hatten, um seine Weiterreise nach New York zu arrangieren. Seiner Ankunft war ein ausführliches Gespräch mit Villiers und hochrangigen Fuchi-Execs gefolgt, die vertrauenswürdig waren.

Villiers hatte sich Laniers Bericht über die Renraku-Operation mit dem Ziel, sich Zugang zu den Geheimnissen der Otaku zu verschaffen, aufmerksam angehört. Wie Babel – nicht Ronin – sich gegen seine ehemaligen Arbeitgeber gewandt und dem Renraku-Projekt ein Ende gesetzt hatte, wobei offenbar viele kurz vor dem Abschluß stehende Forschungsprojekte Renrakus nicht wiedergutzumachenden Schaden erlitten hatten. Die Fuchi-Execs überboten sich gegenseitig mit Spekulationen, ob Renraku einige dieser Projekte von den Otaku bekommen hatte oder nicht und ob sie rein zufällig von dem Virus gelöscht worden waren.

Lanier äußerte die Vermutung, daß der mysteriöse Decker ›Leonardo‹, der mit Renraku verbündet war, selbst zu den Otaku gehörte und den Konzern im Austausch für das Geld, das Renraku angeblich in seine ›Forschung und Entwicklung‹ pumpte, mit Informationen versorgt hatte. Wenn das stimmte, hatten die Otaku Leonardos Indiskretionen durch Ronin und das Virus selbst ein Ende bereitet. Es war unwahrscheinlich, daß in naher Zukunft ein anderer Otaku den Megakonzernen helfen würde. Das war Villiers nur recht, der aus erster Hand wußte, wieviel Ärger fehlgeleitete Matrixelemente bereiten konnten. Es war besser, derartige Unbekannte aus den Aktionsgleichungen der Megakonzerne herauszuhalten.

Renraku war durch den vom Babelvirus – wie er in Fuchi-Kreisen rasch genannt wurde – angerichteten Schaden deutlich zurückgeworfen worden. Der Konzern war zwar noch lange nicht aus dem Spiel, aber das Spielfeld war ein wenig angeglichen worden. Fuchi war immer noch Renrakus größter Konkurrent, aber der Konzern hatte eine bessere Chance gegen einen Widersacher, der seiner Vorteile beraubt war, die von Leonardo zur Verfügung gestellt worden waren. Während Renraku Schadensbegrenzung betrieb, arbeitete Fuchi daran, neue wettbewerbsfähige Produkte auf den Markt zu bringen. Fuchi war immer noch der bedeutendste Computer-Konzern, und Richard Villiers würde dafür sorgen, daß es auch dabei blieb.

Der Verkauf von Laniers Aktien an die Züricher

Gemeinschaftsbank würde ebenfalls eine Zeitlang als Schutzwall gegen Renrakus Expansion dienen. An den Aktienmärkten machten bereits Gerüchte über eine Personalveränderung an der Spitze von Renraku Computer Systems die Runde, und die Nachricht von dem Aktientransfer verbreitete sich von Tokio und London zur Börse in Boston, wo alles begonnen hatte, wie ein Virus im Körper der Welt, das Informationen ausstreute und im Vorbeikommen Veränderungen vornahm. Schon bald würde die Welt wissen, daß Renraku etwas Bedeutendes zugestoßen war, auch wenn die wahren Hintergründe niemals bekannt würden. Dafür würden schon die Agenten der Konzerne sorgen, die den Medien fingierte Informationen zuspielten.

Ein unmittelbarerer Grund zur Sorge war der Ärger, der sich innerhalb Fuchis zusammenbraute. Die japanischen Familien waren immer noch erbost über Villiers' Machtzuwachs. Laniers Rückkehr in den Schoß des Konzerns trug nicht dazu bei, die Meinung der japanischen Fraktion in bezug auf Villiers zu verbessern. Die Vorwürfe über großangelegte verdeckte Unternehmungen, die den Aktionären verheimlicht worden seien, mehrten sich. Das einzige, was die Yamanas und Nakatomis von dem Versuch abhielt, Villiers sofort absetzen zu lassen, war Laniers Erfolg bei dem Unternehmen, Renraku zu bremsen. Soweit es alle anderen betraf, waren Villiers und Lanier Helden, die einen meisterhaften Coup gegen Renraku inszeniert hatten und damit durchgekommen waren.

Die Japaner würden nicht lange untätig bleiben. Sie würden auf Villiers' wachsende Kontrolle über den Konzern reagieren müssen, bevor er den nötigen Hebel in die Hand bekam, um sie ganz hinauszudrängen. Lanier wußte aus Erfahrung, daß es nichts Gefährlicheres gab als einen in die Enge getriebenen Gegner. In verzweifelter Lage waren die Leute zu fast allem bereit, um zu überleben.

Ronin war der beste Beweis dafür. Er hatte vor Lanier damit geprahlt, seine Freiheit errungen zu haben, aber Lanier war anderer Ansicht. Womit Ronin in der Matrix auch gesprochen hatte – die Stimme, die er in seinen Visionen gehört und die ihm gezeigt hatte, wie er ein Technoschamane werden konnte –, dieses Etwas hatte Ronin ebenso benutzt, wenn nicht sogar noch mehr, wie es seine ehemaligen Arbeitgeber getan hatten. Ronin war in eine Waffe gegen Renraku verwandelt worden. Er hatte den Konzern gelehrt, daß man sich besser nicht mit den Otaku anlegte, und war dann weggeworfen worden wie eine leergeschossene Pistole.

Lanier bezweifelte, daß es demjenigen, der an den Fäden zog, etwas bedeutete, ob Ronin überlebte, solange er tat, was er tun sollte. Lanier hatte diese Technik schon hundertmal zuvor in seinem Leben beobachtet und solche Leute öfter benutzt, als er sich zu zählen die Mühe machte. Er erkannte die Zeichen, wenn er sie sah.

Soll Ronin glauben, was er will, dachte er. Der Bursche war noch jung und wußte noch nicht, wie die Welt funktionierte, aber er würde es schon sehr bald lernen. Sollte er seine Unwissenheit genießen, so lange er noch konnte. Es gab keine Freiheit auf dieser Welt. Die Leute wechselten einfach von einem Arbeitgeber zum anderen, auch wenn dieser Arbeitgeber man selbst oder das Verlangen nach Erfolg, Herausforderung oder Luxus war. *Die einzige Freiheit in dieser Welt besteht in dem Wissen, daß alles nur ein Spiel ist,* dachte Lanier. *Und in dem Wissen, wie man die Regeln zum eigenen Vorteil nutzen kann. Und wo wir gerade dabei sind …*

Er berührte eine Leiste auf der glatten schwarzen Oberfläche seines Schreibtischs, und eine Kontrollanzeige für die eingebaute hochentwickelte Elektronik und Kommunikationsausrüstung leuchtete auf. Eine runde Vertiefung auf der linken Seite des Schreibtischs leuchtete matt, und das durchscheinende holografische Bild von Laniers Sekretärin formte sich darüber.

»Ja, Mister Lanier?« fragte sie.

»Rhonda, schaffen Sie mir Smedley Pembrenton ans Telekom. Ich muß ihn sofort sprechen. Es gibt Arbeit.«

»Bin schon dabei, Sir.«

Lanier unterbrach die Verbindung und wartete auf die Durchstellung des Anrufs. Pembrenton war ein guter Schieber und kannte Boston wie den Rücken seiner riesigen Hand. Lanier war sicher, daß der Troll seine Bedürfnisse befriedigen konnte.

Ich frage mich, ob die Hammermen für einen zusätzlichen Job zur Verfügung stehen? dachte Lanier. Er würde eine Menge guter Leute brauchen, wenn er sich um die Japaner und Renraku gleichzeitig kümmern mußte. Das erforderte Raffinesse, aber er war zuversichtlich, daß er es durchziehen konnte.

Er lehnte sich zurück und begann mit der Planung, während Rhonda den Anruf durchstellte. Einer Sache war Miles Lanier sich vollkommen sicher.

Es mußten Opfer gebracht werden.